Smooth Talking Stranger
by Lisa Kleypas

もう強がりはいらない

リサ・クレイパス
琴葉かいら[訳]

ライムブックス

SMOOTH TALKING STRANGER
by Lisa Kleypas

もう強がりはいらない

主要登場人物

エラ・ヴァーナー……………………人生相談のコラムニスト
ジャック・トラヴィス……………トラヴィス家の次男。不動産管理会社を経営
デーン…………………………………エラの恋人
タラ・スー・ヴァーナー…………エラの妹
ルーク・ヴァーナー………………エラの赤ん坊
キャンディ・ヴァーナー…………エラの母親
ヘイヴン・トラヴィス……………トラヴィス家の末娘
ハーディ・ケイツ…………………ヘイヴンの婚約者
ゲイジ・トラヴィス………………トラヴィス家の長男
リバティ・トラヴィス……………ゲイジの妻
ジョー・トラヴィス………………トラヴィス家の三男
チャーチル・トラヴィス…………大富豪。トラヴィス家の家長。ジャックの父親
アシュリー・エヴァーソン………ジャックの元恋人
マーク・ゴットラー………………メガ・チャーチの牧師
ノア・カーディフ…………………メガ・チャーチの牧師

1

「出ないで」家の電話が鳴るのを聞いて、わたしは言った。虫の知らせか被害妄想か、とにかくその音を聞いたとき、これまで苦心して自分のまわりに編み上げてきた心地よい雰囲気が、あとかたもなく断ち切られていく気がした。

「市外局番は二八一だ」恋人のデーンは言い、フライパンでソテーした豆腐に缶詰の有機トマトを放り込んだ。デーンは完全菜食主義者《ビーガン》なので、我が家ではチリソースに牛肉のミンチではなく豆腐を使う。テキサス生まれの人間にとっては涙が出そうな話だが、わたしはデーンのために慣れる努力をしてきた。「番号が出てるよ」

二八一。ヒューストンだ。その三桁の数字を思い浮かべただけで呼吸が荒くなってくる。

「母か妹よ」必死の思いでわたしは言った。「留守電に切り替わるまで待ちましょう」少なくともこの二年間は、二人のどちらとも話をしていない。

着信音。

デーンはチリソースに入れた冷凍野菜をかき混ぜる手を止めた。「不安の種から逃げ出すことはできないよ。きみはいつも読者にそうアドバイスしているだろう?」

わたしは恋愛とセックスとアーバンカルチャーを扱う雑誌『ヴァイブ』で、人生相談のコラムニストをしている。わたしのコラム「ミス自立《インディペンデント》にきけ」は、学生の自費出版誌で連載を始めたところ、あっというまにファンを獲得した。大学を卒業すると、わたしは「ミス・インディペンデントにきけ」を『ヴァイブ』誌に売り込み、毎週連載の仕事を得た。ほとんどのアドバイスは雑誌に公開するが、希望者には有料で個人相談も行っている。また、収入の足しにするため、単発でほかの女性誌の仕事を受けることもあった。

「わたしは不安の種から逃げているわけじゃないわ」デーンに説明する。「家族から逃げているだけ」

着信音。

「出なよ、エラ。読者には問題に立ち向かうよう言ってるじゃないか」

「ええ、でも自分の問題は放置して、自然と朽ち果てるのを待ちたいのよ」わたしはじりじりと電話に近寄り、ディスプレイの発信者番号を見た。「どうしよう。母だわ」

着信音。

「出なよ」デーンはうながした。「最悪の場合、何が起こるんだ？」

わたしは恐ろしい想像で頭をいっぱいにしながら、電話を見つめた。「三〇秒経たないうちに、永遠にセラピー通いから足を洗えなくなるようなことを言われるわ」

着信音。

「実際にお母さんの話を聞かないと」デーンは言った。「どんな用件だったんだろうって一晩中悩み続けることになるよ」

わたしは勢いよく息を吐き出し、電話を取った。「もしもし？」

「エラ。緊急事態よ！」

わたしの母、キャンディ・ヴァーナーにとっては、何もかもが緊急事態だ。イラク戦争の戦略と同じく、まさに〝衝撃と恐怖〟で子供を支配する親で、つねに自分がドラマのヒロインだと思っている。だが、その性格を巧みに隠しているため、家庭という密室で何が行われているかを知る者はほとんどいない。幸せな家族という幻想の共犯になることを娘に強い、わたしとタラは何の疑問も抱かずその要求に応じてきた。

母は気まぐれにわたしや妹を構おうとするが、すぐに飽きて不機嫌になる。わたしたちは母の機嫌が揺らぐと、たちまちその気配を察知するようになった。竜巻マニアと同じで、できるだけ竜巻の近くに行きたいとは思うものの、渦中には巻き込まれたくなかった。

わたしはデーンとフライパンの音から離れるため、居間に向かった。「お母さん、元気だった？　何かあったの？」

「今、言ったでしょう。緊急事態なのよ！　今日タラが来たの。何の連絡もなく。赤ん坊を連れて」

「タラの赤ちゃんってこと？」

「他人の赤ん坊を連れてきてどうしようっていうの？　そうよ、タラの子よ。あの子が妊娠してたって知らなかったの？」

「ええ」わたしはよろよろとソファの背に手を伸ばしながら、何とか声を発した。座っているのか寄りかかっているのかわからないが、とにかくソファの背で体を支える。吐き気が込み上げてきた。「知らなかった。タラとはしばらく連絡を取ってなかったから」

「最後にあの子に電話をしたのはいつ？　エラ、少しはわたしやタラのことを考えてくれてるの？　あなたの二人きりの家族のことを？　わたしたちはあなたにとってどのくらい大切な存在なのかしらね？」

　あまりのことに口も利けなかった。心臓は濡れたスニーカーをつめこんだ乾燥機のような轟音をたて、子供時代におなじみだった恐ろしい感覚が全身を襲う。だが、わたしはもう子供ではない。大学の学位にも、キャリアにも、恋人にも、良い仲間にも恵まれた大人の女性なんだからと自分に言い聞かせながら、冷静な返事を絞り出した。「カードは送っているわ」

「あんな心のこもっていないカード。この間の母の日のカードには、わたしがこれまであなたにしてきてあげたことに何も触れてなかったじゃない。あんなに幸せだったくせに」

　脳みそが爆発せずにすむよう、わたしは額に当てた手に力を込めた。「お母さん、タラは今そこにいるの？」

「いたらあなたに電話すると思う？　あの子――」背後からむずかるような赤ん坊の泣き声が聞こえ、母はいらだたしげに言葉を切った。「これでわかったでしょう？　タラはこの子を置いていったの！　どこかに行ってしまったのよ！　わたしにどうしろっていうの？」

「いつ帰ってくるか言わなかったの？」

「そうよ」

「男の人は一緒じゃなかったの？　父親は誰なのか言ってた？」

「本人にもわからないんでしょう。生活がめちゃくちゃだったもの。こうなったらもう、あの子を相手にしてくれる男はいなくなるわ」

「一応言っておくけど、今は結婚せずに子供を産む女性も珍しくないのよ」

「それでも、恥ずかしいことに変わりはないわ。あなたとタラがそんな目で見られないよう、わたしがどんな思いをしてきたかわかってるでしょう」

「お母さんが最後に結婚した男のことを考えれば、恥ずかしい思いをするほうがよっぽどましだったわ」

　母は冷ややかな口調になった。「ロジャーはいい人だった。あなたとタラがなついてくれれば、結婚生活は続いていたわ。子供のせいで愛想を尽かされたのは、わたしの責任じゃない。あの人はかわいがってくれたのに、あなたたちが受け入れようとしなかったのよ」

　わたしはあきれて目をぐるりと動かした。「お母さん、ロジャーはわたしたちをかわいがりすぎていたわ」

「どういう意味よ？」

「わたしたち、あの人が寝室に入ってこないよう、寝るときはドアの前に椅子を置かなきゃならなかったのよ。あれは絶対、毛布を掛け直しに来ていたんじゃないもの」

「それはあなたの妄想でしょ。エラ、そんなこと言っても誰も信じてくれないわよ」

「タラは信じてくれるわ」

「あの子はロジャーのことは何も覚えていないじゃない」母は勝ち誇ったように言った。「何一つ」

「お母さん、それが普通だと思ってるの？　子供時代の記憶の一部がごっそり抜け落ちてるのよ？　普通なら、少しくらいはロジャーのことを覚えているはずだと思わないの？」

「それはあの子がドラッグか酒をやりすぎているせいでしょうね。父親の血よ」

「そういう記憶の欠落は、子供時代のトラウマや虐待を意味していることも多いのよ。お母さん、タラは本当に、ただ買い物に出かけただけとかじゃないって言える？」

「ええ、言えるわ。書き置きが残されていたから」

「携帯にはかけてみた？」

「当たり前でしょう！　出ないのよ」母はいらだちのあまり声をつまらせた。「わたしは人生の絶頂期を、あなたたちの世話に捧げたの。そんなこと、二度としたくないわ。孫ができるには若すぎるもの。このことは誰にも知られたくない。エラ、誰かに見られる前に、赤ん坊はあなたが連れていって！　この子を何とかしてくれないと、福祉サービスに連れていくわよ！」

　母の声の辛辣さに、これがただの脅しではないことに気づき、わたしは青くなった。「余計なことはしないで。子供を人手に渡しちゃだめよ。わたしがそっちに行くから」

「今夜のデートは断らなきゃいけないわ」母は暗い声で言った。

「それは残念ね。すぐに行くわ。今すぐ出るから。少しの辛抱よ。待ってて。いいわね？」

電話は切れた。不安と動揺のせいで、首に当たるエアコンの冷気にも体が震えてくる。

赤ちゃん、とわたしは絶望的な気持ちで思った。タラの赤ちゃん。

とぼとぼと台所に向かう。「今この瞬間まで、今夜わたしの身に降りかかる最悪の事態は、あなたの手料理だと思っていたわ」

デーンはすでにフライパンをこんろから下ろしていた。鮮やかなオレンジ色の液体をマティーニグラスに注いでいる。そして振り向き、緑色の目に温かな思いやりの色を浮かべて、わたしにグラスを手渡した。「これでも飲んで」

わたしは赤くどろりとした甘い液体を一口飲み、顔をしかめた。「ありがとう。ちょうど強いキャロットジュースをきゅっと一杯やりたかったところよ」グラスを脇に置く。「でも、許してあげる。今夜運転することになったから」

デーンの心配そうな顔を見て、彼の穏やかさと健全さを目の当たりにすると、柔らかな毛布に包まれている気分になった。デーンはほどよく整った顔立ちに金髪、スリムな体つきをした男性で、つねにビーチから戻ってきたばかりのような、こんがり焼いて塩を振ったパンを思わせる無造作な雰囲気がある。デニムと麻、アウトドア用サンダルというのが定番の格好で、いつでも赤道地域にぶらりと旅行に出られそうだ。理想の休暇をたずねられれば、ナイロンのウォーターバッグと携帯用ナイフだけを身につけ、異国のジャングルでサバイバルの旅をしたいと答えるだろう。

デーンはわたしの母にも妹にも会ったことはないが、わたしは彼に二人のことを、壊れやすい遺物を発掘するかのように、そっと記憶を掘り起こしながら話していた。過去のことは、どの時期についてもたやすく語ることはできない。基本的な事柄だけでも、デーンに打ち明けられるようになるには時間がかかった。両親はわたしが五歳のとき離婚し、父は家を出ていった。その後の父については、再婚して子供をもうけたことしか聞いていないが、第二の人生にわたしとタラの居場所がないのは確かだ。

父親としての務めを果たしていないとはいえ、わたしは父が逃げ出したことを責める気にはなれなかった。ただ、母がどんな親であるかを知りながらわたしたちを置き去りにしたことに関しては、納得がいかなかった。娘は母親と一緒に暮らしたほうが幸せだと思ったのだろうか。時が経てば、母も少しはましになると思ったのだろうか。あるいは、娘のどちらかがいずれ母そっくりになって、自分の手に負えなくなることを恐れたのかもしれない。

テキサス大学で出会ったデーンは、わたしにとって初めて大きな存在となった男性だ。いつも穏やかで、わたしの心の機微を読み取ってくれ、多くを要求しない。デーンと出会ったことで、わたしは生まれて初めて心の安らぎを得た。

それでも、二人の間には何かが欠けていて、それが靴に入り込んだ小石のようにわたしを悩ませていた。その正体はわからなかったが、デーンとわたしが決定的に親しくなれない原因がそこにあるのは確かだった。

台所に立ちつくすわたしの肩に、デーンが温かな手を置いた。体が震えるほどの寒気がやわらいでいく。「話が聞こえた部分から推察するに」彼は言った。「タラが思いがけずお母さんのもとに赤ん坊を置いていき、お母さんは赤ん坊をネットオークションにかけようとしてるってところか」

「福祉サービスよ。ネットオークションはまだ思いついていないわ」

「きみにどうしろと言ってるんだ？」

「とにかく赤ちゃんを連れていってほしいって」わたしは自分の体を両腕で抱くようにした。

「そこから先のことは何も考えていないと思う」

「タラの居場所は誰も知らないのか？」

　わたしはうなずいた。

「ぼくも一緒に行こうか？」デーンは優しくたずねた。

「いいわ」わたしは彼の質問をさえぎる勢いで言った。「あなたにはこっちでやることがたくさんあるもの」デーンは環境監視装置の会社を興したばかりで、事業は手に負えないほどの急ピッチで拡大しつつあった。休みを取るのは難しいはずだ。「それに、タラが見つかるまでどのくらいかかるかわからないし、もし見つかってもどんな状況にあるのか想像もつかないわ」

「もし、きみがその子供の面倒を見るはめになったらどうする？　いや、質問を変えよう。どうやってその子供の面倒を見るはめにならないようにするつもりだ？」

「とりあえず、何日かはここに連れてくるかしら？　その間に――」

デーンは断固とした調子で首を横に振った。「エラ、ここには連れてこないでくれ。赤ん坊はだめだ」

わたしは暗い目つきでデーンを見た。「もし、これが白熊の赤ちゃんとか、ガラパゴスペンギンの赤ちゃんだったら？　それならあなたもここに連れてくるはずよ」

「確かに、絶滅が危ぶまれる種は例外だね」デーンは認めた。

「この赤ちゃんの身の安全も危ぶまれているわ。何しろ母のところにいるんだから」

「ヒューストンに行って、そっちで片をつけておいで。きみが帰ってくるのを待ってるよ」

デーンは言葉を切り、力強くつけ加えた。「きみが、一人で」こんろのほうに向き直り、野菜ソースのフライパンを手に取って、全粒粉パスタを盛った深皿に注ぐ。その上に、細切りの大豆チーズを散らした。「行く前に何か腹に入れたほうがいいよ。これなら腹持ちがいい」

「けっこうよ」わたしは言った。「食欲は失せたから」

デーンの口元に皮肉な笑いが浮かんだ。「いや、お腹はぺこぺこのはずだ。どうせここを出て一〇分後には、一番近い〈ワッタバーガー〉のドライブスルーに向かうんだろう」

「わたしがあなたを裏切るというの？」わたしは全身の力を振り絞り、怒ったふりをした。

「ほかの男の誘いに乗るとは思っていないよ。ただ、相手がチーズバーガーなら……いちころだろうね」

2

わたしはオースティンとヒューストンの間の、車で三時間の道のりが大嫌いだ。とはいえ、子供時代の記憶を整理し、タラが自分で世話もできない子供を産むことになった理由を推測するには、長時間の静寂はうってつけだった。

わたしは人生の早い段階で、何かに恵まれすぎるのは本人のためにならないことに気づいていた。美貌もその一つだ。わたし自身は幸いにも、容姿はそれなりに整っている程度で、青い目に金髪、テキサスの厳しい日射しにさらされると真っ赤に焼けてしまうミルク色の肌をしている（「きみにはメラニンがないのか」あるとき、デーンに驚かれたことがある。「図書館で生きろと言われているようなものだな」）。身長は一六二センチと平均的で、スリーサイズも無難。脚の形は良い。

一方、タラのほうは絶世の美女と言ってもいい。神様がわたしで必要な実験を終えたあと、本腰を入れて作った作品がタラなのではないかと思うほどだ。遺伝子がすべて幸運なほうに転んだらしく、目鼻は繊細なラインを描き、髪は豊かなプラチナブロンド、ふっくらした唇はどんなにコラーゲンを注射してもまねできない形をしている。身長は一七七センチで脚も長いが、痩せているため服のサイズはMで、しょっちゅうスーパーモデルに間違われる。天職とも言えるその仕事にタラが就かなかったのは、モデルに必要とされる最低限の自制心も野心も持ち合わせていなかったためだ。

そのことを始めとするいくつかの理由から、わたしはタラを羨んだことは一度もなかった。度を越した美貌のせいで、タラは周囲の人々から敬遠されると同時に利用もされてきた。外見から頭が鈍いと見なされるのだが、率直に言って、タラ自身も知性を証明する努力はしてこなかった。一般的に、美貌の女性は知的であるとは思われず、頭がいいとわかると疎ましがられることが多い。平凡な人間が他人に許せる幸運の量には限りがあるのだ。そういうわけで、ありあまる美貌はタラにとって災いの種でしかなかった。わたしが最後にタラに会ったとき、妹はすでに大勢の男性と関係を持ちすぎていた。

母と同じように。

母の歴代の恋人の中には、感じのいい男性もいた。男性たちは最初、母のことを美しくて活発な、二人の娘を愛する働き者のシングルマザーだと思う。ところが、やがて本性に気づく。自分はやみくもに愛を求めるものの、相手には愛を与えられない女性。自分に近づこうとする人間を操り、支配しようとする女性だ。それに気づいた男性は去っていき、母はそのたびに新しい男性を見つけてくる。恋人も友達もとっかえひっかえを続け、そのたびに疲弊していくのだ。

二人目の夫のスティーブには、結婚後わずか四カ月で離婚を切り出された。スティーブは優しく、道理をわきまえた男性で、彼と過ごした期間は短かったにもかかわらず、わたしはすべての大人が母のようではないことを知った。別れの日、スティーブは名残惜しそうに、二人ともいい子だ、できれば連れていきたかった、とわたしたちに言った。ところが、その後母は、スティーブが出ていったことをわたしとタラのせいにした。そして、わたしたちがお行儀よくしなければ、永遠に家族を持つことはできないと言ったのだ。

わたしが九歳のとき、母はわたしとタラには事前に何の説明もなく、最後の夫となるロジャーと結婚した。ロジャーはカリスマ的な魅力のあるハンサムな男性で、継娘となったわたしたちに親しみを込めて接してくれたので、最初わたしたちは彼になついていた。ところが、やがてロジャーは寝る前に本を読んでくれるときに、ポルノ雑誌のページまで見せるようになった。また、わたしたちとくすぐり合って遊ぶことを好んだが、やたらしつこく続けたがり、大人の男性と少女の遊びの範囲は完全に超えていた。

ロジャーは特にタラを気に入っていて、父娘のお出かけに連れていき、プレゼントを買い与えた。タラは悪夢にうなされ、神経性のチック症にかかり、食べ物をもてあそぶだけで食べなくなった。そしてわたしに、ロジャーと二人きりにしないでほしいと頼んできた。

わたしとタラがその話を切り出すと、母は怒り狂った。嘘をついたと言って、わたしたちに罰を与えることさえした。母が信じてくれないのならほかの誰も信じてはくれないだろうと思うと、家族以外の人に打ち明けるのは怖かった。わたしにできるのはただ、全力でタラを守ることだけだった。家にいるとき、わたしはタラのそばを離れなかった。夜は隣で眠り、ドアの前に椅子を置いておいた。

ある晩、ロジャーは一〇分近くもドアをたたき続けた。

「お願いだ、タラ。中に入れてくれないと、もうプレゼントを買ってあげないよ。おしゃべりがしたいだけなんだ。タラ――」ロジャーはドアを強く押し、椅子は抗議の声をあげるようにきしんだ。「この前、優しくしてあげただろう？ きみのことが大好きだって言ってあげたよね。でも、ここから椅子をどけてくれないと、もう優しくしてあげないよ。開けてくれないなら、お母さんにきみが悪さをしたって言いつけてやる。お仕置きを受けるだろうね」

妹はわたしのそばで体を丸め、震えていた。両手で耳をふさいでいる。「お姉ちゃん、絶対に入れちゃだめ」タラはささやいた。「お願いよ」

わたしも怯えていた。それでも、タラの体を毛布で包んでベッドを出た。「タラは寝てるわ」ドアの向こうにいる怪物に聞こえるよう、大きな声で言う。

「開けろ、このくそガキ！」ドアはさらに強く押され、蝶番《ちょうつがい》ががたがた鳴った。お母さんはどこにいるのだろう？ どうして何もしてくれないのだろう？

〈魔法少女レインボーブライト〉の電気スタンドの薄明かりの下、わたしはベッドの下に手を突っ込み、必死で図工用の道具箱を探した。金属のはさみのひんやりとした柄に手が触れる。紙人形を作ったり、雑誌の写真を切り抜いたり、シリアルの箱から応募券を切り取ったりするのに使っているはさみだ。

ドン、とロジャーがドアに肩を打ちつける大きな音がして、椅子にひびが入り始めた。ドン、ドン、という音の合間に、妹の泣き声が聞こえる。わたしは全身にアドレナリンが駆けめぐり、心臓が狂ったように激しく打ち始めるのを感じた。はさみを握りしめ、息を切らせながらドアに近づく。ドン、ドン、という音とともに、木材が震え、ひび割れる音がした。廊下の光が部屋に差し込み、片手が入るほどの幅にドアが開いたのがわかる。だが、ロジャーが椅子をどかし始めたとき、わたしは前に飛び出し、彼の手をはさみで刺した。金属が柔らかなものを突き通す、気味の悪い感触があった。痛みと怒りを訴える押し殺したうめき声が聞こえた……が、それっきり何も起こらず、足音が遠ざかっていくのだけがわかった。

わたしははさみを握りしめたままベッドに戻り、タラの隣に潜り込んだ。「怖かった」妹は泣き、わたしのパジャマの肩を涙で濡らした。「お姉ちゃん、あの人がそばに来るのはいや」

「大丈夫よ」わたしは身をこわばらせ、震えながら言った。「もしまた来たら、豚みたいに突き刺してやるから。今日はもう寝なさい」

タラは一晩中わたしに寄り添って眠り、わたしは一睡もできず、物音が聞こえるたびに心臓をどきどきさせていた。

朝になるとロジャーは姿を消していて、その後二度と戻ってこなかった。

母はわたしたちに、その晩のことも、実際に何があったのかも、ロジャーが突然わたしたちの生活から姿を消したことに対する感想も、いっさいたずねなかった。その件について母が言ったことといえば、これだけだった。「もう新しいお父さんは来ないわ。あなたたちがいい子にしないからよ」

その後も母は恋人を作り、中にはたちの悪い男もいたが、ロジャーに比べればよっぽどましだった。

そして、この件に関して何よりも妙なのは、タラがロジャーのことも、わたしが彼の手をはさみで刺した晩のことも、何一つ覚えていないことだった。あとになってわたしがその話をすると、タラはびっくりしていた。「本当に？」戸惑ったように顔をしかめ、妹は言った。「夢でも見たんじゃないの？」

「次の朝、わたしははさみを洗わなきゃいけなかったのよ」わたしは言った。ぽかんとしたタラの顔に恐怖を感じた。「血がついていたから。それに、椅子は二カ所にひびが入っていたわ。覚えてないの？」

タラは煙に巻かれたような顔で、首を横に振った。

このときの経験と、入れ替わり立ち替わり現れる男たちを見てきたことで、わたしは疑い深く慎重な性格になり、タラは大人になるにつれ、逆の方向に向かった。男は信用できないと思うようになった。ところが、タラはしだいに関係を持った。数えきれないほどの男性とつき合い、手当たりしだいに関係を持った。だが、妹が本物の喜びと呼べるものをどれほど得ているのか、そもそも喜びが得られているのかは疑問だった。

タラを守り、面倒を見なければという思いが、わたしの中から消えることはなかった。一〇代の間中、わたしは見知らぬ場所に車を走らせ、恋人に置き去りにされたタラを迎えに行った。ウェイトレスをして稼いだお金でプロム用のドレスを買ってやった。ピルを処方してもらうため、タラを病院に連れていった。そのとき、タラは一五歳だった。

「お母さんはわたしをふしだらだって言うの」病院の待合室で、タラはささやいた。「わたしが処女を捨てたことを怒ってるのよ」

「あなたの体だもの」わたしはささやき返し、タラの冷たい手を握った。「自分がしたいようにすればいいのよ。ただ、妊娠はしないで。あと……自分のことを愛していると確信できる相手以外には、体を許さないほうがいいと思うわ」

「みんな、愛してるって言ってくれるもの」タラは苦々しげにほほ笑んで言った。「誰が本気で誰が本気じゃないかなんて、どうすればわかるの？」

　わたしは力なく頭を振った。

「お姉ちゃんはまだ処女なの？」しばらくして、タラはたずねた。

「そうよ」

「先週、ブライアンにふられたのはそのせい？　させてあげなかったから？」

　わたしは首を横に振った。「わたしがふったのよ」タラの穏やかな青い目を見つめ、悲しげに笑ってみせようとしたが、しかめっつらになってしまった。「学校から帰ったとき、お母さんと一緒にいるところを見てしまったの」

「二人は何をしてたの？」

わたしはなかなか答えを返すことができなかった。「一緒に飲んでたわ」やっとの思いで、それだけ言った。涙は一滴残らず出し尽くした気がしていたのに、うなずくとまたも目がうるんできた。すると、妹であるはずのタラがわたしの頭に手を回し、なぐさめるように華奢な肩に引き寄せた。看護師が現れてタラの名前を呼ぶまで、わたしたちはそうしていた。

わたしは妹がいなければ、妹もわたしがいなければ、子供時代を生き抜くことはできなかっただろう。わたしたちはお互いにとって、自分を過去に結びつける唯一の存在……それは二人の絆の強みでもあり、弱みでもあった。

ヒューストンに罪はない。記憶のプリズム越しに見ずにすむのであれば、わたしはこの街をもっと好きになっていただろう。ヒューストンは平坦な土地で、濡れたソックス並みに湿度が高く、テキサス東部から続く一大森林地帯の端に位置するため、場所によっては驚くほど緑が生い茂っている。森林を蜘蛛の巣のように切り開いた市街地は、猛烈な規模で開発が進み、マンションやアパート、商業ビルやオフィスビルがひしめき合っている。強烈な活気にあふれ、けばけばしくて人目を引く、薄汚く慌ただしい街だ。

夏の日射しに焼かれていた周辺の牧草地帯もしだいに、ショッピングモールや大規模小売店の島が浮かぶ、煙が出そうなほど熱いアスファルトの海へと変貌していった。高層ビルがぽつぽつと立っているところも多く、開発の中心であるヒューストンの市街地から匍匐《ほふく》茎が伸びているかのようだ。

る。母はヒューストンの南西部にある、町の広場を囲むように作られた中流住宅地に住んでいる。広場には以前、飲食店や小売店が並んでいたが、今は大手のホームセンターが陣取っている。寝室が二つある母の家は、植民地時代の農家のような様式で、正面に白く細い柱が並んでいる。わたしは私道に車を停める瞬間を恐れながら、通りを進んでいった。

車庫の前でプリウスを停め、飛び降りて玄関に向かう。呼び鈴を鳴らす間もなく、母がドアを開けた。低く誘うような声で、誰かと電話でしゃべっている。

「……埋め合わせはするって約束するわ」母は猫なで声を出した。「次回は」ふふっと笑う。「あら、どうやってって、それはわかってるでしょ……」わたしは中に入ってドアを閉め、話し続ける母を落ち着かない気持ちで待った。

母は相変わらずだった。スリムで、引き締まっていて、もうすぐ五〇歳になろうというのに、一〇代のポップスターのような服装をしている。ぴったりした黒のタンクトップにデニムのミニスカート、ラインストーンで飾られた〈キッピーズ〉のベルトを巻き、ハイヒールのサンダルを履いていた。額の皮膚はぶどうの皮のごとくぴんと張っている。パリス・ヒルトンのような金色に脱色された髪は肩にかかる長さで、スプレーで念入りにウェーブがつけられていた。その目つきから、わたしが着ている実用一点張りの白無地のコットンの半袖開襟シャツをどう思っているかが、手に取るようにわかる。

電話の相手の声に耳を傾けながら、母は寝室に続く廊下のほうを手で示した。わたしはうなずき、赤ん坊を探しに行った。家の中はエアコンと古いカーペットとトロピカル系の芳香剤の匂いがし、どの部屋も暗く静まり返っていた。

主寝室には、鏡台の小さなランプが灯っていた。ベッドに近づくにつれ、不安と好奇心に呼吸が速くなる。赤ん坊はベッドの中央に、パンの塊ほどの大きさで横たわっていた。男の子だ。青い服に包まれ、両腕を投げだして、口をきゅっとコンパクトのように閉じて眠っている。わたしはベッドに這い上がって赤ん坊のそばに行き、小さな老人のような顔と柔らかそうなピンク色の肌をした、このいたいけな生き物を見つめた。まぶたはとても薄く、眠った目にかぶさる部分が青みがかって見える。小さな頭は柔らかな黒い髪の毛で覆われ、指先には鳥の爪のように小さくとがった爪がついていた。

赤ん坊のあまりの無防備さに、わたしは大きな不安に襲われた。目を覚ませば泣きだすだろう。おしっこもする。そしてさまざまな欲求を、わたしが何も知らず、知りたいとも思わない謎の欲求を訴えるのだ。

自分の手には負えないこの大問題を、ほかの人に押しつけたタラの気持ちも少しはわかる気がした。だが、少しだけだ。大半は、妹を殺したい気持ちでいっぱいだった。母のもとに赤ん坊を置いていくのがばかげた行為であることは、タラもわかっているはずだ。母がこの子を手元に置いておくはずがない。事態の処理にわたしが駆り出されるのは目に見えている。わたしは昔から家族の問題解決係だったが、あるとき自分の身を守るためにその役割から手を引いた。母もタラもいまだにそのことを根に持っている。

以来、わたしはどうすれば、いつになれば母と妹と仲直りできるのか、果たして三人とも自分を変え、有益な関係を結べる日は来るのだろうかと考えるようになった。そうなった暁には、ホールマーク・チャンネルで放映されるソフトフォーカスのかかったテレビ映画のように、ポーチのぶらんこに乗って抱き合ったり笑い合ったりするのだろうか？

もしそうなるなら、すてきなことだと思う。だが、わたしの家族に限ってそれはない。眠る赤ん坊のそばで、わたしはかすかな寝息に耳を傾けた。この子の小ささと孤独が目に見えない重みとなってのしかかり、悲しみと怒りが入り混じる。タラがこのまま逃げおおせられると思っているなら大間違いだ。わたしは固く心に誓った。妹を探し出し、今回こそは自分がしでかしたことの責任を取らせよう。それが無理なら、赤ん坊の父親を探して、何らかの形で義務を果たすよう迫るのだ。

「起こさないでよ」戸口から母が言った。「二時間かかってようやく寝かしつけたんだから」

「こんにちは、お母さん」わたしは言った。「元気そうね」

「個人トレーナーをつけて鍛えているのよ。トレーナーはわたしに手を出したくて仕方がなさそうだけど。エラ、ちょっと太ったんじゃない？　気をつけないと、あなたの体型はお父さん似だし、あっちの家族はみんな太りやすいんだから」

「運動はしてるわ」むっとして言い返した。わたしは太ってなどいない。曲線と筋肉を備えた体だし、週に三回ヨガにも通っている。「デーンも何も言わないし」反論したくて、思わずそう言ってしまった。そのとたん、自分の頭を殴りたくなった。「でも、誰にどう思われようと関係ないわ。わたしは自分の体型に満足してるもの」

母は軽蔑のまなざしでじろりとわたしを見た。「まだあの男とつき合ってるの？」

「ええ。だから、すぐにでもデーンのもとに帰りたいし、そのためにはタラを見つけないと。あの子がここに来たときのこと、最初から説明してくれる？」

「台所に来て」

わたしはベッドから下り、寝室を出て母のあとを追った。

「タラは電話もせずにやってきたわ」台所に着くと、母は説明を始めた。「来るなり言ったの。『はい、お母さんの孫よ』って。本当にそんな調子だった。わたしはあの子を中に入れて、お茶をいれてから、座って話をした。タラが言うには、今はいとこのリザと一緒に住んでいて、派遣社員として働いているんですって。つき合いのある男性の子を妊娠したけど、その人に頼ることはできないそうよ。意味はわかるわよね。一文なしか、家庭がある人ってこと。じゃあ、子供は養子に出しなさいって言ったら、それはしたくないって。だから、言ってやったの。『今までと同じ生活はできないわよ。子供ができたら何もかもが変わるんだから』って。タラは、それはこれから何とかするって言ったわ。そのあと、ミルクを作って赤ん坊に飲ませて、わたしは昼寝をしに奥の部屋に行った。だけど、目を覚ましたときはもうタラはいなくて、赤ん坊はそのまま。エラ、明日までにあの子を連れていって。彼氏に知られるわけにはいかないから」

「どうして？」

「おばあさんだと思われるのはいやだもの」

「お母さんくらいの年齢の人なら、孫がいてもおかしくないわ」わたしはそっけなく言った。「エラ、わたしの年は実年齢とは違うの。まわりにはもっと若いと思われてるのよ」わたしの表情を見て、母はむっとした顔になった。「ちょっとは喜んだらどうなのよ。将来あなたも同じようになれるってことなんだから」

「わたしが将来お母さんみたいな容姿になれるとは思わないわ」わたしは皮肉めかした口調で言った。「今も似てないんだから」

「努力すればなれる可能性はあるわよ。どうしてそんなに髪を短くしてるの？　あなたの顔にはそういう髪型は似合わないわ」

わたしはあごの長さに切り揃えたボブに手をやった。柔らかくてまっすぐなわたしの髪には、これ以外に手入れのしやすい髪型はない。「タラの書き置きを見せてくれる？」

母は台所のテーブルにマニラフォルダーを置いた。「この中に、病院の書類と一緒に入ってるわ」

フォルダーを開けると、一番上にノートから破り取った紙が一枚のっていた。丸っこくて不揃いな妹の筆跡が、胸に刺さるほど懐かしい。文字はボールペンでぐいぐいと書かれ、そのやみくもな力強さのせいで紙に穴が空きそうになっていた。

お母さんへ

やらなきゃいけないことがあるので、ちょっと行ってきます。いつ帰れるかはわかりません。よって、子供の世話をする権限はお母さんもしくは姉のエラに託すので、わたしがこの子を連れに戻るまで保護者になってください。

敬具
タラ・スー・ヴァーナー

「〝よって〟」わたしは無理やり笑みを浮かべ、手に額を押しつけてつぶやいた。おそらくタラは、法律の文言のような言葉を使えば、公式文書に近いものになると考えたのだろう。「児童保護サービスに連絡して、事情を説明しておいたほうがいいと思うわ。でないと、育児放棄された子供がいるって誰かに通報されるかもしれない」

フォルダーの中身をより分けていると、出生証明書が見つかった。父親の名前はない。赤ん坊は生後丸一週間、名前はルーク・ヴァーナーとあった。「ルーク？」わたしは言った。「どうしてこの名前にしたのかしら？　誰か知り合いにルークって人はいる？」

母は冷蔵庫に近づき、〈ダイエット・ビッグ・レッド〉の缶を取り出した。「あなたたちのいとこのポーキーの本名がルークだったと思うわ。でも、タラはあの子のことは知らないはずよ」

「ポーキーっていういとこがいるの？」

「またいとこよ。親同士がいとこってこと。ビッグ・ボーイの息子の一人」

わたしたちがいっさいかかわりを持ってこなかった、大所帯の親族の一人ということだ。

一堂に会するには、激しやすい性質と普通でない人格の持ち主が多すぎる一族。出生証明書に注意を戻し、わたしは言った。「タラはこの子をウィメンズ・ホスピタルで産んだのね。誰が付き添っていたか知らない？」その話はしていなかった?」

「いとこのリザが付き添ってたって」母はむっつりと答えた。「詳しいことはあなたが電話して訊いて。わたしには何も教えてくれないだろうから」

「ええ。もちろん……」わたしはぼんやりと頭を振った。「タラはどうしちゃったのかしら？　あの子、落ち込んでるみたいだった？　怯えてた？　具合が悪そうだった？」

母は氷の上に〈ビッグ・レッド〉を注ぎ、ピンクの泡がグラスの縁に上っていくさまを見つめた。「だるそうだったわ。それに、疲れているみたいだった。わたしにわかったのはそれだけよ」

「産後鬱とかかもしれないわね。抗鬱薬を飲んだほうがいいのかも」

母は〈ビッグ・レッド〉のグラスにウォッカを少量注いだ。「どんな薬を飲ませたって同じよ。タラはあの子を育てたがらないわ」泡立つ鮮やかな色の液体を一口飲んで言う。「わたしと同じで、子供を持つことに向いてないから」

「じゃあ、どうしてお母さんは子供を産んだの？」わたしは穏やかにたずねた。

「女は結婚したら子供を産むものとされていたからよ。わたしもできるだけのことはしたわ。自分を犠牲にして、あなたたちに最高の子供時代を与えてあげた。なのに、二人ともそんなことは覚えてもいないような顔をしてる。子供なんて恥知らずで、薄情な存在よ。特に娘は」

わたしは口を開くことができなかった。幸せな思い出をかき集めるのにどれだけ苦労してきたか、説明の仕方がわからない。ハグや寝る前のお話など、母が愛情を示してくれる瞬間が、どれほど貴重な天の恵みに感じられたことか。けれど、本当に言いたいのはもっと別のことだった。わたしとタラにとって、子供時代は尻の下から敷物を抜き取られたも同然だったのだと。母に母性本能が欠けていて、子供を守りたいという本能的な欲求さえも備わっていなかったせいで、わたしとタラは他人との関係を築くことにこんなにも苦労しているのだと。

「ごめんなさい、お母さん」無念のにじむ声で、何とかそう言った。だが、わたしが何を無念に思っているのか、母には決して理解できないだろう。

寝室から、弱々しく甲高い泣き声が聞こえてきた。その声に背筋が凍る。赤ん坊が何かを欲しがっているのだ。

「ミルクの時間よ」母は言い、冷蔵庫に向かった。「ミルクを温めるから、あの子を連れてきて」

今度はもっと鋭い泣き声が聞こえた。アルミ箔でも嚙んだかのように奥歯が痛む。急いで寝室に行くと、ベッドの上の小さな体が、あざらしの赤ちゃんのようにうねうねと動いているのが見えた。鼓動が速まり、一拍ごとの区切りが消えてしまったかに思える。

わたしは身をかがめ、どう抱いていいかもわからないまま、そっと赤ん坊に手を伸ばした。

子供は苦手だ。友達の子供も抱かせてもらおうとしたことはない。とりたててかわいいとは思えないのだ。わたしはばたばた動く小さな体の下に、そして頭の下に両手をすべり込ませた。頭と首を支えなければならないことは知っていた。どうにか赤ん坊を胸に抱くと、はかないながらも確かな重みが感じられた。赤ん坊は泣くのをやめ、クリント・イーストウッドのように目を細めてわたしを見たあと、再び泣き始めた。あまりに無防備で、無力な存在。台所に向かいながら、わたしがまともに考えられたのはただ、自分も含めてこの家族には、赤ん坊を安心して任せられる人間は一人もいないということだった。

椅子に座り、腕の中でぎこちなくルークの位置を調整していると、母が哺乳瓶を持ってきた。シリコンの乳首――といっても人間の乳首とは似ても似つかない形をしているが――を、小さな口にそうっと入れる。ルークは乳首に吸いつくと静かになり、夢中でミルクを飲んだ。わたしは安堵のため息をつき、そのとき初めて自分が息を止めていたことに気づいた。

「今夜は泊まっていきなさい」母は言った。「でも、明日にはこの子を連れて出ていって」

わたしは忙しくて、こんなことにかかわっている暇はないんだから」

わたしは歯を食いしばって不満の言葉をのみ込んだ。こんなの不公平よ。わたしが何をしたっていうの。わたしだって忙しいんだから。わたしにも生活があるのよ。それを口に出さなかったのは、母に言っても通じないからというだけでなく、本当にひどい目に遭っているのは、自己主張のできないこの子なのだと思ったからだ。ルークは熱々のじゃがいものように、誰かが無理にでも引き受けない限り、皆がお互いに投げ合うばかりの存在なのだ。

そのとき、ふと思った。もし、この子の父親がコカイン中毒や犯罪者だったらどうする？ タラはいったい何人の男と寝ているのだろう？ その全員の居場所を突き止め、親子鑑定を受けさせるのか？ 拒否する人がいたらどうする？ 弁護士を雇わなければならないのか？

ははは、これは面白くなりそうだ。

母はわたしに、赤ん坊にげっぷをさせる方法とおむつの替え方を教えた。子供好きでもなく、最後にそのようなことをしたのはずいぶん前だというのに、驚くほど手際が良かった。わたしは若いころの母が、赤ん坊の世話という終わりのない仕事を辛抱強く続ける様子を想像してみた。母がその仕事を楽しんでいたとはとても思えない。赤ん坊、すなわち要求が多く、うるさくて、言葉が話せない生き物と二人きりの母……だめだ、とても想像がつかない。

わたしは車からかばんを取ってきて、パジャマに着替え、赤ん坊を客用の寝室に連れていった。

「どこに寝かせればいいの？」ベビーベッドがないときはどうするものなのだろうと思いながら、わたしはたずねた。

「あなたの隣に寝かせて」母は言った。

「でも、この子の上に寝返りを打ってしまうかもしれないし、うっかりベッドから落としてしまうかもしれないわ」

「じゃあ、床に寝床を作ればいいじゃない」

「でも——」

「わたしはもう寝るわ」母は言い、部屋から出ていった。「疲れてるの。一日中その子の面倒を見ていたんだから」

ルークにはプラスチックのベビーキャリアで待ってもらい、わたしは床に二人分の寝床を作った。ベッドカバーを丸めて長枕のようにし、二人の間に置く。ルークを片側に仰向けに寝かせたあと、わたしも逆側に座り、携帯電話を開いていとこのリザに電話をかけた。

「タラはそこにいるの？」わたしがもしもしと言ったとたん、リザは問いただした。

「あなたのところにいるのかと思ったんだけど」

「いないわ。もう一〇〇〇回も電話してるのに、全然出てくれないの」

リザはわたしと同い年で、昔からいい子だとは思うのだが、つき合いはほとんどない。母方の親戚の女性の例にもれず、金髪で脚が長く、男性の気を引くことばかり考えている。歯を見せて笑うと馬を思わせる面長な顔は、タラほどの美人とは言えないものの、例のあの感じ、男性を惹きつけてやまないあの性質が備わっていた。リザを連れてレストランに入ろうものなら、男たちは文字どおり椅子ごと向きを変えて、通り過ぎる彼女を眺めるだろう。

ここ数年のうちに、リザは遊び人の男女の輪に出入りするようになっていた。ヒューストンの裕福な男性やその仲間とつき合い、プレイボーイの取り巻きのようになっている。意地悪な言い方をすれば、地元の有名人なら誰かれ構わず寝たがる女、といったところだ。そんなリザと一緒に暮らしているのであれば、タラがリザのおこぼれにあずかっているのは間違いない。

しばらく話をするうちに、リザにはタラの居場所にいくつか心当たりがあることがわかった。何人かに電話をかけてみる、とリザは言った。タラは大丈夫だと思う、ふさぎ込んだり、気が動転している様子はなかった、ただ迷っていただけだ、と。

「赤ちゃんのことは、なかなか決心がつかないみたいだったわ」リザは言った。「手元に置いておきたいのかどうか、自分でもよくわからないって。この数カ月で何度も考えが変わったから、わたしもあの子がどうしたいのか探るのはやめたの」

「カウンセリングのようなものは受けていた?」

「受けてないと思う」

「父親は?」わたしは強い口調でたずねた。「誰なの?」

しばらく沈黙が流れた。「タラもはっきりとはわからないんだと思う」

「心当たりはあるはずよ」

「ええ、自分では見当をつけていたみたいだけど……でも、タラのことよ。あんまりちゃんとしてはいないから」

「自分が寝た相手を覚えておくのに、どれだけちゃんとしている必要があるのよ?」

「その、わたしたちはここのところずっと派手に遊んでたから……それに、タイミングがずれることもあるでしょう? タラがつき合ってた男のリストなら作れると思うけど」

「ありがとう。そのリストの一番上に来るのは誰? タラは誰が一番父親としての可能性が高いと言っていたの？」

またも沈黙が流れた。「ジャック・トラヴィスだと思うって」

「誰なの、それ？」

リザは信じられないというふうに笑った。「エラ、その名前を聞いてぴんとこないの？」

わたしは目を見張った。「トラヴィスって、あのトラヴィス？」

「真ん中の息子よ」

ヒューストンで有名なこの一家の長は、チャーチル・トラヴィスという億万長者で、投資家と金融評論家として知られる。マスコミ関係者や政治家、セレブと幅広いつながりを持つ人物だ。ＣＮＮに出ているのも何度か見かけたことがあるし、テキサスの雑誌や新聞にはしょっちゅう登場している。チャーチルとその子供たちは一つの狭い世界に住んでいて、権力者で構成されるその世界では、人は自分の行動の結果に向き合う必要はほとんどない。経済原則にも、人間や政府の脅威にも、説明責任にも縛られることはない。独特の種族なのだ。チャーチル・トラヴィスの息子なら、思い上がった、甘ったれの最低男に違いない。

「最高ね」わたしはつぶやいた。「一夜限りの関係というやつかしら？」

「そんなきつい言い方をしなくてもいいのに」

「リザ、この質問を、きつい言い方にならずにする方法がわからないんだけど」

「一夜限りよ」リザは簡潔に答えた。

「つまり、これはトラヴィスにとっては寝耳に水ってわけね」わたしは独り言のように言った。「そうとも言えないか。こんなことは日常茶飯事なのかもしれないわね。ひな菊みたいに、そこらじゅうからサプライズ赤ちゃんが顔を出すのかも」

「ジャックはいろんな女とデートしてるわ」リザは認めた。

「あなたも遊んだことあるの?」

「共通の友達は多いわ。友達にハイディ・ドノヴァンって子がいるんだけど、その子が何度かデートしてるし」

「仕事は何をしてるの? お父様が息絶えるのを待つ以外は」

「あら、ジャックはそんな人じゃないわ」リザは反論した。「自分の会社を持っているの……不動産管理か何かの。メイン通り一八〇〇番地よ。ダウンタウンにあるガラス張りのビル。てっぺんが変わった形をしてる。わかるでしょう?」

「ええ、わかるわ」わたしはそのビルが好きだった。アール・デコ調の装飾がされた総ガラス張りの建物で、最上部にガラスキューブを積みあげたピラミッドがついている。「電話番号はわかるかしら?」

「調べてみるわ」

「それと並行して、例のリストも作ってもらえる?」

「たぶん。でも、タラはあまりいい顔をしないわよ」

「最近のタラは、何をしてもいい顔はしないと思うわ。リザ、タラを探すのを手伝ってほしいの。元気にしてるのか確かめたいし、あの子のために何をしてやれるのか考えなきゃいけないから。父親の正体も突き止めて、ほったらかしのかわいそうな赤ちゃんのために、何らかの手を打ちたいの」

「ほったらかしとは言わないわ」リザは言い返した。「赤ちゃんの居場所はわかってるんだから、ほったらかしじゃないわよ」

わたしはリザの論理の破綻を指摘してやろうかと考えたが、時間の無駄だと思い直した。「リザ、リストをお願い。もしトラヴィスが父親じゃないとわかったら、タラが去年寝た男全員に親子鑑定を受けさせないと」

「エラ、どうしてことを荒立てようとするの？　タラに頼まれたとおり、しばらく赤ちゃんの面倒を見たらいいじゃない」

「わたし……」しばらく言葉が出てこなかった。「わたしにも生活があるのよ、リザ。仕事もある。赤ん坊とは無関係の恋人もいる。仕事でもないのに、いつまでもタラの子の面倒を見続けるわけにはいかないわ」

「言ってみただけよ」言い訳するように、リザは言った。「赤ちゃんが好きな男の人だっているでしょう。それに、あなたの仕事なら、あまりじゃまにはならないんじゃ……だって、ほとんどキーボードを打ってるだけでしょう？」

わたしは思わず笑いそうになった。「確かに、キーボードを打つのも仕事よ。でも、少しは頭も使わなくちゃいけないの」

それからしばらくリザと話したが、内容はほとんどがジャック・トラヴィスのことだった。

ジャックは男が良しとする男性の典型で、狩りと釣りを好み、車は少々スピードを出しすぎ、生活は少々はめを外しすぎているようだった。我こそは次の恋人にと願う女性たちが、ヒューストンからアマリロまで列を作っているらしい。また、ハイディがリザに打ち明けたところによると、ジャックはベッドの中でありとあらゆることをし、普通では考えられないスタミナを備えているという。例えば……。

「もうけっこうよ」わたしはリザの言葉をさえぎった。

「そう。でも、これだけは言わせて。ハイディが言うには、ある晩ジャックはネクタイを外して、それを――」

「けっこうだと言ってるでしょ」わたしは言い張った。

「気にならないの？」

「ならないわよ。わたしのコラムには、寝室でのあれこれに関する手紙やメールがわんさか来るの。今さら何を聞いても驚きやしないわ。でも、これから親子鑑定を受けてほしいと言いに行く相手のセックスライフについては、できれば知りたくないから」

「もしジャックが父親なら、力になってくれるわ。責任感の強い人だから」

それは怪しいものだとわたしは思った。「責任感の強い男性は、女性と一夜限りの関係は持たないし、相手を妊娠させたりもしないわ」

「あなたも好きになるわ。女は誰でもそうだもの」

「リザ、わたしは女が誰でも好きになるような男は好きにならないのよ」

リザとの電話を切ったあと、わたしは赤ん坊を見つめた。目は真ん丸な青いボタンのようで、心配そうにしかめた顔がほほえましい。この世に生まれて一週間、人生はこの子の目にどう映っているのだろう？　いろんな場所に移動させられ、車に乗せられて、いろんな顔を見せられ、いろんな声を聞かされて。きっと、見たいのは母親の顔で、聞きたいのは母親の声のはずだ。こんなに幼いのだから、ひとところに落ち着いた生活をさせてやるのが当然ではないか。わたしはルークの頭の上部を片手で包み、黒いふわふわした髪の毛をなでた。

「あと一本だけね」そう言って、再び携帯電話を開いた。

二度目の呼び出し音で、デーンは出た。「赤ん坊救出大作戦は順調かい？」

「赤ん坊はわたしが救出したわ。今度は、わたしを救ってくれる人が必要なの」

「ミス・インディペンデントは誰の救いも必要としないんじゃないのかな」

冬の氷にひびが入るように、自分の顔に温かな笑みが広がるのがわかった。「ええ、そうだったわね。忘れてたわ」わたしはここまでのいきさつを一から説明し、ジャック・トラヴィスが父親かもしれないと話した。

「その主張には、適度な懐疑主義でアプローチしたほうがいいと思うな」デーンは言った。「もしトラヴィスが精子提供者なら、タラはとっくに本人のところに行っていると思わないか？　ぼくの印象では、きみの妹にとっては、億万長者の息子の子を身ごもることは大手柄も大手柄だろうから」

「わたしの妹は昔から、普通の人とは違う思考回路で動いているの。どうしてこんな行動をとっているのか、想像もつかない。それに、あの子の居場所を突き止めたところで、ルークの世話ができるかどうかは怪しいものだわ。子供のころ、タラは金魚を飼ってもすぐに死なせてしまっていたから」

「ぼくの知り合いに」デーンは静かに言った。「赤ん坊がきちんとした家族のもとに行けるよう手配してくれる人なら、何人かいるよ」

「どうかしら」視線を落とすと、ルークは目をつぶっていた。この子を見知らぬ人のもとにやってしまってもいいものか、わたしにはわからなかった。「この子にとって一番いい方法を考えないと。この子が何を必要としているのか、誰かが考えてあげないとね。好きで生まれてきたわけじゃないんだから」

「今夜はよくお休み。エラ、きみならそのうちベストの答えを見つけられるよ。ずっとそうやってきたじゃないか」

3

よくお休み、と皮肉でもなく言えたのが、デーンが赤ん坊に疎いことを物語っていた。わたしの甥っ子はまさに睡眠障害の生ける見本だった。それはこれまでの人生の中で間違いなく最悪の夜で、わたしは赤ん坊の泣き声で無理やり起こされては、ミルクを作り、飲ませ、げっぷをさせて、おむつを替えた。そして、五分眠れたかと思うと、また同じことが一から繰り返される。こんな生活に何カ月も耐えられる人がいるのが不思議だ。たった一晩で、わたしはへとへとになってしまった。

朝になると、筋肉の痛みがやわらぐことを願い、火傷しそうに熱いシャワーを浴びた。もっと見栄えのする服を持ってくればよかったと思いながら、唯一持ってきた清潔な服を着る。ジーンズに、体にぴったりしたコットンのシャツ、革のフラットシューズ。髪にブラシをかけてきちんと整え、げっそりした血の気のない顔を鏡に映す。目が乾燥してちくちくするので、コンタクトレンズを入れるのはやめておいた。長方形の細いメタルフレームのめがねをかける。

キャリアでルークを台所に連れていき、テーブルの前に座る母を見ると、いっそう気分が沈んだ。母は指にごてごてと指輪をはめ、髪を巻き、スプレーで固めていた。ショートパンツから日に焼けたすべすべの脚が伸び、ウェッジソールのサンダルからはペディキュアが施された足の指がのぞいていて、小さなクリスタルのトウリングがきらめいている。

わたしはルークのキャリアをテーブルの反対側、母から遠いほうの床に置いた。

「この子の服はほかにあるの？」わたしはたずねた。「このロンパースは汚れてるわ」

母は首を横に振った。「この通りの先に、ディスカウントストアがあるわ。そこでベビー用品を買いなさい。紙おむつの大袋もいるだろうし……この時期は減りが早いから」

「あら、まあ」わたしはうんざりした口調で言い、コーヒーポットに向かった。

「昨日の夜、リザに電話したの？」

「ええ」

「何て言ってた？」

「タラは大丈夫だと思うって。今日何本か電話をして、タラを探してくれるそうよ」

「赤ん坊の父親のことは何て？」

わたしはすでに、ジャック・トラヴィスがかかわっている可能性については、いっさい言わないと決めていた。金持ちの男性の名前を出せば、母が興味を抱き、余計な口出しをしてくるのは目に見えている。

「今のところ心当たりはないって」わたしは何気ない調子で言った。

「今日はどこに行くつもり？」

「ホテルに部屋を取ったほうがよさそうね」責めるような言い方をしたつもりはなかった。だが、母にはそれでじゅうぶんだった。

椅子の上で、細い体をこわばらせる。「今つき合っている人に、このことを知られるわけにはいかないの」

「自分がおばあちゃんだと思われたくないから？」その言葉に顔を引きつらせる母を見て、わたしはゆがんだ喜びを感じた。「それとも、タラが結婚せずに子供を産んだから？」

「両方よ。わたしより若い人なの。保守的な人だし。反抗的な子供には対処のしようがないなんてこと、理解してくれないわ」

「お母さん、わたしとタラはとっくの昔に子供じゃなくなってるわよ」わたしはブラックコーヒーを一口飲み、その苦みに不快感を覚えた。デーンと暮らすうち、不本意ながら苦みを豆乳でやわらげるのが普通になっていた。でも、今日は構うものか。カウンターの上のコーヒー用ミルクの紙箱に手を伸ばし、たっぷりとコーヒーに注いだ。

口紅をこってり塗った母の唇が結ばれ、乾いた細いリボンのようになった。「あなたは昔から何でも知ってるような顔をしていたわね。まあ、自分がいかに物を知らないか、これから思い知ることになるだろうけど」

「言っておくけど」わたしは言った。「この種の知識がまったくないことは、進んで認めるわよ。わたしには何の関係もないことだもの。自分の子でもないんだし」

「じゃあ、福祉サービスに連れていきなさい」母はいらだっていた。「この子に何が起ころうと、わたしじゃなくあなたの責任ですからね。その責任が負えないなら、この子を手放すべきよ」

「負えるわよ」わたしは静かな声で言った。「いいのよ、お母さん。わたしがこの子の面倒を見るから。お母さんは何も心配しなくていいの」

棒つきキャンディを与えられた子供のように、母はおとなしくなった。「わたしと同じ方法で学習することになるわ」しばらくして母は言い、手を伸ばしてトウリングの位置を直した。どこか満足げな声で、こうつけ加える。「苦労するってこと」


すでに日はさんさんと照っていた。わたしはルークをディスカウントストアに連れていったが、通路を行ったり来たりする間、ルークはカートの取っ手の間に据えつけられた、ぼろぼろの発泡スチロールの縁のついた幼児用シートの上で、怒ったように体をよじってわめいていた。店を出ると、カートの車輪が駐車場のでこぼこのアスファルトを転がる振動を心地よく感じたのか、ようやくおとなしくなった。

屋外の空気は焼けつくように暑く、屋内はエアコンの冷気で凍えるほどだ。建物を出たり入ったりし、汗をかいたり冷えたりを繰り返すうちに、目に見えないべたべたした塩の層が全身にまとわりつく。ルークとわたしは熱気のせいで、ゆで海老のようなピンク色になっていた。

この状態で、ジャック・トラヴィスに会いに行くのだ。

　わたしは電話番号の調べがついたことを願いながら、リザに電話をした。

「ハイディが教えてくれないの」リザはむっとした声で言った。「勝手なことはできないとか何とか言って……わたしがジャックに手を出すんじゃないかと思ってるんだわ！　チャンスならこれまでに何度もあったけど、そのたびに友情を壊さないよう我慢したのよって、もう少しで言いそうになったわよ。あの子だって、ジャック・トラヴィスが自分だけのものじゃないことくらいわかってるはずなのに」

「そんなにモテていたら、眠る暇もなさそうね」

「ジャックは一人の女性と真剣につき合うことはないって公言してるから、そこは誰も期待していないの。でも、ハイディはつき合いが長いから、自分ならジャックに婚約指輪を吐き出させることができると思っているんでしょうね」

「毛玉みたいにね」わたしは面白がるように言った。「まあ、ハイディの幸運を祈るわ。でも、とりあえずどうやってジャックと連絡を取ったらいいのかしら？」

「わからないわ。会社に押しかけて会わせてくれと言うくらいしか思いつかない」

「幸い、わたしの押しかけスキルはなかなかのものよ」

「気をつけたほうがいいわよ」リザは警戒するような口調で言った。「ジャックはいい人だけど、あなたが手玉に取れる人じゃないから」

「でしょうね」わたしは同意し、胃がきりきりと締めつけられるのを感じた。

ヒューストンの交通状況には、独自の不可解なパターンがある。効率良く進むには、膨大な経験と慣れが必要だった。案の定、わたしとルークは渋滞にはまり、一五分で行けるはずの道のりに四五分かかってしまった。

メイン通り一八〇〇番地の凝った、きらめくビルに到着したときには、ルークは泣きわめき、車内には悪臭が漂っていて、考えうる限り最悪のタイミングと最悪の場所でおむつが汚れたのは明らかだった。

まずは地下の駐車場に入ってみたが、一般車用のスペースは満車だったので、再び外に出た。通りを進むと、公営の有料駐車場があった。わたしは一階のスペースにプリウスを停め、後部座席で何とかルークのおむつを替えた。

五〇〇キロも重さがあるように感じられるベビーキャリアを持ち、通りを歩いてビルに向かう。中に入ると、大理石とぴかぴかのスチールとつやつやの木材から成る豪華なロビーが広がり、冷気がほどよい強さで吹きつけてきた。ガラス張りのオフィスフロアの案内板に目をやってから、すたすたと受付デスクに向かう。アポも取っていない、コネもない身元不明の女性が、すんなりエレベーターに乗せてもらえるはずがないことはわかっていた。

「お客様……」デスクの向こうにいた一人の男性が、わたしに向かって手招きをした。

「ここで待ち合わせをしているんです」わたしは明るい口調で言った。肩に掛けているバッグに手を入れ、汚れたおむつの入ったジップロックの袋を取り出す。「ちょっと緊急事態でして。近くにお手洗いはありますか?」

男性はふくらんだ袋を見て青ざめ、慌ててエレベーターの列の向かいにあるトイレを指さした。

わたしは受付デスクを通り過ぎ、二列並んだエレベーターの間までルークのキャリアを運んでいった。扉が開くとすぐに、ほかの四人の人々とともに中に乗り込んだ。

「お嬢ちゃん、何カ月？」しゃれた黒のスーツを着た女性が、にっこりしてたずねた。

「男の子なんです」わたしは言った。「一週間です」

「子育てを頑張っていらっしゃるようね」

わたしは一瞬、自分の子ではないと説明しようかと思ったが、そうなるとまた別の質問をされるだろうし、ルークとわたしが陥っている状況を説明するつもりはまったくなかった。そこで、ほほ笑んでこう言うにとどめた。「ありがとうございます。頑張っているつもりです」それからしばらく、タラも産後の諸々から回復したあとは子育てを頑張ってくれるだろうかと考えた。一一階に着くと、ルークを連れてエレベーターを出て、いくつも並ぶ〈トラヴィス・マネジメント・ソリューションズ〉のドアの前を通り過ぎた。

そこはナチュラルカラーの内装が施され、現代的なデザインのソファがいくつか置かれた静かな空間だった。わたしはルークのキャリアを下ろし、痛む腕をさすりながら受付に向かった。受付係の女性は、顔に礼儀正しい表情を貼りつけていた。上まぶたに長めに引かれたアイラインは、目尻でチェックマークの形に跳ね上がり、今朝片づけるべき仕事のリストの一部だったかのようだ。右目完了……チェック。左目完了……チェック。わたしは世慣れた女性に見えることを願いながら、彼女にほほ笑みかけた。

「突然すみません」鼻にずり落ちていためがねを上げながら言う。「緊急の用件で、ミスター・トラヴィスにお会いしたいんです。アポは取っていません。五分でいいんです。わたしはエラ・ヴァーナーといいます」

「ミスター・トラヴィスのお知り合いの方ですか？」

「いいえ。友達の友達からの紹介で」

受付係はぴくりとも表情を動かさなかった。今にもデスクの下のボタンを押して警備員を呼びそうに思える。そのうちベージュのポリエステルの制服を着た男たちが、ドアの向こうからどやどやと現れ、わたしを引きずっていってもおかしくない。

「ミスター・トラヴィスにどういったご用件でしょう？」受付係はたずねた。

「ほかの方の耳に入る前に、ご本人が直接聞きたいと思われるようなことです」

「ミスター・トラヴィスは会議中なんです」

「待ちます」

「時間がかかりますよ」

「構いません。休憩中にすませますから」

「アポを入れておきますから、改めてお越しになってください」

「次にスケジュールが空くのはいつでしょう？」

「この先三週間はスケジュールがつまっています。今月の終わりなら――」

「今日の終わりでも遅いくらいなんです」わたしは言い張った。「お願い、五分でいいから。わたし、オースティンから来たんです。ミスター・トラヴィスの耳に入れておかなくちゃいけない緊急の用件で――」受付係のぽかんとした顔を見て、わたしは言葉を切った。

頭のおかしい女だと思われているのだ。

自分でもそんな気がしてきていた。

背後で赤ん坊が泣き始めた。

「静かにさせてください」受付係はせっぱつまったように、きつい口調で言った。

わたしはルークのそばに行き、抱き上げて、マザーズバッグのポケットから冷えたミルクの哺乳瓶を取り出した。温める手段がないため、そのまま乳首をルークの口に突っ込む。

だが、ルークは冷たいミルクはお気に召さなかったらしい。プラスチックの乳首から口を離し、泣き叫び始めた。

「ミス・ヴァーナー――」受付係がいらだたしげに言った。

「ミルクが冷たいからだわ」わたしはすまなそうに笑った。「もう帰りますから、その前にこれを温めていただけません？　カップ一杯のお湯に、一分ほど浸けていただければいいんです。お願いできるかしら？」

受付係は勢いよくため息をついた。「貸してください。給湯室に持っていきますから」

「ありがとう」わたしはおもねるように笑いかけたが、彼女は無視して行ってしまった。

受付エリアを歩き回りながら、ルークを優しく揺すったり、鼻歌を歌ったり、赤ん坊をなだめるために思いつく限りのことをする。「ルーク、これじゃどこにも連れていけないわ。あなたはいつも騒ぎを起こすんだもの。わたしの言うことはちっとも聞いてくれないし。これからいろんな人に会わなきゃいけないっていうのに」

受付エリアに通じる廊下の一本から人影が近づいてくるのに気づき、わたしはほっとして振り返った。受付係が哺乳瓶を持って戻ってきたと思ったのだ。ところが、歩いてきたのは三人の男性で、全員濃い色の高そうなスーツを着ていた。一人目は金髪で痩せ型、二人目は背が低くてぽっちゃり体型、そして三人目はこれまで見たことがないほど見目麗しい男性だった。

背が高くて肩幅が広く、筋肉質で、無造作な男らしさがあり、目は黒っぽく、豊かな黒髪はきれいにカットされている。そのたたずまい――自信に満ちた歩き方、力の抜けた肩――には、責任を負うことに慣れている人物の雰囲気があった。彼は会話を中断し、警戒するようにこちらを見たが、その瞬間わたしは息が止まりそうになった。顔が真っ赤に染まり、喉元で脈が狂ったように打ち始める。

一目見ただけで、その男性が誰なのか、何者なのかすぐにわかった。昔ながらの支配者タイプ、五〇〇万年前なら目に入る女性すべてをものにし、人類の急速な進化に貢献した種類の男性だ。魅力を振りまき、誘惑し、ろくでもないふるまいをするが、それでも女性は生物学的にその魔法のDNAに抗うことができない。

男性がわたしを見つめたまま、深みのある声で話し始めると、腕に鳥肌が立つのがわかった。「やっぱり、赤ん坊の声が聞こえた気がしたんだ」

「ミスター・トラヴィスですか?」わたしはぐずる甥っ子を揺すりながら、快活に言った。

彼は短くうなずいた。

「会議の合間にお会いできればと思っていたんです。エラといいます。オースティンから来ました。エラ・ヴァーナーです。少しだけお時間をいただきたいのですが」

別の廊下から、受付係がプラスチックの哺乳瓶を手に戻ってきた。「まあ、大変」そう言いながら、急ぎ足で近づいてくる。「ミスター・トラヴィス、申し訳ござ——」

「いいんだ」トラヴィスは言い、哺乳瓶をわたしに渡すよう、受付係に身振りで示した。

わたしは哺乳瓶を受け取り、母に教わったとおり、手首に液体を数滴落として温度を確かめてから、ルークの口に乳首を押し込んだ。ルークは満足げな声をあげ、静かになって一心に乳首を吸い始めた。

糖蜜のように黒っぽく、とろりとしたトラヴィスの目を見つめ返し、わたしはたずねた。

「二、三分でいいので、話を聞いていただけますか?」

トラヴィスは考え込むようにわたしをじろじろ見た。高価な服装と、整ってはいるが豪胆な顔つき、粗野とも呼べる雰囲気とのギャップに、わたしは驚いた。自分の男らしさをこれでもかというほど誇示し、女性は急いで彼に気に入られるよう努力するか、それがいやなら一生近づかないようにするか、そのどちらかしかない。

わたしは思わずデーンと比べてしまった。温かな光を放つ整った顔と、あごの印象をやわらげる無精ひげには、いつ見ても心落ち着く親しみやすい雰囲気がある。だが、ジャック・トラヴィスには心落ち着かせる要素は一つもなかった。強いて言えば、メープルシロップのように甘いバリトンの声くらいだろう。

「話の内容による」トラヴィスはあっさり言った。「何かのセールスか?」その口調には強いテキサス訛りがあった。発音されなかった〝G〟の音が、夏の雹《ひょう》のように床に落ちてくる気がする。

「いいえ。プライベートな問題です」

トラヴィスは面白がるように、さりげなく口角を上げた。「プライベートなことはアフターファイブに取っておく主義なんだが」

「そんなに待てません」わたしは深く息を吸ってから、ぶしつけに言い添えた。「申し上げておきますけど、今わたしを追い返してもまた来ますから。執念深いたちなので」

トラヴィスは唇に笑みを浮かべ、連れの二人を振り返った。「七階のバーで待っていてもらえますか?」

「おやすいご用です」一人がきびきびしたイギリス英語で言った。「バーで油を売るのは大歓迎ですよ。あなたの分も注文しておきましょうか?」

「ええ、長くはかかりませんから。〈ドス・エキス〉のライム添え、グラスはなしでお願いします」

二人が行ってしまうと、トラヴィスはこちらに向き直った。わたしは女性の平均程度には身長があり、決して低いわけではないのに、完全に見下ろされる格好になった。「ぼくのオフィスに行こう」彼はついてくるよう手振りで示した。「右の一番奥のドアだ」

わたしはルークを抱いたまま、角部屋のオフィスに入った。扇状に並んだくさび形の窓ガラスから地平線が見え、容赦なく照りつける日光がガラス張りのビル群に反射しているのがわかる。整然としていた受付エリアとは違い、オフィスは適度に散らかっていた。ふかふかの革張りの椅子が置かれ、本やフォルダーが山積みになり、家族の写真が入った黒い写真立てが並んでいる。

トラヴィスはわたしに椅子をすすめたあと、デスクに浅く腰かけてこちらを向いた。彫りの深い顔立ちで、しっかりした鼻にゆがみはなく、あごは何かを切り裂けそうなほど鋭いラインを描いている。

「話は手短にお願いするよ、オースティンのエラさん」トラヴィスは言った。「外国からのクライアントと取引の最中で、待たせるわけにはいかないんだ」

「さっきの方たちに不動産を手配なさるの？」

「ホテルチェーンだ」トラヴィスはちらりとルークを見た。「哺乳瓶を傾けたほうがいい。お嬢さんは空気を吸っている」

わたしは顔をしかめ、哺乳瓶を上向きに直した。「男の子です。どうしてみんな女の子だと思うのかしら？」

「ハローキティのソックスをはかせているからだ」その声には、明らかに不満げな響きがあった。

「このサイズのソックスはこれしか売っていなかったんです」わたしは言った。

「男の子にピンクのソックスをはかせるものじゃない」

「まだ生後一週間ですよ。もうジェンダー差別の心配をしなきゃいけないのかしら？」

「いかにもオースティン市民のようなことを言うね」トラヴィスは皮肉混じりに言った。

「エラ、用件は何かな？」

説明すべきことがありすぎて、どこから始めたものか迷った。「まずは心の準備をなさってください」ビジネスライクな口調で言う。「この話に驚かれることと思いますから」

「驚かされることには慣れている。続けて」

「わたしはタラ・ヴァーナーの姉です。あなたは去年、タラとデートしていますね」名前を言ってもぴんとこないようだったので、わたしは言い添えた。「リザ・パーセルはわかりますか？　わたしのいとこです。リザがあなたとタラを引き合わせたんです」

トラヴィスは考え込んでいた。「タラなら覚えている」しばらくしてから言う。「背が高くて、金髪で、脚が長い」

「そうです」ルークがミルクを飲み終えたのがわかったので、わたしは空の哺乳瓶をマザーズバッグに入れ、げっぷをさせようとルークを肩の上に引き上げた。「これはタラの息子です。ルークといいます。タラはこの子を産むと、母に預けて姿を消してしまいました。居場所は今探しているところです。その間に、赤ん坊の生育環境を整えてやろうと思いまして」

トラヴィスはぴくりとも動かなかった。オフィスの空気が、敵意を含む冷ややかなものに変わった。わたしが脅威、あるいは単に厄介者と見なされたのがわかる。いずれにせよ、トラヴィスの口元には軽蔑の表情が浮かんでいた。

「きみが驚くと言っていた意味は理解できたつもりだが」彼は言った。「エラ、その子はぼくの子じゃない」

揺るぎないそのこげ茶色の目から、わたしは視線をそらさないよう耐えた。「タラはあなたの子だと言っているんです」

「トラヴィスという名前だけで、父親のいない自分の子供がぼくに似ていると思う女性は多いみたいでね。でも、二つの理由でその可能性はない。一つ、ぼくはセックスをするときは必ず銃をホルスターに入れておく」

会話の内容の深刻さとは裏腹に、その言い回しに笑いそうになった。「コンドームのことを言っているの？　でも、その避妊方法は一五パーセントの確率で失敗します」

「ありがとう、教授。それでも、やっぱりぼくは父親じゃない」

「どうしてそう言えるんです？」

「タラとはセックスをしていないからだ。一緒に出かけた晩、タラは酒を飲みすぎていた。ぼくはそういう状態の女性とは寝ない」

「そうですか」わたしは疑わしげに言った。

「そうだ」落ち着いた答えが返ってきた。

ルークがげっぷをし、わたしの首の曲線にいんげん豆の袋のようにどさりと体を預けた。

リザに聞いたジャック・トラヴィスの女遊びの派手さと、伝説の域に達しているモテぶりを思い出し、わたしは思わず皮肉な笑いを浮かべた。「それはあなたが高潔な男性だから？」辛辣な口ぶりでたずねる。

「いや、違う。女性にも積極的に参加してもらいたいからだ」

一瞬、わたしはトラヴィスが女性といるところを、女性に求める〝参加〟の内容を想像し、顔が赤く染まっていくのを感じて地団駄を踏んだ。トラヴィスに、自分がつかまえた無能な犯罪者でも見るような興味混じりの冷ややかな視線を向けられると、顔はますます赤くなった。

そのせいか、わたしはいっそう自分の言い分に固執した。「タラと出かけた晩、あなたも何か飲んだんじゃないのかしら？」

「たぶんね」

「それなら、あなたの判断力も鈍っていたはず。もしかしたら記憶力も。何もなかったと断言することはできないはずです。それに、わたしがあなたを信じる理由もありません」

トラヴィスは何も言わず、じっとわたしを見ていた。そのまなざしは、どんなにささいな点も見逃すことはないように思われた。目の下の隈、赤ん坊の唾が乾いた肩の汚れ、ぼんやりとルークの頭に置いた手。

「エラ」トラヴィスは言った。「きみがこの話をしようとしている男はぼくだけじゃないね」

「ええ」わたしは認めた。「もしあなたが父親でないことがわかったら、ほかの幸運な候補者たちにも協力してもらって、親子鑑定を受けてもらうつもりです。でもまずは、騒ぎになったり話が表に出たりする前に、あなたにこの問題を片づけてもらいたいんです。鑑定を受けてあなたの望む結果が出れば、疑いは晴れるんですから」

トラヴィスはわたしに、テキサスの家によく入り込む小さな緑色のとかげでも見るような目を向けた。「弁護士に頼めば、きみに何カ月も無駄足を踏ませることだってできるよ」

わたしはからかうような笑みを浮かべた。「ご冗談でしょう、ジャック。あなたがDNAのサンプルを提供するところを見るのが楽しみだったのに。お金を払ってでもお願いしたいところよ」

「興味深い申し出だが」トラヴィスは言った。「しょせん頬の内側の粘膜を取るだけだよ」

「ごめんなさい。タラとは寝ていないというあなたの言葉を信じたいとは思うの。でも、たとえ寝ていても、あなたがそれを認めるはずがないでしょう?」

トラヴィスは焦げたコーヒーのような色の目でわたしをじっと見た。熱い、なじみのない衝撃の波が、背筋を駆け下りる。

ジャック・トラヴィスは大柄でセクシーな色男で、彼に求められるままにタラがすべてを差し出したであろうことは容易に想像がついた。トラヴィスが銃をホルスターに入れていようと、ホルスターを二重にしていようと、あるいはしっかり結んでいようと関係ない。ウィンクするだけで女を妊娠させられる男なのだ。

「エラ、差し支えなければ……」トラヴィスの手が伸びてきて、顔からそっとめがねが外されたので、わたしはびっくりした。ぼやけた世界を呆然と見ていると、彼がレンズの汚れをティッシュで拭いているのがわかった。「はい」トラヴィスは言い、めがねをていねいにわたしの顔に戻した。

「ありがとう」わたしはささやき声を絞り出した。今や視界は澄みわたり、トラヴィスの顔もはっとするほどよく見える。

「どこのホテルに泊まっているんだ？」彼がたずねるのが聞こえ、わたしは何とか考えをまとめようとした。

「まだわかりません。ここを出てから探すつもりで」

「いや、それは無理だ。ヒューストンでは今、大きな行事が二つ開かれている。何かコネでもない限り、ペアランドまで行かないと部屋は見つからないだろう」

「コネはありません」わたしは認めた。

「では、協力したほうが良さそうだな」

「ありがとうございます、でも——」

「エラ」トラヴィスは断固とした口調でさえぎった。「きみと言い合っている暇はない。文句があるならあとで言ってくれればいいから、とりあえず黙ってついてきてくれ」立ち上がり、赤ん坊に手を伸ばす。

わたしは少し驚き、ルークを引き寄せた。

「大丈夫だよ」トラヴィスは言った。「ぼくに任せて」

大きな手がわたしとルークの間にすべり込んできて、弛緩したルークの体を器用に抱き、床の上のキャリアに移した。わたしはトラヴィスが赤ん坊を扱う慣れた手つきと、彼を強く意識している自分に驚いた。トラヴィスの匂い、ヒマラヤ杉と新鮮な土のようにさわやかな香りが、脳に快感の信号を送る。頬ひげはどんなに深く剃っても剃り跡が消えないようで、豊かな黒髪は手入れがしやすいようレイヤーを入れて短く切られている。

「赤ちゃんの扱いに慣れているようね」マザーズバッグを探り、すべてのファスナーをきちんと閉めながら、わたしは言った。

「甥っ子がいるんだ」トラヴィスはベルトでルークを固定してから、重いキャリアを楽々と持ち上げた。わたしに断りもなく、先に立ってオフィスの外に出て、廊下に並ぶドアの一つの前で立ち止まる。「ヘレン」フォルダーが山積みになったデスクの向こうに座っている、鳶色の髪をした女性に言った。「こちらはミス・エラ・ヴァーナーだ。今夜から二晩、ホテルの部屋を取ってあげてほしい。この近くで」

「かしこまりました」ヘレンはわたしに向かって薄くほほ笑み、電話を取った。

「お金は払います」わたしは口をはさんだ。「クレジットカードの番号とか――」

「細かいことはあとだ」トラヴィスは言った。受付エリアに出ると、ルークのキャリアを椅子のそばに下ろし、わたしに座るよう手で示した。「ここでいい子にして待っていて」小声で言う。「今、ヘレンが手配してくれているから」

いい子？　男性優位を強調するような言い方に、わたしは開いた口がふさがらなかった。思わずじろりとトラヴィスを見たが、憤慨するより先に、彼がわたしの反応を予測していたことを悟った。それに、彼はわたしが腹を立てる立場にないこともわかっている。

トラヴィスは財布に手を伸ばし、名刺を出してわたしに差し出した。「ぼくの携帯番号だ。また夜に連絡する」

「つまり、親子鑑定は受けていただけると？」わたしはたずねた。

横目でこちらを見るトラヴィスのまなざしは、挑むようにぎらりと光っていた。

「ぼくに選択の余地があったとは知らなかったよ」そう言うと、大股でゆったりと歩いてその場を去った。

4

　ヘレンが取ってくれたホテルの部屋は贅沢なスイートで、居間と、流しと電子レンジのついた簡易台所が別に設けられていた。ガレリア（ヒューストンにある大規模なショッピングセンター）の中にあるこのヨーロッパ風のリゾートホテルを一目見た瞬間、わたしは数時間以内にクレジットカードが限度額に達することを悟った。いや、数分以内かもしれない。

　とはいえ、スイートは豪華で、床にはぶ厚いカーペットが敷きつめられ、バスルームは大理石のタイル張りで、アメニティも充実していた。

「パーティの時間よ」わたしはルークに話しかけた。「まずはミニバーを攻めてみるわ」車から持ってきたミルクの缶を開けて哺乳瓶数本分のミルクを作り、小さな冷蔵庫に入れる。流しの縁に白いタオルを敷きつめ、湯を張ってルークを入浴させた。

　ルークがさっぱりし、ミルクを飲み終え、眠そうな顔になると、キングサイズのベッドの中央に寝かせた。窓のカーテンを引くと、午後の日射しはつるつるした重いブロケードの向こうに消えた。部屋の涼しさと静けさを心地よく感じながら、シャワーを浴びようとバスルームに向かう。だが、赤ん坊に視線を戻すと、その足が止まった。ルークはとても孤独で小さく、黙って何かに耐えるように、天井を見上げてまばたきをしていた。この子が起きている間はそばを離れられない。次に自分の身に降りかかろうとしている何かを辛抱強く待っている間は。わたしはベッドに這い上がってルークのそばに寝転び、ふわふわした黒い髪の毛をなでた。

デーンと暮らし始めてから、世界にはびこる不正をいくつも知り、それについて議論し、考えをめぐらせてきた。けれど、望まれない子供ほど深刻な問題はないように思える。わたしは顔を近づけて、色素の薄い赤ん坊の肌に頬をすり寄せ、繊細な頭の曲線にキスをした。まつげが下りてきて、口が気難しい老人のようにきゅっとすぼまる。胸に置かれた両手は、小さなピンクのひとでのようだった。その片方に指で触れると、ルークは驚くほどきつく握ってきた。

わたしの指を握ったまま、ルークは眠りに落ちた。その親密さは、これまでに感じたことのないものだった。まるで心臓がぱっくり割れたかのように、なじみのない甘い痛みが胸に広がっていく。

わたしはしばらくうとうとした。その後、時間をかけてシャワーを浴び、ぶかぶかのグレーのTシャツに、切りっぱなしのデニムのショートパンツをはいた。ベッドに戻り、ノートパソコンを開いてメールチェックをする。一通はリザからのものだった。

エラへ。わたしが覚えている限りだけど、タラがデートした相手のリストを作りました。ほ

かにも思い出したら、またメールします。タラに内緒でこんなことをするのは気が引けるけど。あの子にもプライバシーがあるし……。

「何言ってるのよ」わたしは声に出して言った。タラは母の家に赤ん坊を置いていった瞬間、プライバシーの権利を放棄したのだ。

……タラの居場所には心当たりがあるんだけど、ある人から折り返し電話が来るはずなので、それを待たないとはっきりとは言えません。明日中に連絡します。

「リザ」文頭がすべて小文字から始まっている文面を見ながら、わたしは悲しげに言った。「シフトキーを押せば大文字になるって、誰かに教わらなかったの？」

わたしは添付されていたリストを開き、頭を振ってうめいた。こんなにも分量があって、よくもプロバイダーの容量制限に引っかからなかったものだ。

わたしはファイルを閉じて保存した。

ほかのメールを開く前に、グーグルでジャック・トラヴィスを検索した。いったい何が出てくるだろう。

ずらずらと表示される検索結果には、父親のチャーチル・トラヴィスと、兄のゲイジに関する記述も数多く混じっていた。

だが、ジャックに関しても気になるリンクがいくつかあり、その一つに全国版のビジネス雑誌の記事があった。タイトルは「息子もまた昇る《サン・オルソー・ライジズ》」。

億万長者のチャーチル・トラヴィスの次男、ジャック・トラヴィスは最近まで、ビジネス界よりもヒューストンのクラブシーンとナイトライフで名を馳せていた。けれど、今や状況は変わりつつある。ジャック・トラヴィスは現在、いずれ自身をテキサスの開発業界のトップに押し上げること必至のプロジェクトや官民共同事業を数多く手がけているのだ。

父親とは別の業界に参入しながらも、血は争えないものであるという世の理をジャック・トラヴィスは証明した。だが、将来の夢を訊かれると、今たまたまこういうことをやっているが、ずっと続けるかどうかはわからないと答える。とはいえ、この無頓着なスタンス、謙遜とも呼べるこの言動に反する事実はいくらでもある。

例A：〈トラヴィス《T》・マネジメント《M》・ソリューションズ《S》〉の子会社として最近設立された〈トラヴィス・キャピタル〉は、何カ月にもわたる交渉の末、価格非公開でフロリダ南部にある一二〇万平米のゴルフコース、アリゲーター・クリークを買収した。この土地は、マイアミにある提携会社が管理する予定。

例B：TMSは現在、ヒューストンのダウンタウンの一区画、マンハッタンの一〇ブロック分に及ぶ広さの地区に、オフィスビル、マンション、商店街、シネコンを建設中。そのすべてを、TMSに新設される部署が管理する予定……。

記事にはこのあとも、現在進行中のほかのプロジェクトの説明が続いていた。わたしは検索結果に戻り、ずらりと並んだ画像のサムネイルを眺め、そのうちのいくつかをクリックしてみた。上半身裸のジャックがウォータースキーをしている写真を見て、目を丸くする。その体は引き締まっていて力強く、割れた腹筋はそろばんのようだった。テレビのコメディドラマに出ている有名な女優と一緒に、ハワイのビーチでくつろいでいる写真もある。女性ニュースキャスターと、地元のチャリティイベントで踊っている写真もあった。

「ジャック、あなたは忙しい人なのね」わたしはつぶやいた。

次の写真を開こうとしたとき、携帯電話が鳴るのが聞こえた。ハンドバッグをかき回し、ルークが目を覚まさないことを願いながら、急いで携帯を取り出す。

「もしもし？」

「調子はどうだい？」デーンの声が聞こえた。

おなじみの声に、ほっと息をつく。「若い男とはめを外してるわよ。わたしにはちょっと背が低すぎるし、自分を見失いがちなところもあるけど……でも、すべて乗り越えてうまくやってるわ」

デーンは笑った。「今はお母さんの家？」

「まさか。朝一番に追い出されたわよ。でも、ルークと一緒におしゃれなホテルに泊まってるわ。ミスター・トラヴィスと秘書が部屋を探してくれたの。一泊の料金は、月々の車のローンを超えると思うけど」わたしは今日の出来事を説明しながらコーヒーをいれた。小さな容器二個分のミルクをコーヒーに注ぎ入れ、一人でほくそ笑む。

「そういうわけで、トラヴィスは親子鑑定を受けることに同意してくれたの」わたしは話を終え、コーヒーを飲んだ。「リザは引き続きタラを探してくれてる。コラムは遅れてるから、今夜中に終わらせないとね」

「トラヴィスがタラと寝ていないと言ったのは嘘だと思ってるのか？」

「意図的に嘘をついたとは思わないわ。でも、勘違いしている可能性はあると思う。本人もその可能性が捨てきれないからこそ、親子鑑定を受けると言ってるんじゃないかしら」

「もしそいつの子なら、タラにとっては宝くじを引き当てたようなものじゃないか？」

「タラならそう考えるでしょうね」わたしは思わず眉間にしわを寄せた。「ルークをだしに、好き勝手にトラヴィス家にお金をせびるようにならなきゃいいけど。ルークがキャッシュカードみたいに扱われるなんてひどすぎるもの」ベッドの上で眠る小さな姿に目をやる。ルークは夢を見ているのか、体をぴくつかせていた。生後一週間で見る夢というのは、どんなものなのだろう？

わたしは注意深く身を乗り出し、ベビー用ブランケットをルークの胸にかけ直した。「デーン」声を潜めて言う。「前、あひるとテニスボールの話をしてくれたわよね？　赤ちゃんあひるが、生まれて初めて見たものに愛着を感じるという話」

「刷り込みだね」

「どういう仕組みになっているんだったかしら……?」

「あひるのひながかえってからある一定の期間中は、ほかの生物、いや無生物でもいいんだけど、それがひなの神経系に刻み込まれて、結びつきが生まれるんだ。ぼくが読んだ研究結果では、テニスボールでも刷り込みができるということだった」

「その一定の期間というのは、どのくらいあるの?」

デーンの声はどこか警戒するような、面白がるような色を帯びた。「どうして? 自分がテニスボールになるんじゃないかと思ってるのか?」

「わからないわ。ルークのほうがテニスボールなのかもしれないし」

デーンが小声で毒づくのが聞こえた。「エラ、情が移らないようにするんだよ」

「わかってるわ」わたしは慌てて言った。「できるだけ早くオースティンに帰るつもりだし。まさか――」ドアがノックされるのが聞こえ、わたしは言葉を切った。「ちょっと待って」デーンに言う。はだしでスイートルームを横切り、ドアの掛け金を外して開けた。

そこに立っていたのは、ジャック・トラヴィスだった。ネクタイをゆるめ、乱れた髪の一部が額に落ちている。彼はわたしの全身に目をやり、洗いたての顔と、むき出しになった脚、はだしの足を確認した。その視線がゆっくりと上がり、目を見つめる。わたしは下腹部に熱い矢が刺さったような感覚にとらわれた。

携帯を持つ手に力が入る。「ルームサービスが来たわ」デーンに向かって言う。「あとでかけ直すわね」

「わかった」

　わたしは携帯を閉じてぎこちなく後ずさりし、手を振ってジャックを部屋に招き入れた。

「どうも。さっき連絡すると言っていたのは、電話をくれるという意味だと思ってたんだけど」

「すぐ帰る。クライアントを送ってきたところでね。このホテルに泊まっているんだ。二人とも時差ぼけがひどくて、今日はもう終わりにしようと言うものだから。この部屋は問題ないか？」

「ええ。ありがとう」

　向かい合って立つ二人を、重い沈黙が包んだ。わたしは磨かれていないむき出しの爪先を、ベルベットのカーペットに食い込ませた。ビジネススーツに身を包んでいるジャックの前では、ショートパンツとTシャツ姿の自分が不利に思える。

「明日の朝、かかりつけの医者が親子鑑定をしてくれるそうだ」ジャックが言った。「九時にロビーに迎えに来る」

「どのくらいで結果がわかるのかしら？」

「通常は三日から五日かかる。でも、医者は特急でやってくれると言っているから、明日の晩には結果が出るそうだ。妹さんのことは何かわかったか？」

「もうすぐ連絡が来ると思うわ」

「手間取るようなら、短期間で人を探してくれる人間を紹介するけど」

「私立探偵ってこと？」わたしは疑わしげにジャックを見た。「あまり意味があるとは思えないけど。今の時点では手がかりがほとんどないのよ」

「妹さんが携帯電話を持っているなら、一五分あれば居場所は突き止められる」

「電源が入っていなかったら？」

「最近の機種なら、電源が入っていなくても追跡はできる。それに、誰かの足どりを追うならほかにも方法がある。ＡＴＭの取引記録とか、社会保障番号の追跡とか、クレジットカードの記録とか……」

その冷静で理性的な口調に、わたしは落ち着かないものを感じた。この人はハンターらしい。

タラのことを思うと心配が募り、わたしは痛むこめかみをもみながら、数秒間目を閉じた。

「明日になっても行方がわからなければ、その線も考えてみるわ」

「食事はしたのか？」ジャックがそうたずねるのが聞こえた。

「ミニバーのスナックを食べただけ」

「外に食べに行くか？」

「あなたと？」予想外の質問に、わたしは驚いてジャックを見た。「夜はゆっくりするんでしょう？　ハーレムかどこかに戻らなきゃいけないんじゃないの？」

ジャックはわたしをにらんだ。

とたんに後悔に襲われた。嫌味を言うつもりはなかったのだ。だが、肉体的にも精神的にも疲労困憊していて、会話に気を遣うことができなくなっていた。

謝ろうとしたが、その前にジャックが低い声で問いかけた。「エラ、ぼくがきみに何かしたか？　ホテルに部屋を取る手伝いもしたし、根拠のない親子鑑定も受けると言ってるじゃないか」

「宿泊費はわたしが払うわ。親子鑑定の料金も。それに、本当に根拠がないんだったら、鑑定を受けなくてもいいのよ」

「今から取り消したっていいんだよ。頬の裏側の粘膜を提供するだけとはいえ、少しは犠牲も払うわけだから」

わたしは申し訳なさそうに、口元に笑みを浮かべた。「ごめんなさい。お腹がすいているうえ、睡眠不足なの。思いがけないことで、何の準備もできていなくて。妹は見つからないし、母は話が通じないし、彼氏はオースティンにいるし。だから、積もりに積もった不満が全部あなたに向いてしまって。それに、潜在意識ではあなたのことを、妹を妊娠させた可能性のある男性の代表のように思ってしまっているんだわ」

ジャックはわたしに皮肉めいた視線を向けた。「妹さんを妊娠させるには、実際にセックスをするのが一番手っ取り早いけどね」

「あなたがタラと寝ていないという一〇〇パーセントの確信はないってことでは、さっき意見が一致したはずだけど」

「ぼくは一〇〇パーセント確信しているよ。意見が一致したのは、きみがぼくを信用していないという点だけだ」

わたしは笑みを押し殺した。「ところで、ディナーに誘ってくれてありがとう。ただ、見てのとおり、外に出られるような格好はしていないの。四〇キロもありそうなこの赤ん坊を連れて歩くのもうんざりだし、わたしはビーガンだから、連れていく店にも困るはずよ。ヒューストンに、動物性の食材を使わない料理を出してくれる店があるとは思えないもの」

ディナーという言葉を口にしたことで、食欲が刺激されたらしい。よりによってこんなときに、わたしの腹は大きな、恥ずかしい音をたてて鳴った。ぎょっとして、胃のあたりを手で押さえる。そのとき、ベッドからいらだったような泣き声が聞こえ、わたしは声の主を振り返った。ルークが目を覚まし、小さな腕を振っていた。

わたしは冷蔵庫に急ぎ、哺乳瓶を取り出して、流しに湯を張って浸けた。ミルクを温めている間に、ジャックがベッドに向かい、ルークを抱き上げた。慣れた手つきでしっかりと腕に抱き、優しく話しかける。だが、効果はなかった。ルークは口を大きく開け、目をぎゅっとつぶって泣きわめいた。

「静かにさせようとしても無駄よ」わたしはよだれ拭きタオルを出そうと、マザーズバッグの中を探った。「この子は自分の要求がかなえられるまで、声を張り上げる一方だから」

「ぼくもその手はよく使う」ジャックは言った。

数分後、わたしは流しから哺乳瓶を取って温度を確かめ、ソファに向かった。ジャックがルークを連れてきてくれ、差し出した腕に抱かせてくれた。ルークはシリコンの乳首にかじりつき、ミルクを飲み始めた。

ジャックは鋭い目つきでわたしを見下ろした。「どうしてビーガンなんだ?」

その質問から始まる会話が楽しいものにならないことは、経験から知っていた。

「その話はやめておくわ」

「そういう食生活を貫くのは難しいはずだ。特にテキサスでは」

「時にはズルもするわ」わたしは認めた。「小さいことだけど。バターを使ったり、フライドポテトを食べたり」

「フライドポテトも食べてはいけないのか?」

わたしはうなずいた。「魚や肉を揚げたのと同じ油が使われているかもしれないから」ルークを見下ろし、哺乳瓶をはさんだ小さな手の先に指で触れた。またも腹が、さっきより大きな音で鳴った。わたしは恥じ入って顔を赤らめた。

ジャックが眉を上げた。「エラ、まるで何日も食べていないように聞こえるが」

「お腹がぺこぺこなの。いつだってお腹はすいてるのよ」わたしはため息をついた。「わたしがビーガンになったのは、恋人のデーンがビーガンだからなの。二〇分以上満腹感が続いたためしはないし、体力を保つのも一苦労よ」

「じゃあ、どうして続けてるんだ?」

「健康にいいから。コレステロール値と血圧はかなり抑えられているわ。それに、動物性の食品を食べないほうが、良心の呵責を感じずにすむの」

「敏感すぎる良心に効く治療法なら知ってるよ」

「でしょうね」

「話を聞いた感じだと、きみは彼氏がいなければ肉を食べているような気がするが」

「たぶん」わたしは認めた。「でも、この問題に対するデーンの考え方には賛成だし、普段はわたしも苦痛に感じないの。ただ、誘惑に弱くて」

「そういう女性は好きだな。誘惑に弱いなら、敏感すぎる良心は許してやってもいい」

その言葉に、わたしは笑った。この人はいたずらっ子だ。男性のそういう性質を魅力的だと感じたのは、これが初めてだった。目が合うと、ジャックはそれだけで女を妊娠させられそうなほど魅惑的な笑みを浮かべた。

この人は魔法のDNAを持っているのよ、とわたしは悲しげに自分に言い聞かせた。

「ジャック、そろそろ帰ったほうがいいわ」鳴りかけていた腹も途中で止まった。

「ミニバーの湿気たチップスしか食べるものがないところに、飢えた女性を残しては帰れないよ。それに、このホテルがビーガン用の食事を出してくれないことはよくわかってるだろう」

「下にレストランがあったわ」

「あれはステーキハウスだ」

「グリーンサラダならあるはずよ。それに、フルーツの盛り合わせも」

「エラ」ジャックはわたしを見下ろし、厳しい口調で言った。「きみのお腹はそれでは満足できないはずだ」

「そうね。でも、これはわたしの主義なの。それを貫こうと努力してる。禁を破れば、余計に元の生活に戻るのがつらくなるのはわかってるし」

ジャックは口元に笑みを浮かべてこちらを見つめた。ゆっくりとネクタイに手を伸ばし、結び目をほどいて外す。それを見て、わたしは髪の生え際まで顔が赤くなるのを感じた。彼はネクタイを無造作にたたみ、スーツの上着のポケットに突っ込んだ。

「何をするつもり？」わたしはかろうじて声を出した。

ジャックは上着を脱ぎ、近くにあった椅子の背に掛けた。アウトドア派の男性らしい、引き締まった頑丈な体つきをしている。まじめくさったビジネス用の装いの下に、本格的な筋肉が隠されているのは間違いない。たくましい男性を目の前にして、わたしは何百万年という進化の過程に思いを馳せずにはいられなかった。

「きみがどれだけ誘惑に弱いか試してみようと思ってね」

わたしはぎこちなく笑った。「ちょっと、ジャック、わたしはそんな――」

ジャックは指を一本立ててわたしを黙らせ、電話の前に行った。ボタンを押し、しばらく待ってから、革表紙のサービスガイドを開く。「ルームサービスを二人分」電話に向かって言う。

わたしは驚いて目をしばたたいた。「それは本当に困るんだけど」

「どうして？」

「あなたは遊び人という噂だわ」

「確かに若いころはばかをやっていた」ジャックは認めた。「でも、そのぶんディナーの相手としては面白いと思うよ」電話に向かって返事をする。「ああ、料金はこの部屋に請求してくれ」

「それも困るんだけど」

ジャックはちらりとわたしを見た。「それは残念。これを明日ぼくが医者に会う条件にしようと思うんだが。ぼくの頬の裏側の細胞が欲しいなら、ディナーをおごってくれ」

わたしは一瞬考え込んだ。ジャック・トラヴィスとディナー……ホテルの部屋に二人きりで。

わたしは一心にミルクをむさぼるルークに目をやった。わたしは赤ん坊と一緒だし、疲れていて不機嫌だし、最後に髪をといたのがいつだったかも思い出せない。そんなわたしに、ジャック・トラヴィスが性的関心を抱くはずがない。彼は忙しい一日を終え、お腹をすかせている。きっと、一人で食事をするのが好きではないタイプなのだ。

「わかったわ」わたしはしぶしぶ言った。「でも、肉も魚も乳製品も食べないわよ。つまり、バターと卵もってこと。蜂蜜も」

「どうしてだ？　蜂は動物じゃない」

「節足動物なの。ロブスターや蟹と同じ」

「何だそれ――」そのとき、電話の相手が何か言ったようだった。「ああ。〈ホブス〉のカベルネをボトルで」

いったいいくらかかるのだろうとわたしは思った。「清澄化に動物性の物質を使っていないかきいてもらえる?」

ジャックはわたしを無視し、注文を続けた。「まずは、じっくり調理したあひるの卵をチヨリソーソーセージにのせて。それから、牧草育ちのアンガス牛の骨つきリブロースステーキを二つ。ミディアムで」

「何ですって?」わたしは目玉が飛び出しそうになった。「何をしてるの?」

「農務省が認定した最上級の牛肉の厚切りを二枚頼んでいる」ジャックはわたしに向かって説明した。「いわゆる蛋白質だ」

「サディストね、最低だわ」わたしは口に唾を溜めながら、何とかそう言った。ステーキなど最後にいつ食べたのかも思い出せない。

わたしの表情を読むと、ジャックはにやりとして電話に戻った。「それから、ベイクドポテトを。フルセットだ。サワークリームに、ベーコン……」

「チーズも」気がつくと、わたしはうっとりした口調で言っていた。ちゃんととろける本物のチーズ。ごくりとつばを飲み込む。

「チーズも」ジャックはわたしの言葉を繰り返した。目に意地悪な光を浮かべ、こちらを見る。「デザートはどうする?」

抵抗する気はきれいさっぱり消え失せていた。どうせビーガンの原則も食生活の主義も完全に破るのなら、その結果としてデーンを裏切るのなら、徹底的に裏切ってやればいい。

「チョコレートの何か」自分が息を切らせてそう言うのが聞こえた。

ジャックはメニューを眺めた。「チョコレートケーキを二切れ。よろしく」受話器を置くと、彼は勝ち誇ったようにわたしを見た。

今ならまだ間に合う。わたしの分はキャンセルして、代わりにグリーンサラダとふかしたじゃがいもと蒸し野菜を頼んでほしいと言えばいいのだ。だが、リブロースのことを考えると、膝から力が抜けた。

「ステーキが来るまでどのくらいかかるの?」わたしはたずねた。

「三五分だそうだ」

「あなたって最低、と言いたいところなんだけど」わたしはぼそぼそつぶやいた。

ジャックはにやりと笑った。「そんなこと言えるはずがない」

「どうして?」

「少しくらい裏切っても構わないと思っている女性は、ちょっとけしかければどこまでも裏切るものだからさ」わたしが顔をしかめると、ジャックは笑った。「気にするな、エラ。デーンにはばれやしない」

5

二人のウェイターがホテルの部屋にごちそうを運んできて、居間にセッティングしてくれた。テーブルに白いリネンを掛け、保温カートから銀のふたがついた皿をいくつも取り出し、その上に並べる。ワインが注がれ、皿のふたがすべて取り除かれたときには、わたしは食欲に震えていた。

ところが、ルークはおむつを替えたあと機嫌が悪くなり、腕から下ろそうとするたびに泣き叫んだ。わたしはルークを片方の肩に抱いたまま、目の前で湯気を立てているステーキを見つめ、片手だけでこれが食べられるだろうかと考えた。

「やるよ」ジャックは言い、テーブルを回って隣にやってきた。ステーキを小さく、きれいに切り分けてくれる。そのあまりに慣れた手つきに、わたしは茶化すような、警戒するような視線を向けた。

「やけにナイフの使い方がうまいのね」

「暇さえあれば狩りに行っているからな」作業を終えると、ジャックはナイフとフォークを置き、ナプキンをわたしのTシャツの首元にたくし込んだ。指のつけ根が肌をかすめ、体に震えが走る。「一五分あれば鹿一頭を解体することができる」彼は言った。

「それはすごいわ。気分が悪いけど、すごいわね」

ジャックは悪びれずにわたしにほほ笑みかけ、テーブルの反対側に戻った。「自分がつかまえたり殺したりしたものは隅々まで食べる、と言えば少しは気分が良くなるかな？」

「ありがとう。でも気分はちっとも良くならないわ。もちろん、肉がきれいに発泡スチロールとセロファンに包まれた状態で、魔法のように食料品店に現れるわけじゃないことは知ってる。でも、その過程とはある程度距離を置きたいの。もし肉を食べるのに、自分で動物を狩って……」

「皮を剝いで内臓を取り除く？」

「そう。それをやらなきゃいけないなら、肉は食べられないと思う。でも、今はそんな話はよしましょう」わたしはステーキを一口食べた。久しぶりに食べたせいか、肉の品質のおかげか、シェフの腕がいいのか……とにかく、その肉汁たっぷりの、軽くいぶされたとろけるような熱々のステーキは、これまで食べたどんなものよりもおいしかった。わたしは一瞬目を閉じ、喉を震わせた。

その表情を見て、ジャックはくすくす笑った。「認めろよ、エラ。肉食もそう悪くはないって」

わたしは厚切りのパンに手を伸ばし、柔らかな黄色いバターにつけた。「わたしは肉食じゃなくて、日和見主義の雑食よ」分厚いパンにかじりつき、新鮮なバターのこくのある甘みを堪能する。食べ物がこんなにもおいしいものであることを、長い間忘れていた。ため息をつき、焦らずゆっくり味わうよう心がける。

ジャックはわたしの顔から視線をそらさなかった。「エラ、きみは頭がいいんだな」

「語彙の多い女は苦手かしら？」

「まあ、そうだな。ＩＱが一〇〇を超える女を相手にすると、気が滅入ってしまう。でも、ディナーをおごってくれるとなると話は別だ」

「わたしがばかなふりをすれば、あなたがディナーをおごってくれるのかしら」

「もう遅い。きみが小難しい単語を使うのは聞いてしまったから」

肩にかかる重みが増し、ルークが眠ったのがわかった。これで下ろすことができる。「ちょっと失礼……」わたしは席を立とうとした。すかさずジャックが隣にやってきて、椅子を引いてくれる。

わたしはベッドに向かい、ルークをそっと寝かせてニットのブランケットをかけた。テーブルに戻ると、ジャックは立ったまま待っていて、わたしが座ろうとすると椅子を押してくれた。「ルークの世話を始めてから、子供を持つことに対する自分の考えが正しいのがわかったわ。つまり、わたしには無理だろうなってこと」

「じゃあ、もしデーンと結婚しても、しばらくは産まないつもりなのか？」ジャックはルークのほうを目で示して言った。

わたしはバターととろけた熟成チェダーチーズのたっぷりかかったほくほくの白いポテト

を、フォークいっぱいにすくい上げ、口元に運んだ。「あら、デーンとわたしは結婚しないわ」

　ジャックは険しい目でわたしを見た。「どうしてだ？」

「二人とも結婚という制度を信じていないから。たかが紙切れ一枚のことだもの」

　ジャックは考え込むような顔になった。「何かに対して、それは紙切れ一枚のことだという言い分は理解できないな。紙切れの中にも、恐ろしく価値の高いものはあるじゃないか。卒業証書。契約書。憲法」

「今言ったものは、全部価値のある紙切れだと思うわ。でも、結婚という契約と、それに付随するもの、指輪や、メレンゲみたいにふわふわのウェディングドレスには、何の意味もない。デーンにあなたを永遠に愛しますっていう法律上の約束はできても、それを守れるかどうかはわからないじゃない？　人の気持ちを法律で縛ることはできないわ。人が人を所有することはできない。だから結婚というのは結局、財産共有の契約でしかないの。もちろん、子供ができれば養育の取り決めもしなきゃいけない……でも、それだって結婚しなくてもできることだもの。結婚という制度自体が実用性を失ってきたのよ」わたしはバターとチーズたっぷりのポテトにかじりつき、そのあまりの濃厚さとおいしさに、これを食べるというのは、一人きりでブラインドを下ろしてやるべき行為ではないかと思った。

「誰かのものになりたいというのは自然な感情だ」ジャックは言った。

「人が誰かのものになるなんてことはできないわ。良く言えば、幻想。悪く言えば、奴隷制度よ」

「それは違う。ただ、結びつきが欲しいだけだ」

「でも……」わたしはまた一口ポテトを食べた。「わたしは法律にのっとった契約をしなくても、誰かとの結びつきをじゅうぶんに感じられる。むしろ、わたしの考え方のほうがロマンティックだとも言えるわね。二人の人間を結びつけられるのは、愛だけってことなんだから。法律じゃなくて」

ジャックはワインを飲んで椅子にもたれ、考え込むようにわたしを見た。グラスは持ったままで、長い指をクリスタルの杯に添えている。その手はわたしの中の裕福な男性のイメージとはまったく違い、浅黒くがさがさしていて、爪はぎりぎりまで短く切られていた。優雅とは言えないが、硬さと力強さが魅力的で……繊細なグラスを優しく支えるその手から、わたしは目をそらすことができなかった。

そして一瞬だけ、あの無骨な指先が自分の肌に触れるところを想像してしまい、とたんにはしたなくも高ぶってしまった。

「エラ、オースティンではどんな仕事を？」

その質問に、わたしは危険な想像から現実に引き戻された。「相談コラムニストをしてるの。男女関係専門の」

ジャックはぽかんとした顔になった。「男女関係を専門にしているのに、結婚を信じていないのか？」

「自分に関してはね。でも、ほかの人の結婚に文句はつけないわ。その人たちの関係にふさわしい形式だと思うなら、全力で応援する」わたしはにっこりした。「ミス・インディペンデントは夫婦にもすばらしいアドバイスをするのよ」

「ミス・インディペンデント？」

「ええ」

「それは何か、男性バッシングをするようなコラムなのか？」

「そんなのじゃないわ。わたしは男性が好きだもの。あなたの性の大ファンよ。ただ、女性が自分を一人前だと感じるのに、男は必要ないってことはよく言ってるけど」

「なるほどね」ジャックは頭を振り、弱々しく笑った。

「進歩的な女性は嫌い？」

「嫌いじゃないよ。ただ、手がかかるだけで」

何をするうえで手がかかると言っているのだろう？　だが、それを追及しようとは思わなかった。

「つまり、きみはすべての答えを知っているということだな」ジャックはわたしをじっと見つめた。

高みから見下ろすようなその言い方に、わたしは顔をしかめた。「すべての答えを知っていると言うつもりはまったくないわ。ただ、できる限り、ほかの人が答えを見つける手助けをしたいと思ってるだけよ」

わたしのコラムについて話しているうちに、二人ともテキサス大学を卒業していることが判明した。ジャックはわたしよりも六学年上だった。また、二人ともオースティンのジャズが好きなこともわかった。

「〈エレファント・ルーム〉にクライング・モンキーズが出ていたときは、いつも聴きに行っていたよ」ジャックが名前を挙げたのは、コングレス・アベニューにある、世界的トップミュージシャンも出演する有名な地下のジャズバーだった。「仲間と一緒にあそこに何時間も座って、心地いいジャズに浸りながら、ジム・ビームをストレートで飲んで……」

「女性を手当たりしだい引っかけていたのね」

ジャックは口元をこわばらせた。「ぼくは確かにいろんな女性と遊びに行く。でも、その全員と寝ているわけじゃない」

「それを聞いて安心したわ。そうじゃないと、病院で頬の裏側の細胞を鑑定してもらうくらいじゃすまなくなりそうだもの」

「女の尻を追っかける以外にも趣味はあるよ」

「ええ、わかってるわ。怯える鹿を追っかけるのよね」

「それから、もう一度言っておくが、ぼくはきみの妹さんとは寝ていない」

わたしは疑わしげな視線を送った。「タラは寝たと言ってるの。二人の言い分は食い違ってるわ。男性がこういう状況で言い逃れをするのはよくあることだし」

「女性が自分を妊娠させた相手を偽るのもよくあることだけどな」

「タラとデートしたんでしょう。あの子に興味がなかったとは言わせないわ」

「ああ、興味はあったよ。最初はね。でも、いざデートをしてみると、この子と寝ることはないなと思ったんだ。危険な信号をいくつも感じた」

「例えば？」

ジャックは考え込むような目をした。「無理をしすぎているように見えた。笑い方がわざとらしかった。落ち着きがなかった。質問と答えが嚙み合っていなかった」

ジャックが言わんとすることはわかった。「神経過敏ね」わたしは言った。「躁病的。どんなに小さなことにも大げさに反応する。つねに二歩も先のことを考えようとしているように見える」

「そのとおりだ」

わたしはうなずき、忘れたくても忘れられない記憶の数々をたどった。「それはわたしたちが育ってきた環境に原因があるの。わたしが五歳、タラが三歳のとき、両親が離婚して、父とはそれっきり。わたしたちは母と暮らすことになったんだけど、母はかかわる人すべての気をおかしくさせるような人なの。気性が荒くて、何でも大げさに騒ぎ立てて。平凡な一日、なんてものは存在しない。そんな母と一緒にいるうちに、わたしとタラはつねに災難に対して身構えるようになった。いくつも対処メカニズムを作り上げたんだけど、神経過敏もその一つなの。なかなか克服できる習慣じゃないのよ」

ジャックは一心にわたしを見つめた。「でも、きみは克服したんだな？」

「大学のころに時間をかけてカウンセリングを受けたから。だけど、わたしが落ち着いているのは、ほとんどはデーンのおかげよ。誰かと一緒に暮らすというのは、必ずしも混沌と大騒ぎの毎日を送ることじゃないんだって気づかせてくれた。タラはこれまで、デーンのように安定した人とつき合ったことがないんだと思う」わたしがワイングラスを突き出すと、ジャックは黙ってお代わりを注いでくれた。濃い色のカベルネの奥を鬱々とのぞき込みながら、わたしは続けた。「二年ほど前からタラと連絡を取らなくなったのは、申し訳なく思ってるわ。でも、あの子の面倒を見るのに疲れてしまったの。自分の面倒を見るのにせいいっぱいで」

「そのことできみが責められる筋合いはない」ジャックは言った。「きみは妹さんの保護者じゃないんだから。気にすることはないよ、エラ」

わたしは絆のようなものを感じ、理解者を得た気分になったが、筋の通らないその感覚に戸惑った。ジャックとは今日会ったばかりなのだ。しかも、余計なことをしゃべりすぎている。きっと、自分で思っているよりも疲れているのだろう。わたしは気楽そうに見えるよう注意してほほ笑んだ。「わたしは毎日のように、何かに罪悪感を抱かなきゃ気がすまないみたい。今日はそれがタラだったのね」ワイングラスを取り、一口飲む。「ところで、金融の権威みたいな家の出身なのに、どうして不動産管理の仕事をしているの？　一家のはみ出し者ってわけ？」

「いや、ただの次男坊だ。投資戦略やら、レバレッジやら、思惑買いやら……そんな話題に耐えられなくてね。まったく興味が持てないんだ。ぼくはものを作ったり、段取りをつけたりするのが好きだ。実務的な人間なんだよ」

話を聞いているうちに、ジャックとデーンはある得がたい点が似ていることに気づいた。二人とも自分という人間を知り抜いていて、その自己像に心から満足しているのだ。

「大学を出てすぐに、ある不動産管理会社で働き始めたんだ」ジャックは続けた。「そのうち、融資を受けてその会社を買った」

「お父様に援助してもらったの？」

「まさか」ジャックは苦笑いを浮かべた。「父の助言があれば避けられただろうミスもたくさんしたよ。でも、父の力を借りたと思われるのはいやだった。だから、リスクは全部自分で負った。それに、自分の力も証明したかったから、失敗するわけにはいかなかった」

「そして、成功したってわけね」わたしはジャックをまじまじと見た。「面白いわ。あなたは支配者タイプに見えるけど、次男坊なのね。真ん中の子は普通、もっとのんびりしているものだけど」

「トラヴィス家の中では、のんびりしているほうだよ」

「うわっ」わたしは笑い、チョコレートケーキを食べ始めた。「ジャック、デザートを食べたら帰ってね。わたしには長い夜が待ってるんだから」

「赤ん坊はどのくらいの頻度で目を覚ますんだ？」

「三時間おき」

わたしたちはデザートをたいらげ、ワインを飲み干した。ジャックは電話の前に行き、ルームサービスに片づけを頼んでから上着を手に取った。

ドアの前で立ち止まり、わたしを見下ろす。「ごちそうさま」

「どういたしまして。それから言っておきますけど、これだけおごらせておいて医者に行くのをすっぽかしたら、殺し屋を差し向けるわよ」

「九時に迎えに来るよ」ジャックは動かなかった。二人の体はすぐそばにあり、わたしは呼吸が速まっていることに気づいてどぎまぎした。ジャックはゆったりした姿勢で立っているものの、体格はわたしとはかけ離れていて、身体的な威圧感を覚えるほどだ。だが驚いたことに、その感覚はさほど不快ではなかった。

「デーンは支配者タイプなのか？」ジャックはたずねた。

「いいえ。どこまでも穏やかな人よ。わたしは支配者とはつき合えないわ」

「どうして？　気に障るのか？」

「そうじゃなくて」わたしはジャックに、茶化すような、脅すような視線を向けた。「支配者を打ち負かすのなんて朝飯前ってこと」

ジャックの黒っぽい目に、いたずらな光が浮かんだ。「じゃあ、明日は朝食の時間より早めに来ようかな」わたしに答えを返す隙を与えず、彼は出ていった。

6

そんなことがありうるとは思ってもいなかったが、ルークと過ごす二日目の晩は、最初の晩よりも大変だった。おいしいステーキのディナーと上等なワイン、楽しい会話ですっかり満ち足りていたわたしの気分は、二度目にミルクをやるときにはしぼんでいた。「ルーク、あなたは本当に空気が読めないのね」そんな皮肉にも、赤ん坊はどこ吹く風という顔をしていた。何度ルークに起こされ、何度おむつを替えたことだろう。二〇分以上まとまった睡眠は取れなかった。七時半に目覚ましが鳴ると、わたしは苦心してベッドから這い出し、よろよろとバスルームに向かった。

一五分かけてシャワーを浴び、小型カウンターに置かれたコーヒーメーカーからすえたようなコーヒーを二杯飲むと、ようやく生き返った気分になった。カーキのズボンとひじ丈の水色のシャツを着て、麻編みのフラットサンダルを履く。ルークを起こしてしまうのではないかと、ドライヤーで髪を乾かすことをためらったが、泣くなら泣けばいいと開き直った。ブローが終わり、髪がまっすぐなボブになると、ドライヤーのスイッチを切った。

声は聞こえない。

ルークに何かあったのだろうか？　どうしてあんなに静かなのだろう？　わたしは寝室に駆け込み、ルークの様子を確かめた。仰向けになってすやすやと眠っている。胸が上下し、頬は水彩絵の具のようなピンクに染まっていた。問題がないことを確認するために、体に触れてみる。ルークはあくびをし、さらにぎゅっと目をつぶった。

「やっとおねむになったのね」わたしはつぶやいた。ルークのそばに座り、驚くほどきめ細かい肌と、繊細なまつげ、まどろむ小さな目鼻を見る。眉毛はとても薄くて柔らかく、ほとんど見えなかった。タラに似ている。鼻と口の形がそっくり……だが、髪は真っ黒だ。ジャック・トラヴィスと同じ、と思いながら、わたしは柔らかな髪に指を触れた。

ベッドを離れ、携帯電話を充電器から外しに行く。いとこのリザに電話をかけた。

リザはすぐに出た。「もしもし？」

「エラよ」

「赤ちゃんはどうしてる？」

「元気よ。タラ探しには進展があった？　もし何も――」

「見つかったわよ」リザは得意げに言った。

わたしは目を丸くした。「何ですって？　どこにいるの？　話はした？」

「直接はしてないわ。でも、何かあったときにタラが会いに行く男性がいて……」

「会いに行く？」わたしは聞きとがめた。「つき合ってるってこと？」

「正確に言えば、つき合ってるわけじゃないわ。奥さんがいる人だもの。とにかく、タラはその人のところに行ったのかもしれないと思ったのよ。それで電話番号を調べて、留守電にメッセージを入れておいたんだけど、やっと向こうがかけ直してきたってわけ。その人が言うにはタラは元気で、ここ二日間は自分と一緒だったって」

「どういう人なの？」

「それは言えないわ。名前は出さないでほしいって言われてるから」

「それはそうでしょうね。リザ、わたしは正確なことが知りたいの。妹の身に何が起こっているのか、どこにいるのか――」

「ニューメキシコ州のクリニックにいるわ」

心臓が早鐘を打ち始め、頭がくらくらしてきた。「クリニックってどんな？　リハビリ施設？　あの子、ドラッグをやってるの？」

「違う違う、ドラッグじゃないわ。神経衰弱にでもなったんだと思う」

〝神経衰弱〟という言葉にぞっとし、わたしはかすれた声でたずねた。「施設の名前は？」

「〈マウンテン・バレー・ウェルネス〉よ」

「あなたが言っている男性がタラをそこに入院させたの？　自分で入院したの？　あの子はどういう状態なの？」

「わからないわ。自分できいてみて」

わたしはぎゅっと目をつぶり、何とか質問を絞り出した。「リザ……あの子……自分を傷つけようとしたんじゃないでしょうね？」

「ううん、そんなんじゃない。わたしが見た感じだと、赤ちゃんができたこと自体、タラには負担が大きすぎたのよ。休息が必要なんだと思うわ」

タラに必要なのは休息以上のものだ、とわたしは思い、陰気な笑みを浮かべた。

「とにかく」リザは言った。「その施設の番号を教えるから。今ならタラの携帯にもつながると思うし」

わたしはリザから聞いた情報をメモし、電話を切って、まっすぐパソコンに向かった。

グーグルでそのクリニックを検索すると、サンタフェ近くの小さな町にある短期滞在型の療養施設であることがわかった。ウェブサイトの写真は、メンタルヘルスクリニックというより、スパかリゾート施設のように見える。実際、全人的医療《ホリスティック・セラピー》や栄養学講座なども紹介されていた。ただ、正規の資格を持つスタッフも揃っていて、本格的な精神科としても機能しているようだ。〝治療〟というページによると、心と体の健康に重点を置き、薬物療法は最低限に抑える、もしくはいっさい行わないのが目標だという。

〈マウンテン・バレー・ウェルネス〉は、神経衰弱に陥った人が行く施設としては適切でない気がした。タラを救える人材や資源は揃っているのか？　フェイシャルエステやペディキュアを施す傍ら、心理学的なアドバイスを与えるような場所ではないのか？

今すぐにでも事務局に電話をかけたいところだったが、クリニック側が患者に対する守秘義務を破るはずがないことはわかっている。

わたしは部屋の隅のデスクに腰かけ、頭を抱えた。タラの状態はそんなに悪いのだろうか？　不安と同情、苦悶、怒りが心の中でごちゃごちゃに絡み合う。わたしたちのような育ち方をした人間がまともに生きていくのは、ほとんど不可能に近いのだ。

母の芝居がかった言動と、奇妙にねじれた理屈、気性の荒さに、わたしたちは混乱し、怯えてきた。男たちが次々と現れては消えていったのも、母がなりふり構わず幸せになりたいと願った結果だ。けれど、誰も、何も、母を幸せにすることはできなかった。我が家の生活は普通ではなかったが、それでも普通を装おうとしたせいで、わたしとタラは苦い孤独を味わうことになった。子供のころからずっと、自分はほかの人たちとは違うと思いながら生きてきた。

わたしたちは二人とも、誰かと親しくなることができなかった。姉妹同士も同じだ。親しくなれば、自分が最も愛する人は、自分を最も傷つける人になってしまう。どうすればそんな考え方をせずにすむようになるだろう？　神経繊維の一本一本に、脈管の一つ一つに深く編み込まれているのだ。簡単に断ち切れるものではない。

わたしはおそるおそる携帯を手に取り、タラの番号にかけた。これまでずっとつながらなかったのが嘘のように、タラはすんなり電話に出た。「もしもし？」

「タラ、わたしよ」

「お姉ちゃん」

「大丈夫なの？」

「うん、元気にしてる」妹の声は高く、震えていた。小さな子供のような声。その声を聞いたとたん、数えきれないほどの記憶がよみがえってきた。タラが子供だったころのこと。長時間二人きりで家に放っておかれ、食べ物もなく、母がいつ帰ってくるかもわからない昼や夜、わたしが読んでやった本のこと。不思議な生き物や、勇敢な子供たち、冒険するうさぎの話。タラは一心に耳を傾けながら、ぴったり身を寄せてきた。エアコンがない部屋は暑く、二人とも汗まみれになったが、わたしは文句を言わなかった。

「ねえ」優しくたずねる。「いったいどうしたの?」

「別に……どうもしないわ」

わたしたちはいっせいにくすくす笑った。たとえタラが神経を病んでいるのだとしても、冗談を言う余裕は残っているのがわかって、わたしはほっとした。

「タラ……」わたしはルークの様子を見ようと、ベッドに向かった。「あなたはわたしと同じで、誰よりもサプライズを嫌ってるじゃない。一言くらい、前もって言ってくれてもよかったんじゃない? 電話をくれるとか。メールとか。『夏休みの思い出』の作文を送ってくれればよかったの。わたし、おとといの晩にお母さんからの電話で初めて知ったんだから」

長い沈黙が流れた。「お母さん、わたしのこと怒ってた?」

「怒ってるのはいつものことよ」わたしは冷静に答えた。「ルークのことをどう言ってたかってことなら……そうね、もし娘が自分をおばあちゃんにするという許しがたい罪を犯す可能性があることに最初から気づいていたら、わたしたちは思春期を迎える前に不妊手術をさせられていたでしょうね。ルークにとっては、お母さんが先のことを考えられない性格でよかったってことよ」

　タラは声をつまらせた。「ルークはどうしてる？」

「元気にしてるわ」わたしは間髪入れず答えた。「健康だし、食欲も旺盛」

「たぶん……たぶんお姉ちゃんは、どうしてわたしがあの子をお母さんのところに置いてきたのかと思ってるんでしょうね」

「ええ。でも、その話をする前に、今どこにいるの？　リザが教えてくれたクリニック？」

「ええ、昨日の晩にここに着いたの。いいところよ。個室に入れてもらってるの。好きなときに退院できるし。三カ月はいたほうがいいって言われてるけど」

　わたしは驚いて黙り込んだ。なぜ三カ月なのだろう？　タラの問題が片づくのに必要な期間がどうしてわかるのだ？　現状をよく調べたうえで、この精神状態なら三カ月で治ると診断したということか？　もし自殺衝動や精神疾患が認められるなら、もっと長く入院させるはずだ。それとも、本当は長期入院プログラムが組まれているのに、タラにはその事実が隠されているのか？　一瞬にして大量の疑問が湧いてきて、そのすべてを今すぐにでも確かめたかったが、言葉は喉につかえ、口からは一言も出てこなかった。咳払いをし、がちがちになって塩辛くさえ感じられる言葉の塊から、質問を抜き出そうとする。

　わたしが途方に暮れていることに気づいたのか、タラが言った。「友達のマークが飛行機のチケットを買ってくれて、手配もしてくれたの」

　マーク。奥さんがいるという男だ。

「あなたがそこに行きたいと言ったの?」わたしは穏やかにたずねた。

ささやくような声が聞こえた。「お姉ちゃん、わたしには行きたい場所なんてないわ」

「もう誰かと話はした?」

「ええ、女医さん。ジャスロー先生」

「いい人そう?」

「感じは良かったわ」

「力になってくれそう?」

「たぶん。わからないけど」

「何の話をしたの?」

「お母さんのところにルークを置いてきたいきさつ。本当はあんなことしたくなかった。赤ちゃんをあんなふうに置き去りにしてくるなんて」

「どうしてあんなことをしたのか教えてくれる? 何かあったの?」

「ルークを連れて退院したあと、二日間はリザと住んでるアパートに戻ってたの。でも、何もかもがちぐはぐな気がして。ルークが自分の子だとは思えなかった。どうすれば親らしいことができるのかわからなかったの」

「それは当然よ。自分の親が親らしいことをしてくれなかったんだから。参考にしようにもお手本がないのよ」

「自分がこの体の中にいることが一秒も耐えられなくなってきたの。ルークを見るたびに、自分の感情が自然なものなのかどうかわからなくなった。そのうち、自分が自分の体から抜け出して、どこかに消えてしまうような感覚に陥ったの。自分の中に戻ってきてからも霧に包まれているみたいで。今も霧の中にいるような気がするわ。その感覚がいやでたまらない」長い沈黙ののち、タラはおそるおそるたずねた。「お姉ちゃん、わたし、頭がおかしくなってきたのかな？」

「違うわ」わたしはすばやく答えた。「わたしも何度か同じ状態になったことがあるの。オースティンでかかっていたセラピストは、そういうふうにぼうっとなるのは、自分が作り出した逃げ道のようなものだって言ってた。トラウマをやり過ごすための方法よ」

「今もそうなることはある？」

「心と体が乖離《かいり》する感覚？　ここしばらくはないわ。あなたもセラピーを受ければ、その状態に陥らずにすむようになるわよ」

「お姉ちゃん、何が一番きついかわかる？」

ええ。わかるわ。だが、わたしは訊き返した。「何？」

「お母さんと住んでいたころのこと、あのヒステリーと、家に連れてくる男の人たちとの生活を思い出そうとしても……はっきり思い出せるのは、お姉ちゃんと一緒のときのことだけなの。オーブントースターで夕食を作ってくれたこととか、お話を読んでくれたこととか。そういう感じのこと。でも、それ以外はぽっかり空白になってるの。その部分のことを思い出そうとすると、怖くなってめまいがしてくるのよ」

わたしがようやく絞り出した声は、かすれていて切れ切れで、まるで繊細なケーキにたっぷりと振りかける粉砂糖のようだった。「ジャスロー先生に、わたしがしたロジャーの話は伝えた？」

「部分的には」タラは言った。

「よかった。先生に助けてもらえば、もっと思い出せるかもしれない」

震える息が吐き出されたのがわかった。「つらいわ」

「わかってる」

長い沈黙が流れた。「子供のころは、電流の通った柵の中で生活する犬みたいな気分だった。しかも、お母さんがつねに柵の位置を変えてくるの。どこに行けば感電せずにすむのか、全然わからなかった。お姉ちゃん、お母さんはどうかしてたのよね」

「どうかしてた？」わたしはそっけなく訊き返した。

「でも、誰もそんな話は聞いてくれなかった。世の中にそんな母親がいるなんて信じたくないのね」

「わたしは信じるわ。わたしもそこにいたもの」

「でも、わたしが話をしたくても、お姉ちゃんはそばにいなかったじゃない。オースティンに行ってしまった。わたしを置き去りにして」

このとき初めて、わたしは全神経がいっせいに叫びだすほどの罪悪感を覚えた。息がつまりそうなあの生活、うんざりするほど同じことが繰り返される日々から逃げ出そうと必死になるあまり、残された妹が一人で生きていかなければならないことにまで頭が回らなかったのだ。「ごめんなさい」わたしは何とかそう言った。「わたし——」

そのとき、ドアがノックされた。

九時一五分になっていた。ルークを連れてロビーに行き、ジャック・トラヴィスと落ち合っていなければならない時間だ。

「しまった」わたしはつぶやいた。「タラ、ちょっと待って……掃除の人が来たみたい。まだ切らないでね」

「わかった」

わたしは戸口に向かい、ドアを開けて、手を勢いよく振ってジャック・トラヴィスを中に入れた。自分がばらばらになってしまいそうなくらい、慌てふためいていた。

ジャックが部屋に入ってきた。彼がそこにいることで、どういうわけか激しい耳鳴りは治まってきた。ジャックのこげ茶の目は底知れなかった。じろりとわたしを見ると、状況を把握したようだ。大丈夫、というふうに短くうなずいてから、ベッドのそばに行き、眠る赤ん坊を見下ろした。

ジャックはゆったりしたジーンズに、両脇にスリットの入った緑色のポロシャツという、非の打ちどころのない体型の男性にしかできない服装をしていた。実際よりも背を高く、筋肉質に、引き締まっているように見せかけなくても、もともとすべての要素が揃っているのだ。

体格のいい男性が、自分で寝返りも打てない無力な赤ん坊の上に立ちはだかっているのを見て、わたしは本能的な警戒心を感じた。自分の子でもない赤ん坊に対する保護欲に、一瞬驚きを覚える。今にも飛びかかろうと身構える雌虎のようだ。けれど、ジャックがルークの小さな胸にブランケットを掛け直しているのを見ると、緊張は解けた。

わたしはふかふかの椅子のそばに置かれた足のせ台《オットマン》に腰かけた。「タラ」注意深く言う。「友達のマークがこの件にどうかかわっているのか、よくわからないんだけど。クリニックの入院費はその人が払ってくれるの？」

「ええ」

「わたしが払うわ。その人に借りを作ってもらいたくないから」

「マークは返せとは言わないわよ」

「気持ちの上で、借りを作ってほしくないという意味よ。そういうお金を出してもらうと、あとになって何を頼まれても断れないでしょう。わたしはあなたの姉よ。わたしが払うわ」

「いいのよ、お姉ちゃん」タラの声には、いらだちと疲れが混じっていた。「そのことは気にしないで。お姉ちゃんにしてもらいたいのはそんなことじゃないから」

わたしはできるだけ慎重に事情を探ろうとした。それは花全体をばらばらにせず、中心から花びらだけを外していく作業に似ていた。「その人がルークの父親なの？」

「ルークに父親はいないわ。あの子はわたしの子。そのことは詮索しないで。ただでさえ、わたしは大変――」

「わかったわ」わたしは慌てて言った。「わかったから。ただ……父親に認知してもらわないと、ルークが父親の援助を受ける法的な権利が得られないの。それに、何か補助金の申請をしようと思っても、父親の名前がないと無理なのよ」

「補助金はいらないわ。ルークの父親は必要なときは援助してくれるから。でも、親権とか訪問権とか、そういうのはいらないって」

「間違いないの？　本人がそう言ったの？」

「ええ」

「タラ……リザに、あなたが父親はジャック・トラヴィスだと言ってたって聞いたんだけど」

ジャックの背中が張りつめ、薄いシャツの緑色の織り目の下で、力強い筋肉が動くのが見えた。

「違うわ」タラはあっさりと言った。「あれはリザがしつこくきいてくるから言っただけよ。その名前を出せば黙ると思って」

「本当に？　ジャックに親子鑑定を受けてもらうことになってるんだけど」

「ちょっと、何それ。お姉ちゃん、ジャック・トラヴィスに迷惑をかけないで。あの人は父親じゃないわ。わたし、あの人と寝たこともないんだから」

「じゃあ、どうしてリザに寝たと言ったの？」

「別にいいじゃない。ジャックに相手にしてもらえなかったのが格好悪かったから、それをリザに知られたくなかったのよ」

「それを格好悪いなんて考える理由は一つもないと思うわ」わたしは優しく言った。「きっと紳士的な人なのよ」視界の片隅で、ジャックがベッドの端に腰かけるのが見えた。こちらを見ているのがわかる。

「何でもいいけど」タラの声は疲れていて、不機嫌そうだった。「そろそろ切るわ」

「だめ。待って。あと少しだけ。タラ、わたしからジャスロー先生に話をしてもいい？」

「いいわよ」

あっさり受け入れられたことに、わたしは驚いた。「ありがとう。わたしにはあなたの話をしても大丈夫だと伝えておいて。書面での同意を求められると思うわ。それからあと一つ、タラ……クリニックにいる間、ルークのことはどうしてほしいの？」

しばらくの間、完全な沈黙が流れ、わたしは電話が切れたのではないかと思った。

「お姉ちゃんが面倒を見てくれると思ってたんだけど」ようやくタラは言った。

額が頭蓋骨にぴたりと縫いつけられてしまった気がした。額をさすり、張りつめた皮膚を動かして、鼻のつけ根と眼窩の間の浅いくぼみを強く押す。追いつめられてしまった。逃げ場はない。「デーンが納得してくれるとは思えないわ」

「リザのところに行けばいいでしょう。わたしの分の家賃を払ってくれればいいわ」

この顔に浮かぶ表情をタラに見られなくてよかった。ホテルの部屋のドアをぼんやりと見つめながら、わたしは思った。家賃ならすでに、デーンと折半した分を払っている。それに、リザと住むということは、時を選ばず男が連れ込まれるということだ。泣き叫ぶ赤ん坊にリザがどんな顔をするかは言うまでもない。だめだ、うまくいくはずがない。

タラが話し始めたが、その声は硬く、空き缶を引きずる結婚式の車の糸のようにぴんと張りつめていた。「お姉ちゃんが何とかして。わたしには考えられない。どう言えばいいのかもわからないの。誰か雇って。お金はマークに出してもらうようにするわ」

「マークと話をさせてくれない？」

「だめ」タラは勢いよく言った。「どうしたいか言ってくれれば伝える。でも、わたしはお姉ちゃんに、三カ月間赤ちゃんの世話をしてほしいだけなの。長い人生のうちのたった三カ月よ！　わたしのためにそれくらいできない？　わたしが今までお姉ちゃんに頼み事をしたことなんてなかったでしょう！　お姉ちゃん、わたしを助けてくれないの？　ねえ？」

タラの声はパニックと怒りを帯びてきていた。その口調に母の声を聞いた気がして、わたしは怖くなった。

「わかったわ」冷静に言う。タラが落ち着くまで繰り返した。「わかった……わかったから」

やがて二人とも黙り込み、呼吸音だけが響いた。

三カ月か、と沈みきった心で考えた。その間にタラは混乱した子供時代と、その悪影響に折り合いをつける。そんなことができるだろうか？　そしてわたしは、それまで自分の生活を破綻させずにいられるだろうか？

「タラ……」しばらくして言った。「わたしはかかわるとなると、徹底的にかかわるわよ。

ジャスロー先生とも話をさせてもらう。あなたとも話をさせてもらうわ。しょっちゅうかけるつもりはないけど、わたしが電話をしたときはちゃんと出るのよ。ルークの様子も聞きたいでしょう？」

「ええ。わかったわ」

「それから、念のため言っておくけど」これだけは言わずにいられなかった。「あなたがわたしに頼み事をしたのはこれが初めてじゃないわ」

タラの薄っぺらい笑い声が、耳の奥で震えた。

クリニックの電話番号と自分の部屋番号を告げると、タラは電話を切った。わたしのほうはもっと長く話したかったのだが、タラは唐突に会話を終わらせた。わたしは携帯電話を閉じ、汗のついた表面をジーンズで拭いてから、やたら慎重に脇に置いた。ぼんやりとした頭で、今の状況を何とか整理しようとする。まるで、走っている車を追いかけているかのようだ。

「マークっていったい誰？」わたしは声に出して言った。

混乱していた。ジャック・トラヴィスの靴が視界に入るところまで近づいてきても、わたしは身動きせず、顔さえ上げなかった。太い縫い目のある、履き古した革のスリッポン。手に何かが握られている……折りたたまれた紙片だ。ジャックは黙ってそれをわたしに差し出した。

紙を広げると、ニューメキシコのクリニックの住所と、その下に〝マーク・ゴットラー〟

という名前が書かれ、〈永遠の真理の仲間《フェローシップ・オブ・エターナル・トゥルース》〉の電話番号と住所が添えられていた。

わたしはあっけにとられ、頭を振った。「この人、何者なの？　教会がどう関係してるの？」

「ゴットラーはそこの準牧師だ」ジャックはわたしの前で腰を落とし、目の高さを合わせた。

「タラはこの男のクレジットカード番号でクリニックの入院手続きをしている」

「そうなの？　どうしてそれを――」わたしは言葉を切り、手のひらで汗ばんだ額をなでた。

「そういうこと」ぼんやりと言う。「あなたの調査員は本当に優秀なのね。どうやってこんなに早く、この情報を入手したの？」

「昨日の晩、きみと別れてからすぐに調べさせた」

驚くには当たらない。ジャックは想像もつかないほどの人材と資源を自由に使えるのだから、何もかもを調べ上げていても不思議はないのだ。同じように、わたしのことも調べているのかもしれない。

わたしは再び紙片に視線を落とした。「妹は、どういういきさつで奥さんのいる教会の牧師と関係を持ったのかしら？」

「登録していた派遣会社から、時々そこに派遣されていたようだ」

「教会にどんな仕事があるの？」わたしは苦々しげにたずねた。「献金皿を回すとか？」

「そこはメガ・チャーチ（毎週の礼拝に二〇〇〇人以上が参加する大規模な教会）なんだ。大企業だよ。経営学修士《MBA》を持つ人間を雇っているし、投資カウンセリングを行い、レストランも経営している。まるでディズニーランドだ。信者は三万五〇〇〇人いて、今も増え続けている。ゴットラーは主牧師の代理でテレビに出ることもある」わたしが指をより合わせると、住所と電話番号が書かれた紙は、ジャックの目の前で床に落ちていった。「ぼくの会社も〈エターナル・トゥルース〉といくつかメンテナンス契約を結んでいる。ゴットラーにも数回会ったことがあるよ」

わたしはジャックに鋭い視線を向けた。「そうなの？　どんな人？」

「感じがいい。気さく。家庭的な男だ。妻を裏切るようなタイプには見えない」

「傍から見ればみんなそうよ」わたしはつぶやいた。無意識のうちに、手が子供の手遊びを始めている。〝ここは教会……ここは塔……〟わたしは両手を引き離し、こぶしを作った。「タラはその人が父親だとは認めたがらないの。でも、父親でもないのに、こんなふうにタラの面倒を見るはずがないでしょう？」

「確かめる方法は一つしかない。でも、ゴットラーが親子鑑定に同意してくれるとは思えないな」

「そうね」状況をのみ込もうと努めながら、わたしはうなずいた。「テレビ伝道師に非嫡出子がいるというのは、どう考えても出世の妨げだもの」エアコンの温度が一気に氷点下に落ち込んでしまったかのようだ。体が震えている。「その人と会わなきゃいけないわ。どうすれば会えるかしら？」

「アポを取らずに乗り込んでいくのはおすすめできないな。ぼくのオフィスはそういうことにはかなり甘い。でも、〈エターナル・トゥルース〉では玄関も突破できないよ」

わたしはもっと単刀直入にたずねた。「わたしがゴットラーに会えるよう段取りをつけてもらえない?」

「考えてみるよ」

つまり、無理ということだ。鼻と唇の感覚がなくなっていく。ルークは凍えていないだろうかと、ジャックの肩越しにベッドを見た。

「ルークは大丈夫だ」わたしの心を読んだかのように、ジャックは優しく言った。「エラ、そんなに心配することはないよ」

ジャックに手を握られ、わたしは少し驚いた。意図を問うように、目を丸くして彼を見る。だが、その手の感触からも視線からも、読み取れるものはなかった。

ジャックの手は驚くほど力強く、熱かった。生命力あふれるその手に握られていると、血管に直接薬が注入されたように力がみなぎってくるのがわかる。手を握られることがこれほど親密な行為だとは知らなかった。その安心感と心地よさは、デーンに対する口に出せないほどの裏切りのように思えた。だが、拒否する間も、感触をじゅうぶんに味わう間も与えず、そのぬくもりはわたしの手を離れた。

これまでずっと、父親の不在から生まれる欲求と戦ってきた。父親のいないわたしには強い男性に、支配力のある男性に対する根深い憧れがあり、それが自分でも怖かった。そこでわたしは関心を真逆の方向に、デーンのような男性に向けた。女性の代わりに蜘蛛を殺したり、スーツケースを持ったりすることを、男の役目だとは考えない男性。わたしはそういう男性を好んだ。それでいて、ジャック・トラヴィスのようにどこまでも男らしく、自分に絶対の自信があり、余計なことは言わない男性に、ほとんどフェティシズムの域に達するほどの魅力を感じるのだ。

わたしは乾いた唇をなめ、何とか声を出した。「あなたはタラとは寝ていなかったのね」

ジャックはわたしを見つめたままうなずいた。

「ごめんなさい」わたしは心から謝った。「てっきりそうだと思い込んでいて」

「そうみたいだな」

「どうしてあんなに頑なになっていたのか、自分でもわからないわ」

「そうなのか？」

わたしは目をしばたたいた。ジャックに握られていた手には今も感触が残っていた。それを保とうとするかのように指を曲げる。「そういうわけで」不自然に息を切らしながら言った。「あなたの疑いは晴れたわ。お医者さんもキャンセルしてもらっていいし、もう何もしてもらうことはない。今後は二度とあなたに迷惑をかけないと約束する」

わたしが立ち上がると、ジャックも立ち上がったが、二人の距離は近く、その体の硬さとぬくもりが伝わってくるほどだった。あまりにも近すぎる。だが、後ずさりしようにも、真後ろにオットマンがあった。

「妹さんが回復するまで、きみが赤ん坊の世話をするのか」質問というよりは断定に近い口調で、ジャックは言った。

わたしはうなずいた。

「どのくらいかかるんだ？」

「タラは三カ月と言ってたけど」落ち着いた声を出そうと努める。「前向きに考えて、それ以上はかからないと思うことにするわ」

「赤ん坊はオースティンに連れて帰るのか？」

わたしは途方に暮れたように肩をすくめた。「デーンに電話してみる。それから……どうなるかはわからないわ」

うまくいくはずがない。デーンのことはよくわかっている。このあとわたしたちに深刻な危機が訪れるのは間違いなかった。

この件が原因で、デーンと別れることになるかもしれない。

おとといまで、わたしの人生は順風満帆だった。それが今にも崩れようとしている。日々の生活に赤ん坊を受け入れる余地など作れるだろうか？　どうやって仕事をこなせばいい？　デーンをつなぎ止めるにはどうすればいい？

ベッドから泣き声が聞こえてきた。どういうわけか、その声を聞いて現実がはっきりと見えてきた気がした。今、大事なのはデーンのことではない。今後の計画、お金、キャリア、どれも違う。今大事なのは、無力な赤ん坊がお腹を空かせているという事実だけだ。

「どうするか決めたら連絡してくれ」ジャックは言った。

わたしはミニバーに向かい、冷えたミルクの入った哺乳瓶を探した。「これ以上あなたに迷惑はかけないわ。本当よ。ごめんなさい、本当に――」

「エラ」ジャックはゆったりと二歩近づいてきて、わたしが体を起こすとひじを取った。温かく無骨な彼の指に軽くつかまれ、その感触に体がこわばる。わたしが顔を上げるまで、ジャックは待っていた。

「あなたはもう無関係なのよ」わたしは感謝を込めながらも、拒絶の意思を伝えた。彼を解放するために。

ジャックはわたしの視線をとらえて離さなかった。「どうするか決まったら連絡してくれ」

「わかったわ」二度とジャックに会うつもりはないし、彼もそんなことはわかっているはずだ。

ジャックは唇をほころばせた。

わたしは身をこわばらせた。人に面白がられるのは不快だ。

「じゃあ、また」

そう言うと、ジャックは出ていった。

ベッドからルークの泣き声が聞こえた。

「今行くわ」わたしはそう言い、急いで哺乳瓶の準備に取りかかった。

7

わたしはルークにミルクを飲ませ、おむつを替えた。デーンに電話するのは、ルークが再び眠る態勢に入ってからのほうがいい。気づくとわたしはルークの生活パターンに合わせて行動するようになっていた。ルークがミルクを飲むとき、眠るとき、起きているときという時間割を中心に、すべての物事が決まっていく。

わたしはルークを仰向けに寝かせて、その上に身を乗り出し、子供のころの記憶を掘り起こして子守歌を口ずさんだ。ルークはぴょこぴょこ動き、体をそらして、口と目で歌に反応した。わたしはぶらぶらしている手を取り、自分の頬に押し当てた。手のひらは二五セント硬貨ほどの大きさしかない。ルークは手を取られたまま、一心にこちらを見つめ、わたしと同じく自分とのつながりを探っているかのようだった。

今までこんなにも誰かに求められ、必要とされたことはない。赤ん坊は危険だ……知らず知らずのうちに恋に落ちてしまう。この小さくきまじめな生き物は、名前すら呼んでくれないくせに、すべてをわたしにゆだねている。そう、すべてを。出会ってからまだ一日半しか経っていないというのに。それでも、この子を守るためなら、バスの前にも飛び出すだろう。

わたしはルークにめろめろだった。何ということだ。

「愛してるわ、ルーク」とささやき声で言う。

その告白にも、ルークはまったく動じなかった。〝ぼくは愛されて当然〟という顔をしている。〝ぼくは赤ん坊。これがぼくの役割なんだ〟と。わたしの頰に添えられたルークの手が、柔らかさを確かめるように動いた。

爪がとがっている。赤ん坊の爪はどうやって切るのだろう？　普通の大人用の爪切りでいいのか、それとも専用の器具があるのだろうか？　わたしはルークの足を持ち上げ、小さなピンク色の足の裏にキスをしたが、それは無垢ですべすべしていた。「あなたの取扱説明書はどこ？」ルークに問いかける。「赤ん坊のお客様相談窓口の番号は？」

結婚している友達のステイシーに子供ができたとき、わたしは敬意も理解もじゅうぶんには示せなかった。好意的な興味は持とうと努力したのだが、彼女がいったい何に立ち向かっているのか想像がつかなかった。それは自分で直面してみなければわからない類のものだった。ステイシーもこんなふうに、人一人を育てる責任に圧倒され、自分にはまだ準備ができていないと感じることはあったのだろうか？　聞くところによると、女性には子育ての本能があり、どこか秘密の隠し場所に母親としての知恵が眠っていて、必要に応じて取り出すことができるのだという。

そのような感覚は、わたしには訪れなかった。

今感じるのはただ、親友のステイシーに電話して泣き言を聞いてほしいという衝動だけだった。折に触れて上手に、徹底的に弱音を吐くのにはセラピー上の効能があると考えているわたしは、電話をかけた。自分は新しい分野に足を踏み入れたばかりだが、この冒険も危険も、ステイシーには日常茶飯事なのだ。ステイシーはデーンの親友トムと長い間つき合っていて、わたしが彼女と知り合ったのもデーンを通じてだった。その後、ステイシーは予定外の妊娠をし、トムは責任を取って結婚した。トミーと名づけられたその女の子は、今は三歳になっている。ステイシーもトムも、娘が生まれたのは人生最高の出来事だったと口を揃える。トムは本気でそう言っているように見えた。

デーンとトムは今も親友だが、デーンが内心トムのことを裏切り者だと思っているのを、わたしは知っていた。トムはかつてリベラル派の活動家で、厳格な個人主義者だった。それが今では結婚し、シートベルトはしみだらけ、ジュースの空き箱やハッピーミールのおまけが床に散乱したミニバンに乗っているのだ。

「ステイシー」彼女が電話に出たとたん、わたしはほっとし、勢い込んで言った。「わたしよ。今、話しても大丈夫？」

「大丈夫よ。元気にしてた？」わたしはステイシーが、アーツ・アンド・クラフツ様式の建物を改修した小さな家の台所に立っている様子を思い浮かべた。コーヒー色のすべすべした肌に、キャンディのような目を明るく輝かせ、複雑に編まれた髪を結い上げてうなじを出しているのだろう。

「まずいことになったわ」わたしは言った。「どうしようもないの」

「コラムのことで悩んでるの？」ステイシーは心配そうにたずねた。

わたしはためらってから言った。「ええ。相談者の女性は、未婚の妹が子供を産んで、最低三カ月は赤ん坊の面倒を見てほしいと言われているの。その間に、妹はメンタルヘルスクリニックに入院して、母親としての役割を果たせるだけの精神状態を取り戻すのよ」

「それは大変ね」ステイシーは言った。

「それだけじゃないの。姉はオースティンに恋人と住んでいるんだけど、その家に赤ん坊を連れて帰ってきてはいけないと言われているの」

「いやな男。理由は何なの？」

「責任を負いたくないんだと思う。地球を救うという自分の計画のじゃまになると考えているんでしょうね。あと、これをきっかけに自分たちの関係が変わって、彼女からこれまで以上に何かを要求されると恐れているのかも」

ようやくステイシーはわたしの真意に気づいた。「ちょっと、そういうこと。エラ、それってあなたとデーンのことでしょう？」

ステイシーのように、誠実な友達として無条件に味方についてくれる人に、事情を打ち明けられるのは嬉しかった。赤ん坊を生活に持ち込むことで、デーンとの取り決めを破ろうとしているのはわたしのほうなのに、それでもステイシーは全面的にわたしの言い分を支持してくれるのだ。

「今、赤ちゃんと一緒にヒューストンにいるの。ホテルに泊まってる。赤ちゃんはそばにいるわ。こんなことしたくないのよ。でも、わたしが高校以来初めて〝愛してる〟って言った男なの。ああ、ステイシー、この子ったら信じられないくらいかわいいのよ」

「赤ちゃんはみんなかわいいわ」ステイシーはむっつりと言った。

「わかってるけど、この子は平均以上だわ」

「赤ちゃんはみんな平均以上なの」

わたしは口をつぐみ、唾をぶくぶくさせているルークに向かって顔をしかめてみせた。

「ルークは平均以上の上位一パーセントに入るわ」

「ちょっと待って。トムが昼食を食べに帰ってきたわ。トムにも知らせないと。トーム!」

ステイシーがトムに事情を説明するのを待つ。数多いデーンの友達の中でも、わたしはトムが大好きだった。トムがいる場には、退屈や憂鬱とは無縁の時間が流れる。ワインが注がれ、笑い声があふれ、会話がすいすい進む。トムと一緒だと、自分がユーモアのセンスがある気の利いた人間に思えた。ぴんと張った丈夫な物干しロープのようなステイシーの上で、カラフルなトムが自由にはためき、周囲に向かって手招きしているかのようだ。

「トムにもつないでもらえる?」わたしはステイシーに頼んだ。

「今、電話が一つしかないのよ。もう一つのほうはトミーがおまるに落としてしまって。それで……デーンにはまだ話してないの?」

胃がきゅっと縮こまった。「ええ、先にあなたと話したかったの。デーンが何て言うかわかってるから、時間稼ぎをしてるのよ」目がちくちくし、視界がぼやけた。動揺に声がか細くなり、震える。「ステイシー、デーンは反対するわ。オースティンに戻ってくるなって言うと思う」

「何言ってるの。赤ちゃんを連れて戻ってくればいいのよ」

「できないわ。デーンのことはわかってるもの」

「わたしもわかってるわ。だからこそ、あの人もそろそろ現実に向き合うべきだと言ってるの。大人として当然の責任なんだし、デーンはそれを引き受けるべきだわ」

どういうわけか、わたしはデーンの味方をしなければならない気がした。「デーンは大人よ」袖で目の縁を拭きながら言う。「自分で会社も経営してる。大勢の人の生活を背負っているわ。でも、それとこれとは別なの。デーンは前から、赤ん坊とはいっさいかかわりたくないと言ってきたんだから。わたしが想定外の事態に陥ったからといって、デーンも同じ苦労を背負わなきゃいけないわけじゃないわ」

「背負わなきゃいけないのよ。デーンはあなたのパートナーだもの。それに、赤ん坊を授かることは苦労じゃない。それは――」トムが何か言ったらしく、ステイシーは言葉を切った。

「余計なこと言わないで、トム。エラ、赤ん坊と暮らすとなれば、多くの犠牲を払うことになるわ。でも、それ以上に多くのものが得られるの。今にわかるから」

ルークは眠気に襲われたらしく、まばたきの速度が遅くなってきた。わたしはルークの腹に手を置き、ごろごろという小さな消化音を手のひらに感じた。

「……恵まれた子供時代を過ごした人よ」ステイシーは続けた。「それに、そろそろ落ち着いてもいい年齢だわ。デーンを知っている人はみんな、あの人はいい父親になれるって言ってる。エラ、ここは頑張りどころよ。子供を持つことのすばらしさを、子供がどれだけ人生に彩りを与えてくれるかを知れば、デーンも責任を引き受ける気になってくれるわ」

「ソックス一足持つ責任さえ引き受けたくない人よ」わたしは言った。「ステイシー、あの人は完全なる自由を求めているの」

「完全なる自由を得られる人なんていないわ」ステイシーは指摘した。「パートナーを持つのは、自分が必要としたときに相手にそばにいてもらうためでしょう。そうじゃなきゃ、それはただの……ちょっと待って」ステイシーが言葉を切ると、背後から押し殺した声が聞こえた。「トムからデーンに話をしてもらう？　本人は構わないと言ってるけど」

「やめて」わたしは慌てて言った。「デーンにプレッシャーをかけたくないの」

「どうしてデーンだけ特別扱いするの？」ステイシーは憤慨していた。「あなたはプレッシャーを感じてるんでしょう？　あなたは大変な状況に陥っている……どうして、デーンはそれを助けなくていいわけ？　エラ、言っておくけど、もしデーンがあなたにひどい仕打ちをするようなら、わたしが説教して――」トムに何か言われ、ステイシーは言葉を切った。

「トム、わたしは本気よ！　だって、もしエラがわたしのときみたいに妊娠したらどうするの？　あなたは大人になって責任を負ってくれた……デーンもそうするべきだと思わない？　それがデーンの子だろうとよその子だろうと関係ない。エラが助けを必要としてることに変わりはないんだから」そこまで言うと、ステイシーはわたしに話しかけた。「デーンが何と言おうと、赤ちゃんを連れてオースティンに戻っていらっしゃい。こっちには友達もいるんだから。わたしたちが力になるわ」

「どうかしら。そっちにいれば、デーンと顔を合わせることもある……近くに住んでいるのに一緒にいないというのは不自然よ。ヒューストンで家具つきのアパートを探したほうがいいかも。たった三カ月のことだし」

「それで、問題が片づいたらデーンのところに戻るの？」ステイシーはかっかしながら言った。

「そう……なるわね」

「あなたは癌になっても、デーンの手をわずらわせないよう、一人で自分の面倒を見るのね？　デーンに力になってもらいなさい。エラ、あの人に頼れるようにならなきゃだめよ！　あなたは……あ、トムが言いたいことがあるって」

しばらくすると、あきらめたようなトムの声が聞こえた。「もしもし、エラ？」

「トム。先に言っておきたいんだけど……ステイシーの言い分は繰り返さなくていいから。本当のことだけ教えて。あなたはデーンの親友で、あの人のことを誰よりもよくわかってる。デーンは説得しても無駄よね？」

トムはため息をついた。「あいつにとってはすべてが罠だ。マイホーム、犬、妻、二人か三人の子供、それらを匂わせるものは何でも。それに、ステイシーも知り合いのみんなもデーンはいい父親になると言うけど、ぼくはそうは思わない。マゾヒストの傾向がこれっぽっちもないからね」

わたしは悲しげにほほ笑んだ。正直に答えすぎだと、トムはあとでステイシーに大目玉を食らうだろう。「デーンは一人の赤ん坊を救うよりも、地球を救いたいんだってことはわかってる。でも、その理由がわからないの」

「エラ、赤ん坊は商売の相手としては気難しすぎる」トムは言った。「地球を救おうとするほうが実績になる。それに、簡単だ」

8

「面倒なことになったわ」わたしは電話口でデーンに言った。「これからわたしの希望を言うから、最後まで聞いて、どこまで許されるか教えて。それとも、許されないのか」

「おいおい、エラ」デーンは小声で言った。

わたしは顔をしかめた。「〝おいおい、エラ〟はあとにして。これからどうするのか、まだ何も言ってないんだから」

「聞かなくてもわかるよ」

「そう？」

「きみがオースティンを離れた瞬間からわかってたよ。きみは昔から家族の尻ぬぐいばかりしてきたもんな」デーンのあきらめ混じりの優しさは、ほとんど哀れみの域に達していた。これなら責められたほうがましだ。デーンと話していると、人生はサーカスで、わたしは一生象の後ろを歩く係を任せられている気分になる。

「別に無理やり何かをやらされているわけじゃないわ」わたしは言い返した。

「ぼくが知っている限り、妹の赤ん坊の面倒を見るのは、きみの人生の目的リストには含まれていなかったはずだ」

「赤ちゃんが生まれたのはたった一週間前だもの。今から人生の目的リストを書き換えたっていいでしょう?」

「いいよ。でも、だからってぼくのリストまで書き換える筋合いはない」デーンはため息をついた。「最初から説明してくれ。きみが何を言おうと、ぼくはきみの味方だから」

わたしは一連の出来事とタラとの会話を説明したあと、言い訳がましくつけ加えた。「たった三カ月のことよ。それに、この子は特に問題も起こさないし」睡眠に興味のない人にとっては、ということだが。「だから、ヒューストンで家具つきのアパートを探して、タラが良くなるまでそこで暮らそうと思うの。リザも手伝ってくれるだろうし。そのあと、オースティンのアパートに戻る。あなたのところに」元気よく結びの言葉を言う。「いい案だと思わない?」

「一つの案ではあると思う」デーンは言った。止めていた息を肺の奥からそっと、ゆっくりと吐き出す音が聞こえた。「エラ、ぼくにどう言ってほしいんだ?」

〝家に帰っておいで。ぼくも赤ん坊の世話を手伝うから〟と言ってほしい。けれど、わたしはこう答えた。「あなたがどう思ったか、本心を聞きたいわ」

「きみはいまだに昔のパターンにとらわれているんだなと思った」デーンは静かに言った。「お母さんが指をぱちんと鳴らしたら、あるいは妹さんが問題を起こしたら、きみは自分の生活を放り出して事態の処理に当たる。でも、これは三カ月で終わる話じゃない。タラが回復するまで三年かかる可能性だってある。それに、また子供が生まれたら？　そのたびにきみが世話をするつもりか？」

「そのことならもう考えたわ」わたしはしぶしぶ認めた。「でも、このあとの可能性まで考えていたらきりがないもの。今はルーク一人だし、この子はわたしを必要としてるの」

「きみが必要としているものはどうなるんだ？　本を書き始めるんじゃなかったのか？　コラムはどうやって続ける？」

「わからない。でも、子供を育てながら仕事をしている人はたくさんいるし」

「きみの場合は自分の子じゃない」

「家族の一員ではあるわ」

「エラ、きみに家族はいない」

これまで自分でも同じようなことを口にしてきたにもかかわらず、デーンに言われるとかちんときた。「わたしたちも、相互義務を課された個人の集まりではあるわ。アマゾンのチンパンジーの集団を家族と呼ぶなら、ヴァーナー家も家族よ」

「チンパンジーは時にお互いを食べるという事実を考慮するなら、確かにそのとおりだ」

デーンにヴァーナー家のことを詳しく話しすぎたのは間違いだったようだ。「あなたとは議論したくない。わたしのことを知りすぎているもの」

「でも、きみが間違った選択をしようとしているのを、ぼくが黙って見ているのはもっといやなはずだ」

「これは正しい選択だと思うわ。状況を考えれば、わたしが受け入れられる方法はこれしかないもの」

「そうかもな。ただ、ぼくは受け入れられない」

わたしは深く息を吸い込んだ。「じゃあ、わたしが実際このとおりにしたら、わたしたちはどうなるの？　四年間続いた関係は？」自分が誰よりも頼りにしていた人が、深い信頼と愛情を抱いていた相手が、こんなにもはっきりと一線を引いてくるのが信じられなかった。

「距離を置くことになるかもしれない」デーンは言った。

冷たく混じりけのない不安が血管に流れ込むのを感じながら、わたしは考えをめぐらせた。

「それで、わたしがそっちに帰ったら、今までどおりの状態に戻れるの？」

「努力はする」

「努力ってどういうこと？」

「何かを冷凍庫に入れて何カ月かあとに取り出すことはできても、元の状態を保つことはできないということだよ」

「でも、わたしのことは待つって約束してくれるのよね？」

「待つってどういうふうに？」

「ほかの人と寝ないってことよ」

「エラ、ぼくたちは二人とも、ほかの人と寝ないなんて約束はできないんだよ」

わたしはあっけにとられた。「できないの？」

「できるわけないだろう。大人の関係には、約束も保証もないんだ。相手を所有しているわけじゃないんだから」

「デーン、わたしたちは違うと思ってたわ」弱音を吐くのは今日二度目だと気づいた。そのとき、別のことが頭に浮かんだ。「今までに浮気をしたことがあるの？」

「ぼくなら浮気とは呼ばないけど。でも、してないよ」

「もし、わたしが別の人と寝たらどうするの？　嫉妬しない？」

「きみが別の人とも自由に関係を持ちたいなら、そのチャンスを奪おうとは思わないよ。大事なのはお互いの信頼だ。それと、互いに束縛しないこと」

「わたしたちって束縛しない関係だったの？」

「そう呼びたければ呼んでもいいよ」

　ここまで驚くことはそうないだろう。デーンとわたしの関係の大前提が、いとも簡単に覆されてしまったのだ。「何それ。わたし本人が知らないのに、どうやって束縛しない関係を築いてきたのかしら？　それってどういうルールの上に成り立っているの？」

　デーンはどこか面白がるような口調で言った。「エラ、ぼくたちにルールなんてない。これまでもずっとそうだった。だからこそ、こんなにも長く続いてきたんじゃないか。どんな形であれぼくが縛りつけようとすれば、きみはとっくに別れを切り出していただろう」

　わたしは反論と要求で頭がいっぱいになった。デーンの言い分は正しいのだろうか？　きっと正しいのだろう。「とにかく」ゆっくり言う。「わたしは昔から自分のことを型にはまった人間だと思ってきたわ。形のない関係なんてとても結べない」

「ミス・インディペンデントはそうだ。彼女がほかの人に与えるアドバイスは、確固たる原則に基づいている。でも、エラとしては……違う、きみは型にはまってなんかいない」

「わたしはエラでもあるけど、ミス・インディペンデントでもあるのよ」そう言い返した。

「本物のわたしはどこにいるの？」

「本物のきみはヒューストンにいるみたいだよ。ぼくとしては、戻ってきてほしいと思ってるけど」

「二、三日赤ちゃんを連れてそっちに帰って、その間に諸々の手配をしたいわ」

「それはぼくが困る」デーンは即座に言った。

わたしは顔をしかめた。「そこはわたしのアパートでもあるのよ。自分のスペースに住んでもいいじゃない」

「いいよ。それならぼくは、きみと赤ん坊が出ていくまで誰かの家に泊めてもらう。それか、ぼくが引っ越せば、きみはアパート全体を――」

「けっこうよ」わたしがルークの世話を優先してデーンを追い出すようなことになれば、彼は永遠に戻ってこないだろう。それは本能的にわかっていた。「いいから、あなたはそこにいて。わたしはルークと一時的に住める場所を探すから」

「ぼくにできることはするよ。きみがいいと言うまで、家賃は二人分払うし」

その申し出に、不愉快な気分になった。デーンがルークを受け入れてくれないことにも、脇腹にひもをつけられた雄牛のように腹が立っていた。だが、何よりも恐ろしかったのは、自分たちの関係にはルールも約束も存在しないと知ったことだった。それはつまり、これからはデーンを完全には信じられないということだ。

自分のことも。

「ありがとう」わたしはむっつりと言った。「こっちの問題が片づいたら連絡するわ」

「まずやらなきゃいけないのは」次の日、わたしはルークに話しかけた。「賃貸か転貸のいいアパートを見つけること。ダウンタウンに絞ったほうがいい？　モントローズでもいいかしら？　シュガーランドのあたりまで行ってもいい？　オースティンに戻るのは構わないんだけど、例のあの人に会わないよう気をつけないといけないの。それに、オースティンは家賃が高いから」

ルークは選択肢を検討するかのように、思案顔でゆっくり哺乳瓶からミルクを飲んだ。

「考えてくれてるの？」わたしはルークにたずねた。「それとも、またおむつを汚す準備をしてるのかしら？」

昨日の晩はネット検索に時間を費やし、主に赤ん坊の世話について調べた。おむつを替えるときの注意点、生後一カ月間に起こる重要な出来事、小児科での定期検診。赤ん坊の爪の切り方も見つけた。「ルーク、これによると、赤ちゃんは一日に一五時間から一八時間くらい眠るものなんですって。あなたも努力してね。それから、口に入れるものは全部消毒しなきゃいけないらしいわ。あと、一カ月経つころには笑えるようになるって」

わたしはルークの顔の上に顔を近づけ、反応が返ってこないかと、何分間にもわたってほほ笑みかけた。ルークはまじめくさって顔をしかめるばかりなので、わたしはウィンストン・チャーチルに似てるわよと言ってやった。

何十もの子育てサイトをブックマークしたあと、ヒューストン地区の家具つきアパートを探し始めた。家賃が払える物件は安っぽくて気が滅入り、気に入った物件はぎょっとするほど高かった。環境が良く、内装がきれいで、しかも中程度の家賃という物件は、残念ながらなかなか見つからなかった。そのせいで、不安と絶望に駆られたまま眠りについた。そんなわたしに慈悲をかけてくれたのか、ルークはその晩三回しか目を覚まさなかった。

「今日中にはどこか見つけないと」ルークに言う。「この高いホテルを出なきゃいけないもの」今日は午前中にネットでめぼしい物件に当たりをつけ、午後は実際に物件をいくつか見に行くつもりだ。一つ目の住所と電話番号をメモしていると、携帯が鳴った。

トラヴィス、と着信表示が出ていた。わたしは緊張と好奇心に胸をうずかせながら、電話に出た。「もしもし?」

「エラ」溶かした一セント硬貨のようになめらかな、ジャック独特のバリトンが聞こえた。

「調子はどうだい?」

「元気よ、ありがとう。今、ルークと住むアパートを探してるの。わたしたち、同棲することになったから」

「おめでとう。ヒューストンで探してるのか？　それとも、オースティンに戻る？」

「ここにいるわ」

「そうか」一瞬、ためらうような間があった。「昼食はどうするつもりだ？」

「決めてないけど」

「正午に迎えに行くよ」

「もうあなたとの食事代は払えないわ」わたしが言うと、ジャックは笑った。

「今度はぼくがおごる。きみに話したいことがあるんだ」

「あなたがわたしに話したいことなんてあるのかしら？　ヒントをちょうだい」

「エラ、ヒントなんて必要ない。イエスと言ってくれさえすればいいんだ」

　わたしはジャックの口ぶりに不意を突かれ、答えをためらった。親しみはこもっているものの、強引さがあって、断られることに慣れていない男性の口調だ。

「カジュアルなお店にしてもらってもいい？　わたしもルークも今はおしゃれな服を持ってないの」

「心配するな。ただ、ルークにピンクのソックスをはかせるのはやめてくれ」

　驚いたことに、わたしたちを迎えに来たのは、小型のハイブリッドのスポーツ多目的車《SUV》だった。てっきり、ジャックはガソリン食いの大型車か、恐ろしく高価なスポーツカーに乗っているものだと思っていた。それがまさか、デーンやその仲間が好みそうな車に乗っているとは。

「ハイブリッド車なのね」わたしは驚いた声を出し、ルークのチャイルドシートを後部座席に取りつけようと悪戦苦闘を始めた。「デナリとかハマーとか、そういう車に乗っているんだと思っていたわ」

「ハマーか」ジャックは鼻で笑い、キャリアに入ったルークを手渡してから、わたしの体をそっと脇にどかした。手を伸ばし、自分でチャイルドシートを取りつけ始める。「ヒューストンの有害物質排出量はすでに相当のものだ。その問題を自分が悪化させたくはないからね」

わたしは目を丸くした。「まるで環境保護論者が言いそうなことね」

「ぼくは環境保護論者だ」ジャックは穏やかに言った。

「まさか。だって狩りをするじゃない」

ジャックはほほ笑んだ。「エラ、環境保護論者には二種類いるんだ。一方は、木をハグして、単細胞のアメーバもノバスコシア州（カナダ南東部の州）の鹿も同じくらい大事だと言う者……もう一方はぼくみたいに、規制範囲内での狩猟は責任ある野生動物管理の一環だと考える者。あと、ぼくはできるだけ自然の中で過ごしたいから、環境汚染も、魚の乱獲も、地球温暖化も、森林伐採も、とにかく自分が大地を踏みしめる妨げになるものにはすべて反対なんだ」

ジャックはわたしからルークのキャリアを受け取り、チャイルドシートの底に慎重に取りつけた。そして動きを止め、危険な任務を控えたミニ宇宙飛行士のようなルークに何やら話しかけた。

斜め後ろに立っていると、ジャックが車の中に身をかがめている姿に見惚れずにはいられなかった。立派な体格をした男性だ。硬い筋肉はブーツカットジーンズに包まれ、がっしりした肩が腕まくりをした水色のシャツの下で動いている。クォーターバックには理想的な体型で、敵の体当たりに耐えられる頑丈さと、ラインマンの頭上を超えてボールをパスできる背の高さ、しなやかに速く動ける引き締まった筋肉を備えていた。

ヒューストンではよくあることだが、一五分で行けるはずの距離に三〇分かかった。だが、道中は楽しかった。ホテルの部屋から出ることができたうえ、エアコンと車の揺れに誘われてルークが眠ってくれたことも嬉しかった。

「デーンとはどうなった?」何気ない調子でジャックがたずねた。「別れたのか?」

「ううん、別れてはいないわ。まだつき合ってる」気まずさに言葉を切ってから、こう続ける。「ただ……距離を置こうって。タラが帰ってきて、わたしがオースティンに戻るまでの三カ月間だけ」

「つまり、その間はほかの男と会ってもいいってことか?」

「わたしたちは最初から、ほかの人と会っても構わないのよ。デーンとわたしは束縛しない関係だから。約束も、責任もないの」

「そんな関係は存在しない。男女の関係というのがそもそも、約束と責任を意味するんだから」

「型にはまった人にとってはそうかもしれないわね。でも、デーンとわたしは、人が人を所有することはできないという考えだから」

「できるさ」ジャックは言った。

わたしは眉を上げた。

「オースティンでは違うのかもしれないな」ジャックは続けた。「でもヒューストンでは、犬は自分の骨を誰かと分け合ったりはしない」

あまりに乱暴なたとえに、わたしは思わず笑い声をあげた。「ジャック、あなたは女性と真剣につき合ったことがあるの？　本当の意味で真剣な、婚約まで行くような関係よ」

「一度だけ」ジャックは認めた。「でも、うまくいかなかった」

「どうして？」

「どうしてって」

答えが返ってくるまではかなり間があり、ジャックが普段あまり口にしない話題であることが察せられた。「ほかの男のところに行ったんだ」

「お気の毒に」心から言った。「わたしのコラムに送られてくる手紙は、ほとんどが男女関係で立場の弱いほうの人からなの。浮気者の彼女をつなぎ止めようとしている男性とか、奥さんと別れると言い続けている既婚男性を愛している女性とか……」言葉が尻すぼみになった。ささくれをなでつけようとするかのように、ジャックの親指がつややかな革のハンドルをせわしなくこすっているのに気がついたのだ。

「恋人が自分の親友と寝ているという男には、どうアドバイスする？」ジャックはたずねた。

わたしは即座に事情をのみ込んだ。同情されるのはいやだろうと思い、感情を表に出さないように言う。「一夜限りの過ち？　つき合い始めたということ？」

「結婚した」ジャックは陰気な声で答えた。

「何てこと。結婚するのが最悪のパターンよ。周囲もそれで二人の罪は許されたような気になるから。〝まあ、二人はあなたを裏切ったかもしれないけど、結婚したんだから、過去は水に流しましょう〟みたいな。あとは、一人でつらい気持ちを我慢して、いやなやつだと思われないよう高価な結婚祝いを贈るしかない。あらゆるレベルで最悪の状況よ」

ジャックはハンドルの上で指の動きを止めた。「そのとおりだ。どうしてわかった？」

「マダム・エラは何でもお見通しなの」軽い口調で言った。「二人の結婚が今はうまくいっていないってところまで想像できるわ。そういうふうに始まった関係は、最初から土台にひびが入っているようなものだから」

「でも、きみは浮気には反対しないんだよな。人が人を所有することはできないから。だろう？」

「いいえ、お互いがそのルールを了解していない場合、浮気には断固として反対よ。自分たちは互いを束縛しない関係にあるという双方の同意がない限り、浮気をしてはいけないという言外の約束が存在する。自分を思ってくれる相手との約束を破るのは最悪の行為よ」

「そのとおり」ジャックの声は静かだったが、その一言は重々しく発せられ、心からの言葉であることがわかった。

「で、結婚に対するわたしの予想は当たってる?」わたしは追及した。「今はうまくいってない?」

「最近はね」ジャックは認めた。「すでにまずいところまで来てしまったようだ。たぶん離婚するだろうな。残念だよ、子供が二人いるから」

「彼女が独身に戻ったら、あなたはまた興味を持ったりするのかしら?」

「そのことを考えなかったと言えば嘘になる。でも、ないね。同じ過ちを繰り返すつもりはない」

「ジャック、わたし、あなたみたいな男性に関する理論を打ち立てたの」

その言葉に、ジャックの表情は明るくなった。面白がるように、横目でわたしを見る。

「何に関する理論だ?」

「あなたがまだ結婚していない理由よ。実はこれ、よく知られた市場原理で説明がつくの。あなたがつき合う女性は基本的にはみんな同じようなタイプよ。あなたは女性と楽しい時間を過ごしても、すぐに次に行ってしまうから、どうして長続きしないんだろうと相手は不思議がる。みんなわかってないの。どんなに包装を豪華にしても、ほかの人と違うものを提供しなければ、市場で優位に立つことはできないんだって。これまで市場では見たことがないものがね。何かのはずみで予想外のものが現れたとき。だから、あなたの状況が変わるのは、そういうわけで、あなたは最終的には、周囲からは好みのタイプとは違うと思われるような女性と結婚するってわけ」ジャックがにやりとするのが見えた。「どう思う?」

「きみはすごいおしゃべりなんだなって思うよ」ジャックは言った。

ジャックが連れていってくれたレストランは、彼の基準からすればカジュアルなのだろうが、駐車場係がいて、店の正面には高級車が停まり、ぱりっとした白い天蓋がドアまで続いていた。わたしたちは窓際の特等席に案内された。清潔で趣味のいい装飾と、控えめで優雅なピアノ曲のBGMから判断して、食事の中盤にはわたしとルークは店から追い出されていそうだった。ところが、ルークは驚くほど静かにしていた。食事はおいしく、シャルドネはまさにわたし好みの味で、ジャックはこれまでに出会ったどの男性よりも愛嬌たっぷりだった。昼食が終わると、車はヒューストンのダウンタウンに向かい、メイン通り一八〇〇番地の地下駐車場に入った。

「あなたのオフィスに行くの？」わたしはたずねた。

「住居部分のほうにね。妹が仕事をしているんだ」

「どんなお仕事？」

「主に会計処理と契約を担当している。ぼくが毎日は処理できない日常業務だ」

「妹さんに会うの？」

ジャックはうなずいた。「きみとは気が合うと思うよ」

わたしたちはエレベーターに乗り、きらめく大理石で内装が施された狭いロビーに出た。現代的なブロンズ彫刻と、立派なコンシェルジュ用デスクが置かれている。上質なオーダーメイドのスーツを着た若いコンシェルジュがジャックにほほ笑みかけ、眠る赤ん坊を不思議そうに見た。キャリアはジャックが持つと言ってくれたので、ありがたく預けた。わたしの腕はまだ、ルークと身の回り品一式を持って歩き回れるほど鍛えられてはいない。

「ミス・トラヴィスに、これから行くと知らせてくれ」ジャックはコンシェルジュに言った。

「かしこまりました、ミスター・トラヴィス」

わたしはジャックのあとをついていった。エッチングが施されたガラスのドアがひゅうっと静かな音をたてて両側に開くと、目の前にはエレベーターが二つ並んでいた。「オフィスは何階にあるの？」わたしはたずねた。

「七階だ。でも、ヘイヴンとは六階の住居のほうで会うことになっている」

「どうして？」

「そこは家賃のいらない家具つきの部屋で、ヘイヴンは役職上の特権としてそこに住んでいたんだ。でも、婚約者が上のほうの階の三つ寝室のある部屋に住んでいて、荷物はほとんどそっちに移してある。だから、妹の部屋は今空いているというわけだ」

ジャックの意図に気づき、わたしは啞然として彼を見上げた。胃がせり上がる感覚があったが、それがエレベーターのせいなのか、驚いたせいなのかはわからなかった。「ジャック、もしかしてこれから三カ月間、わたしとルークをそこに住まわせてくれるという話だったら……ありがたいけど、現実的じゃないわ」

「どうしてだ？」エレベーターが止まると、ジャックはわたしに先に出るよう手でうながした。

単刀直入に言うことにした。「家賃が払えないもの」

「きみが払える値段に設定するよ」

「あなたに借りを作りたくはないわ」

「ぼくに借りはできない。これはきみと妹との問題だから」

「でも、この建物はあなたのものよ」

「違うよ。ぼくは管理しているだけだ」

「細かいことはいいの。とにかく、トラヴィス家のものでしょう」

「まあね」ジャックの声は面白がるような調子を帯びた。「確かに、ここはトラヴィス家が所有している。それでも、きみはぼくに借りを作ることにはならない。タイミングが良かっただけだ。きみが住む場所を探しているときに、ちょうどここに空き部屋ができたんだ」

わたしは顔をしかめたまま言った。「あなたもここに住んでるんじゃないの？」

ジャックはからかうような顔で言った。「エラ、ぼくはマンションの契約をちらつかせなくても、女性の気を引くことはできるよ」

「そういう意味じゃないわ」わたしは言い返したが、恥ずかしさに頭の先から爪先まで真っ赤になった。実際、さっきの言葉はそういう意味だったのだ。このわたし、エラ・ヴァーナーがあまりに魅力的なため、ジャック・トラヴィスが自分と同じ建物内に住まわせるという暴挙に出たのではないかと。いったいぜんたい、わたしの自意識のどこにそんな考えがあったのだろう？　必死に言い繕う。「ただ、自分と同じ建物内にうるさい新生児を住まわせるのはいやじゃないのかなと思って」

「ルークは例外だ。生まれてすぐにこんな目に遭ったんだから、そろそろいい思いをさせてやらないと」ジャックは先に立って、H型に広がるグレーのカーペット敷きの廊下を進み、突き当たり近くの部屋の前で止まった。ブザーを押すと、ドアが開いた。

9

ヘイヴン・トラヴィスはほっそりした、兄よりはずいぶん小柄な女性で、同じ両親から生まれたとは思えないくらいだった。ただ、こげ茶の目だけはよく似ていた。色が白く、髪は黒で、上品な美しさがある。表情は生き生きとしていて知性が感じられるが、雰囲気にどこか気になるものが……経験から来る傷つきやすさのようなものが垣間見え、人生の辛苦と無縁ではなかったことをうかがわせた。

「ようこそ、ジャック」ヘイヴンはさっそく、キャリアで眠る赤ん坊に目をやった。「まあ、何てかわいい赤ちゃん」彼女の声は独特だった。明るく温かいが少しかすれていて、直前に高価な酒でも飲んだかのようだ。「キャリアはわたしが持つわ。ぐらぐら揺れてるじゃない」

「この子はこの動きが好きなんだ」キャリアを受け取ろうとするヘイヴンを無視し、ジャックは穏やかに返した。身をかがめ、妹のキスを受ける。「こちらはエラ・ヴァーナー。この仕切り屋は妹のヘイヴンだ」

ヘイヴンはわたしの手をしっかりと、心を込めて握った。「エラ、どうぞ入って。すごい偶然……わたし、数週間前からあなたのコラムを読んでいるのよ」

ヘイヴンはわたしたちを部屋に迎え入れた。寝室が一つのこぢんまりした住まいで、白とクリーム色、アンティーク家具の濃い色の木材が目につく。そこに差し色として野生の草のように鮮やかな緑色が使われている。部屋の隅には、スウェーデン製の床置き時計が置かれている。メインの居間には、フランス製のアンティークの椅子、黒とクリーム色の布が掛けられたふかふかのソファなど、シンプルな家具が並んでいた。

「親友のトッドに内装をやってもらったの」わたしが興味を示しているのに気づき、ヘイヴンが言った。

「すごいわ。雑誌に出てくるお部屋みたい」

「トッドが言うには、狭い部屋のインテリアコーディネートで失敗するのは、細かい造りのものをごちゃごちゃ置きすぎるせいなんですって。このソファみたいにどっしりしたものがないと、部屋にまとまりがなくなってしまうって」

「これでも小さすぎるけどな」背の低い大きなコーヒーテーブルに赤ん坊のキャリアを置きながら、ジャックが言った。

ヘイヴンはにっこりした。「うちの兄たちは」わたしに向かって説明する。「ソファはピックアップトラックの荷台くらいないと座りにくいって言うのよ」眠る赤ん坊に近づき、優しく興味深そうなまなざしを向ける。「お名前は?」

「ルークよ」そう答えたときに湧き起こった誇らしげな気持ちに、自分でも驚いた。

「だいたいの事情はジャックから聞いたわ」ヘイヴンは言った。「あなたが妹さんのためにしてあげていることはすばらしいと思う。どう考えても、簡単にできることじゃないもの」

そして、にっこりした。「でも、ミス・インディペンデントならそうするでしょうね」

ジャックは考え込むようにわたしを見た。「ぼくもきみが書いたものを読んでみたいな」

「サイドテーブルに『ヴァイブ』誌が何冊かあるわ」ヘイヴンがジャックに言った。「たまには『鱒《ます》釣り名人ダイジェスト』以外の雑誌も読まないとね」

ジャックが手に取ったのが最新号だったので、わたしはうろたえた。これまでに書いた中でもかなり過激なコラムが載っている号だ。

「それはちょっと……」言いかけたが、ジャックが雑誌をめくり始めたので、口をつぐんだ。コラムのページを見つけたのがわかる。ハイヒールを履き、しゃれたスウィングコートを着たわたしのイラストがあるページだ。そして、ジャックの目が丸くなっていくのを見るまでもなく、彼がどの部分を読んでいるかがわかった。

親愛なるミス・インディペンデント
わたしは今、最高の男性とつき合っています。顔が良くて、成功していて、優しくて、ベッドでもいい感じです。ただ、一つ困ったことがあります。性的な部分が小ぶりなんです。サイズは関係ないという話はよく聞きますが、つい彼がそっちのほうも立派だったらなあと思ってしまいます。たとえミニウィンナーがぶらさがっていようと、彼とはずっと一緒にいたいと思っていますが、どうやったら極太ソーセージに対する憧れを捨てきれるでしょうか？

〝長いのが好き〟より

〝長いのが好き〟さんへ

ミス・Ｉの受信トレイには男性器の増大を謳った迷惑メールが大量に届きますが、実際にはそんなことは不可能です。ただ、考慮すべき関連事実がいくつかあります。神経終末はクリトリスには約八〇〇〇ありますが、膣の入り口から三分の一入るとその密度は減少し、残り三分の二に至ってはほぼゼロになります。したがって、短い男性器でも、長い男性器が与えるのと同じだけの刺激を与えることができるのです。

また、大半の女性にとっては、パートナーのサイズよりもスキルのほうが重要です。さまざまな体位やテクニックを試し、前戯に力を入れ、すべての道はローマに通じることを忘れずにいてください。

最後に、行為中に何か大きなものを使いたいなら、ベッドにおもちゃを持ち込むといいでしょう。アウトソーシングの一種だと考えてください。

ミス・インディペンデント

ジャックはかすかに驚いた表情を浮かべ、ミス・インディペンデントのキャラクターとこれまで見てきたわたしのイメージとを頭の中ですり合わせようとしているようだった。モスグリーンのソファに腰を下ろし、なおも読み進む。

「台所に案内するわ」ヘイヴンが言い、御影石のカウンターが設置され、ステンレス製の電化製品が並ぶタイル張りの空間にわたしを連れていった。「何か飲む?」

「ええ、ありがとう」

ヘイヴンは冷蔵庫を開けた。「マンゴーアイスティーと、ラズベリーバジルがあるけど」

「マンゴーをお願い」わたしはアイランドカウンターのスツールに座った。

ジャックが一瞬だけ雑誌から顔を上げ、文句を言った。「ヘイヴン、ぼくがそういうのは好きじゃないって知ってるだろう。普通の味がいい」

「普通の味はないわ」柑橘系の色をしたアイスティーのピッチャーを取り出しながら、ヘイヴンは言い返した。「兄さんもマンゴーを飲めばいいでしょう」

「どうしてティー味のティーがないんだ」

「ジャック、文句言わないで。ハーディも何回か飲むうちに好きになったのよ」

「ハーディなら、おまえが庭からちょん切ってきた草でいれたお茶でも好きだって言うよ。尻に敷かれてるからな」

ヘイヴンは笑みを押し殺した。「本人の目の前で言ってもらいたいものだわ」

「無理だ」あっさりと答えが返ってきた。「あいつはおまえの尻に敷かれてるが、それでもぼくをぼこぼこにできることには変わりない」

わたしは目を丸くし、ジャック・トラヴィスをぼこぼこにできるなんて、いったいどんな男性だろうと思った。

「わたしの婚約者は石油掘削現場で溶接工をしていたから、びっくりするくらい力が強いの」ヘイヴンは目をきらめかせてわたしに説明した。「おかげで助かったわ。もし弱々しい男だったら、とっくに三人の兄に追い払われていただろうから」

「あらゆる手を尽くしたんだけどな。おまえを獲得した記念のメダルを贈る以外は」ジャックが応酬した。

お互いに対する気安い態度から、二人の仲の良さがうかがわれた。親しみのこもった言い合いを続けながら、ヘイヴンはジャックにアイスティーを運んだあと台所に戻ってきた。

わたしにグラスを渡し、カウンターの上に前腕をついて身を乗り出す。「この部屋、気に入った？」

「ええ、最高だわ。でも、問題が――」

「わかってる。エラ、よく聞いて」ヘイヴンはわたしを安心させるように、率直に説明した。「ここは役職についてくる住居だから、わたしは家賃を払っていないの。結婚したら、一八階のハーディの部屋に引っ越すことになってる」気恥ずかしそうな笑みを浮かべて続ける。「荷物はもう、ほとんど運んでしまったんだけどね。だから、ここは空室になるの。これから数カ月間、あなたとルークが住んでも何の不都合もないというわけ。もちろん公共料金は自分で払ってもらうけど、オースティンに帰れるようになるまでいてくれて構わないわ。どっちにしてもこの部屋は使わないんだから、お金をもらうつもりはないの」

「それはだめ、家賃は払います」わたしは言った。「ただでは借りられないわ」

ヘイヴンは軽く顔をしかめ、髪をかき上げた。「遠回しに言う方法が思いつかないんだけど……あなたからいくらもらっても、それは形式的なことでしかないの。わたしにはお金は必要ないから」

「それでも、払う以外の方法は思いつかないわ」

「じゃあ、家賃として払いたいお金を、ルークへの投資に使って」

「この部屋を賃貸に出さない理由を教えてもらってもいい？」

「確かに、そのことも話し合ったの」ヘイヴンは認めた。「このビルに部屋が空くのを待っているクライアントもいるし。でも、まだ最終的な結論が出ていないのよ。新しいマネージャーを雇うのか、雇うならいつになるのか、その人はこのビルに住むことになるのか。だから、今のところこのままにしておかなくちゃいけないの」

「どうして新しいマネ――」わたしは言いかけたが、思い直して口をつぐんだ。

ヘイヴンはにっこりした。「ハーディとわたしはすぐにでも子供が欲しくて」

「自分から赤ちゃんを望む男性」わたしは言った。「そんな人もいるのね」

ジャックは無言だった。つるつるした雑誌のページをめくる音だけが聞こえる。

わたしはヘイヴンを見て、途方に暮れたように肩をすくめた。「赤の他人に対してここまでしてくださることが驚きなの」

「赤の他人ってわけじゃないわ」ヘイヴンは冷静に返した。「だって、あなたのいとこのリザのことは知っているし、ジャックは妹さんのタラとデートしていたわけだし――」

「一度だけだ」隣の部屋からジャックが口をはさんだ。

「一度だけね」ヘイヴンはにやりとして繰り返した。「だから、あなたは友達の友達ってことだわ。それに……」何かを思い出すような表情になる。「わたしも少し前にきつい時期があって。泥沼の離婚をしたのよ。そのとき、ジャックとあと何人かの人がわたしを助けてくれた。だから、今度はわたしが誰かを助けたいのよ」

「ぼくはおまえを助けようとしたわけじゃない」ジャックは言った。「安い労働力が欲しかっただけさ」

「エラ、ここに住んで」ヘイヴンは熱心に誘った。「すぐにでも移ってこられるわ。あとはベビーベッドさえ運び入れれば、準備完了」

わたしは動揺し、落ち着かない気分だった。人に助けを求めたり、助けてもらったりすることに慣れていないのだ。何か断る理由を探さなければならない。「少しだけ考える時間をもらえないかしら？」

「いいわ」ヘイヴンはこげ茶色の目をきらめかせた。「好奇心からきくけど、ミス・インディペンデントならこんなとき何て言うかしら？」

わたしはほほ笑んだ。「わたしは彼女には相談しないことにしてるの」

「ミス・インディペンデントのアドバイスなら想像がつくよ」空になったグラスを手に、ジャックが台所に入ってきた。カウンターの端に手をついてすぐそばに立ったので、わたしは思わず身を引きそうになった。だが、そのまま動かず、神経終末を猫のひげのように研ぎ澄まして彼の動きを探る。さわやかな香りにヒマラヤ杉のように男らしくぴりりとした匂いが混じり、何度でも吸い込みたくなった。

「ルークにとってベストな道を選びなさいって言うだろうな」ジャックは言った。「違うか？」

わたしはうなずき、両手で頬づえをついてカウンターに身を乗り出した。

「じゃあ、そうすればいい」ジャックは言った。

ジャックはまたも、これまでにわたしが接した男性からは聞いたことがないような、強引な物言いをした。けれど、なぜか反発する気にはなれず、むしろその強引さに甘えたくなった。

またも顔が赤くなるのがわかったので、わたしはジャックのほうは見ず、ヘイヴンに視線を移した。ジャックが柄にもない言動でもとったのか、彼女は食い入るように兄を見つめていた。それから、せかせかと空のグラスを流しに運び、契約がどうとかアポがどうとかで、そろそろ上のオフィスに戻らなければならないと言った。「鍵は置いていくわ」明るい口調で言う。「エラ、好きなだけ考えてくれていいから」

「ありがとう。お会いできて良かったわ」

ヘイヴンが去っても、わたしとジャックは動かなかった。わたしはスツールの上で身をこわばらせ、爪先をスツールの下のほうの輪に引っかけた。ジャックはもう少しで息が髪にかかりそうなくらい、顔を近づけてきた。

「あなたの言ったとおりね」わたしはかすれた声で言った。「確かにヘイヴンとは気が合いそうよ」ジャックが短くうなずくのが、見えたというよりは気配で感じられた。彼が何も言わないので、無理やり話を続ける。「離婚したのね。お気の毒に」

「もっと早く別れさせてやれなかったのが、唯一の心残りだ。あの男を地上から消すことができなかったことも」強がっているわけではなく、冷静で真剣そのものの口調に、わたしは胸がざわめくのを感じた。ようやくジャックを見上げる。

「自分が愛する人をいつも守れるとは限らないわ」

「思い知ったよ」

わたしがここに住むのかどうか、ジャックはきかなかった。どういうわけか、二人とも答えはわかっていた。

「ここはわたしの生活とはかけ離れているわ」しばらくして言った。「こんなマンションには入ったこともないし、住んだことなんてもちろんない。わたしはこの世界の人間じゃないし、ここの住人とは何の共通点もないわ」

「じゃあ、きみはどこの世界の人間なんだ？　デーンと住むオースティンの家か？」

「そうよ」

「向こうはそうは思ってないみたいだけど」

わたしは顔をしかめた。「そんな言い方ないでしょう」

ジャックは言い募った。「エラ、このビルに住んでいる人も世間の人と変わらないよ。いい人もいれば、いやな人もいる。頭が切れる人もいれば、恐ろしく気の利かない人もいる。つまり、ごく普通ってことだ。きみもじゅうぶんなじめる」声が優しさを帯びた。「仲良くなれる人もいるだろうし」

「知り合いができるほど長くここにいるつもりはないわ。もちろん、ルークのことで忙しいし、タラが回復する手助けもしなきゃいけないし。それに、仕事だってある」

「荷物はオースティンに取りに戻るのか？　それともデーンが持ってきてくれるのか？」

「もともと持ち物は少ないの。服はデーンに箱につめてもらって、宅配便で送ってもらえばいいわ。二週間くらい経てば、本人もこっちに会いに来てくれるだろうし」

隣の部屋から声が聞こえ、ルークが目を覚ましたのがわかった。反射的に、わたしはスツールから飛び下りた。「ミルクとおむつの時間よ」そう言って、キャリアのほうに向かう。

「ルークとここでゆっくりしていてくれれば、ぼくがホテルに行ってかばんを取ってくるけど。今チェックアウトすれば、今夜の分は払わなくてすむし」

「でも、車が……」

「あとで車まで送っていくよ。今は休めばいい」

その提案は魅力的だった。一日の中でも暑い時間帯に、またルークを車に乗せてどこかに行くなど、考えるだけでうんざりだった。体も疲れているし、この部屋は涼しくて静かだ。わたしは悲しげにジャックを見た。「あなたの厚意に甘えすぎているわ」

「それならもう一度甘えても同じだろう」ジャックはわたしがキャリアの留め金を外し、ルークを抱き上げる様子を見ていた。「必要なものは揃ってるか?」

「ええ」

「じゃあ、ちょっと行ってくる。携帯の番号は知ってるよな」

「ありがとう。わたし……」感謝の念でいっぱいになりながら、マザーズバッグの断熱ポケットに手を入れ、冷たい哺乳瓶を取り出す。「あなたがどうしてこんなに良くしてくれるのかはわからない。しかも、あんなにも迷惑をかけたあとで。でも、感謝してるわ」

ジャックはドアの前で立ち止まり、振り返った。「エラ、ぼくはきみが好きなんだ。妹さんのためにそこまでできるなんて偉いと思ってる。その状況なら、たいていの人がリスクを避け、手を引くことを選ぶだろうから。正しいことをしようと必死になっている人を助けることは、ぼくにとっては負担でも何でもないんだ」


ジャックが行ってしまったあと、わたしは必要な世話をすませ、ルークを抱っこしてマンションの中を歩き回った。寝室に入ると、アンティークの白いレースで覆われた真鍮のベッドと、ナイトテーブルとして使われている籐の収納箱、ヴィクトリア様式のガラスのグローブランプが目に入った。わたしはルークをベッドに寝かせて隣に座り、携帯電話を手にした。

タラの番号にかけたが、留守番電話に切り替わったので、メッセージを残した。

「もしもし、タラ……わたしとルークは大丈夫よ。これから三カ月、ヒューストンにいることにしたわ。今、あなたのことを考えていたの。どうしてるかなって。それから、タラ……」同情と温かな気持ちが込み上げてきて、喉がつまる。「あなたが今どんな気持ちでいるか、わかる気がするの。言葉にするのがどんなに難しいかってことも……その、お母さんのこととか、過去のこととか、いろいろ。わたしはあなたを誇りに思ってるわ。あなたは今、正しいことをしてる。だからもう大丈夫よ」

電話を切ると、目の奥が熱くなるのを感じた。けれど、ルークが顔をこちらに向け、きょとんとした目で見ているのに気づくと、込み上げていた涙は引っ込んだ。顔を近づけ、ルークの頭に、鳥の羽根のようにぺったりしたつややかな黒髪に鼻を押しつける。「あなたも大丈夫よ」わたしは言った。そして、お互いの体温を感じながら、二人でうとうとし始めた。ルークは無垢な夢の世界に、わたしは荒れ狂う夢の中に引きずり込まれていく。

わたしは予想外に深く眠ってしまい、目覚めると部屋は暗くなっていた。ルークが静かにしていたことに驚きながら手を伸ばしたが、その手は空《くう》をつかむばかりで、わたしはパニックに陥った。

「ルーク！」あえぎながら、体を起こそうとする。

「エラ……」ジャックが部屋に入ってきて、電気をつけた。「大丈夫だよ、エラ」なだめるように、静かな声で言う。「ルークが先に目を覚ましたんだ。きみがもう少し眠れるよう、ぼくが向こうの部屋に連れていった。二人で野球を見てたよ」

「泣かなかった？」わたしは目をこすりながら、くぐもった声でたずねた。

「アストロズがまたも負けたときはね。でも、アストロズのために泣くのは恥ずかしいことじゃないんだって教えてやった。ぼくらヒューストンの男はそうやって絆を深めるんだからって」

わたしは笑おうとしたが、疲れきっていたし、目も完全には覚めていなかった。しかも恐ろしいことに、ジャックがベッドに近づいてきたとき、腕を差し出したいという強い衝動に駆られた。だが、ジャックはデーンではないのだし、彼を同じような目で見るのは不適切、むしろおぞましいとさえ言える。デーンとわたしは四年の歳月をかけて信頼関係を築き上げ、感情をさらけ出すリスクを冒して、ようやく今分かち合っている親密さを得ることができたのだ。それほどのものが、ほかの男性との間に存在するはずがない。

わたしが身動きできないでいると、ジャックはベッドのそばにたどり着き、柔らかな黒っぽい目でこちらを見下ろした。腹のあたりがきゅっと締めつけられるのを感じ、わたしはわずかに後ずさった。一瞬、ジャックがわたしに覆いかぶさるところを想像したのだ。きっと、その体はとても重く、心地よくて……。

「きみの車はあと二時間くらいで入居者用の駐車場に来るから」ジャックは言った。「ホテルの従業員に金を払って乗ってきてもらうことにしたんだ」

「ありがとう、あの……お金は払うから……」

「いらないよ」

「これ以上あなたに借りは作りたくないの」

ジャックは面白がるように頭を振った。「エラ、たまには肩の力を抜いて、人の親切を受け入れればいいんだよ」

居間から室内楽が聞こえてきたので、わたしは目をしばたたいた。「何を聴いてるの?」

「外に出たときに、ルークに見せようと思ってDVDを買ってきたんだ。モーツァルトと靴下人形《ソックパペット》の」

わたしは口元がゆるむのを感じた。「今の段階では、ルークの視界は顔から三〇センチ程度よ」

「だから興味を示さなかったのか。ベートーベンのほうが好みなのかと思ったよ」

わたしがベッドから下りるのを助けようと、ジャックは手を伸ばした。わたしはためらいながらその手を取った。自力で下りられることはわかっていた。だが、その動作を無視するのは失礼な気がした。

わたしの手はジャックの手にすっぽり収まった。長い親指がわたしの親指と交差し、手のひらが優しく重なり合う。床にまっすぐ立つとすぐに、わたしは手を離した。デーンに対してこんなにも急速に、直接的に惹かれたかどうか思い出してみる。違う……少しずつ、ゆっくり、じわじわと関係を深めていったのだ。事態が急速に動くのは大の苦手だ。

「スーツケースはあっちの部屋に運んでおいた」ジャックは言った。「お腹がすいたら八階のレストランから何か取ればいい。困ったことがあればヘイヴンに電話してくれ。番号は電話のそばに書いておいたから。ぼくはしばらく会えなくなる……出張なんだ」

どこに行くのとたずねたい気持ちを抑え、わたしはうなずいた。「気をつけて」

ジャックの目が茶化すようにきらめいた。「ありがとう」

ジャックはにこやかに、だがすたすたと出ていき、そのあっさりした去り際に、わたしはほっとしながらもなぜか物足りないものを感じた。居間に行くと、スーツケースが置かれていて、しわひとつない白い封筒に入ったホテルの請求書がのっていた。それを開き、合計金額を見てぎょっとする。だが、費用の一覧を見ているうちに、足りない項目があることに気づいた。ルームサービス代が含まれていない。

ジャックが払ったに違いない。あれはわたしが払うということで話がついていたはずだ。どうして気が変わったのだろう？　同情？　わたしには払えないと思ったから？　あるいは、最初から払わせる気はなかったのかもしれない。いぶかしみ、少し腹を立てながら、わたしはホテルの請求書を脇に置き、ルークを抱っこしに行った。ソックパペットのＤＶＤを一緒に見て、ジャック・トラヴィスのことは考えないようにする。特に、帰りはいつになるのだろうということは。

10

それから数日間、わたしは友達全員に電話をして今の状況を説明した。寝耳に水の妹の出産話を一〇〇回も繰り返すころには、効率よく説明できる編集版ができあがっていた。たいていの友達は共感してくれたが、中にはステイシーのように、ヒューストンに留まるというわたしの選択に文句をつける人もいた。デーンはやたら友達から電話を受け、何だかんだ言われているらしく、それについては申し訳なく思った。友人たちの反応は、性別によって分かれるようだった。女友達はわたしがルークの世話を引き受けるのは仕方のないことだと言い、男友達は自分とは関係のない赤ん坊の責任は負わないというデーンの決断に理解を示した。

どういうわけか、この議論は時に、わたしが今までにデーンとの結婚にこぎつけておけばよかったのだという方向に向かうこともあった。そうすれば、状況は全然違うものになっていたはずだというのだ。

「具体的に、何がどう違っていたわけ?」わたしはルイーズにたずねた。ルイーズは個人トレーナーをしていて、夫のケンはトラヴィス湖で救命救急士をしている。「デーンがわたしと結婚していても、赤ちゃんはいらないって言うと思うけど」

「だとしても、あなたがルークを世話するのを助ける義務は生じるわ」ルイーズは言った。「要するに、その状況で男性が妻を追い出すことはできないってこと。でしょう?」

「デーンはわたしを追い出したわけじゃないもの」言い訳がましく反論する。「それに、結婚しているという理由だけで、デーンがやりたくないことを無理強いすることはできない。結婚していても、自分で選択する権利はあるんだから」

「何ばかなこと言ってるの。結婚っていうのはそもそも、男性の選択肢を奪うためにするのよ。それで、男性は幸せになれるの」

「そうなの?」

「間違いないわ」

「結婚すれば、女性の選択肢も奪われるの?」

「いいえ。女性には選択肢が増えて、おまけに安定もついてくる。だからこそ、結婚というのは男性よりも女性がしたがるのよ」

ルイーズの結婚観を聞いて、わたしは考え込んでしまった。結婚というのは愛が失われれば、何とも皮肉な状態になってしまうものだ。モルタルが砕けた煉瓦の壁と同じで、いずれは崩れ落ちてしまう。

その後、気が進まないながらも、母に電話をしてタラとルークの状況を伝え、わたしが妹の手助けをするためにヒューストンに留まることを告げた。

「あなたはずっとオースティンで好き勝手していたんだから」母は言った。「文句を言う権利はないわよ」

「文句なんて言うつもりはないわ。それに、好き勝手もしていないし。仕事と勉強と――」

「原因はドラッグでしょう？　タラは世間知らずだから。金持ちの友達に華やかな生活に引きずり込まれて……そこらじゅうにコカインの粉が舞っているようなところで、うっかり吸ってしまって、それから――」

「お母さん、コカインには副流煙みたいなものはないのよ」

「無理強いされたってことよ」母はぴしゃりと言った。「エラ、あなたにはわからないでしょうけど、美人にはいろいろあるの。苦労がつきものなのよ」

「確かに、それはわたしにはわからないわ。でも、タラがドラッグをやっていないことは断言できる」

「じゃあ、注目を浴びたかったんでしょう。わたしはあの子の三カ月間の現実逃避には一セントも払わないって伝えておいて。むしろ、誰よりも逃避しなきゃいけないのはわたしだわ。この一件でどれだけストレスを感じてるか……どうして誰もわたしをスパに送ってくれないのかしらね？」

「誰もお母さんにお金を出してほしいとは言っていないわ」

「じゃあ、誰が払うの？」

「まだわからない。でも、今大事なのは、タラが良くなるよう協力することよ。それから、ルークの世話をすること。わたしとルークは感じのいい家具つきアパートに住むことになったから」

「どこ？」

「まあ、環状線の内側よ。たいしたところじゃないわ」豪華な室内に目をやり、笑いを押し殺す。わたしが住んでいるのがメイン通り一八〇〇番地だと知れば、母は三〇分以内に飛んでくるだろう。「ちょっと手直ししないといけないの。お母さんも手伝ってくれる？　明日とか――」

「手伝いたいんだけど」母は慌てて言った。「できないのよ。忙しくて。エラ、一人でやってちょうだい」

「わかったわ。じゃあ、時々はルークを連れてそっちに行こうかしら？　お母さんも一緒に過ごす時間を持ちたいと思うし」

「そうね……でも、彼氏がいきなり来ることもあるから。赤ちゃんを見られたくないの。暇な日があれば電話するわ」

「よかった。それならわたしもルークを預けられ――」

電話は切れた。

次にリザに電話して、メイン通り一八〇〇番地の住居に住むことになったと言うと、彼女は驚き、好奇心をむき出しにした。「どうやってそんな約束を取りつけたの？　ジャックと寝たとか？」

「違うわよ」わたしはむっとして言った。「わたしがそんなことするはずないでしょう」

「トラヴィス家がそんなふうにあなたを住まわせてくれるなんて、ちょっと変だなと思っただけよ。でも、あの一家は大金持ちだから、親切にふるまってみせる余裕があるんでしょうね。教会に寄付するようなものかもしれないわ」

精神的な面はもちろん、実務的な面でも一番力になってくれたのは、ヘイヴン・トラヴィスだった。公共料金の請求先の変更手続きを手伝ってくれ、必要なものが買える店を教えてくれ、義姉が好んで使っているベビーシッターまで紹介してくれた。

ヘイヴンは他人のことを批判したり、干渉したりということのない人だった。聞き上手で、鋭いユーモアのセンスを持っている。ヘイヴンと一緒にいると、ステイシーといるのと同じくらい心が落ち着いた。これは、ある事実を示唆しているように思える。誰かに会えなくなったり、頼れなくなったりしても、それを埋め合わせるように、人生にはその時々の自分にふさわしい人が現れてくれるものなのだ。

午後、一緒に昼食をとり、ベビー用品を買いに行ったこともあれば、朝、暑くなる前の時間帯に散歩したことも何度かあった。これまでの人生について互いに少しずつ打ち明けるうちに、わたしたちは何でも直感的に理解し合える、稀有な友人関係を築けることがわかってきた。ヘイヴンは破綻した結婚については多くを語らなかったが、ある種の虐待を受けていたことは話してくれた。その関係を断ち切り、人生を立て直すのがどれほど勇気のいることか、回復するまでにどれだけ長い時間がかかるか、わたしにはよくわかっていた。だが、以前はどんな人間だったにせよ、今のヘイヴンが大きく変わっているのは確かだ。

結婚生活で虐待を経験したことで、ヘイヴンは古い友達との間に溝ができた。この問題を正面から受け止めようとしない人もいれば、ヘイヴンに原因があったのではないかと言う人もいた。また、彼女の言うことを頭から疑ってかかり、裕福な女性が虐待を受けるはずがないと考える人もいた。まるで、お金さえあれば、どんな暴力や醜悪からも身を守れるとでもいうように。

「陰でこんなことを言う人もいたわ」ヘイヴンは言った。「わたしが夫に虐待されていたんだとしても、それは自分が望んだからに違いないって」

沈黙が流れ、ベビーカーの車輪が歩道を踏むガタガタという音だけが響いた。ヒューストンはいかなる意味においても歩くのに適した街ではないが、木陰の多いライス・ヴィレッジなど、快適に歩ける場所もところどころにある。わたしたちは雑貨屋やブティック、レストランやナイトクラブ、美容院、子供用品店などを通り過ぎていった。子供服の値段を見て、わたしはめまいを覚えた。子供のファッションというのは、その気になれば信じられないくらいお金をかけられるものなのだ。

わたしはヘイヴンが今言ったことについて考え、何かなぐさめになるような言葉をかけられたらと思った。けれど、わたしにできる励ましといえば、彼女の言うことを信じていると伝えることだけだった。「人は自分が理由もなく虐待されたり、傷つけられたりすることがあるのかと思うと、怖くなるのよ。だから、あなたの側に何らかの原因があると考えることで、自分は大丈夫だと安心しようとするのね」

ヘイヴンはうなずいた。「でも、親が子供を虐待することのほうがずっとひどいと思う。子供は自分が悪いんだと思い込んで、いつまでもその考えを引きずってしまうから」

「タラもそのことで苦しんでいるの」

ヘイヴンは鋭い視線を向けてきた。「あなたは違うの？」

わたしは気まずい思いで肩をすくめた。「わたしは何年もかけてその問題に取り組んできたから。手に負える大きさにまで削り落とすことはできたと思うわ。以前のような不安定さはなくなった。ただ……愛着障害があって。なかなか人と親しくなれないの」

「あなたはルークに愛情を持てているわ」ヘイヴンは指摘した。「しかも、たった二、三日のうちに。でしょう？」

わたしは考えてみてうなずいた。「赤ちゃんは例外なんじゃないかしら」

「デーンはどう？　長い間つき合ってるじゃない」

「ええ、でも最近気がついたの……わたしたちは関係を続けることはできるけど、それはどこにもたどり着かないんだって。家の敷地内の私道をぐるぐる走っている車みたいなものよ」わたしは自分たちの〝束縛しない関係〟を説明し、デーンに言われた言葉を伝える。どんな形であれ彼が束縛しようとすれば、わたしはとっくに別れを切り出していただろう、というあれだ。

「そうなの？」ヘイヴンはコーヒーショップのドアを開け、わたしはベビーカーを押して中に入った。冷気に包まれ、生き返ったような気分になる。

「わからないわ」わたしは額にしわを寄せ、まじめに答えた。「でも、デーンの言うとおりかも。それ以外に、対処の仕方がわからないかもしれない。責任を伴う関係には拒絶反応を示してしまいそうなの」小さなテーブルの隣にベビーカーを置いて、アコーディオンプリーツのひさしを引き上げ、ルークをのぞき込む。涼しくなったのが嬉しいのか、ルークは足を蹴り上げていた。

ヘイヴンは入り口で立ち止まったまま、黒板に書かれたおすすめコーヒーのメニューを見ている。その顔に浮かんだ笑みはまぶしく、兄のジャックを彷彿とさせた。「エラ、わたしにはわからないわ。根深い心理的な問題なのかもしれないし……単に、自分にふさわしい男性にまだ出会えていないだけなのかもしれない」

「わたしにふさわしい男性なんていないわ」ルークの上に身を乗り出しながら言う。「あなた以外はね、ミルクの息のルークちゃん」小さなはだしの足をつかみ、キスをした。「わたしにはあなたしかいないわ。この汗まみれのちっちゃなあんよに夢中なの」

ヘイヴンはテーブルの向こうに回りながら、わたしの背中にそっと手を触れた。「エラ、わたしが今考えていることを教えてあげましょうか……まずは、アイス・ミントモカチーノをホイップクリームとチョコレートフレーク追加で頼むつもりだってこと。それから、その時が来れば、あなたは自由に敷地内から車を出せるんだってこと」

ヘイヴンの子供時代の話には、ジャックがよく登場した。兄の常として、ヒーローを務めることもあれば、悪役のこともあった。ほとんどの場合が悪役だった。だが、大人になってからは、複雑な力関係が働く一家の中で、二人は親密な絆を築いていた。

ヘイヴンによると、父親に最も多くを求められ、評価され、期待を寄せられてきたのは、長兄のゲイジだった。ただ一人、チャーチル・トラヴィスの前妻の子であるゲイジは、父親が喜ぶような完璧な息子になろうと必死に頑張ってきた。まじめな努力家で、人一倍責任感が強く、名門の寄宿学校で優秀な成績を修めたあと、テキサス大学とハーバードのビジネススクールを卒業した。だが、ゲイジは父親のような頑固者では決してない。心根の優しさを、人間の弱い部分を受け入れる寛容さを持っている。これはチャーチル・トラヴィスにはほとんど見られない性質だ。

チャーチルは後妻のエイヴァとは死別していて、間に三人の子供がいる。ジャック、ジョー、ヘイヴンだ。期待と責任という重荷はすでにゲイジが背負っていたため、ジャックは遊びに精を出し、さまざまなことに挑戦し、好き勝手にふるまい、友達を大勢作ることができた。誰よりも先にけんかを始め、誰よりも先に仲直りの握手をする少年だった。あらゆるスポーツに手を出し、教師のお気に入りになって評価を甘くしてもらい、学校一の美人とデートをした。人づき合いは誠実で、借りは必ず返し、約束は決して破らない。ジャックが何よりも怒るのは、何らかの取り決めをした相手が自分の側の条件を守らないときだ。

チャーチルは重労働の何たるかを忘れさせないようにするため、息子たちが少年のころにテキサス南部の焼けつくような太陽の下で芝生を植えさせたり、自宅の敷地の外周沿いに手作業で石塀を作らせたりしたので、三兄弟の筋肉は熱を帯び、皮膚は幾重にも真っ黒に日焼けした。三人のうち、野外の労働を心から楽しんだのはジャックだけだった。汗、土、肉体の行使……そのすべてに、身が清められるような感覚を持ったのだ。大地や自然に対する自分の力を試したいという原始的な欲求は、彼が長年愛してきたアウトドア活動に表れている。狩りでも釣りでも、エアコンの利いた豪勢なリバーオークスから離れられることであれば何でもいいのだ。

ヘイヴンだけは、父親にこの種の人生の試練を与えられずにすんだ。その代わり、レディとして育てたいという母親の思惑の下に置かれることになった。ヘイヴンはもともとおてんばな性質で、いつも三人の兄のあとをついて回るような少女だった。ゲイジはヘイヴンとはかなり年が離れているため、どこか父親的な役割を自覚しているところがあり、必要があればヘイヴンをかばって口出しをしてくれた。

けれど、ジャックとはしょっちゅうけんかをしていた。ヘイヴンが勝手にジャックの部屋に入ったときや、許可を得ずに彼の電車のおもちゃを使ったときなどだ。その仕返しに、あるときジャックはヘイヴンのインディアン人形を燃やした。それをヘイヴンが告げ口すると、父親はジャックをベルトでたたき、しまいにはヘイヴンが泣き出す始末だった。テキサス流の男らしさを仕込まれていたジャックは、意地でも涙を見せなかった。あとでチャーチルは妻のエイヴァに、ジャックほど強情な少年はいないと言った。〝わたしにそっくりだ〟と。反抗的なジャックがゲイジと同じ方法ではしつけられないことに腹を立てていたという。

やがて、強力な味方だったゲイジが寄宿学校に入学することになり、ヘイヴンは落ち込んだ。だが長兄がいなくなると、意外にもジャックは妹にきつく当たらなくなった。ある日、ヘイヴンが学校で男子生徒にいじめられて泣きながら家に帰ると、ジャックは事情をすべて聞き出し、自分が何とかしてやると言って自転車で出ていった。以来、いじめっ子は二度とヘイヴンに手を出さなくなった。それどころか、寄りつきもしなくなった。

ヘイヴンが父親の反対を押し切って結婚してからは、しばらく連絡がとだえた。「自分がどんな目に遭っているのか、誰にも知られたくなかった」ヘイヴンは悲しげに言った。「わたしもかなり強情なほうなの。プライドが高いから、自分が間違いを犯したことに気づかれたくなかったし。それに、夫に自尊心を打ち砕かれていたから、誰かに助けを求めるのが怖くて、恥ずかしくて。でも、ついに限界が来たとき、ジャックがわたしに仕事をくれて、立ち直る手助けをしてくれたの。それで仲良くなったというか……ある種の相棒みたいな……それまでとは違う関係になったのよ」

わたしは〝ついに限界が来た〟という部分が気になった。何か決定的な事態に陥ったことは想像に難くない。だがそのいきさつは、ヘイヴンがいずれその気になれば自分から話してくれるだろう。

「ジャックの女性関係はどうなの?」わたしはたずねずにはいられなかった。「いつかは落ち着くつもりなのかしら？」

「もちろん。ジャックは女性が好きだから……本当の意味で好きってことよ。寝た女の数を自慢するような、実際には女嫌いの男とは違うわ。でも、自分が信頼できると思える相手を見つけるまでは、身を固めるつもりはないでしょうね」

「それは、自分の親友と結婚した女性のせい？」

ヘイヴンは目を丸くしてわたしを見た。「ジャックに聞いたの？」

わたしはうなずいた。

「ジャックはほとんどその話はしないの。あの人にとってはものすごく大きな出来事だったから。トラヴィス家の男は、女に惚れるときは徹底的に惚れる。真剣そのものなの。だけど、そういう関係が受け入れられる女性ばかりじゃないから」

「わたしには絶対に無理ね」力なく笑いながらも、その思いに内心どきりとするのがわかった。ジャック・トラヴィスが真剣そのものになった姿を、わたしが見ることはない。

「ジャックは寂しいんだと思うわ」ヘイヴンは言った。

「でも、あんなに忙しくしてるじゃない」

「誰よりも忙しい人ほど、誰よりも寂しいのよ」

わたしはきっかけができるとすぐに話題を変えた。ジャックの話をしていると落ち着かない気分になり、かすかないらだちさえ感じるのだ。自分のためにならないとわかっているものが、欲しくてたまらないときのように。

わたしは毎晩デーンと電話し、この新しい環境のこと、ルークのことを話した。デーンは自分が直接赤ん坊とかかわるのはいやがっても、ルークとその世話についての話を聞くのは構わないようだった。

「あなたもいつか子供が欲しくなると思う？」わたしはルークを胸に抱き、ソファでくつろぎながらデーンにたずねた。

「絶対にないとは言えないよ。ぼくの人生にもそういう時期が訪れるかもしれない……でも、想像はしにくいね。子供を持つことで得られるものは、すでに環境保護活動やチャリティ活動の仲間から得ているから」

「でも、子供を育てて、その子がいずれ同じ問題に取り組んでくれるとしたら？　それも世界をより良い場所にするための一つの方法だわ」

「おいおい、エラ。そんなにうまくはいかないよ。ぼくの子供が共和党のロビイストになったり、化学薬品会社の最高財務責任者《CFO》になったりする可能性だってある。崇高な目的はかなえられないのが、人生ってものなのさ」

わたしはくすくす笑いながら、赤ん坊が——デーンの子が——小さなスリーピースを着て電卓を手にしているところを想像した。「そうかもしれないわね」

「子供が欲しくなったのか？」

「まさか、違うわ」わたしは即座に言った。「ルークをタラに返せるまで頑張ろうと思ってるだけよ。夜はぐっすり眠りたいもの。食事はじゃまされずにしたいし。あと、久しぶりに大荷物を持たずに外出したいものだわ。すごいのよ。ベビーカー、紙おむつ、タオル、よだれ拭き、哺乳瓶……。鍵だけを持って玄関から出ていく感覚はとっくに忘れてしまったわ。小児科にもしょっちゅう行かなきゃいけないし。乳幼児健診だの、新生児スクリーニングだの、予防接種だの。だから、眠らせてもらえないのはちょうど良かったのかも。仕事する時間が足りなくなるところだったから」

「一番の収穫は、今子育ての実態を知ることができたおかげで、想像をめぐらせる手間が省けたことかもしれないね」

「ルバーブ（野菜の一種で、茎をジャムやパイの具にする）みたいなものね」わたしは言った。「大好きな人もいれば、大嫌いな人もいる。でも、自然にそれを口にする環境にないと、味さえわからない」

「ぼくはルバーブは嫌いだ」デーンは言った。

メイン通り一八〇〇番地に来てから丸一週間経っても、わたしは食料品の入った袋を持ちながらベビーカーを押してドアを入ることに四苦八苦していた。金曜の夕方のことだった。道路は大渋滞していたので、車には乗らず、四〇〇メートルほどの道のりを歩いて〈エキスプレス・グローサリー&デリ〉に行ってきた。距離は短かったが、暑い中を歩いたため、わたしもルークもゆだっていた。ビニール袋の持ち手が湿った手のひらをすべり、マザーズバッグが肩からずり落ちそうになりながら、ベビーカーを押してロビーに入る。ルークは不機嫌そうな声をあげていた。

「ねえ、ルーク」わたしは息を切らしながら言った。「あなたが歩けるようになれば、お互い人生がもっと楽になるのにね。だめ、ちょっと……泣かないで。今は抱っこしてあげられないの。もう。ルーク、お願いだから静かにして……」毒づき、汗を流しながら、わたしはベビーカーを押してコンシェルジュのデスクの前を通った。

「ミス・ヴァーナー、お手伝いいたしましょうか？」コンシェルジュが腰を浮かせながら言った。

「ありがとう、でもけっこうよ。大丈夫」エッチングの施されたガラスのドアをよろよろと抜け、エレベーターにたどり着いたとき、ちょうど扉が開いた。

露出度の高い白のワンピースに、ストラップのついたゴールドのサンダルを履いた赤毛美人……と、細身の黒のスーツを着て、ぱりっとした白のシャツの襟元を開け、つやつやした黒のオックスフォードを履いたジャック・トラヴィスがそこにいた。彼は一目でわたしの窮状を見て取った。すぐに食料品の袋に手を伸ばし、足でエレベーターのドアを押さえる。こげ茶の目がきらめいた。「久しぶり、エラ」

わたしは息が止まりそうになった。気づくと、へらへら笑っていた。「こんにちは、ジャック」

「上に行くのか？　手伝ったほうが良さそうだな」

「ううん、大丈夫。ありがとう」わたしはベビーカーを押してエレベーターに入った。

「部屋まで送るよ」

「そんな、いいの、自分で──」

「一分ですむ。ソーニャ、いいよな？」

「もちろん」その女性はにこやかで感じが良く、わたしににっこり笑いかけながら、エレベーターに戻った。ジャックの女性の趣味には文句のつけようがなかった。ソーニャはつるつるのきれいな肌に鮮やかな赤毛をした、スタイル抜群の美女だった。大騒ぎのルークに話しかけようと身をかがめると、そのゴージャスな谷間と美しい顔に、ルークはぴたりと泣き止んだ。「まあ、なんてかわいい赤ちゃん」ソーニャは感嘆の声をあげた。

「外が暑かったからご機嫌斜めなの」

「きれいな黒髪……お父さんに似たんでしょうね」

「たぶん」わたしは言った。

「元気にしてたか？」ジャックがわたしにたずねた。「引っ越しは無事終わった？」

「これ以上ないってくらいよ。妹さんがすごく良くしてくれて……ヘイヴンがいなかったらどうなっていたことかと思うわ」

「ヘイヴンに聞いたが、仲良くやっているみたいだな」

ソーニャはその短い会話に耳を傾けながら、ジャックとの関係性を探ろうとしているのか、わたしに警戒するような視線を走らせた。自分の敵ではないと判断した瞬間が、目に見えてわかった。顔はすっぴん、髪は何の変哲もないボブ、体の線を隠すぶかぶかのTシャツという格好は、どこからどう見ても〝新米ママ〟だ。

エレベーターは六階で止まり、ジャックが扉を押さえてくれている間、わたしはベビーカーを押して外に出た。「袋を持つわ」そう言って、食料品に手を伸ばす。「手伝ってくれてありがとう」

「ドアまで送るよ」ジャックは袋から手を離さずに言った。

「最近引っ越してきたの？」廊下を歩きながら、ソーニャがわたしにたずねた。

「ええ、一週間ほど前に」

「ここに住めるなんて幸せね。旦那さんは何をなさってるの？」

「実は、結婚はしていないの」

「あら」ソーニャは顔をしかめた。

「オースティンに彼氏がいて」わたしは自分から説明した。「三カ月後にはそっちに戻るの」

ソーニャの顔が明るくなった。「まあ、それはすてきね」

部屋の前にたどり着くと、わたしはキーパッドの暗証番号を押した。ジャックがドアを開けると、わたしはベビーカーを押して中に入り、ルークを抱き上げた。「改めて、ありがとう」ジャックを見ると、ビニール袋をコーヒーテーブルに置いているところだった。

ソーニャはうっとりしたように室内を眺めた。「すてきなお部屋」

「わたしは内装にはいっさいかかわっていないんだけど」わたしは言った。「でも、わたしとルークもこれから貢献するつもり」苦笑いしながら、部屋の隅を手で示す。そこには大きな段ボール箱と、木と金属のパーツがずらりと並んでいた。

「何を組み立てようとしてるんだ？」ジャックがたずねた。

「ベビーベッドよ。おむつ替えテーブルつきの。この間、ヘイヴンとライス・ヴィレッジに出かけたときに買ったの。でも、組み立ててもらうと一〇〇ドル余計にかかるっていうから、それなら自分でやろうと思って。配達の人たちがパーツの入った箱に説明書を添えて持ってきてくれて、今はまだ作業中。説明書が読めればもっと簡単にできると思うんだけど。日本語とフランス語とドイツ語のページはあるのに、英語が見当たらないの。今思えば、一〇〇ドル余計に払っておくんだった」一人でまくしたてていることに気づいて、わたしは笑って肩をすくめた。「でも、困難には挑みたくなる性格だから」

「ジャック、そろそろ」ソーニャが言った。

「そうだな」そう言いながらも、ジャックはその場を動かず、わたしとルークを見たあと、ベビーベッドのパーツの山に視線を移した。一瞬、意味ありげな沈黙が流れ、わたしは鼓動が速まるのを感じた。ジャックは再びわたしと目を合わせ、無言の約束をするように、短くうなずいた。〝あとで〟

そんな約束は必要なかった。「ほら、もう行って」明るい声でうながす。「楽しんできて」

ソーニャがほほ笑んだ。「じゃあ」ジャックの腕を取り、部屋から連れ出した。

三時間後、バウンサーにのったルークに見守られながら、わたしはベビーベッドのパーツに取り囲まれて床に座り込んでいた。夕食には、牛挽肉と生バジル入りトマトソースのスパゲティを作って食べた。ソースの残りが冷めたら、一人前ずつ小分けにして冷凍庫に入れるつもりだ。

　モーツァルトとソックパペットに飽きたわたしは、アイポッドをスピーカーにつないだ。エタ・ジェイムズの粋でセクシーな声があたりに響いている。「ブルースのいいところは」ワイングラスを持ち上げる手を止め、わたしはルークに話しかけた。「感情にも、愛情にも、欲望にも、いっさい歯止めをかけないところよ。普通の人はそんなふうに勇ましくは生きられない。ミュージシャンならまだしもね」

　そのとき、ドアがノックされるのが聞こえた。「いったい誰？　ルーク、わたしに内緒で誰か招待したの？」わたしはワイングラスを持ったまま立ち上がり、はだしで玄関に向かった。着ているのは、綿菓子のようなピンク色のパジャマだ。コンタクトを外し、めがねをかけている。爪先立ちになってのぞき穴をのぞくと、見慣れた男性の頭の輪郭が目に入り、呼吸が乱れた。

「お客さんを迎えられるような格好はしてないんだけど」わたしはドア越しに言った。

「いいから入れてくれ」

　掛け金を外してドアを開けると、そこにはジャック・トラヴィスが、今度はジーンズと白いシャツを着て立っていた。使い込んでぼろぼろになった小さなキャンバス地のバッグを抱えている。ジャックはゆっくりとわたしの全身に目をやった。「ベビーベッドの組み立てはまだか?」

「今も悪戦苦闘中」わたしは激しい胸の高鳴りを無視しようと努めた。「ソーニャはどうしたの?」

「もう? 夕食を一緒に食べた。今、家に送ってきたところだ」

断りたかった。もっと遅くまで楽しんでくればいいのに」

ジャックは軽く肩をすくめ、わたしを見つめた。「入っていいか?」

わたしたちの間には何かが、交渉や妥協の必要な何かがあるような気がしていた……が、まだ心の準備ができていなかった。とはいえ、彼を中に入れない理由は見つからない。わたしは曖昧に後ろに下がった。「そのバッグには何が入っているの?」

「工具だ」ジャックは中に入り、ドアを閉めた。彼の動作はいちいち慎重で、まるで危険が潜む新しい環境に足を踏み入れたかのようだった。「やあ、ルーク」赤ん坊に呼びかけながら、そばにしゃがみ込む。バウンサーをそっと揺らすと、ルークは喉を鳴らし、勢いよく足を蹴り上げた。ルークに視線を向けたまま、ジャックは言った。「エタ・ジェイムズを聴いてるのか」

わたしは努めて軽い口調で言った。「組み立てが必要な状況では、ブルースを聴くことにしてるのよ。ジョン・リー・フッカー、ボニー・レイット……」

「ディープ・エラムで歌ってた連中は聴いたことあるか? テキサスブルースだ……ブラインド・レモン・ジェファーソン、レッドベリー、T-ボーン・ウォーカー」

ジャックの広い肩と力強い背中に張りつくシャツに気を取られ、わたしの返事は遅れた。

「T‐ボーン・ウォーカーという名前は聞いたことあるけど、あとは知らないわ」

ジャックはわたしを見上げた。「『僕の墓をきれいにして』という曲は？」

「それはボブ・ディランの曲だと思ってた」

「いや、あれはカバー版だ。もとはブラインド・レモンの曲なんだ。ＣＤに焼いてくるよ
……なかなか手に入らないアーティストだから」

「リバーオークスに住む男性がそんなにもブルースに詳しいとは思わなかったわ」

「エラ、ブルースというのは、善良な人間が落ち込んだときの気持ちを歌うものだ。リバーオークスにもそういうことはいくらでもあるよ」

自分でもどうかしていると思うのだが、わたしはジャックの声が好きでたまらなかった。ゆったりとしたバリトンが体の内側に入り込み、届くはずのない部分に残るのだ。ジャックの隣に座り込んで、さっぱりとカットされた豊かな髪に手を差し入れ、硬いうなじに指を這わせたい。全部聞かせて、と言いたかった。ブルースのことも、あなたが傷ついたときのことも、何よりも恐れているもののことも。ずっと望んでいるのにまだ実現できていないことについても。

「何かいい匂いがする」ジャックは言った。

「さっきスパゲティを作ったの」

「まだ残ってるか？」

「よくあるこじゃれた店だったんだ。食べたものと言えば、ドミノほどの大きさの魚と、スプーン一杯のリゾットくらいだ。お腹がぺこぺこだよ」

哀れを誘う表情に、わたしは噴き出した。「用意するわ」

「ぼくはその間にベビーベッドを組み立てるよ」

「ありがとう。パーツは図を見ながら並べてみたんだけど、英語の説明書がないから――」

「説明書はいらない」ジャックは図をちらりと見ると脇に放り出し、色つきの木製のパーツの仕分けを始めた。「これなら簡単にできるよ」

「簡単？　そのビニール袋にどれだけの種類のねじが入ってるか見た？」

「何とかするよ」ジャックはキャンバス地のバッグを開け、コードレスの電気ドリルを取り出した。

わたしは顔をしかめた。「手にけがをする事故の四七パーセントは、家で電動工具を使っているときに起こるって知ってる？」

ジャックは慣れた手つきでドリルの先を穴に差し込んだ。「ドアに手をはさんでけがをする人も多いよ。だからって、ドアを使うのをやめたりしないだろう？」

「音がうるさくてルークが泣きだした場合は」わたしは厳しい口調で言った。「普通のドライバーを使ってね」

ジャックは眉を上げた。「デーンは電動工具は使わないのか？」

「普段はね。いつだったか夏に、ニューオーリンズで〈ハビタット・フォー・ヒューマニティ〉（住宅の建築や修繕を支援するNGO）と家を建てるときは使ってたけど……。でもそれは、五〇〇キロ以上離れていて、わたしには手の届かない場所だったから」

ジャックは口元にかすかな笑みを浮かべた。「電動ドリルの何が問題なんだ？」

「わからないわ。ただ、慣れてないの。不安になるの。そういうものを使う兄弟や父親がいない環境で育ったから」

「そうか、きみは大事な慣習をいくつか経験しそこなったんだな。テキサス男から電動工具を取り上げることはできないよ。大好物だからね。電気を食う大きなやつがいい。ドライインで食べる朝食や、大きな動く物体、月曜の晩のアメフト中継、正常位も好きだ。低アルコールビールは飲まないし、スマートカーには乗らない、色の名前は五つか六つしか知らないと言う。胸毛の脱毛もしない。絶対に」ジャックはドリルを持ち上げた。「ほら、きみが台所にいる間に、ぼくが男の仕事をするから。大丈夫、これ以上の役割分担はない」

「ルークが泣きだすわ」わたしはむっつりと言った。

「いや、泣きはしない。気に入るよ」

腹立たしいことに、ルークはまったく声をあげず、ジャックがベビーベッドを組み立てる様子を満足そうに見つめていた。わたしは一人分のスパゲティをゆで、ソースを温めて、カウンターにジャックの食事の準備をした。「おいで、ルーク」ルークを抱き上げ、台所に連れていく。「クロマニヨン人が食事をするから、もてなしてあげましょう」

ジャックは湯気を上げるパスタをがつがつと食べ、満足げにうなって、三分の一はたいらげたところでようやく顔を上げて息をついた。「おいしいよ。ほかには何が作れるんだ？」

「基本的なものだけよ。キャセロール、パスタ、シチュー。あと、ローストチキン」

「ミートローフは？」

「できるわよ」

「結婚してくれ、エラ」

いたずらな黒っぽい目を見つめると、ジャックが冗談を言っていることはわかっていても、心臓が早鐘を打ち、両手が震えた。「いいわよ」わたしは軽い口調で応じた。「パンも食べる？」

食事を終えると、ジャックは再び床に座り込み、いかにも経験豊富そうな見事な手際でベビーベッドを組み立てていった。その手つきは鮮やかで、自信に満ちていた。彼が袖をまくって毛に覆われた前腕をむき出しにし、鍛えられた立派な体で木枠の前にひざまずく光景は、眼福だと言わざるをえない。わたしはワイングラスを片手に、ジャックのそばに座り、ねじを渡す役をした。時折、体がこちらに近づくと、男性の汗と清潔な肌の混じったセクシーな香りが漂った。何度かねじ山がすり減り、そのたびにジャックは悪態をついたが、罰当たりな言葉を並べたあとはすぐに無礼を詫びた。

ジャック・トラヴィスのように、昔ながらの男らしさを備えた男性は、わたしの目には新鮮に映った。大学で一緒だったのは、自分のアイデンティティや、社会での自分の居場所を模索するような青年ばかりだった。デーンとその仲間は一様に繊細で、環境問題への意識が高く、フェイスブックのアカウントを持っている。だが、ジャック・トラヴィスがブログを書いているところや、自分は何者なのだろうと悩んでいるところは想像がつかないし、自分の服が環境に優しい素材かどうか気にすることも決してないだろう。

「ジャック」わたしは考え込みながら言った。「あなたは女性を対等に見てる?」

ジャックは枠につっかえ棒をはめ込んだ。「ああ」

「女性に食事代を払わせたことはある?」

「いや」

「だからわたしの請求書にルームサービス代が載ってなかったの?」

「ぼくは自分の食事代を女性に払わせたことはないよ。夕食がきみのおごりだと言ったのは、そうでも言わないと部屋から追い出されると思ったからだ」

「女性を対等に見てるなら、どうしてわたしにおごらせてくれなかったの?」

「ぼくが男だからだ」

「会社のプロジェクトで新たにマネージャーを雇うとき、候補として男女が一人ずついて、女性が出産適齢期であることがわかっている場合、男性のほうを選ぶ?」

「いや。その仕事にふさわしいほうを選ぶよ」

「もし、あらゆる点で同等だったら……?」

「妊娠の可能性を、その女性が不利な条件としては数えない」ジャックはわたしにいぶかしむような笑顔を向けた。「何が知りたい？」

「あなたを進化の過程のどこに置けばいいのかと思って」

ジャックはねじを一つ留めた。「今のところ、ぼくはどの位置につけてるんだ？」

「まだわからないわ。差別用語撤廃《ポリティカル・コレクトネス》についてはどう思う？」

「反対はしないよ。ただ、やりすぎはよくないと思うけど。ちょっと待って――」ジャックは大きな音をたててドリルを使い、L字形の金具を枠に取りつけた。手を止めてわたしを見上げ、期待のこもった笑みを浮かべる。「ほかには？」

「女性に求めるものは何？」

「一途なこと。愛情深いこと。一緒に過ごしてくれること。特に野外でね。狩りをする女性も大歓迎だ」

「それなら、ラブラドール・レトリバーのほうがいいんじゃない？」わたしは言った。

ジャックにとっては、ベビーベッドの組み立てはたやすい作業のようだった。わたしが手で支えている間に大きなパーツを留め、余分の補強もしてくれた。「このベビーベッドなら、赤ちゃん象が眠っても壊れそうにないわね」わたしは言った。

「これはここに置く？　それとも寝室？」ジャックはたずねた。

「寝室は狭いから、ここに置いておきたいわ。メインの部屋にベビーベッドがあるのは変かしら？」

「変じゃないよ。ここはルークの住まいでもあるんだから」

ジャックに手伝ってもらって、わたしはベビーベッドをソファの隣に置き、マットレスにシーツを掛けた。眠そうな顔のルークをそっとベッドに入れ、毛布を掛けて、上に吊したモビールのスイッチを入れる。熊と蜂蜜の壺がゆっくりと回転し、優しい音色の子守歌が流れた。

「快適そうだ」ジャックがささやき声で言った。

「本当ね」何とも居心地良さそうに、安らかにベッドに収まっているルークを見ていると、感謝の念が込み上げてきた。窓の外には、夜の街の喧噪が広がっている。車が行き交い、人々が群れ、酒を飲み、踊る中、地面からはゆっくりと昼間の熱気が放たれている。だが、わたしたちはこの涼しく安全な場所に、非の打ちどころのない状態で身を潜めていた。

そろそろルークのミルクを作り、寝る準備をする時間だ。ルークとの生活にはリズムがあった。入浴してベッドに入るという日課に、わたしは心落ち着くものを感じていた。

「日常的に子供の面倒を見るのは久しぶりだわ」ほとんど無意識のうちに、わたしは声に出していた。手はベビーベッドの手すりを握っている。「自分が子供のとき以来」

返事代わりに、ジャックはわたしの手に自分の手を重ね、ぬくもりを押しつけてきた。わたしが顔を上げようとすると、手は離れ、ジャックは工具を片づけ始めた。ごみになったボール紙やビニール袋を、ベビーベッドが入っていた長方形の平たい箱にきちんと入れる。彼は片手でその箱を抱え、ドアまで持っていった。「ごみに出しておくよ」

「ありがとう」わたしはほほ笑み、ジャックを送りに行った。「ジャック、本当に助かったわ。いろいろ。わたし――」

ワインのせいで理性が吹っ飛んでいたのだろう、わたしは伸び上がってジャックを、トムやデーンのほかの男友達にするのと同じようにハグした。友達同士のハグだ。けれど、自分の体がジャックの体に触れ、濡れた箱柳の葉のようにぴたりと重なり合った瞬間、体中の神経という神経が〝しまった！〟と叫び声をあげた。

ジャックの腕が体に回され、わたしは筋肉の壁に押しつけられた。そのあまりに大きくて温かく、怖いくらい心地よい体の感触に、全身がこわばるのを感じる。熱い吐息が頰をなでると、心臓が狂ったように打ち始め、鼓動を一つ刻むたびに興奮が湧き起こった。わたしはあえぎ、ジャックの肩に顔を埋めたまま、体を離そうとした。

「ジャック……」やっとのことで声を出す。「わたし、そういうつもりじゃなかったの」

「わかってる」ジャックの片手がわたしの後頭部に回り、指がさらさらした髪をすいた。そっと頭をつかみ、顔を自分のほうに向ける。「ぼくがそう受け取ったのは、きみのせいじゃない」

「ジャック、だめ――」

「これは気に入っている」ジャックは言いながら、わたしのめがねの長方形の縁に触れ、慎重につるをつかんだ。「すごく。でも、今はじゃまだ」

「じゃまって何の？」めがねが取り去られ、脇に置かれると、わたしは身を固くした。

「じっとしてて、エラ」ジャックの顔が近づいてきた。

11

頭がまともに働いていれば、間違いなく拒否していただろう。ジャックの唇はゆっくりとわたしの唇の上をかすめたあと、唇に押しつけられた。びくともしない体の下でもぞもぞ動いていると、やがて思いがけずしっくりはまる位置があり、体がかっと熱くなるのがわかった。膝の力が抜けたが、ジャックがしっかりとわたしを抱いているため、何の不都合もない。彼の手があごに、細心の注意を払いながらかけられた。

わたしがキスを終わらせようとするたびに、ジャックは強く唇を押しつけて、口を開かせるよう誘いかけ、じっくりと味わった。それはわたしが知っているキスとはまったく違い、キスですらないように思えた。デーンとのキスは、会話の最後に打たれる句読点か引用符、むしろ殴り書きのダーシにすぎなかったのだと思い知る。ジャックのキスはもっと柔らかく、せっぱつまっていて、容赦なかった。荒々しくて、新鮮で、暴れ回るようなそのキスに、体のバランスが崩れていく。わたしはジャックの肩を探り、指で硬いうなじをつかんだ。

ジャックはすばやく息を吸い込むと、手を下に伸ばし、わたしのパジャマのズボンをなで下ろして、ゆるやかに腰を引き上げた。完全に張りつめた彼の感触にわたしは驚き、体に電流が走った。信じられないくらい硬い。どこもかしこもが。主導権を握っているのはジャックで、どこまでも力強かった。彼はそのことをわたしに思い知らせようとしていた。ジャックにキスされるうち、衝動はわたしの手には負えない方向に流れ、ひっそりとこぼれ落ちていった。切実なうずきが下腹部から湧き起こって初めて、この男と寝れば、すべてを奪われることになると悟った。自分が築き上げてきた防壁が、あとかたもなく崩れてしまうと。

わたしは震えながらジャックを押し戻し、すばやく顔をそむけてあえいだ。「だめ。無理よ。もうやめて、ジャック」

ジャックはすぐにキスをやめた。だが、腕でわたしを抱いたまま、胸を大きく上下させている。

わたしはジャックを見ることができなかった。かすれた声で言う。「だめよ、こんなの」

「ぼくはきみを一目見た瞬間からこうしたかったんだ」ジャックは腕に力を込め、身をかがめてわたしの耳元に口を近づけた。優しくささやく。「きみもそうだった」

「わたしは違ったわ。今も違う」

「エラ、少しは楽しんだほうがいい」

わたしは信じられないというふうに笑った。「やめてよ、楽しむ必要なんてないわ。わたしは――」さらに腰を引き寄せられ、息をのんだ。ジャックの感触は、麻痺した神経には強烈すぎた。何という恥辱か、熱と本能に理性は打ち負かされ、わたしは思わず自ら腰を押しつけていた。

とっさのその動きに、ジャックは真っ赤になったわたしの頬に向かってほほ笑んだ。「ぼくを受け入れてくれ。なかなかいい男だと思うよ」

「うぬぼれるのもいいかげんにして……わたしにとってはいい男なんかじゃないわ。ステーキも、電動ドリルも、活発すぎるセックスライフも……どうせ、全米ライフル協会の会員証も持っているんでしょう。認めなさい、違う？」言葉はとめどなくあふれた。わたしはしゃべりすぎ、息を荒らげすぎていて、まるで極限までねじを巻かれたおもちゃのように落ち着きがなかった。

耳の裏の感じやすい部分に、ジャックが鼻をすり寄せてきた。「それのどこが問題だ？」

「つまり、会員証を持ってるってこと？　でしょうね。最悪。問題は……ちょっと、やめて。問題は、わたしは自分と自分の価値観に敬意を払ってくれる人としか寝ないってこと。自分の――」皮膚に軽く歯を立てられ、わたしは言葉にならない声をあげた。

「ぼくはきみに敬意を払ってるよ」ジャックは不満そうに言った。「きみの価値観にも。きみはぼくと対等だと思ってる。きみの頭の良さにも、きみが使いたがる難しい言葉にも敬意を払ってるよ。でも、きみの服をはぎ取って、きみとセックスしたいとも思っている。きみに叫び声を、泣き声をあげさせて、天国を見せたいと」喉元を優しく唇が這い下りていく。快感に筋肉がびくりと跳ね、わたしは力なく体をよじったが、ジャックに腰をつかまれて動けなくなった。「エラ、いい思いをさせてあげるよ。まずは激しいセックスをしよう。終わったあと自分の名前も思い出せなくなるようなやつだ」

「デーンとは四年もつき合ってるの」わたしは声を絞り出した。「あなたと違ってわたしのことをよくわかってくれてるわ」

「きみのことなら、これから知ればいいさ」

内側にある何かがほどけ始め、弱さがまき散らされて、体はそれに抗うように硬く締まっていくようだった。わたしは目を閉じ、弱々しい声がもれないようこらえた。「この部屋を紹介してくれたとき」力なく言う。「下心はないようなことを言ってたじゃない。こんなことしたら、わたしは困った立場《ポジション》に置かれてしまうわ」

ジャックが顔を上げ、唇がわたしの鼻先をかすめた。「じゃあ、きみはどんな体位《ポジション》がいいんだ?」

わたしは目をぱちりと開けた。体をよじり、何とかジャックから逃れる。ソファのひじかけに座っているような、寄りかかっているような体勢のまま、震える指でドアを指した。

「帰って、ジャック」

髪も服も乱れ、高ぶったジャックは、どうしようもなくセクシーだった。「ぼくを追い出すつもりか?」

確かに、そんなことをしている自分が信じられなかった。「あなたを追い出すつもりよ」

わたしはめがねを手に取り、危なっかしい手つきで耳にかけた。

ジャックは口をへの字にした。「話は終わってない」

「わかってる。でも、このままあなたがここにいたら、話はほとんどできないと思うわ」

「きみには手を触れないと約束しても?」

ジャックと目が合うと、部屋全体に熱が充満し、今にも爆発しそうな気がした。「嘘かもしれないわ」わたしは言った。

ジャックは首の後ろをさすり、顔をしかめた。「そのとおりだな」

わたしはドアのほうに顔を向けた。「お願いだから帰って」

ジャックは動かなかった。「次はいつ会える? 明日の晩?」

「仕事があるわ」

「あさっては?」

「わからない。やることがたくさんあるから」

「いいかげんにしろ、エラ」ジャックはドアのほうに向かった。「今は先延ばしにできても、いずれは向き合わなきゃいけないんだ」

「先延ばしにするのは得意なの。先延ばしにすることさえ、先延ばしにできるくらいよ」

ジャックは恨めしそうにわたしを見てから、ベビーベッドが入っていた箱を持って出ていった。

わたしはのろのろと台所の片づけをし、カウンターの上を拭いてから、ルークのミルクを作った。その間中、ちらちらと電話を見ていた。毎晩のデーンとの電話の時間だ。けれど、電話は鳴らなかった。ジャックとのことは、デーンに報告しなければならないのだろうか?

束縛しない関係というのは、秘密を持ってもいいのだろうか？　ジャック・トラヴィスに惹かれる気持ちをデーンに打ち明けたとして、何か収穫はあるのだろうか？

今の状況を検討してみて、デーンにジャックとのキスの件を話さなければならないのは、その後の発展が見込まれる場合に限るという結論に達した。つまり、ジャックと関係を持つつもりなら、ということだ。けれど、わたしにそのつもりはない。だから、このキスには意味がない。したがって、最も賢明な、そして最も簡単な方法は、何もなかったようにふるまうことだ。

そして、この話をするのを先延ばしにしていれば、そのうちすべてが忘れ去られるだろう。

次の日、タラに電話をした。いまだにジャスロー先生にわたしと話をする許可を与えていないと聞いて、いらだちはしたものの、さほど驚きはしなかった。

「わたしがあなたを困らせるようなことはしないってわかってるでしょう」わたしは言った。「力になりたいのよ」

「わたしは一人で大丈夫よ。もうちょっとしたら、先生と話してくれていいから。たぶん。でも、今はやめてほしいの」タラの口調には自分を守るような頑なさがあり、その意味はわかりすぎるほどよくわかった。わたしもセラピーを始めて一年くらいは同じように感じ、その感覚を抱えて生きていた。自分にもプライバシーの権利があることに気づき始めると、猛烈にそれを守りたくなるのだ。タラがわたしに干渉されたくないと思うのは当然だ。とはいえ、わたしには現状を知る必要があった。

「今、何をしてるか、ちょっとだけ教えてくれない？」

タラは渋るように黙り込んだあと、答えた。「抗鬱剤を飲み始めたわ」

「そう。何か変化はあった？」

「二、三週間で効くものじゃないらしいんだけど、効果は出てる気がする。あと、ジャスロー先生ともいろいろ話してるわ。わたしたちが育った環境は決して普通じゃないし、健全でもないって言われた。あと、母親が不安定で、ろくに子育てもせずに、娘に対抗意識を持っている場合、そのことが子供時代の自分に与えた影響を探り出して、それを修正する作業をしなくちゃいけないって。じゃないと……」

「じゃないと、自分も母親と同じパターンを繰り返すことになる」わたしは優しく言った。

「そう。だから、今はわたしがずっと苦しんできたことについて、ジャスロー先生と話し合っているの」

「例えば……」

「例えば、お母さんがいつもわたしはかわいい子、お姉ちゃんは賢い子、って分けてたこととか……それは間違ってるんだって。そのせいでわたしは自分は頭が悪いと思い込んで、賢くなれるチャンスを逃してしまったの。おかげで、ばかみたいな失敗をいっぱいしてしまったのよ」

「そうね、わかるわ」

「わたしは脳外科医にはなれないかもしれないけど、お母さんが思ってるよりは賢いの」

「タラ、お母さんはわたしのこともあなたのこともわかっていないのよ」

「お母さんと直接話して、あの人がわたしたちに何をしてきたか教えてやりたい。でもジャスロー先生は、お母さんは絶対に理解してくれないって言うの。わたしがどんなに説明しても、お母さんはそれを否定するか、覚えていないふりをするだろうって」

「わたしもそう思う。あなたもわたしも、できるのは自分の問題に取り組むことだけよ」

「わたしは今それを頑張ってるところ。これまで知らなかったことがたくさんわかってきた。わたし、良くなってきてると思う」

「よかった。ルークもママを恋しがってるから」

タラは気後れしながらもその言葉に飛びついてきて、わたしは胸を突かれた。「本当にそう思う？　一緒にいたのはほんの短い間だったから、わたしのことを覚えていてくれるかどうか自信がなくて」

「タラ、あなたは九カ月も一緒にいたじゃない。ルークはあなたの声を覚えてるわ。心臓の音も」

「夜はちゃんと寝てくれてる？」

「だといいんだけど」わたしは悲痛な声を出した。「だいたい、一晩に三回は起きるわね。だんだん慣れてきたけど……。最初から眠りを浅くしておいて、ルークの声が少しでも聞こえたら飛び起きるの」

「ルークはお姉ちゃんと一緒のほうがいいのかもね。わたし、目覚めが悪いから」

わたしは笑った。「ルークはすぐに大声をあげるわよ。大丈夫、あれを聞いたらあなたもトースター用ワッフルみたいに、ベッドからぽんと飛び出しちゃうから」言葉を切り、おそるおそるたずねる。「マークもそのうちルークに会いたいって言うかしら？」

その瞬間、なごやかな会話は断ち切られた。タラは淡々と、冷ややかな声で言った。「マークは父親じゃないわ。言ったでしょう、父親はいないの。ルークはわたしだけの子なのよ」

「タラ、ルークがキャベツ畑から生まれたなんて信じられるはずがないでしょう。確実に誰かがかかわっているの。それが誰であろうと、その人はあなたに協力する義務があるし、何よりもルークに対する責任があるわ」

「それはわたしの問題よ」

わたしが自分を犠牲にしてルークの世話をしている限り、それはわたしの問題でもあるのよ、という言葉が喉元まで出かかったが、何とか抑えた。「具体的な対応について話し合わなきゃいけない問題は、まだ山ほどあるわ。もしルークの父親があなたを援助していて、何かを約束しているなら……その約束は法的拘束力のあるものにしなきゃいけない。それに、いずれルークが父親を知りたいと――」

「お姉ちゃん、今はやめて。そろそろ切らないと……エクササイズのクラスがもう始まってるの」

「でも、これだけは――」

「じゃあ」手の中で電話が切れた。

怒りと不安にさいなまれながら、わたしは台所のカウンターの前に行き、請求書とカタログの山の中から、ジャックがくれた〈フェローシップ・オブ・エターナル・トゥルース〉の電話番号の紙を探し出した。

わたしがやるべきことは何だろう？　今のタラが将来のことを決められる状態にないのは明らかだ。つけ込まれやすいところがあるから、マーク・ゴットラーに言いくるめられて、彼が自分の面倒を見てくれる、自分と赤ん坊を永久に援助し続けてくれると思い込んでいるのだろう。ゴットラーはタラを食い物にし、彼女には相談する家族がいないも同然だから、反撃されることはないと高をくくっているに違いない。

だが、タラにはわたしがいる。

12

それから二日間、わたしは〈エターナル・トゥルース〉に電話をかけ、マーク・ゴットラーとの面会を頼み続けた。けれど、はぐらかされるか、沈黙されるか、嘘くさい言い訳を並べられるだけで、何の収穫もなかった。

壁にぶつかってしまった。自力ではゴットラーに会う約束を取りつけられそうにない。教会内の階層の上位に位置する彼は、一個人には手の届かない場所に隔離され、保護されているのだ。

デーンにこの話をすると、自分のコネを使えば何とかなるかもしれないと言ってくれた。〈エターナル・トゥルース〉は大規模なチャリティ団体のネットワークを持っていて、デーンの旧友に、教会の中央アメリカでの奉仕活動にかかわっている人がいるというのだ。けれど、この筋からの接触もうまくいかず、わたしはふりだしに戻ってしまった。

「ジャックに相談すればいいじゃない」金曜日、仕事を終えたヘイヴンは言った。「こういうのはジャックの得意分野よ。そこらじゅうに知り合いがいるの。喜んで橋渡し役を務めてくれるわ。それに、わたしの記憶が正しければ、うちの会社はあの教会と契約も結んでいるはずだし」

ヘイヴンが婚約者のハーディ・ケイツと住んでいる部屋で、わたしたちはお酒を飲んでいた。ヘイヴンはピッチャーにホワイトサングリアを作っていた。白ワインに桃とオレンジとマンゴー、それにピーチシュナップスをたっぷり入れて混ぜ合わせたカクテルだ。

ヘイヴンたちの住まいには寝室が三つあり、壁が一面ガラス窓になっていて、ヒューストンの景色が一望できた。内装は品のいいナチュラルカラーで統一されていて、大きめの家具が並び、どれも豪華な布と柔らかな革で覆われている。

テレビ番組や映画でしか見たことがないような住まいだ。この種の美しい空間から得られる喜びを、わたしは疑ってかかることにしていた。偏見や羨望の裏返しではない。ただ、自分がこの世界にいるのは一時的な事態にすぎないのだから、その感覚に慣れたくないという思いからだった。自分を野心家だと感じたことは一度もないが、それでも贅沢な暮らしに抗いがたい魅力があることは思い知りつつあった。自分にとって何が大事かを思い出すためにもデーンが必要なのだと思い、わたしは一人で笑みをもらした。

ルークは床に敷いたブランケットの上でうつ伏せになっていた。わたしがうっとりと見ていると、つかのまだけ顔を上げた。ルークはどんどん体がしっかりしてきて、自分の周囲にも注意を払えるようになっていた。毎日のように変化が訪れている気がする。ルークは何百万人もの赤ん坊と同じことをしているだけで、誰が見ても普通の赤ん坊にしか見えないことはわかっていたが、それでも目を奪われてしまう。ルークには何でもしてやりたかった。この世のあらゆる恩恵を与えてやりたい。なのに、現実にルークが与えられているものは、平均にも満たないのだ。家族も、家も、母親さえまだそばにいないのだから。

おむつに包まれたルークのお尻をぽんぽんたたきながら、わたしはヘイヴンがジャックについて言ったことを考えてみた。「ジャックが力になってくれることはわかってるわ。でも、それ以外の方法で何とかしたいの。あの人にはわたしもルークもお世話になりっぱなしだから」

ヘイヴンはサングリアのグラスを手に、わたしたちのそばの床に腰を下ろした。「ジャックは気にしないわよ。あなたのことが好きだもの」

「ジャックは女が好きなのよ」

その言葉に、ヘイヴンは苦笑した。「それは否めないわね。でも、あなたはジャックがこれまでつき合ってきたバックルバニーみたいな女とは違うわ」

わたしはヘイヴンにさっと視線を向け、反論しようと口を開いた。

「あら、あなたがジャックとつき合っているわけじゃないことはわかってるわよ」ヘイヴンは言った。「でも、そういう雰囲気があるのは確かだもの。少なくとも、ジャックの側には」

「本当に？」わたしは努めて平然とした口調と表情を保った。「それは気づかなかったわ。ここにわたしが住めるよう取り計らってくれたときは、すごく親切だと思ったけど……でも、わたしはデーンのもとに戻るつもりだし、ほかの人とつき合えないってことは、ジャックもわかってるはずよ……あと、〝バックルバニー〟って何？」

ヘイヴンはにっこりした。「もともとは、ロデオ・カウボーイのまわりをうろついて、ナンパ待ちをしてる女のことよ。今は、金持ちのおじさま《シュガー・ダディ》目当てに男漁りをするテキサス女のことを言うの」

「わたしはお金持ちの男性を漁ったりしないわ」

「そうね、コラムでもそういう女性にアドバイスしているものね。自分の食い扶持は自分で稼いで、自分にとって一番大切なことは何か見極めなさいって」

「みんなわたしの言うことを聞くべきよ」わたしは言い、ヘイヴンは笑ってグラスを持ち上げた。

わたしは乾杯に応じ、一口飲んだ。

「ところでそれ、好きなだけ飲んでくれて構わないから」ヘイヴンは言った。「ハーディは手を触れもしないわ。自分がフルーツのお酒を飲むのは、南国のビーチにいるときだけ、しかも誰にも見られていないときに限るって言うの」

「ヒューストン男ってどうしてああなの?」わたしは面白がってたずねた。

ヘイヴンはにやりとした。「さあね。最近、大学時代の友達でマサチューセッツ出身の女の子がこっちに来たんだけど、このへんの男は亜種だって言ってたわ」

「気に入ったってこと?」

「ええ、そうよ。ただ、口数が少なすぎるのが唯一の不満だと言ってたわ」

「それはただ、その人の好みの話題が出なかっただけよ」わたしが言うと、ヘイヴンはくすくす笑った。

「そのとおり。わたしなんて先週、ハーディとジャックがマッチなしで火をおこす方法について話し合うのを延々聞かされたわ。その結果、七通りあるって」

「八通りだ」戸口から低い声が聞こえ、振り返ると、一人の男性が部屋に入ってくるのが見えた。ハーディ・ケイツは手足が長くて筋肉質で、油井作業員のような体型をしていて、あふれんばかりに男の色気を漂わせ、その目は見たことがないほど青かった。髪はジャックのような漆黒ではなく、ミンクのような濃い茶色をしている。ハーディはぱんぱんになった革のブリーフケースを下ろし、ヘイヴンのもとにやってきた。「思い出したんだ」そっけない口調で言う。「コーラの缶の底を歯磨き粉で磨いて、反射光を利用して火をおこすという手があった」

「じゃあ、八通りね」ヘイヴンは笑いながら言い、キスしようと身をかがめたハーディのほうを向いた。彼が顔を上げると、ヘイヴンは言った。「ハーディ、こちらはエラ。わたしの部屋に住んでもらってる人」

ハーディは身を乗り出し、わたしに手を差し出した。「はじめまして、エラ」ルークが目に留まると、その笑みが深まった。「何カ月?」

「約三週間です」

ハーディはルークに感心したような目を向けた。「ハンサムな坊ちゃんだ」ネクタイをゆるめながら、コーヒーテーブルの上の薄い色の液体が入ったピッチャーに目をやる。「二人とも何を飲んでるんだ?」

「サングリア」ハーディの表情を見て、ヘイヴンは笑った。「冷蔵庫にビールがあるわ」

「ありがとう、でも今夜はまず強いものからいきたいんだ」

ヘイヴンは婚約者が台所に向かうさまを注意深く見守った。ハーディはリラックスしているように見えるが、ヘイヴンは彼の機嫌を察知したらしく、額にしわを寄せている。「どうしたの?」ジャックダニエルのショットを注ぐハーディに声をかける。

ハーディはため息をついた。「今日、ロイとやり合ってね」わたしに目をやり、説明を加える。「会社のパートナーの一人だ」そして、ヘイヴンに向き直って続けた。「古い油井の掘削層を分析した結果、このまま掘削を続ければいずれ採算は取れるとロイは言うんだ。でも、指紋スペクトル……石油の品質はそれで測るんだが、そこから判断する限り、貯留層は見つかったとしても、そこまで価値のあるものじゃないというのがおれの考えだ」

「ロイは納得しなかったの?」ヘイヴンがたずねた。

ハーディはうなずいた。「ロイは予算を確保しようと必死なんだ。でも、おれは予算はあばらとアソコを残す程度にまで削りたいと——」言葉を切り、すまなそうにほほ笑んでわたしを見る。「失礼、エラ。現場の連中と一緒にいたあとは、言葉づかいが下品になってしまうみたいで」

「気にしないで」わたしは言った。

ハーディがショットをあおると、ヘイヴンは彼の腕にそっと手をかけた。「あなたと言い争うなんて、ロイも無謀ね」不満げに言う。「石油を掘り当てるあなたの嗅覚は、伝説と言ってもいいくらいなのに」

ハーディはグラスを脇に置き、ヘイヴンに苦い笑顔を向けた。「ロイが言うには、おれのうぬぼれも伝説的だと」

「うぬぼれてるのはロイのほうよ」ヘイヴンはハーディに身を寄せた。「ハグしてほしい?」

わたしはルークの上に身を乗り出し、突然現れた二人だけの世界は見ないふりをした。

ハーディが最終的には自分の意見を通してみせるという意味のことをささやくのが聞こえたあと、完全な沈黙が流れた。ちらりと目を向けると、ハーディがヘイヴンに顔を寄せているところだった。わたしは慌ててルークに視線を戻した。二人きりにさせてあげたほうがよさそうだ。

二人が居間に入ってきたので、わたしはマザーズバッグに持ち物をしまい始めた。「そろそろ帰るわ」明るい口調で言う。「ヘイヴン、あんなにおいしいサングリアは初めて——」

「まあ、夕食を食べていって」ヘイヴンは驚いたように言った。「鶏肉のエスカベーシュをたっぷり作ったの……地中海風の冷製サラダよ。それに、タパスとオリーブとマンチェゴチーズもあるわ」

「ヘイヴンは料理の名人なんだ」ハーディが言い、ヘイヴンに片腕を回して自分のほうに引き寄せた。「エラ、食べていってくれ。でないと、おれがあのサングリアをヘイヴンと飲むはめになる」

わたしは疑わしげに二人を見た。「二人きりにならなくていいの？」

「きみが帰っても、二人きりにはなれない」ハーディは言った。「ジャックが来ることになってるから」

「そうなの？」わたしとヘイヴンは同時に言った。とたんに、不安が込み上げてきた。

「ああ、ロビーで会って、一緒にビールでも飲もうって誘ったんだ。ご機嫌だったよ。例のマッキニー通りの建物の改築のことで、建築規制《ゾーニング》専門の弁護士と会ったと言っていた」

「規制をかいくぐることができるって？」ヘイヴンがたずねた。

「弁護士はそう言っているそうだ」

「わたしもジャックに心配ないって言ったのよ。ヒューストンのゾーニングなんてあってないようなものだもの。実際の効力はないのよ」ヘイヴンはわたしに励ますような視線を向けた。「エラ、ちょうどよかったわね。ジャックに〈エターナル・トゥルース〉に入る話をしてみればいいじゃない」

「ジャックを教会に入れるつもりか？」ハーディは啞然としてたずねた。「入り口に足を踏み入れたとたん、雷に打たれるに違いないよ」

ヘイヴンはハーディに笑いかけた。「あなたに比べれば、ジャックも立派な聖歌隊員よ」

「きみのお兄さんだからな」ハーディは優しげな口調で言った。「夢は壊さないでおくよ」

チャイムが鳴り、ヘイヴンが応対に向かった。不本意ながら、わたしの心臓は大きな音をたて始めた。あのキスには何の意味もないのだと自分に言い聞かせる。甘く親密なジャックの味も、あの熱も……。

「ようこそ、ボス」ヘイヴンは爪先立ちになり、ジャックを軽くハグした。

「おまえがボスと呼ぶのは、何か頼み事があるときだけだ」ジャックは言い、ヘイヴンについて中に入ってきた。わたしに気づいて立ち止まったが、表情からは何を考えているのかわからない。仕事のあと服を着替えてきたらしく、色あせたジーンズをはき、シナモン色に焼けた肌に映える洗いたての真っ白なTシャツを着ていた。わたしはすっかり落ち着きを失い、そんな自分の反応に狼狽した。ジャックには、生命力と自信と男らしさという魅惑的な要素が同居し、絶妙な配合のカクテルのように見事にブレンドされている。「やあ、エラ」ジャックは言い、軽くうなずいてみせた。

「どうも」わたしは蚊の鳴くような声で言った。

「あなたとエラと一緒に夕食を食べることになったわ」ヘイヴンがジャックに言った。

ジャックは警戒するようにヘイヴンを見てから、わたしに視線を戻した。「そうなのか?」

わたしはうなずいて、サングリアに手を伸ばしたが、グラスをひっくり返さずにすんだのは奇跡としか言いようがなかった。

ジャックは床のわたしの隣に座り、ルークを抱き上げて胸に抱いた。「よう、おちびさん」ルークは顔を上げてジャックをじっと見つめ、ジャックはルークの手をもてあそんだ。「ベビーベッドは問題ないか?」ルークのほうを見たまま、わたしに言う。

「いい感じよ。すごく頑丈で」

ようやく、ジャックはわたしと目を合わせた。すぐそばに座っている。目の虹彩は驚くほど澄んでいて茶色で、異国のスパイスがブランデーに溶けているかのようだった。〝いずれは向き合わなきゃいけない〟とこの前彼は言ったが、その目はまさにそう訴えかけていた。さらに、きみは何かを失うだけでなく、楽しみを得ることができるんだ、そう約束している気もした。

「エラには困ってることがあって、兄さんなら力になってくれるんじゃないかと思うの」台所で冷蔵庫を開けながら、ヘイヴンが言った。

ジャックはわたしをじっと見つめ、唇の片端を上げた。「エラ、困ってることって何だ?」

「ジャック、ビールを飲むか?」ハーディの声が聞こえてきた。

「ああ」ジャックは答えた。「もしあれば、ライムを添えてくれ」

「マーク・ゴットラーと会う約束を取りつけたいの」わたしはジャックに言った。「妹のことを話し合おうと思って」

ジャックの表情がやわらいだ。「タラは元気か?」

「ええ、たぶん。でも、自分とルークの生活の保障を得るために何かしているとは思えない。だから、わたしがゴットラーと会って、きちんと取り決めをしたいの。タラのクリニック代を払っただけで逃げおおせると思ったら大間違いよ。タラとルークに対する責任を果たしてもらわないと」

ジャックがルークを毛布の上に戻し、小さなうさぎのぬいぐるみを取り上げて体の上にのせると、ルークは楽しげにそれを蹴り飛ばした。「つまり、きみが教会の中に入れるよう取り計らってほしいと」ジャックは言った。

「そうなの。ゴットラーと二人で会いたいのよ」

「会う段取りはつけられるが、中に入るにはこっそりやるしかないよ」

自分の妹に聞かれてもおかしくない状況で誘いをかけてきたのが信じられず、わたしは怒りに燃えた目でジャックを見た。「わたしがゴットラーと会いたいがためにあなたと寝ると思ってるんなら――」

「ひそかに入り込むっていう意味だよ。ぼくとやれと言ってるんじゃない」

「あら」わたしは自分の間違いに気づいた。「コンピュータウィルスみたいにってこと?」

ジャックはうなずいたが、茶化すような表情をしている。「ぼくが何か口実を作ってゴットラーに会いに行くから、きみもついてくればいいよ。セックスはしなくていい。まあ、きみが感謝の念を示したいっていうなら……」

「そこまで感謝はしないわ」けれど、わたしは思わずほほ笑んでしまった。うさぎのぬいぐるみを手にしながら、こんなにもはっきりと色気をかもし出せる男性は見たことがない。

ジャックはわたしが手の中のぬいぐるみを見ていることに気づいた。「なんでこんなものをルークに買ってやったんだ? これは男の子向けのおもちゃじゃない」

「でもルークは気に入ってるわ」わたしは反論した。「うさぎの何が問題なの?」

ヘイヴンが苦々しげに笑いながら、近くのオットマンに腰を下ろした。「長兄のゲイジも同じことを言うのよ」わたしに向かって言う。「男の子には何がふさわしいか、確固たる考えを持っているの。ジャック、わたしもルークにそのうさぎを与えるのは全然構わないと思うわ」

「しっぽにリボンがついている」ジャックはにこりともせずに返した。そう言いながらも、うさぎをルークの胸の上でぴょんぴょん跳ねさせたり、顔の上ですばやく動かしたりして遊んでいる。

　うっとりしたルークの表情に、わたしもヘイヴンも笑った。「男と女では子供への接し方がずいぶん違うわ」ヘイヴンは言った。「ゲイジがマシューと遊ぶときはもっと荒っぽくて、宙に放り投げて驚かせたりするんだけど、マシューのほうも喜んでるのよね。だからこそ、男親と女親の両方が――」ヘイヴンはそこまで言うと、顔を赤らめて言葉を切った。ルークに父親がいないことを思い出したのだ。「ごめんなさい、エラ」

「いいのよ」わたしは慌てて言った。「確かに、ルークはしばらく男親の恩恵は受けられないでしょうね。でも、妹がいずれいい人と出会ってくれれば、育ての父親ができるわ」

「この子は大丈夫だ」ジャックはうさぎを持ち、その耳をルークにつかませたまま言った。「うちの父親だってほとんどぼくらの相手はしなかった。近くにいたらいたで、早くどこかに行ってくれないかなと思ってたし。ぼくらは父親なしで育ったようなものだ」

「その結果、こんな大人になっちゃったけどね」ヘイヴンは言った。そしてジャックと顔を見合わせ、何がおかしいのか二人でどっと笑った。

夕食はざっくばらんな雰囲気で進み、ルークは全員が順番に抱っこした。ヘイヴンが引き続きサングリアを注いでくるので、わたしは酔っ払い、ふわふわと楽しい気分になった。こんなに笑ったのは何週間、いや何カ月ぶりだろう。だが、デーンやオースティンの友人たちとは全然違う人々の中でこれほど楽しめることが不思議でもあった。

デーンはきっと、ハーディとジャックをもっと批判的な目で見るだろう。二人は取引の際に裏から手を回したり、規則を曲げたりすることに慣れている。わたしが普段交流のある男性たちより年上で、世の中に対して斜に構えていて、自分の希望をかなえるためには手加減しないのだろうと思わせる。それでいて、どうしようもなく魅力的なのだ。

危険なのはそこだ、とわたしは思った。人当たりのいい態度と、この魅力が目くらましとなって、彼らの本当の姿が見えなくなってしまう。この種の人々は他人を操り、妥協を重ねるよう仕向け、しかも自ら望んでそうしたように思わせる。こっちは罠に足を取られて初めて、自分が間違いを犯したことに気づくのだ。自分でも驚きだったのは、そういうことを全部わかっていながら、ジャック・トラヴィスのような男性に強く惹きつけられてしまうことだった。

わたしはふかふかのベルベットのソファでジャックの隣に座り、いつのまにか自分を包み込んでいるこの感覚は何だろうと考えていた。しばらくして、リラックスしているのだと気づいた。わたしはリラックスするのが得意なほうではない。つねに硬く張りつめ、来るべき緊急事態に備えている。ところが、今夜のわたしは不思議なくらいくつろいでいた。自分を守ることも、何かを証明することも必要ない状況にいるせいだろうか。あるいは、自分の腕の中で温かい赤ん坊がすやすや眠っているからかもしれない。

ルークとともにソファに身を沈めているうちに、わたしはジャックの温かな脇腹に身を寄せていた。目を閉じ、ソファの背に片腕を回すジャックの肩に頰をのせる。今だけ。ジャックの手がわたしの顔の向こうに回り、髪をなでた。

「ヘイヴン、サングリアに何を入れたんだ?」ジャックが穏やかな声でたずねるのが聞こえた。

「何も特別なものは入れてないわ」ヘイヴンは言い訳するように言った。「ほとんどが白ワインよ。わたしもエラと同じくらい飲んだけど、何ともないし」

「わたしも何ともないわ」わたしは重いまぶたをこじ開けながら抗議した。「たら、ちょろ――」いったん言葉を切り、きちんと発音することに集中する。だが、舌が粘着テープで留められてしまったかのようだ。「しゅいみん……ぶしょくで」

「おい、エラ……」ジャックは笑い混じりの声で言い、わたしの髪の上で手を動かした。はらりと垂れた髪束の中に指が入り込み、頭皮を優しくなでる。このままやめないでほしいと思いながら、わたしは再び目をつぶってじっとした。

「今、何時?」あくびをしながらもごもご言う。

「八時半だ」

ヘイヴンがたずねているのが聞こえた。「コーヒーをいれたほうがいい?」

「いらないよ」わたしが答える前に、ジャックが言った。

「疲れているときは、アルコールは金床みたいにずっしり効くものだ」同情するような声で、ハーディが言った。「掘削現場でもそうだったよ。二週間ぶっ通しで夜勤を続けると、くたくたになってビール一杯でつぶれてしまうんだ」

「まだルークの生活リズムに慣れないの」ぼんやりした目をこすりながら、わたしは言った。

「この子、あんまり安眠できるほうじゃなくて。赤ちゃんにしても」

「エラ」優しく心配そうな表情で、ヘイヴンが言った。「寝室なら余分があるわ。今夜はここで寝たら？ ルークの世話はわたしがするから、あなたは寝てくれたらいいわ」

「だめよ。ううん、すごくありがたい話だし、あなたはすごく……でも、大丈夫。わたしは……」言葉を切ってあくびをしたとたん、何を言おうとしていたのか忘れてしまった。「わたしは、エレベーターを探さないと」ぼんやりした口調で言う。

ヘイヴンはわたしのそばに来て、ルークを抱き上げた。「キャリアに入れるわ」

あと五分でいいから、ジャックのそばで休みたかった。Tシャツに包まれた筋肉が、わたしの頬をしっかりと心地よく支えてくれている。「あと少し」わたしはもごもご言い、いっそう深く寄りかかった。ため息をついてうとうとしていると、周囲でぼそぼそ交わされる会話がぼんやりと聞こえた。

「……本当に大変なことよ」ヘイヴンが言っていた。「自分の生活は棚上げにして……」

「オースティンの男はどうしてるんだ？」ハーディがたずねた。

「男としての務めを果たそうとしないんだ」ジャックが軽蔑しきった口調で言った。わたしはデーンをかばいたかったが、疲れすぎていて言葉が出なかった。そこで眠りが深くなったのか、沈黙が続いたのかはわからないが、しばらく何も聞こえなくなった。

「エラ」やがて名前が呼ばれるのが聞こえ、わたしはうとましげに頭を振った。あまりに心地よかったので、話しかけられたくなかったのだ。「エラ」柔らかく熱いものが頰をかすめた。「部屋まで送っていくよ」

わたしは三人の前でぐっすり眠ってしまったうえ、ジャックに膝枕をさせていたことに気づいて恥じ入った。「ええ。そうね。ごめんなさい」何とか起き上がり、体勢を立て直そうとする。

ジャックが手を伸ばし、体を支えてくれた。「ふらふらしてるな」

真っ赤な顔でふらつきながら、わたしは顔をしかめた。「そんなに飲んだつもりはなかったのに」

「それはわかってるわ」ヘイヴンがなぐさめる口調で言い、たしなめるような目でジャックを見た。「兄さんに人のことを笑う権利はないわよ。最高に寝起きが悪いんだから」

ジャックはにやりとし、わたしに説明した。「ぼくは毎朝七時に起きるんだが、正午ごろになってようやく目が覚めるんだ」わたしの体を支えるように、肩に手を回したまま言う。「さあ、行こう、エレベーター探しを手伝ってあげるよ」

「ルークはどこ?」

「今ミルクをあげて、おむつを替えたところ」ヘイヴンが言った。ハーディがルークのキャリアを持ち上げてジャックに渡し、ジャックは空いた手でそれを受け取った。

「ありがとう」ヘイヴンがマザーズバッグを渡してくれ、わたしはみじめな目つきで彼女を見た。「ごめんなさい」

「何が？」

「あんなふうに眠ってしまって」

ヘイヴンはにっこりし、わたしをハグしようと腕を広げた。「謝ることないわ。友達の前で少々睡眠発作を起こしてしまったからどうだっていうの？」ヘイヴンの体はほっそりしていて力強く、小さな手がわたしの背中を軽くたたいた。その動作は驚くくらい自然で、ゆったりしていた。わたしはぎこちなく彼女を抱き返した。ヘイヴンは肩越しに言った。「ジャック、わたし、この人は好きだわ」

ジャックは何も言わず、わたしを連れて廊下に出た。

わたしはのろのろ歩いたが、疲れすぎていてほとんど前が見えず、足元もおぼつかなかった。足を交互に前に出すだけで一苦労だ。「今夜はどうしてこんなにくたくたなのかしら。疲れが一気に出たのね、きっと」ジャックの手が背中に下り、前に押し出してくれるのが感じられる。眠ってしまわないため、わたしはしゃべり続けた。「ほら、慢性的な睡眠ぶそ……ぶそ……」

「睡眠不足？」

「そう」わたしはぼんやりした頭をはっきりさせようとして振った。「睡眠不足は記憶障害や高血圧を引き起こすの。それが労働災害につながるのよ。わたし、けがをするような仕事をしてなくてよかったわ。前に倒れてキーボードで頭を打つくらいね。わたしのおでこに〝QWERTY〟って文字が並んでるのを見たら、何が起こったか察して」

「ほら、行くよ」ジャックは言い、わたしをエレベーターに乗せた。「違うよ」わたしは目を細めてずらりと並んだボタンを見つめ、そのうちの一つに手を伸ばした。「違うよ」ジャックは諭すように言った。「エラ、それは〝9〟だ。その逆向きのやつを押さないと」

「全部逆向きに見えるわ」わたしはそう言いながらも、何とか〝6〟を押した。エレベーターの隅にもたれ、両腕で自分の体を抱く。「ヘイヴンが〝この人は好き〟って言ったのはどういう意味？」

「ヘイヴンがきみのことを好きじゃいけないのか？」

「そうじゃなくて……あなたに言ったんだとしたら、何か……」わたしは朦朧とした頭で考えをまとめようとした。「……意味深っていうか」

ジャックは小さく笑った。「エラ、今は考えるのはやめろ。あとでいいじゃないか」

それがいいとわたしも思った。「そうする」

エレベーターのドアが開くと、わたしはよろめきながら外に出て、その後ろをジャックがついてきた。

思うように指が動いたからというよりは単なる幸運で、わたしはドアのキーパッドの暗証番号を正しく押すことができた。ジャックとともに部屋に入る。「ミルクを作らなくちゃ」わたしは言い、おぼつかない足取りで台所に向かった。

「ぼくがやる。きみはパジャマに着替えておいで」

わたしはその言葉に甘え、寝室に入ってTシャツとフランネルのズボンに着替えた。洗顔と歯磨きを終えて台所に入ったときには、ジャックはすでに哺乳瓶にミルクを作って冷蔵庫にしまい、ルークをベビーベッドに寝かせていた。わたしがおずおずと近くに行くと、彼はにっこりした。「何だか子供みたいだな。顔がぴかぴかで」片手でわたしの顔に触れ、目の下にできた隈をさする。「疲れた子供だ」ささやき声で言う。

わたしは赤くなった。「わたし、子供じゃないわ」

「わかってる」ジャックに温かく力強い腕で引き寄せられ、わたしはバランスを崩した。「きみは強くて賢い大人の女性だ。でも、強い女性にも助けが必要な時はある。エラ、きみは頑張りすぎだ。ああ、人にアドバイスをするのは良くても、自分がされるのはいやだってことはわかってる。それでも、耳を傾けたほうがいいこともある。そろそろ、長期的な意味でルークをどうするか考えなきゃいけないよ」

自分でも驚いたことに、わたしはきちんと言葉を発することができた。「これは長期的な状況じゃないわ」

「そうは言い切れない。何しろタラしだいなんだから」

「人は変われるわ」

「人は自分のライフスタイルを変えることはできるかもしれない。でも、その本質を変えることはできないんだ」ジャックはわたしの背中と肩をさすり、凝ったうなじの筋肉をほぐし始めた。その心地よい刺激に、わたしはかすかにうめき声をもらした。「タラもそのうち自分の問題を解決して、それなりにちゃんとした親になって、きみを責任から解放してくれるだろうって、ぼくも言いたいよ。でも実際は、そうなったら驚きだと思ってる。きみは認めたくないかもしれないが、この状況は半永久的なものだと思う。準備ができているいないにかかわらず、きみは新米ママになってしまったんだ。自分のことを考えないと、そのうち燃え尽きてしまう。赤ん坊が眠っているときは、きみも眠るんだ。デイケアを探すか、子守に来てもらうか、預かりのベビーシッターを頼むかしたほうがいい」

「ここにはそんなに長い間いるわけじゃないもの。タラがルークを迎えに来れば、わたしはオースティンに戻るわ」

「オースティンのどこに？　きみが必要としているときにきみを見捨てた男のもとにか？　デーンが今やっているのは、きみを助けることよりも大事なことなのか？　絶滅の危機に瀕した羊歯植物の権利のために戦うことが？」

　わたしは身をこわばらせ、ジャックを振りほどいた。朦朧とした状態ながら、怒りが湧き起こってくる。「デーンのことも、わたしとデーンの関係のことも、あなたに批判される筋合いはないわ」

　ジャックはせせら笑うような声をあげた。「きみたちの関係についてのあのお粗末な言い訳は、デーンが赤ん坊をオースティンに連れて戻ってくるなと言った瞬間に破綻してるよ。彼がどう言うべきだったかわからないか？　〝ああ、もちろんだよ、エラ。ぼくはいつでもきみの味方だ。きみが何をしようと、何が起ころうと。二人で何とかしよう。今すぐ家に帰って、ベッドに入っておいで〟」

「デーンがこの状況を抱え込んでしまえば、会社の経営に支障が出るわ。あなたは知らないでしょうけど、あの人がどれだけの大義を掲げて、どれほどの人を助けているか——」

「自分の恋人こそ一番の大義だろう」

「車のステッカーの標語みたいなことを言うのはやめて。それに、そんなふうにデーンを攻撃するのは卑怯よ。あなたこそ、女性を一番の大義にしたことがあるの？」

「今、きみをぼくの一番にしようと思っているところだ」

その言葉はいくつかの意味に解釈できたはずだが、ジャックの目がきらめいていたせいで、みだらな意味を帯びた。思考がばらばらになり、心臓が狂ったように打ち始める。わたしが弱っているときに誘いをかけてくるなど、不公平だ。けれど、ジャック・トラヴィスの優先順位のリストでは、公平さはセックスよりも下に位置するのだ。そして、わたしたちはずっとセックスの周辺をうろついている。最初からそうだった。この関係からそれを取り除くことは、お互いに不可能なのだ。

気づくとわたしは、ヴィクトリア朝のメロドラマに出てくる汚された乙女のように、コーヒーテーブルの反対側に逃げ込んでいた。「ジャック、今はだめよ。わたしはくたくただし、まともにものが考えられないもの」

「だからこそいいんだよ。元気いっぱいでしらふのきみは、なかなか言い負かせないからね」

「ジャック、わたしは衝動に身を任せたりしないの。わたしは――」二人の間の空間に手が伸びてきて手首をつかまれ、はっと息をのむ。「放して」その声には、まったく力が入っていなかった。

「エラ、男は何人知ってるんだ？」ジャックはコーヒーテーブルの縁沿いにわたしを引っぱりながら、そっとたずねた。

「わたし、人と経験人数を言い合う習慣はどうかと思ってるの。実はコラムにも書いたことが――」

「一人か、二人か？」ジャックはわたしの言葉をさえぎり、さらに近くにわたしを引き寄せた。

わたしは震えていた。「一人と半分」

ジャックは笑みを浮かべた。「半分の男とどうやってセックスするんだ？」

「高校時代につき合っていた人よ。少しずつ先に進んでいたの。わたしは最後までいくつもりでいたけど、ある日家に帰ったら、その人はわたしの母とベッドにいた」

ジャックは同情するような声を出し、わたしを抱き寄せた。その抱擁はあまりに優しく、あまりに頼もしかったので、抵抗などできるはずがなかった。

「もう立ち直ったわ」わたしはつけ加えた。

「よかった」ジャックは放してくれなかった。

「デーンとのセックスはいつもいいから。ほかに目を向ける必要はなかったし」

「そうだな」

「基本的に、そういう欲はあんまり強いほうじゃないし」

「そうか」ジャックはさらに強く抱きしめてきたので、わたしは彼の肩に頭をのせるしかなくなった。少しずつ体から力が抜けていく。部屋の中は静まり返っていて、ジャックとわたしの息づかい、そしてエアコンから吹き出る風の音が聞こえるだけだった。

ああ、何てこと。ジャックはとてもいい匂いがした。

こんなことにはいっさいかかわりたくなかった。ジェットコースターのシートにベルトで固定され、恐ろしい思いをすることがわかっていながら、出発を待っているようなものだ。命知らずの急降下。血腫ができそうなほどのG。

「ほかの男とするのはどんな感じかと想像したことはないのか？」彼は穏やかにたずねた。

「ないわ」

ジャックの唇がわたしの髪をかすめるのが感じられた。「自分が自分じゃなくなって、〝何なのこれ〟と言いながら、衝動に身を任せたことはないのか？」

「自分が自分じゃなくなることなんてないわ」

「じゃあ、今から体験させてやる」ジャックの唇がわたしの唇を探り当て、逃れようとしてもしつこく追ってきた。うなじに手がかけられ、力強くつかまれる。全身に衝撃が走り、心臓が狂ったように鼓動を刻み始めた。ジャックはみだらなキスを延々と続け、その唇は熱い絹のようにすべっていった。ひげを剃ったあごと頰のざらざらした感触と、執拗に差し入れられる舌に、わたしはあえぎ声をもらした。

やみくもに両手を伸ばし、片方はわたしのうなじに、片方は脇腹に置かれているジャックの手首をつかみ、厚い筋肉に爪を食い込ませる。その手を引きはがそうとしているのか、押しつけようとしているのか、自分でもわからなかった。ジャックはキスを続け、荒々しく、巧みに探ってくる。わたしは彼の手首から手を離し、高ぶったジャックの体に自分の体をすり寄せた。これほど純粋に肉体的行為に没頭し、何も考えず、何も意識せずにいるのは初めてのことだった。わたしはただ求め、焦がれていた。

片手でヒップをつかまれ、誘うように硬く張りつめたものに体を押しつけられると、わたしはあえぎ、何としてでもその位置を保とうと体をそらした。ジャックのキスは優しくなり、わたしの喉元からせり上がる音をのみ込んでいった。わたしはジャックの腕の中で身をこわばらせていた。さりげないリズムで腰を引き寄せられるたびに、衝動が高まり、筋肉が張りつめるのがわかる。ジャックの口、体、手。何かをこれほどまでに甘美に感じたことはなかった。彼はその手でわたしを自分の体に押しつけ、二人の腰はけだるく正確なテンポでこすり合わされていった。

緊張はうねりながら高まり、やがて来る解放の時を……体がひくひくし、ひとりでに、熱く収縮するあの時を予感させた。そんなことになれば、わたしは恥ずかしさのあまり死んでしまう。服を着たまま抱き合い、キスをしているだけなのだから。そんなのだめよ、とうろたえながら思い、唇を引きはがした。

「待って」かろうじて声を出し、ジャックのシャツに力なく指を絡める。全身が極限まで追いつめられ、脈打っていた。唇が腫れ上がっているのが感じられる。「これ以上は無理」

ジャックはわたしを見下ろした。目はとろんとし、頬骨と鼻梁は真っ赤になっている。

「もう少し」くぐもった声で言う。「これからがいいところなんだから」わたしが次の一言を発する前に、ジャックは身をかがめて再びわたしの唇を奪った。今回、あのリズムは強まり、腰の動きははっきりとみだらなものになった。彼はわたしを駆り立て、なぶって、悶える体にいっそう弾みをつけようとしていた。

味、動き、熱くリズミカルにすり寄せられる腰、そのすべてが快感を一つの方向に押し進めていった。わたしは小さく悲鳴をあげ、ジャックの腕の中で身をよじった。その波はあまりに力強く、心臓の鼓動もついていけなかった。わたしは身を震わせ、体を弓なりにして、彼のシャツをぎゅっとつかんだ。ジャックは明らかな意図を持って、ゆったりとした腰のリズムを保ち、喜びを長引かせた。体の震えがすっかり収まり、目の前に白く熱い光が広がると、わたしは情けない声を出してジャックにしなだれかかった。「ああ。どうしよう。こんなことしてほしくなかったわ」

ジャックはわたしのあごと、真っ赤になった頬、喉の繊細な皮膚をついばんだ。「大丈夫だ」ささやくように言う。「最高だったよ、エラ」

わたしが息を整える間、沈黙が流れた。体を密着させているせいで、ジャックがまだ高ぶっていることにいやでも気づかされる。こういう場合、性的なエチケットとしてはどうするのが正解なのだろう？　わたしもお返しするべきではないだろうか？　「思ったんだけど」しばらく経って、口ごもりながら言った。「今度はわたしがしてあげる番なんじゃないかしら」

真夜中のような色のジャックの目が、面白がるようにきらめいた。「いいんだ。ぼくのおごりってことで」

「それじゃ申し訳ないわ」

「今夜はもう寝るんだ。また改めてメニューの内容を教えてくれ」

何を期待されているのだろうと思い、わたしは不安げにジャックを見た。デーンとは普通の、健全なセックスライフは送ってきたが、エロティックと見なされる範疇には一度も足を踏み入れたことはない。「わたしのメニューはかなり品数が少ないけど」

「あれほどぼく好みの前菜を出してくれるんだから、品数に文句は言わないよ」ジャックはそろりとわたしの体を放したが、肩に片手を置いてふらつくわたしを支えた。「ベッドまで運んでやろうか？」その口調はからかうようでもあり、優しくもあった。「寝かしつけてほしい？」

わたしは首を横に振った。

「じゃあ、自分で行って」ジャックは言った。ヒップにぽんと手が置かれるのが感じられた。

そして、ジャックは出ていき、わたしはその後ろ姿を恍惚と満足感、そして恐ろしいほどの罪悪感とともに見守った。唇を噛み、ジャックを呼び戻したい気持ちを抑える。

ルークがぐっすり眠っていることを確かめたあと、寝室に入って上掛けの中に潜り込んだ。暗闇に横たわっていると、ぼろぼろになった良心が塹壕から這い出し、小さな白旗を振るのが感じられた。

そのときになって、昨夜も今夜も、デーンと話をしていないことを思い出した。慣れ親しんでいた生活パターンが、タトゥーシールのように色あせつつある。

デーン、困ったことになったわ。恐ろしい間違いを犯してしまいそうなの。でも、それを止めることはできそうにない。

このままでは、道に迷ってしまう。

家に帰らせて。

ここまで疲れていなかったら、デーンに電話していただろう。だが、今はまともに口が利けるとは思えない。それに、頑なな、傷ついた心の片隅には、デーンのほうから電話をしてほしいという気持ちもあった。

けれど、電話は鳴らなかった。やがて眠りについたわたしの夢に、デーンは出てこなかった。

13

親愛なるミス・インディペンデント
最近、自分とは何の共通項もない男性とつき合い始めました。わたしより少し年下で、とにかく何に関しても趣味が合いません。彼はアウトドア派で、わたしはインドア派。彼はSF好きで、わたしの趣味は編み物です。それだけ違いがありながら、これほど好きになった人は彼が初めてなんです。でも、あまりに違いすぎる者同士だと、そのうちうまくいかなくなるんじゃないかと心配です。これ以上深い関係にならないうちに別れたほうがいいでしょうか？

〝ワラワラ市の心配性〟より

〝心配性〟さんへ
恋愛は時に、自分でも気づかないうちに始まるものです。似た者同士しか恋に落ちてはいけない、というルールはありません。それどころか、科学的にも、遺伝子レベルでかけ離れたカップルのほうが、健全で長続きする関係を築きやすいことが証明されています。実際、男女が惹かれ合う仕組みを説明できる人がいるでしょうか？　だから、キューピッドのせいにすればいいのです。あるいは、月のせいに。笑った顔のせいに。お互いの違いを尊重できれば、二人はその違いを糧に成長できるはずです。〝あなたはトメイトと発音し、彼はトマトと発音する〟と、歌の歌詞にもありますよね。〝心配性〟さん、なりゆきに身を任せましょう。頭から飛び込めばいい。たいていのことは、自分とは違う人から学ぶものなのですから。

ミス・インディペンデント

わたしはパソコンの画面をまじまじと見た。「なりゆきに身を任せればいい？」一人でつぶやく。わたしはなりゆきに身を任せるのは嫌いだ。どこへ行くにも、あらかじめ地図検索で下調べをする。何かを買えば必ずユーザー登録をする。デーンとセックスするときはコンドームと殺精子剤、さらにピルを使う。赤色染料の使われている食べ物は食べない。日焼け止めはＳＰＦが二桁のものを使う。

〝少しは楽しんだほうがいい〟とジャックは言い、自分ならその楽しみを十二分に提供できるところを見せつけてきた。彼に身を任せれば、本物の大人の楽しみをたっぷり味わえることだろう。ただ、人生の目的は楽しむことではなく、やるべきことをやることであって、楽しみというのはそのおまけとして時々もらえればラッキーという程度のものだ。

次にジャックと会ったときに何と言えばいいのかを考えると、身がすくんだ。せめて、誰かに打ち明けられればと思う。ステイシー？　だが、彼女に言えばトムに伝わるし、そうなるとトムがデーンに何か言うだろう。

昼ごろに電話が鳴り、着信表示を見るとジャックの番号だった。わたしは電話に出ようとして、とっさに手を引っ込め、再びそろそろと伸ばした。

「もしもし？」

「エラ、調子はどうだ？」ジャックの声は落ち着いていて、余計な感情はこもっていなかった。仕事中の声だ。

「絶好調よ」わたしは皮肉っぽく言った。「あなたは？」

「元気だ。実は今朝、〈エターナル・トゥルース〉に二本ほど電話を入れたから、その報告をしようと思って。レストランで一緒にランチをしないか？」

「八階のお店？」

「そうだ、ルークも連れておいで。二〇分後にそこで」

「今、教えてくれるんじゃだめなの？」

「だめだ、一緒に食事をする相手が欲しいからな」

わたしは口元がほころぶのを感じた。「わたししか相手がいないわけじゃないでしょう？」

「ああ。でも、きみが一番お気に入りの相手だ」

顔が赤くなるのがわかり、それをジャックに見られずにすんだことにほっとした。「わかったわ」

まだパジャマを着たままだったので、わたしはクローゼットに走り、ベージュの綾織りのジャケットと白いシャツ、ジーンズ、ウェッジソールのサンダルをつかんだ。その後、ルークに新しいロンパースを着せ、脚の内側をスナップで留めるベビー用ジーンズをはかせて、準備を整えた。

二人とも外に出られる格好になると、ルークをキャリアに入れ、マザーズバッグを肩に掛けた。八階のレストランに上がる。そこは現代的な雰囲気のビストロで、黒の革張りの椅子とガラスのテーブルが並び、壁にはカラフルな抽象画が掛けられていた。食事をしているのはほとんどが仕事中の人々らしく、男女ともオーソドックスなスーツに身を包んでいる。ジャックはすでに来ていて、接客係の女性と話をしていた。引き締まった体に、濃紺のスーツとフランス製の青いシャツがよく似合っている。ヒューストンはオースティンとは違い、ランチにもおしゃれをして行く街であることを思い出し、わたしはみじめな気分になった。ジャックはわたしに気づくと近づいてきて、ルークのキャリアを持ってくれた。頬にすばやくキスをされ、わたしは慌てた。

「こんにちは」目をしばたたきながら言う。どぎまぎし、息を切らしている自分が心外だった。これではまるで、ケーブルテレビでアダルトチャンネルを見ているところでも見つかったようではないか。

ジャックはわたしの気持ちを見透かしているように見えた。その顔にゆっくりと笑みが浮かぶ。

「にやにやしないで」わたしは言った。

「にやにやなんかしていない。これがぼくの笑い方だ」

接客係が窓際の角のテーブルに案内してくれ、ジャックはルークのキャリアをわたしの隣の椅子の上に置いた。わたしが席に着くのを確認したあと、ひもの持ち手のついた小さな青い紙袋を差し出す。

「何、これ?」わたしはたずねた。

「ルークにと思って」

袋に手を入れると、赤ちゃん用の小さなトラックのぬいぐるみが出てきた。ふわふわしていて柔らかく、感触の違う複数の生地が縫い合わされている。タイヤを押すと、パフパフと音がする。試しに全体を振ってみたところ、ガタガタという音が鳴った。わたしはにっこりして、おもちゃをルークに見せ、胸の上に置いた。ルークはさっそく小さな手で、その興味深い新しい物体を探り始めた。

「トラックっていうのよ」わたしはルークに教えた。

「連結式フロントエンド・ローダーだ」ジャックが横から言い添えた。

「ありがとう。これであの女々しいうさちゃんとはおさらばね」

わたしたちは見つめ合い、気づくとわたしはジャックに笑いかけていた。今もまだ、頬にキスされた部分に感触が残っている気がする。

「マーク・ゴットラーと直接話せたの?」わたしはたずねた。

ジャックは面白そうに目をきらめかせた。「いきなりその話か？」

「ほかに何の話があるの？」

「〝午前中はどうだった？〟とか、〝あなたにとって最高の一日ってどんな感じ？〟とかきいてくれよ」

「あなたにとっての最高の一日なら知ってるもの」

ジャックは驚いたように眉を上げた。「そうなのか？　じゃあ、聞かせてもらおう」

わたしは何か軽口をたたき、ジャックを笑わせるつもりだった。けれど、彼を見つめていると、その問題について真剣に考えたくなった。「そうね。あなたは浜辺のコテージにいると思うわ」

「ぼくの最高の一日には、女性が一緒のはずだ」ジャックは自分から言った。

「そうね。恋人も一緒よ。まったく手のかからない人」

「手のかからない女性なんて見たことがないね」

「だからこそ、あなたはこの人が好きなのよ。コテージは質素な感じなの。ケーブルテレビも見られないし、無線LANもないし、二人とも携帯電話の電源は切ってる。二人で浜辺に朝の散歩に出かけるの。泳ぐかもしれないわね。あなたはシーグラスをいくつか拾って、広口瓶に入れる。それから、二人で自転車に乗って町に出かけて、あなたはアウトドア専門店に行って釣り用品を買う……餌みたいな――」

「餌じゃなくて、フライだ」ジャックはわたしの目を見つめたまま言った。「レフティズ・

ディシーバーというのがいい」

「それでどんな魚が釣れるの？」

「鮭だ」

「いいわね。じゃあ、そのあとあなたは釣りに出かけて――」

「恋人もか？」

「ううん、彼女はコテージに残って本を読むの」

「釣りは好きじゃないのか？」

「ええ、でもあなたがするのは構わないと思ってるし、お互いに違う趣味を持っているほうが健全だって言うのよ」わたしは言葉を切ってから続けた。「彼女はあなたに、すごく大きなサンドイッチとビールを二本持たせてくれる」

「いい女だな」

「あなたはボートで釣りに出かけて、すてきな獲物をコテージに持ち帰ってどさりと焼き網にのせる。彼女と夕食の時間よ。あなたは足を投げ出して座って、おしゃべりをする。時には黙って、外から聞こえてくる波の音に耳を傾けることもあるわ。そのあと、二人でワインボトルを持って浜辺に行って、敷物の上に座って夕陽を見るの」わたしは話を終え、期待するようにジャックを見つめた。「どう？」

てっきり面白がってくれると思ったのに、ジャックは真剣なまなざしを注いできたので、どぎまぎしてしまった。「いいね」彼はそう言うと黙り込み、手品の種を探ろうとしているかのようにじっとわたしを見つめた。

ウェイターがやってきて、本日のおすすめを説明したあと注文を取り、パンのかごを置いて立ち去った。

ジャックは水のグラスに手を伸ばし、親指で外側のくもりをこすった。それから、挑戦を受けて立つかのように、まっすぐにわたしを見つめた。「ぼくの番だ」

わたしは楽しくなって、にっこりした。「わたしの最高の一日を想像してくれるの？　そんなの簡単すぎるわ。耳栓と暗幕、一二時間の睡眠があればいいだけよ」

ジャックはその言葉を無視した。「気持ちのいい秋の日——」

「テキサスに秋なんてないわ」わたしはバジルの小片が入った角切りのパンに手を伸ばした。

「きみは旅行中だ。そこには秋がある」

「一人で？　デーンと一緒かしら？」わたしはたずね、小さな皿に入ったオリーブ油にパンの端を浸した。

「男と一緒だ。でも、デーンじゃない」

「わたしの最高の一日に、デーンはいないの？」

ジャックはわたしを見つめたまま、ゆっくりうなずいた。「新しい男だ」

わたしはずっしりしたおいしいパンをかじりながら、調子を合わせることに決めた。「その新しい彼とわたしはどこを旅行してるの？」

「ニューイングランド地方だ。ニューハンプシャーかな」

わたしは興味を引かれ、その案について考えてみた。「そんなにも北には行ったことがないわ」

「きみはベランダとシャンデリアと庭のついた古いホテルに泊まっている」

「いい感じね」わたしは認めた。

「きみと彼は紅葉を見に車で山に行くんだが、通りがかった小さな町で工芸品市が開かれている。そこで車を停めて、ほこりをかぶった古本と、手作りのクリスマスの飾りと、純度一〇〇パーセントのメープルシロップの瓶を買う。それからホテルに戻り、窓を開けて昼寝をする」

「彼氏も昼寝をする人なの？」

「普段はしない。でも、このときはきみに合わせてくれるんだ」

「いい男ね。で、起きてからはどうするの？」

「食事に備えておしゃれをして、二人でレストランに行く。隣のテーブルには、結婚して五〇年にはなるだろうという老夫婦がいる。きみと彼は順番に、結婚生活を長続きさせる秘訣を予想する。彼は、いいセックスをたくさんすることだと言う。きみは、毎日笑わせてくれる相手と一緒になることだと言う。彼は、自分なら両方できると言う」

わたしは思わず笑ってしまった。「自信家なのね？」

「ああ、でもきみは彼のそういうところが好きなんだ。夕食を終えると、二人は生オーケストラの演奏に合わせて踊る」

「彼はダンスもできるの？」

ジャックはうなずいた。「小学生のとき、母親に教え込まれたからね」

わたしは無理やりパンをかじり、何気ない調子で口を動かした。だが、実際には動揺し、思いがけない切望で心があふれんばかりだった。やがて、何が心に引っかかっているかがわかった。わたしのためにこんな一日を思いついてくれる人に、今まで出会ったことがないのだ。

この人といたら、わたしの胸は張り裂けてしまうかもしれない。

「楽しそうね」わたしは軽い口調で言い、ルークに構っているふりをして、トラックのおもちゃを動かした。「それで、ゴットラーは何て言ってた？　それとも、秘書と話しただけ？　会う約束はできたのかしら？」

いきなり話題を変えられ、ジャックは笑みをこぼした。「金曜の午前中に会ってくれるって。話したのは秘書とだ。メンテナンス契約の件に触れたら、別の部署に回されそうになった。だから、用件は個人的なことで、ぼくが入信するかもしれないと匂わせておいた」

わたしは疑わしげにジャックを見た。「マーク・ゴットラーは、あなたが信者になってくれるかもしれないという理由だけで、個人的に会ってくれるものなの？」

「もちろん。ぼくが金持ちの不信心者なのは有名な話だ。ぼくを欲しがらない教会はないよ」

わたしは笑った。「今もどこかに属してるんじゃないの？」

ジャックは首を横に振った。「両親はそれぞれ教会が違ったから、ぼくはバプテストとメソジストの両方で育ったんだ。その結果、人前でダンスをするのがいいのか悪いのかわからなくなってしまった。それにしばらくの間、四旬節《レント》というのは、上着についたのをブラシで払うものだと思ってたよ。それは糸くず《リント》だった」

「わたしは不可知論者（神の存在を証明するのは不可能であるとする立場。無神論者と言い切るより角が立たないという理由で使用される場合もある）よ」わたしは言った。「無神論者と言ってもいいんだけど、逃げ場を残しておきたい性格だから」

「ぼくは小さな教会が好きだ」

わたしはとぼけた顔でジャックを見た。「つまり、一万六〇〇〇平米の放送スタジオに、巨大映像スクリーンと、音響と演出照明の複合システムを備えた教会では、神を身近に感じることはできないってこと？」

「きみのような不信心者を〈エターナル・トゥルース〉に連れていってはいけない気がしてきた」

「あなたよりは高潔な人生を送ってきた自信があるわ」

「第一に、それは当たり前だ。第二に、高い精神レベルに達するというのは、クレジットカードのグレードを上げるようなものだ。罪を犯し、悔い改めることを繰り返したほうが、クレジットカードをまったく使わないよりポイントがたまるってわけだ」

わたしはルークに手を伸ばし、ソックスをはいた足をもてあそんだ。「この子のためなら、洗礼水槽に飛び込んだって構わないくらいよ」

「交渉時のポイントとして覚えておくよ。とりあえず、タラに関する希望をリストにして、金曜日にそれをゴットラーに突きつけてこよう」

〈フェローシップ・オブ・エターナル・トゥルース〉には公式サイトがあり、ウィキペディアの項目にもなっていた。主牧師のノア・カーディフは四〇代のハンサムな男性で、結婚していて五人の子供がいる。妻のアンジェリカはほっそりした魅力的な女性で、RV車の屋根を塗り直せるのではないかと思うくらいこってりとアイシャドーをつけていた。〈エターナル・トゥルース〉が教会というよりは帝国に近いものであることはすぐにわかった。『ヒューストン・クロニクル』紙によると、メガ・チャーチを上回るこの〝ギガ・チャーチ〟は、小隊が組めるほどの自家用ジェット機に、飛行船を一機、邸宅やスポーツ施設などの不動産、直営の出版社を所有しているとのことだった。さらに、専用の油田とガス田を抱え、〈エターニティ石油株式会社〉という子会社まで経営していると知って、わたしは仰天した。従業員は五〇〇人以上、理事会は一二人のメンバーから成り、そのうち五人はカーディフの親族だった。

ユーチューブにはマーク・ゴットラーの動画は見当たらなかったが、ノア・カーディフのものはいくつかあった。カリスマ性と魅力を備えた人物で、時に自虐的なジョークを口にしながら、世界中の信者に向かって、神は我々にこんなにもたくさんの幸せを用意してくださっているのだと説いていた。黒い髪に白い肌、青い目をしたカーディフは、まさに天使のようだった。実際、わたしもユーチューブの動画を見ているうちに気分が高揚し、もし途中で献金皿が回ってきたら、二〇ドル札を入れていただろうと思えるほどだった。フェミニストで不可知論者のわたしでさえこのありさまなのだから、熱心な信者であれば感動のあまり何を差し出すかわかったものではない。

金曜日は九時にベビーシッターがやってきた。ティーナという名の女性で、感じが良く、てきぱきしていた。ヘイヴンに紹介してもらったのだが、ベビーシッターとしての腕は彼女の甥っ子で証明ずみだという。わたしはこれまでルークと離れたことがなかったので、誰かに預けるのは不安だったが、一息つけてほっとする気持ちもあった。

約束どおり、わたしは階下のロビーでジャックと落ち合った。ティーナに最終的な指示を与えるのに手間取ったため、少し遅刻してしまった。「ごめんなさい」わたしは早足になり、コンシェルジュのデスクのそばに立つジャックのもとに急いだ。「遅くなってしまって」「気にするな」ジャックは言った。「時間ならまだたっぷり――」彼はまじまじとわたしを見て、口をぽかんと開けた。

わたしはもじもじしながら手を上げ、髪を右耳にかけた。今日はサマーウールのぴったりした黒のスーツに、細いストラップが甲で交差する黒のハイヒールという格好をしている。軽く化粧もしていて、ラメ入りの茶色のアイシャドーと黒のマスカラ、ピンクのチークと、リップグロスをつけていた。

「この格好で大丈夫かしら?」わたしは言った。

ジャックは目を見開いたままうなずいた。

わたしは笑みを押し殺した。ジャックがきちんとした服装のわたしを見るのは、これが初めてであることを思い出したのだ。それに、体の曲線を際立たせるこのスーツが、わたしに似合うこともわかっている。「教会に行くなら、ジーンズとビルケンシュトックよりこのほうがいいと思って」

その言葉がジャックの耳に入ったかどうかはわからない。彼はまったく別のことを考えているように見えた。その証拠に、しばらくして熱っぽい口調でこう言った。「きれいな脚をしてるんだな」

「ありがとう」わたしは謙遜するように肩をすくめた。「ヨガの成果よ」

それを聞いて、ジャックはまた何かを考え始めたようだった。顔が少し赤くなったような気がしたが、肌が紫檀色に日焼けしているせいで見分けがつきにくい。緊張しているようにも聞こえる声で、ジャックは言った。「つまり、体が柔らかいってことか？」

「クラス一柔らかいとはとても言えなかったけど」わたしは言い、いったん言葉を切ってからすました顔で続けた。「でも、足首を頭の後ろにつけることはできるわ」ジャックが息をのむ音が聞こえ、笑みをこらえた。SUVが建物の正面に停まっているのが見えたので、彼の脇をすり抜けてそちらに向かう。ジャックも急いでついてきた。

たった八キロほど行っただけで、〈エターナル・トゥルース〉の敷地に着いた。下調べはしていたし、施設の写真も見ていたというのに、正門を入った瞬間、わたしは驚きに目を見張った。メインの建物は競技場くらいの大きさがあった。

「すごい」わたしは言った。「この駐車場、何台くらい停められるのかしら?」

「二〇〇〇台はいけそうだね」駐車場の中を運転しながら、ジャックは言った。

「二一世紀の教会へようこそ」〈エターナル・トゥルース〉の何もかもが好きになれそうにない予感を抱きながら、わたしは言った。

建物の中に入ると、その壮大さに仰天した。ロビーには巨大なLEDスクリーンがでんと据えつけられ、幸せそうな家族の映像が映し出されている。ピクニックに出かける家族、晴れた日に近所を散歩する家族、ぶらんこに乗った子供を押す両親、犬を洗う家族、連れ立って教会に行く家族。

高さが五メートルもあるキリストと一二使徒の像が脇にそびえる入り口を入ると、フードコートと、エメラルド色のガラス張りの吹き抜けの空間が広がっていた。壁には緑の孔雀石と暖色の桜材の板が張られ、広々とした床には汚れ一つない柄物のじゅうたんが敷きつめられている。ロビーの反対側にある本屋は人であふれ返っていた。明るい音楽が流れる中、誰もが顔を輝かせ、立ち止まってはおしゃべりをして笑い合っている。

わたしが読んだところによると、〈エターナル・トゥルース〉は健康と富を信奉する点に賛否両論があるとのことだった。カーディフ牧師は、神は信徒が精神性の向上に加え、物質的豊かさも享受することを望んでおられると、繰り返し強調していた。それどころか、その二つには密接な関係があるとさえ言っていた。経済的困難に陥っている信者こそ、熱心に成功を祈らなければならないというのだ。まるで、金こそが信仰の見返りであると言わんばかりだ。

わたしには、その点についてまともな議論ができるほどの神学の知識はない。けれど、このように巧みにパッケージ化され、マーケティングされているものに対しては、本能的に不信感を抱いてしまう。とはいえ……ここにいる人たちは幸せそうに見えた。教義が誰かの役に立ち、需要に応えているのなら、それについてわたしがとやかく言う筋合いはないのではないか？　思い悩んでいると、笑みを浮かべた人物が近づいてきたので、わたしはジャックとともに足を止めた。

その人は小声でジャックと短く言葉を交わしたあと、落ち着いた様子でわたしたちを先導して、立ち並ぶ大理石の柱を通り過ぎ、エスカレーターに乗って広々とした空間に出た。エメラルド色のガラスからたっぷり日光が入り、石灰石の天井蛇腹《コーニス》にこう刻まれているのが見える。〝わたしが来たのは、羊が命を受けるため、しかも豊かに受けるためである。『ヨハネによる福音書』一〇章一〇節〟

エスカレーターを上りきったところで、秘書の女性が待ち受けていた。彼女の案内で、わたしたちは広い会議室のついた重役室に入った。中心には異国風の木材でできた長さ六メートルもありそうなテーブルが置かれ、真ん中に色つきの柄が入った細長いガラスがはめ込まれている。

「わあ」わたしは革張りの重役用の椅子や、備えつけの巨大な薄型テレビ、ビデオ会議用に設置されたデータポートと個人用モニターをまじまじと見た。「すごい設備」

秘書がにっこりした。「ゴットラー牧師にご到着をお伝えしてきます」

わたしがジャックに目をやると、テーブルに座っているような、もたれているような体勢をとっていた。「キリストが生きていたら、ここに来たと思う？」秘書が姿を消したとたん、わたしは質問した。

ジャックはたしなめるようにこちらを見た。「今はやめておけ」

「〈エターナル・トゥルース〉によると、神はわたしたちが成功して金持ちになることを望んでいるそうよ。だからジャック、あなたはわたしたちよりも少しだけ天国に近い場所にいるんだと思うわ」

「エラ、罰当たりなことを言うのは構わない。ただし、ここを出たあとにしてくれ」

「言わずにいられないのよ。ここにいると何だか不愉快になるの。あなたの言ったとおりね。確かに、ここはディズニーランドみたいだわ。しかも、わたしに言わせれば、信者に精神的なジャンクフードを与える場所よ」

「少々ジャンクフードを食べたくらいでは誰も傷つかない」ジャックは言った。

ドアが開き、背の高い金髪の男性が部屋に入ってきた。

マーク・ゴットラーは見栄えのする、上品な雰囲気の男性だった。がっしりした体格にふっくらした頬、健康的で、身なりもこぎれいだ。信者の上に立ち、彼らの敬意を静かに受け止めている雰囲気があった。彼が普通の人と同じように、肉体的なメカニズムに翻弄されているところは想像がつかない。

これがタラと寝ていた男性なのだろうか？

ゴットラーの目は、溶けたキャラメルの色をしていた。彼はジャックを見ると、片手を差し出してまっすぐ近づいてきた。「ジャック、お久しぶりです」握り合った手に空いたほうの手を重ね、両手で握手する。自分が優位であることを示す仕草のようにも、並々ならぬ親しみを込めているようにも見えた。ジャックはにこやかな表情を崩さなかった。

「お友達がご一緒なんですね」ゴットラーはにっこりして続け、今度はわたしに手を差し出した。

わたしがその手を握ると、同じようにもう片方の手が重ねられた。

わたしはすばやく手を引っ込めた。「エラ・ヴァーナーと申します」ジャックに紹介される前に言う。「妹のタラをご存じだと思うのですが」

ゴットラーは手を離し、わたしをじっと見つめた。表面的には慇懃さを残しているものの、まとっている空気はウォッカも凍るほどに冷え込んでいく。「ええ、タラは知っています」そう言うと、かすかに笑みを浮かべた。「こちらで事務関係の仕事をしてもらっていました。エラ、あなたのこともうかがったことがありますよ。ゴシップコラムを書いていらっしゃるのですよね？」

「まあ、そんなところです」わたしは言った。

ゴットラーは表情のうかがい知れない目でジャックを見た。「あなたはわたしに相談があっていらっしゃったのだと思っていましたが」

「そうですよ」ジャックは気楽な口調で言い、テーブルから椅子を引き出して、わたしに座るよう手で示した。「あなたと話し合いたい問題がありましてね。ただ、ぼくのことではないんですが」

「あなたとミス・ヴァーナーはどういうお知り合いなんです？」

「仲のいい友人です」

ゴットラーはまっすぐわたしを見た。「妹さんは、あなたがここに来ていることは知っているんですか？」

タラとはどのくらいの頻度で連絡を取っているのだろうと思いながら、わたしは首を横に振った。なぜ、このような職業に就いている既婚男性が、不安定な若い女性と関係を持ち、妊娠させるなどというリスクを冒すのだろう？　この状況のせいで何千万ドル、いやそれ以上の損失が出る可能性を考えると、わたしはぞっとした。セックススキャンダルはマーク・ゴットラーのキャリアを台なしにするのはもちろん、教会にとっても相当大きな打撃になるだろう。

「ぼくがエラに言ったんです」ジャックが口添えした。「あなたなら何か考えをお持ちなんじゃないかって。タラの援助のことで」意味深長に間を空ける。「それと、赤ん坊のことで」

わたしの隣の椅子を引き出し、ゆったりと腰かける。「まだお会いになっていないんですか？」

「そうですね」ゴットラーは会議用テーブルの反対側に向かった。ゆっくりと時間をかけて椅子に座る。「わたしどもの教会は、困っている同胞に対してできるだけのことはします。

いずれタラ本人とも、我々にできる援助について話し合う機会があるかもしれません。ですが、それは個人的な問題です。タラも自分の問題は自分で処理するつもりだと思うのですが」

わたしはマーク・ゴットラーが気に入らなかった。口のうまさも、おつにすました自信満々な態度も、完璧にセットされた髪も気に入らない。子供を作っておきながら会いに行かないところも気に入らない。この世界には、自分が作った子供に対する多大なる責任から逃れる男が多すぎる。わたしの父親もその一人だ。

「ミスター・ゴットラー、ご存じのとおり」わたしは淡々と言った。「妹は自分の問題を処理できる状態にはありません。隙が多すぎます。簡単につけ込まれてしまいます。だからこそ、わたしがあなたとお話をしに来たんです」

ゴットラーはわたしにほほ笑みかけた。「この話を先に進める前に、まずは祈りましょう」

「どうしてそんな——」わたしは言いかけた。

「いいでしょう」ジャックがさえぎり、テーブルの下でわたしの脚をつついた。たしなめるような視線を向けてくる。〝エラ、落ち着くんだ〟

わたしは顔をしかめて引き下がり、うつむいた。

ゴットラーが口を開いた。「天にまします我らの父よ、我らの心の主よ、すべての良きものを与えたまう方よ、今日のあなたの安寧をお祈りいたします。どれほど悪しき時間が訪れようとも、それをチャンスに変えるためのお力をお貸しください。あなたのお示しになる道を見いだし、不和を解消し……」

祈りの言葉は延々と続き、やがてゴットラーは時間稼ぎをしようとしているか、言葉数の多さでわたしたちを圧倒しようとしているのではないかと思えてきた。いずれにせよ、我慢がならなかった。わたしはタラの話がしたい。取り決めをしたいのだ。顔を上げてちらりとゴットラーを見ると、向こうもわたしと同じように、状況を判断し、敵であるわたしを値踏みしているのがわかった。だが、口は動いている。「……主よ、万物を創りたもうたあなたなれば、我らの姉妹、タラに御業を――」

「タラはわたしの妹よ、あなた方のじゃない」わたしはぴしゃりと言った。ゴットラーもジャックも驚いたように顔を上げ、わたしを見た。口を開くべきでないことはわかっていたが、これ以上我慢ができなかったのだ。わたしの神経は携帯用の櫛の歯のように一本一本が張りつめていた。

「エラ、祈りのじゃまをするな」ジャックが小声で言った。手を上げてわたしの肩に置き、親指でうなじをもむ。わたしは身をこわばらせたが、口は閉じた。

ジャックの言い分は理解できた。儀式は最後までやり遂げる必要がある。この牧師と一戦交えたところで、得られるものは何もない。わたしはうつむいて、祈りの言葉の続きを聞いた。ヨガの呼吸法を思い出し、深く息を吸い込んで、体の力を抜きながらゆっくりと吐き出す。ジャックの親指が円を描きながら、うなじに快く押しつけられるのが感じられた。

やがて、ゴットラーは結びの言葉にたどり着いた。「我らに英知とよく聞く耳を与えたまえ、慈悲深く全能たる神よ。アーメン」

「アーメン」わたしとジャックはつぶやき、顔を上げた。ジャックの手がわたしの首から離れる。

「ぼくから話してもいいですか？」ジャックが言うと、ゴットラーはうなずいた。

ジャックは問いかけるような目でわたしを見た。

「もちろん」わたしはとげのある口調で言った。「お二人で好きなだけ話すといいわ。わたしは聞いているから」

ジャックは気楽な、穏やかな調子でゴットラーに言った。「マーク、現状を細かく説明する必要はなさそうですね。お互いに事情は知り尽くしていると思います。それに、あなたと同じく、こちらもことを公にはしたくない」

「それはよかった」明らかに本心のにじむ声で、ゴットラーは言った。

「お互いに、目指すところは同じだと思っています」ジャックは続けた。「タラと赤ん坊の生活が落ち着き、我々全員が普段どおりの暮らしを続けられること」

「ジャック、わたしどもの教会では、困っている方々には手を差し伸べています」ゴットラーは分別くさい口調で言った。「残念ながら、タラのような状況にある若い女性は多い。我々もできることはします。ですが、タラにほかの方々以上の援助を与えるとなると、彼女の現状に無用の注目を招いてしまうと思うのです」

「裁判所命令で親子鑑定を受けるのはどうです？」わたしは厳しい口調で迫った。「それも無用の注目を招くんじゃありませんか？　あるいは――」

「エラ、落ち着け」ジャックが言った。「マークも何か手を考えてくれている。それを待とうじゃないか」

「だといいけど」わたしは言い返した。「タラのクリニック代を払うなんて、ほんの手始めにすぎませんからね。わたしが要求するのは、子供のための信託基金と――」

「ミス・ヴァーナー」ゴットラーは言った。「タラに雇用契約を持ちかけることを考えています」軽蔑をあらわにしたわたしの顔を見て、彼は意味ありげに続けた。「福利厚生つきで」

「いいですね」ジャックは言い、テーブルの下でわたしの太ももをつかみ、椅子に体を押しつけた。「最後まで聞いてみよう。続けてください、マーク……福利厚生というのはどういった類のものでしょう？　社宅のようなものですか？」

「もちろん、それも検討中です」ゴットラーは受け入れた。「連邦税法では、牧師は被雇用者に牧師館を与えられることになっていますから……もしタラがここで働いてくれるなら、個人利得に対する制限には抵触しません」考え込むように言葉を切る。「わたしどもの教会はコリービルに農場を持っていて、その中に一〇戸ほどの住宅を有する私設のゲーテッドコミュニティ（周囲を塀で囲い、住民以外の出入りを制限することで防犯性を高めた住宅地）があります。一戸ずつ塀で囲われた一エーカーの敷地に、プールもついています。タラとお子さんはそこで暮らすといいでしょう」

「二人だけで？」わたしはたずねた。「公共料金のこととか、庭の手入れとか、家のメンテナンスとかは、全部面倒を見てくれるんでしょうね？」

「何とかなると思います」ゴットラーはうなずいた。

「いつまで?」わたしは粘った。

ゴットラーは黙ってしまった。〈エターナル・トゥルース〉がタラ・ヴァーナーのためにできることには、限界があるということだ。たとえ彼女を妊娠させたのが、教会の幹部クラスの牧師だったとしても。なぜわたしはこんなところまで来て、マーク・ゴットラーに責任を果たすよう迫っているのだろう？ そんな責任、本来ならとっくに果たされていなければならないはずなのに。

その気持ちが顔に出ていたらしく、ジャックがすばやく割って入った。

「マーク、ぼくらは一時しのぎを求めているわけじゃないんです。赤ん坊は今や、永遠にタラの人生の一部であり続けるわけですからね。双方が納得できる合意文書を作成したほうがいいでしょう。こちらもメディアにはいっさい口外しない、子供に父親を特定するための遺伝子鑑定を受けさせない……そちらがお望みの条件はのむとお約束します。ただし、それと引き換えに、タラには車一台と、月々の必要経費、健康保険、できれば子供の大学費用積立プラン……」ジャックは手を振り動かし、これ以上列挙はしないが、項目はもっと多くなることを匂わせた。

ゴットラーが理事会の許可が必要だという意味のことを言うと、ジャックはにっこりして、まさかそこで手こずるあなたではありませんよね、と言った。わたしは半分感心し、半分うんざりしながら、しばらく二人のやり取りに耳を傾けた。最終的に、お互いに細かい点は弁護士に任せることで話がまとまった。

「……少し時間をください」ゴットラーがジャックに言っていた。「あなた方は事前の通告もなしに突然いらっしゃったわけですから」

「突然ですって？」わたしは耳を疑い、いきり立った。「考える時間なら九カ月もあったじゃないですか。今の今まで、自分がルークに対して何かしら責任があるかもしれないとはお考えにならなかったんですか？」

「ルーク」ゴットラーはどういうわけか、その名前に注意を引かれたようだった。「それがお子さんの名前ですか？」目をぱちぱちさせる。「なるほど」

「何が〝なるほど〟なんです？」わたしは食ってかかったが、ゴットラーは冷ややかな笑みを浮かべて頭を振っただけだった。

ジャックがとりなすように言った。「では、頼みましたよ。時間がかかるということは心に留めておきます。先ほどおっしゃっていた理事会の方々との話がつきしだい、連絡をください」

「わかりました」

わたしたちはゴットラーの案内で重役室の外に出て、両開きのドアと柱と肖像画と飾り板が並ぶ廊下を進んだ。飾り板の文字を読みながら歩いていると、ステンドグラスがはめ込まれた黒の胡桃《くるみ》材のドアの上の石灰石の巨大なアーチに目が留まった。その石にはこう刻まれていた。〝神にできないことは何一つない。『ルカ《ルーク》による福音書』一章三七節〟

「これは何のドアですか？」わたしはたずねた。

「わたしのオフィスです」反対方向から、一人の男性がドアに近づいてきた。足を止めてわたしたちのほうを向き、にっこりする。

「カーディフ牧師です」ゴットラーが急いで言った。「こちらはジャック・トラヴィスと、ミス・エラ・ヴァーナーです」

ノア・カーディフはジャックと握手をした。「ミスター・トラヴィス、お会いできて光栄です。最近、お父様とお会いする機会がありましたよ」

ジャックはにやりとした。「虫の居所が悪い日に当たっていなければよいのですが」

「いえ、まったく。面白い、紳士的な方でした。昔気質で。一度わたしどもの礼拝にお越しいただけないかとお誘いしたのですが、まだ罪を犯している最中だから、それが終わったら連絡すると言われました」穏やかに笑いながら、わたしのほうを向く。

魅力的な男性だった。背は高いがジャックほどではなく、体つきも細めだ。ジャックの体型と動きがアスリートなら、ノア・カーディフはダンサーの優雅さを備えていた。セクシーで野性的な魅力を発散するジャックと、洗練され、ストイックな美をたたえたカーディフが二人並んだ姿は、なかなかの見ものだった。

肌は白く、赤面するとすぐにわかりそうな色で、鼻は高くほっそりしている。笑顔は天使のようだが、どことなく憂いが漂っていて、人間のもろさを知り尽くした一人の人間の笑みという印象だ。目はまさに聖人のような、慈愛に満ちた薄い青色で、見つめられると聖油で清められるような感覚に陥った。

わたしと握手をしようと近づいてきたカーディフから、ラベンダーと龍涎香《りゅうぜんこう》のぴりっとした香りが漂った。「ミス・ヴァーナー。わたしどもの礼拝施設へようこそ。ゴットラー牧師とのお話は滞りなくおすみですか？」言葉を切り、ゴットラーにいぶかしむような笑みを向ける。「ヴァーナー……以前、そういう名の秘書が……？」

「ええ、妹さんのタラが、時々こちらの手伝いに来てくれていました」

「お元気でいらっしゃるといいのですが」カーディフはわたしに言った。「わたしからもよろしくお伝えください」

わたしはあやふやにうなずいた。

カーディフはまるでわたしの考えを読み取ろうとするかのように、目をじっと見つめた。「妹さんのためにお祈りします」そう言うと、優雅に手を振って、ドアの上の飾り板を示した。「わたしが一番好きな使徒の、一番好きな一節です。真実ですね。神にできないことはありません」

「どうしてルカがお好きなんですか？」わたしはたずねた。

「理由はいくつかありますが、何よりも使徒の中でただ一人、善きサマリア人と放蕩息子の話を語っているからです」カーディフはわたしにほほ笑みかけた。「そして、キリストの生涯における女性の役割を強く支持しているからです。ミス・ヴァーナー、一度わたしどもの礼拝にいらっしゃいませんか？　お友達のジャックもご一緒に」

14

ジャックと一緒に外に出たあと、わたしはさっきの会合の内容を頭の中で反芻した。頭に輪ゴムがきつく巻きついているような気がして、こめかみをもむ。

ジャックはわたしにSUVのドアを開けてくれたあと、反対側に回った。二人ともすぐには乗り込まず、ドアを開けたまま熱気が発散されるのを待った。

「マーク・ゴットラーには我慢ならないわ」わたしは言った。

「そうか？　ぼくは何とも思わないが」

「あの人が話すのを聞いていると、この偽善者の最低男が妹をもてあそんだんだという思いで頭がいっぱいになって、思わず……その、よくわからないけど、撃つとか、何かしたくなって……でも実際には、話し合いをしなきゃいけないんだもの」

「わかるよ。でも、協力する気にはなってくれている。そのことは評価してやろう」

「わたしたちに迫られて仕方なく協力してるだけじゃない」わたしは顔をしかめた。「あなた、あの人の味方をするつもり？」

「エラ、ぼくはこの一時間一五分間、やつの尻をたたき続けたじゃないか。味方なんてするつもりはない。ただ、この状況はゴットラーだけの責任じゃないと言いたいんだ。よし、そろそろ乗ろう」ジャックは車のエンジンをかけた。エアコンから風が吹き出したが、焼けつく暑さの中では効果がない。

わたしはシートベルトの留め具をはめた。「奥さんのいる牧師に誘惑されて、神経をやられてクリニックに入院してるのよ。それがあの子のせいだって言うの？」

「本人にも責任はあると言ってるんだ。それに、タラは誘惑されたわけじゃない。自分の体を使って欲しいものを手に入れられる、成熟した大人の女性なんだから」

「あなたがそういうことを言うと、ちょっと偽善的に聞こえると思わない？」わたしはむっとして言った。

「エラ、はっきり言おう。妹さんは家と新しい車、月一万五〇〇〇ドルの生活費を、金持ちの男に妊娠させられたという理由だけで手に入れることになる。だが、弁護士がどんなに条件のいい取引をしてくれたとしても、タラはいずれまた別のシュガー・ダディを見つけなきゃいけない。問題は、次はそう簡単にはいかないってことだ。年を取るからね」

「タラが結婚するとは思わないわけ？」怒りを募らせながら、わたしは言った。

「タラは普通の男では満足しない。金持ちの男がいいんだ。でも、彼女は金持ちの男が妻に望むタイプじゃない」

「そんなことないわ。美人だもの」

「美というのは減価償却する資産だ。しかも、彼女にはそれ以外に売りはない。経済用語で言うなら、タラは短期投資型で、長期投資には向かないってことだ」

その露骨な値踏みに、わたしは息が止まる思いだった。「金持ちの男は本当にそんなふうに考えてるの？」

「たいていはね」

「何それ」わたしは頭に来ていた。「あなたは自分に近づいてくる女性は全員、お金目当てだと思ってるんでしょうね」

「そんなことはない。でも、情熱的な時間の最中でも、懐具合に変化があればぼくを放り出すような女の見分けはつく」

「わたしはあなたのお金のことなんかまったく気にして――」

「わかってる。それもあって、ぼくはきみに――」

「それに、そんなにタラのことを嫌ってるなら、どうしてここまで協力してくれるの？」

「嫌ってはいないよ。全然。ただ、客観的な見方をしているだけだ。ぼくが協力しているのは、ルークのためだ。それと、きみのため」

「わたしのため？」憤慨しながらも驚き、わたしは目を丸くしてジャックを見た。

「エラ、ぼくはきみのためならたいていのことはする」ジャックは静かに言った。「今まで気がつかなかったのか？」

わたしは驚いて黙り込み、ジャックはSUVを駐車場から出した。

不愉快なのと、腹が立つのと、暑いのとで、わたしはしばらく何も言わなかった。ゆだった車内にエアコンが効くようになるまでは、まだ時間がかかりそうだ。わたしはタラに対してジャックのような見方はしていない。妹を愛している。だが、そのせいで現実が見えなくなっているのだろうか？　ジャックのほうがわたしより正しく現状を認識しているのだろうか？

携帯電話が鳴るのが聞こえた。わたしはハンドバッグをつかんで中を探り、携帯を取り出した。「デーンだわ」簡潔に言う。デーンが昼間にかけてくるのは珍しかった。「出てもいい？」

「もちろん」ジャックは真昼の往来を見つめたまま運転を続けた。車は急に動き出したかと思えば、すぐに団子状になり、硬化した動脈の中を押し進む細胞のようだった。

「デーン。調子はどう？」

「やあ、エラ、順調だよ。面会はどうだった？」

わたしが状況をかいつまんで説明すると、デーンは励ましと共感とともに聞いてくれ、ジャックのように批判的なことは言わなかった。自分を刺激しない人と話をするのは心が落ち着く。エアコンの風が氷河の吐息のように体に吹きつける中、気づくとわたしは肩の力を抜いていた。

「そうだ、提案があるんだけど」デーンは言った。「明日の晩、会えないかな？　今構築してるシステムに使う流量計を受け取りに、車でケイティに行くんだ。夕食を食べに行って、一晩過ごしたい。きみがずっと一緒にいる例の男にも会いたいし」

わたしが凍りついていると、デーンは笑いながら言った。「でも、おむつを替えるのはごめんだよ」

わたしも笑い返したが、その声は妙にうわずっていた。「おむつは替えなくていいわよ。そうね、会いましょう。楽しみだわ」

「よかった、明日の四時か五時ごろに行くよ。じゃあ」

「じゃあね、デーン」

携帯電話を閉じると、車はメイン通り一八〇〇番地に到着し、地下の駐車場に入っていくところだった。

ジャックはエレベーターの近くの駐車スペースにSUVを停めた。エンジンを切り、暗い車内でわたしを見つめる。

「明日、デーンが来るの」さばさばした口調で言おうとしたのに、張りつめた声になってしまった。

ジャックの表情は読めなかった。「なぜだ？」

「ケイティに何か監視装置を取りに行くんですって。それでこの近くまで来るから、わたしに会いたいって」

「どこに泊まるんだ？」

「もちろん、わたしのところよ」

ジャックはしばらく黙っていた。気のせいかもしれないが、呼吸が荒くなったように感じる。「ホテルにデーンの部屋を取るよ」やがて彼は言った。「費用はぼくが持つ」

「どうしてそんな……え、何？」

「デーンにはきみと一緒に泊まってもらいたくない」

「でも、デーンはわたしの――」言葉を切り、信じられないというふうにジャックを見る。

「何なの？　ジャック、わたしはデーンと一緒に住んでいるのよ」

「今は違う。きみはここに住んでいる。それに――」つかのま、えぐり取られたような沈黙があった。「ぼくはきみにデーンとセックスしてもらいたくない」

怒りよりは、困惑のほうが強かった。ジャックは戦闘態勢に入ったように見えたが、そのような態度はこれまでジャックにも、もちろんデーンにもとられたことがない。ジャックが所有欲をむき出しにし、わたしがいつ、誰とセックスをするかについて意見してくるなど、驚き以外の何物でもなかった。「それはあなたが決めることじゃないわ」

「自分のものに手を出されて、黙って見ているわけにはいかない」

「自分のもの？」わたしは頭を振り、笑っているような抗議しているような、情けない声をもらした。開いた窓にレースのカーテンを引くように、口元を手でそっと覆う。やっとの思いで言葉をたぐり寄せ、答えを返した。「ジャック、わたしの恋人がわたしに会いに来るの。セックスはするかもしれないし、しないかもしれない。でも、それはあなたには関係のないこと。それに、こういう駆け引きは好きじゃない」息を継ぎ、思わずもう一度言った。「駆け引きは好きじゃないの」

ジャックの声は穏やかながら残忍な響きがあり、わたしは全身の毛が逆立つのを感じた。

「ぼくは駆け引きなんかする気はない。きみに自分の気持ちを伝えようとしているだけだ」

「そう。じゃあ、わたしは距離を置きたいと答えるわ」

「距離はいくらでも置かせてあげるよ。デーンも同じようにしてくれるなら」

「どういう意味？」

「きみの部屋に泊めるなということだ」

命令を下されているのだ。支配されようとしている。息がつまるようなパニックに襲われ、わたしは新鮮な空気を求めて車のドアを開けた。「ついてこないで」車から這い出し、エレベーターに向かうと、ジャックもあとからついてきた。

突き指しそうな勢いで、わたしはエレベーターのボタンを押した。「いい？　そういうことをするから、わたしは結局、あなたじゃなくてデーンを、あるいはデーンみたいな人を選ぶと言ってるの。人の指図は受けない。自立した女だから」

「くだらない」ジャックがつぶやくのが聞こえた。わたしと同じくらい息を切らせている。

わたしはかっとなって、すばやく振り向いた。「何ですって？」

「これは自立とは何の関係もない。きみが怖がっているのは、ぼくと何かを始めたら、デーンとは行ったことのない場所に連れていかれるとわかっているからだ。デーンはきみを助けてくれない。そのことはすでに証明ずみだ。彼は男気を見せてくれなかった。なのに、きみはそんな男と寝るのか？」

「やめて！」もうたくさんだった。めったなことでは暴力に訴えないわたしが、バッグをジャックの腕に打ちつけた。運の悪いことに、それはずっしりした革の三日月形ショルダーバッグだった。ばしっと大きな音が鳴ったが、ジャックは気にも留めていないようだ。

エレベーターの扉が開き、無人の箱が灰色のコンクリートとタイルに光を投げかけた。わたしたちはどちらも乗り込もうとはせず、立ちつくしたままにらみ合い、議論の続きに備えた。

ジャックはわたしの手首をつかんでエレベーターの向こう側に回り、排気ガスと石油の匂いのする暗い片隅に引きずり込んだ。「きみが欲しい」彼は言った。「あいつと別れて、ぼくとつき合ってくれ。リスクといえば、もともとそばにいない人間を失うことだけじゃないか。エラ、きみに必要なのはデーンじゃない。ぼくだ」

「信じられない」わたしはうんざりした口調で言った。

「何が信じられないんだ？」

「あなたのエゴよ。己の反物質の雲に包まれてるのね。あなたはブラックホールよ……うぬぼれの！」

ジャックは暗闇越しにわたしを見つめていたが、やがて顔をそむけた。白い歯がちらりとのぞくのが見えた気がする。

「笑ってるの？」わたしは問いつめた。「何がそんなにおかしいのよ？」

「きみとのセックスが、きみとの言い争いの一〇分の一でも面白ければ、じゅうぶん幸せだなあと思って」

「それを確かめる術はないわよ。あなた――」

ジャックはわたしにキスをした。

わたしはかっとなり、またもバッグをたたきつけようとしたが、地面に落としてしまい、はずみでハイヒールを履いた足がよろけた。ジャックはわたしの体をつかんでキスを続け、唇でわたしの唇をこじ開けた。ぬくもりと、ブレスミントの甘い香り……ジャック自身の味が舌に感じられる。

どうしてデーンとはこうならないんだろうと、絶望的な気分で思った。ジャックの唇がわたしの唇をとらえるさまも、しっかりと濡れて絡み合うキスも、その魅惑的な感触も、すべてが気が狂うほど良すぎて、とても抗うことができない。ジャックはわたしを引き寄せ、舌でじっくりと探っていった。キスが深まっていくにつれ、全身に情欲が満ちてきて、わたしはぐったりとジャックにもたれかかった。

ジャックの手が黒のスーツ越しにわたしの体を愛撫し、軽くつかんだ。薄いウール地の下で、肌がかっと熱くなる。顔に触れられ、髪をなでられると、彼の手が強烈な欲望に震えているのが感じられた。ジャックはわたしの後頭部に手を回し、髪に指を絡めながらキスをした。空いたほうの手が、ジャケットの前に三つ並ぶくるみボタンを外しているのがわかり、わたしは体を震わせた。前が開くと、肩に細いストラップのついたストレッチ素材のクリーム色のキャミソールが現れた。

ジャックは何か呪い、もしくは祈りの言葉をつぶやき、キャミソールの中に手を入れ、柔らかくきめ細かいウエストの皮膚を探り当てた。今や二人とも体を震わせ、行為に深く没頭し、飢えたように求め合っていたので、今さらやめることなどできなかった。ジャックはキャミソールを引き上げ、暗がりで卵の殻のような白色に輝く肌をむき出しにした。片方の胸に顔を寄せ、唇で先端を探す。うねるように動く舌と、強く吸いつく濡れた唇の感触に、わたしははっと息をのんだ。吸われ、なめられるたびに、みぞおちに鋭い快感が走る。冷たく硬い壁に頭をもたせかけ、熱く煮えたぎりながら、もぞもぞと腰を前に突き出した。

ジャックは体を起こして、わたしの唇を激しく奪い、手で胸を包み込んだ。長く官能的なキス……噛んで、なめて……やがてわたしは快楽に酔いしれた。ジャックの首に両腕を回し、さらに強く顔を引き寄せると、彼はその誘いを受け入れるように、低く野蛮な声をもらした。こんなにも、やみくもに興奮したのは初めてだった。もっと欲しかったし、ジャックに訴えかけたかった。〝何でもして、何でも。構わないから、今すぐに〟と。ジャックの体の前に手をやり、肌触りのいい上品なスーツに覆われた力強い筋肉をなでると、その洗練された服地の下にあるものが想像され、興奮はいっそう高まった。

ジャックがスカートをつかんで荒々しく引き上げると、わたしは息をのんだ。脚に当たる風が、痛いほど熱くうずく神経と肌に冷たく感じられる。彼はパンティのゴムの下から指を差し入れ、太ももの間を、彼の指を待つ濡れた入り口を探った。首の上でジャックが息をし、手の下でいかつい上腕の筋肉が動くのが感じられる。指が一本、そしてまた一本、中に入った。膝から崩れ落ちそうになり、わたしは目を閉じた。親指がクリトリスの上で優しく動き、中に入り込んだ指が深く確実に刺激を加える。小刻みな動きで指が挿入されるたびに、関節が内側の感じやすい部分をこすった。あまりの快感に、頭が真っ白になり……動くこともできず……気が変になりそうだった。

生まれて初めて、わたしは安全とは別のものを優先した。ジャックを求める気持ちが強すぎて、選んだり考えたりする余裕はなかった。手探りで彼のベルトとファスナーとボタンを外し、ズボンの前を開いた。その部分を手でつかむ。それは大きく、そそり立っていた。

ジャックは指を引き抜き、わたしの下着を引き下げ、スカートを押し上げた。驚くほど軽々と、わたしを持ち上げる。彼の力強さを思うと、不安混じりの興奮が全身を駆け抜けた。なすすべもなく、わたしはジャックの首に腕を巻きつけ、肩に顔を押し当てた。そう、お願い……。ジャックが中に入ると、ありえないほどの太さにわたしは身をよじった。彼はわたしの首にキスをしながらささやいた。力を抜いて、優しくするから。ぼくに任せてくれ、中に入らせてくれ……と。足が床につくまでそろそろと体が下ろされていくと、甘美な力が否応なしにわたしを開いた。

服を着たままセックスをするのは、驚くほどエロティックだった。鋭く突かれ、むさぼるようにキスをされながら、わたしはあえぎ声をもらした。ジャックは安定したリズムで腰を動かし続けた。彼に貫かれるたびに内側の筋肉が快感に締めつけられ、ひとりでにつっぱって、ますます深く彼をのみ込んでいった。ぴくぴくと震え、熱に浮かされながら、力強い大きな体に手足をきつく絡めているうち、混じりけのない強烈な衝撃に襲われ、耐えきれないほどの深い絶頂が訪れた。ジャックはわたしのむせび泣くような悲鳴に唇をかぶせ、声を封じた。そして、腰を深く突き上げたあと、動きを止めて体を震わせ、息を切らしながら自らを解放した。

長い間、二人とも動かなかった。わたしはジャックにしがみつき、ひそやかな部分をじっとりと絡ませたまま、彼の肩に頭をもたせかけていた。意識が朦朧としている。じきに、頭が働き始めればすぐにでも、何としてでも避けたい感情の波に襲われることはわかっていた。まずは羞恥だろう。わたしたちが今したことは、あまりにも不適切で、恐れすら感じるほどだった。

最悪なのは、その行為が良すぎたこと、今も良すぎることだった。ジャックの体はわたしの中に埋め込まれ、腕はしっかりとわたしを抱いている。

彼の片手が頭をつかみ、何かからわたしを守ろうとするように、しっかりと自分の肩に押しつけた。小声で毒づくのが聞こえる。

「駐車場でしてしまったわ」わたしは弱々しく言った。

「そうだな」ジャックはささやいた。彼は体勢を変え、地面に下ろされたわたしは嘆きの声をあげた。濡れていて、ひりひりし、全身の筋肉が震えている。壁にもたれると、ジャックが服を直し、ジャケットのボタンを留めてくれた。自分の服も整えたあと、わたしのハンドバッグを拾い上げ、渡してくれる。両手で顔を包まれても、わたしはジャックを見ることができなかった。

「エラ」ジャックの吐息と塩辛い性のエッセンスと熱い肌の匂いが混じり合い、すばらしく官能的な香りを生み出していた。この人がもっと欲しい。そう思うと、もどかしさに涙が込み上げてきた。「これからぼくの部屋に連れていく」ジャックは言った。「シャワーを浴びて、そのあと――」

「だめ、わたし……わたし、一人になりたい」

「エラ。こんな形でするつもりはなかったんだ。ぼくのベッドにおいで。ちゃんとした方法で愛させてほしい」

「その必要はないわ」

「いや、必要はある」ジャックの声は低く、せっぱつまっていた。「お願いだ、エラ。初めての時を、こんなふうにするつもりはなかった。もっといい思いをさせてあげるから。もっと――」

わたしはジャックの唇に指を当てた。彼の息は熱く、柔らかかった。わたしは口を開こうとしたが、そのときチンという音がしてエレベーターの扉が開いた。その音にわたしは跳び上がった。男性が一人出てきて自分の車に向かい、足音がコンクリートに虚ろに響いた。

車が駐車場を出ていくのを待って、わたしはジャックに話しかけた。「聞いて」震える声で言う。「もしあなたが、わたしの希望や感情を少しでも気にしてくれるなら……少し距離を置かせてほしいの。たった今、わたしは自分の手に負えないところに足を踏み入れてしまった。デーン以外の人とセックスをしたのはこれが初めてなの。考える時間が欲しいわ」おずおずと手を伸ばし、こわばったジャックのあごをなでる。「これ以上、わたしに花火を見せてくれなくてていいのよ」そして、こうつけ加えた。「実を言うと、そのことを想像すると怖くなるくらいなの」

「エラ――」

「しばらく放っておいて。これ以上先に進むかどうか、決心がついたらわたしから連絡する。それまでは……あなたに会いたくないし、話もしたくない。今会わなきゃいけないのはデーンなの。話し合わなきゃいけない相手もデーンなの。そのあとで、わたしの人生にあなたを迎える余地があれば、真っ先に知らせるわ」

今までジャック・トラヴィスにこんなことを言った女は、おそらく一人もいないだろう。けれど、わたしはそれ以外に彼と向き合う方法がわからなかった。こうでも言わなければ、一〇分か一五分後には裸でジャックのベッドに入っているに違いないのだ。

ジャックはわたしの手首をつかみ、自分の顔をなでていた手を引きはがして、怒りに満ちた目でわたしを見据えた。「くそっ」わたしを引き寄せてきつく抱きしめ、息を弾ませながら言う。「今きみに言いたいことが一〇個ほどある。でも、そのうち九つは頭がおかしくなったんじゃないかと思われるようなことだ」

状況の深刻さとは裏腹に、わたしは笑いそうになった。「一〇個目は何？」ジャックのシャツの前に顔を埋めたままたずねる。

ジャックは黙って考えていた。「やめておくよ」ぼそりと言う。「それもやっぱり頭がおかしくなったと思われるようなことだから」

彼はわたしをエレベーターの前に連れていき、ボタンを押した。上昇するエレベーターに、わたしたちは黙って乗っていた。ジャックはわたしに触れずにはいられないとでもいうように、肩からウエスト、ヒップへと手を這わせた。わたしは彼に体を預け、抱き上げられて部屋に運ばれたかった。けれど、六階に着くとエレベーターを下りた。後ろからジャックがついてくる。

「部屋まで送ってくれなくていいのに」わたしは言った。

ジャックは顔をしかめただけで、そのまま部屋までついてきた。わたしがキーパッドの暗証番号を押そうとすると、肩をつかんで自分のほうを向かせた。自分に向けられたまなざしに、目に見える部分の肌がどこもかしこも赤くなっていく。ジャックの手がうなじにすべり込んだ。

「ジャック――」

荒々しいキスが降ってきた。強引に唇が押し開かれる。みだらで、焼けつくように熱く、理性を破壊するようなキス……とはいえ、もともと破壊されるほどの理性は残っていなかった。わたしはジャックを押しのけ、キスをやめさせようとしたが徒労に終わり、やがて体がぐったりするのがわかった。そのときになって、ジャックはようやく顔を離し、欲望と、男としての勝利の光をたたえた目でわたしを見つめた。

どうやら何かをやり遂げた気になっているようだ。

その瞬間、この一連の出来事は、縄張り確保のためのマーキングのようなものだったのだと気づいた。〝男は犬みたいなものよ〟とステイシーはよく言う。そして、犬と同じように、ベッドでは場所を取りすぎるし、股間ばかり狙っていると続けるのだ。

わたしはやっとのことでキーパッドの番号を正しく押し、部屋に入った。

「エラ——」

「ちなみに、ピルは飲んでるから」わたしは言った。

ジャックが何か言う前に、鼻先でばたんとドアを閉めた。

「お帰りなさい、エラ」ベビーシッターのティーナが明るく言った。「面会はどうでした?」

「うまくいったわ。ルークはどうしてる?」

「おむつも替えたし、お腹もいっぱいです。今、ベビーベッドに寝かせたところです」

モビールが穏やかな音色を奏で、熊と蜂蜜の壺がゆっくり回っていた。

「留守中に何か変わったことは?」わたしはたずねた。

「あなたが出ていかれたあとは少しむずかっていましたが、すぐに落ち着きました」ティーナは笑った。「男の子はみんな、ママが自分を置いて出かけるのが大嫌いですからね」

心臓がどきんと音をたてた。〝ママ〟。訂正しようかと思ったが、特に必要はないと思い直す。ティーナに料金を支払い、出ていくのを見送ってから、シャワーに向かった。

熱い湯が神経をなだめ、痛みとうずきをやわらげてくれた。だが、罪悪感だけはどうしようもない。生まれて初めて、わたしは浮気に対する自責の念を、それも二つの意味で感じていた。まずは、そもそも浮気をしてしまったこと、そして、それをあんなにも楽しんでしまったこと。

ため息をついて髪にタオルを巻き、バスローブを着てルークの様子を見に行く。モビールは止まり、あたりは静まり返っていた。

爪先立ちでベビーベッドに近づき、中をのぞき込んだ。眠っているものと思っていたが、ルークはいつものきまじめな顔でわたしを見上げた。

「ルーク、まだ寝ないの?」わたしはそっと話しかけた。「何を待ってるのかな?」

ルークはわたしを認めた瞬間、身動きして足を蹴り上げ、口角を上げて赤ん坊らしい笑みを浮かべた。

初めての笑顔。

わたしを見たとたんルークがそのような反応をしたことに、心底驚いた。〝あなただよ。あなたを待っていたんだ〟魂を直撃するほどの甘い痛みを感じ、この一瞬のことしか考えられなくなる。ルークはわたしに、この笑顔をくれたのだ。もっともっと、この子からいろんなものをもらいたい。わたしはとっさに手を伸ばしてルークをベッドから抱き上げ、その温かい小さな顔に、笑っている口元にキスの雨を降らせた。粉とおむつの匂い、ルークの無垢な匂いを吸い込む。

こんな幸せがあるなんて知らなかった。

「ルークったら」わたしはつぶやき、ルークの首に鼻をすり寄せた。「笑っちゃって。ああ、なんてかわいい子、なんてかわいい赤ちゃん……」

大好きなルーク。わたしのルーク。

15

「うわあ」玄関でゆっくりわたしと抱き合ったあと、部屋に足を踏み入れたデーンは言った。デザイナーによる内装と、大きな窓、見事な眺望に目をやり、感嘆したように口笛を吹く。

「いい部屋でしょう？」わたしはにっこりして言った。

デーンはいつもどおり温かく、穏やかで、きれいな顔をしていた。ジャックほど背も高くなく、筋肉質でもないため、抱き合うとしっくりくる。デーンの顔を見たとたん、自分がなぜこの人とつき合っているのかを思い出した。誰よりもわたしのことをよくわかっていて、一緒にいて心乱されることがない。絶対に自分を傷つけたり、精神的ダメージを与えたりしないと確信できる人には、人生でなかなか出会えるものではない。デーンはその数少ない一人だった。

ルークを見せると、デーンは型どおりに褒め、わたしがルークをバウンサーにのせる様子をじっと見ていた。ルークが喜びそうなおもちゃがぶら下がった輪をバウンサーに取りつけてから、ソファのデーンの隣に腰かける。

「きみがこんなに子供の相手が得意だとは知らなかった」デーンは言った。

「得意ではないわ」わたしはルークの手を取り、プラスチックの子犬を輪の片方から反対側に動かしてみせた。ルークは不満げな声をあげ、子犬をバンバンたたいた。「この子に対してはうまくなってきているけど。ルークが鍛えてくれているのよ」

「いつもと違って見える」デーンは言い、わたしをよく見ようとソファの隅に座り直した。

「疲れてるの」わたしは悲しげに言った。「隈ができてるのよ」

「違うよ、そういう意味じゃない。きれいだ。何というか……目が輝いている」

わたしは笑った。「ありがとう。どうしてだかわからないけど。あなたに会えて嬉しいからかもしれないわね。会いたかったわ、デーン」

「ぼくもだ」デーンは手を伸ばし、わたしが半分寝転んだような格好になるまで、自分のほうに引き寄せた。髪が落ち、彼の顔にかかる。デーンの麻のシャツは上から二つボタンが外れていて、すべすべした黄金色の胸が見えていた。おなじみの岩塩の制汗剤の清潔な、つんとする香りが漂う。わたしは愛情たっぷりに顔を傾け、これまで何千回もキスしてきた唇にキスをした。ところが、その穏やかな触れ合いに、今までと同じ甘さや心地よさは感じられなかった。それどころか、びくりとして唇を離してしまったほどだった。

わたしは顔を上げた。デーンはわたしを引き寄せたが、とたんに何かなじみのない、快いとはとても言えない戦慄が体を駆け抜けた。

どうしてこんなことが起きるのだろう？

わたしが身をこわばらせたのに気づき、デーンは腕の力を抜いて、不思議そうにこちらを見た。「どうした？　赤ん坊の前ではまずいか？」

わけがわからないまま、わたしはデーンから体を離した。「そうかも。その……」喉が締めつけられる。まつげが小刻みにまたたいた。「あなたに話さなきゃいけないことがあるの」かすれた声で言う。

「わかった」優しくうながすような声で、デーンは言った。

ジャックとのことを打ち明けなければならないだろうか？　いったいどうやって説明すればいいのだろう？　わたしは途方に暮れ、座ったままデーンを見つめた。体中の毛穴という毛穴が急速冷凍されたあと、一瞬にして解凍され、噴き出した汗が不快な膜を作っているように感じる。

デーンの表情が変わった。「エラ、ぼくは行間を読むのは得意なんだ。きみがぼくと話すときに、あえて名前を出さないでいる人がいることには気づいていたよ。だから、ぼくが代わりに始めてあげよう。〝デーン、最近わたし、ジャック・トラヴィスと一緒にいることが多くなって……〟」

「最近わたし、ジャック・トラヴィスと一緒にいることが多くなって」そう言うと、涙がぽろぽろと落ちた。

デーンはゆったり構え、動じる様子はなかった。わたしの手を取り、両手で包む。「話してくれ。ぼくはきみの味方だよ、エラ」

わたしは鼻をすすった。「本当に？」

「今までずっと味方だったじゃないか」

わたしは立ち上がり、台所にペーパータオルを取りに行って、鼻をかみながら戻ってきた。バウンサーを押して動かすと、ルークは小刻みに揺れるおもちゃをじっと見つめた。「大丈夫よ、ルーク」ルークに話しかけたが、赤ん坊がわたしの感情の危機に興味を持つはずがなかった。「大人も時には泣くことがあるの。極めて自然で、ふ、普通のプロセスなのよ」

「ルークは気にしていないと思うよ」デーンは苦笑いしながら、みじめなわたしの顔をのぞき込んだ。「こっちに来て話してくれ」

わたしはデーンの隣に座り、震える息を吐き出した。「あなたが読心術のできる人だったらよかったのに。あなたには全部知ってもらいたいんだけど、自分で説明しなければならないのがいやなの。口に出したくないことも含まれているから」

「ぼくに話せないことなんて何もないよ。わかってるだろう」

「ええ、でも別の男性との関係を説明するはめになったのは初めてだもの。すごく後ろめたくて、耐えられないくらいよ」

「きみの後ろめたさのハードルは低すぎるんだよ」デーンは優しく言った。

「ジャックを求めるなんて間違ってるし、ばかげたことだと思うけど、自分を抑えることができないの。デーン、本当にごめんなさい。こんなにも申し訳なく思うことなんて、ほかに——」

「待って。その先を続ける前に……謝らなくていいから。特に、きみが抱く感情に関しては。

感情にいいも悪いもない。そう感じるんだから仕方ないよ。さあ、話して」

もちろん、わたしはデーンにすべては話さなかった。けれど、ある程度は事情を説明し、慎重に考えたうえで行動する生き方が崩れつつあること、これまで一度も魅力を感じたことのなかった種類の男性にどうしようもなく惹かれていること、その理由がさっぱりわからないことは伝えた。

「ジャックは頭のいい人よ」わたしは言った。「でも、野蛮なふるまいもする。昔ながらの男って感じで、保守的なの。全校の女子が群がる高校のアメフト部員みたいな人で、わたしは昔からその手のタイプが大嫌いだったのよ」

「ぼくもだ」

「だけど、ジャックは時々、びっくりするくらい的を射た感想や意見を言うの。誠実だし、話し好きだし、好奇心旺盛で、これまでに見たことがないくらい自分を飾らない人。わたしを笑わせてくれるし。わたしはもっとのびのび生きたほうがいいって言うのよ」

「それはぼくも賛成だ」

「まあ、時と場合によってはのびのびするのもいいと思うわ。でも、今のわたしが楽しむことを考える状況にあるとは思えない。責任が大きすぎるもの」

「トラヴィスはルークのことはどう思ってるんだ？」

「気に入ってるわ。子供好きだから」

「保守的な男なら、自分も家庭を持ちたいと思っているんだろうな」デーンはわたしをじっと見ながら言った。

「結婚や家族に対するわたしの考えは言ってあるわ。だから、わたしとは家庭が持てないことはわかってる。わたしが目新しいから気になるだけだと思う。自分を追いかけてこないところが、興味をそそるのよ」

「エラ、きみは誰の興味もそそる女性だよ。きれいだから」

「本当に？」わたしは気恥ずかしげにほほ笑んでデーンを見た。「今までそんなこと言ってくれなかったわ」

「そういうのは苦手だから」デーンは認めた。「でも、きみはきれいだ。きれいな司書のお姉さんという感じだ」

わたしの笑顔は苦笑に変わった。「ありがとう。きっとジャックはそういうのが好みなのね」

「トラヴィスとはどういう共通項があるんだ？」

「ほとんどないわ。基本的には正反対よ。でも、一番の魅力は何かって言われたら、おかしな話なんだけど……会話なの」

「何についての会話？」

「何についてもよ」わたしは真剣に言った。「話を始めると、まるでセックスみたいに行ったり来たりがあって、間違いなく二人とも参加してるっていうか、わかる？　お互いに刺激し合う感じがあるの。一度に複数のレベルで会話が行われているような気がすることもある。

何かで意見が対立しているときでも、不思議なハーモニーが感じられるの。結びつきのようなものが」

デーンは考え込むようにわたしを見つめた。「会話がセックスみたいだというなら、セックス自体はどうなんだ？」

「それは――」

わたしは口をぱくぱくさせた。もどかしい思いで、説明の仕方を何通りも考える。今のところ、おやすみのキスと言ってもおかしくないような行為が一回、駐車場でさっさとすませた行為が一回あるだけだと。二回ともすばらしかったと。無理だ、言葉にすることなどできない。

「機密情報よ」わたしはおどおどしながら言った。

しばらくの間、わたしたちは黙って座っていたが、デーンに何でも話してきたわたしが隠し事をしたことに、二人とも唖然としていた。これまで、二人の関係に秘密は存在しなかった。わたしの生活にデーンが気軽に足を踏み入れられない領域ができるなど、初めてのことだった。

「怒ってない？」わたしはたずねた。「嫉妬はしないの？」

「嫉妬はしている、かもしれない」自分でも驚いたかのように、デーンはゆっくりと言った。「でも、怒ってはいない。きみを独り占めしようとも思わない。簡単に言えば、こういうことだ。ぼくは世間一般の男女関係を持つつもりは、今もこれからもない。でも、もしきみがトラヴィスとそういう関係を築きたいなら、そうすればいい。許可を求める必要はないし、その許可を与えるのはぼくじゃない。どっちにしても、きみはそのつもりだろうけど」

わたしはデーンとジャックを比べずにはいられなかった。デーンと比べると、ジャックははるかに強引で、独占欲が強い。手に負えない人だ。わたしは急に不安に駆られた。「正直に言うと」ほとんどささやくような声で言う。「ジャックといると、あなたといるときほど安心できないの」

「だろうな」

わたしは口元にかすかな笑みを浮かべた。「どうしてわかるの？」

「エラ、安心っていうのは何かを考えてみてくれ」

「信頼？」

「ああ、それもある。でも、リスクの不在、というのもそうだ」デーンはわたしの濡れた頰から一筋の髪をはがし、後ろになでつけた。「きみはリスクを冒したくなったのかもしれないな。自分に刺激を与えてくれる人とつき合いたくなったんだ」

わたしはデーンに体を寄せ、胸に頭をもたせかけた。わたしたちはしばらくそのまま、時折ため息をつく以外は黙って座っていた。何かが終わり、何かが始まりつつあるのだという思いを、二人とも静かに嚙みしめていた。

デーンはわたしのあごに触れ、顔を持ち上げて、優しくキスをした。そのとき初めて、デーンはわたしにとって〝セックスもする友達〟であって、それは〝友達にもなりうる恋人〟

を持つこととはまったく違うのだと気づいた。

「なあ」デーンはそっと言った。「昔を懐かしんで、最後にもう一度しようか？　門出を祝うために。はなむけとして」

わたしは悲しげに笑ってデーンを見た。「それより、わたしがシャンパンの瓶であなたを殴って終わりにしない？」

「おいおい。とりあえずシャンパンは開けよう」デーンは言い、わたしは立ち上がって、二人ともが心から欲している酒を取りに行った。

次の日、わたしはジャックと話をしようと電話した。携帯の留守番電話に二度目のメッセージを残したとき、彼は急いでかけてくるつもりはないのだと悟った。そう考えると心配になったが、いらだちも感じた。

「何かあったでしょう」午後、電話に出たヘイヴンは言った。「ジャックがずっと不機嫌なの。進行中のプロジェクトの建設現場に行くためにオフィスを出たとき、その場にいた全員がほっとしていたくらいよ。もしあのままオフィスにいたら、そのうち秘書のヘレンがラミネート加工機でぶん殴って、意識不明にしていたでしょうね」

「デーンがこっちに来たときに、話し合わなきゃいけないことがいくつかあったの」わたしは言った。「それで、ジャックに少し距離を置こうって言ったのよ。それが気に入らなかったんだと思う」

ヘイヴンの声には面白がるような響きがあった。「でしょうね。でも、ジャックは何か欲しいものがあるときに、自分から引き下がる人ではないことは確かよ」

「でも、今は全力で引き下がっているわ」わたしは沈んだ声で言った。「電話してもかけ直してくれないの」

「エラ、わたしがジャックのことに口出しするべきじゃないとは思うんだけど。ジャックに同じことをやられると、わたしはいつも腹を立てていたから――」

「言って」わたしは先をうながした。「あなたの考えが聞きたい。わたしがお願いしてるんだから、あなたから口出ししたことにはならないわ」

「わかった」ヘイヴンは明るい声で言った。「ジャックは混乱のあまり、どうしていいのかわからないんだと思うの。嫉妬することに慣れてないのよ。女性にはいつもクールに、自分が優位に立って接してきたのに、あなたにはひどく心を揺さぶられているんだと思う。ただ、わたしがこの状況を楽しんでいるのは否めないけど」

「どうして?」希望と不安でくらくらしながら、わたしはたずねた。

「ジャックはこれまでずっと、親の財産で暮らしているような女性か、頭の空っぽな女優やモデルとしかデートしてこなかったんだけど、それはこういうのが……女性に夢中になりすぎて、弱みを見せるのがいやだったからだと思うの。トラヴィス家の男はそういうのが大嫌いなのよ。でも、多少苦しんだほうがジャックのためにもなるし、良い意味で状況が変わるんじゃないかしら」

「わたしが言ったってことは内緒にしてもらいたいんだけど、いい？」

「ええ。何？」

「ジャックはデーンがわたしの部屋に泊まることにすごくこだわっていたの。ホテルに泊まらせろって」

「そう、ばかげた言い分ね。デーンとはもう何年も一緒に住んでいるのに。あなたにセックスする気があるなら、デーンが泊まるのが自分の部屋だろうとホテルだろうと同じことだわ」

「そうなの。でも、現に昨日の晩、デーンはわたしの部屋に泊まったのよ。ジャックがそのことを嗅ぎつけたんじゃないかと思って」

ヘイヴンは笑った。「エラ、このビルで起きることは全部ジャックに筒抜けよ。コンシェルジュに、デーンが帰ったらすぐ連絡をくれるよう頼んでいると思うわ」

「デーンとはセックスしなかったの」わたしは言い訳がましく言った。

「わたしには弁解しなくてもいいのよ」

「最悪だったわ。デーンはソファで寝始めたんだけど、ルークが泣くたびに目を覚ましてたから、結局デーンに寝室へ行ってもらって、わたしがソファで寝ることにしたの。昨日の晩のことがあったからには、デーンは絶対に子供を作る気にはならないでしょうね。そういうわけで、デーンはオースティンに逃げ帰ったし、ジャックはわたしと口を利いてくれないってわけ」

ヘイヴンは笑い声をあげた。「かわいそうなエラ。ジャックはただ、次の一手を考えているだけだと思うけど」

「機会があれば、ジャックにわたしに電話するよう言っておいてくれない?」

「ううん、もっといい考えがあるわ。明日の晩、父の誕生日会があるの。父の恋人のヴィヴィアンの主催で、リバーオークスの自宅でパーティが開かれるのよ。トラヴィス家全員、ジャックも、あと二人の兄も、義姉も来るの。わたしとハーディと一緒にあなたも来るといいわ」

「ご家族の集まりに押しかけるのはまずいわよ」わたしは不安げに言った。

「わたしが招待するんだから大丈夫。それに、あなたが来なくても、ヒューストン市民の半数が押しかけてくるんだから」

「お父様に渡すプレゼントがないわ」

「ヴィヴィアンの呼びかけで、参加者はプレゼントの代わりに、父が支持しているチャリティ団体に寄付してもらうことになってるの。団体のリストを渡すから、もし良ければネットで寄付してくれればいいわ」

「本当にいいの?」わたしはそのパーティに行きたくてたまらなかった。ジャックの家族にも興味津々だったし、彼が育った家も見てみたかった。

「ええ。セミカジュアルな催しだから……こぎれいなドレスは持ってる?」

「水色のラップドレスなら」

「いいわね。ジャックの好きな色よ。ねえ、エラ、楽しくなりそうね」

「あなたにとってはね」わたしが陰気な声で言うと、ヘイヴンはくすくす笑った。

チャーチル・トラヴィスの自宅の郵便番号といえば、誰もが七七〇一九だと思うだろう。ヒューストンにはそれ以上にステータスのある居住地域はない。ヒューストンの中央に位置するリバーオークスは、国内でも有数の高級住宅地だ。ヘイヴンによると、〝入居者募集中〟という看板がリバーオークスに立つことはないという。家に空きができれば、たちまち入居申し込みが殺到し、数日のうちに売れてしまうからだ。弁護士、実業家、ヘッジファンド経営者、外科医、スポーツ選手らはこぞって、この松とオークに囲まれた楽園に住みたがる。ガレリアとライス・ヴィレッジという二つの大型ショッピングセンターに近く、テキサスきっての名門私立学校も集まっている地域だ。

七七〇一九には建坪が三〇〇〇平米以上ある邸宅もあったが、トラヴィス邸はその中では比較的狭く、一二〇〇平米程度だった。とはいえ、緩流河川《バイユー》のそばの断崖に位置していて、平地に広がる市街地が一望できる立地だ。ワインレッドの夕陽に輝く庭や散歩道を車で通り過ぎながら、わたしはずらりと並ぶ邸宅に目を見張った。新ジョージアン様式に、タラ農園（『風と共に去りぬ』でヒロインのスカーレット・オハラが生まれ育った農園）風、コロニアル復古様式、トスカーナのヴィラ風、フランスの宮殿風。これぞヒューストン様式というものは存在せず、さまざまな時代や場所の見本のような邸宅が、どれも巨大な規模で再現されていた。

「エラ、きっと楽しんでもらえるわ」ヘイヴンがハーディのメルセデスのセダンの助手席から振り返り、わたしを励ますように言った。「ヴィヴィアンの開くパーティはすばらしいの。料理も音楽も最高よ。わたしが知っている限り失敗したのは一度だけで、それもあんまり壮大だったものだから、結局笑い話になったくらい」

「どういう失敗だったの？」

「貴賓としてピーター・ジャクソン監督を招待していたときで、『ロード・オブ・ザ・リング』のオマージュをやったのよ。裏庭全体を掘り起こして、滝や造岩を埋め込んだの」

「悪くなさそうだけど」

「ええ、そこまでは良かったんだけど、ヴィヴィアンは地元のボーイスカウトの一団を呼んで、ホビットの格好をさせてパーティ会場を歩かせたの。おかげで、そこらじゅうに衣装の毛が落ちてしまったのよ。父は動物の毛のアレルギーだというのに。それから何週間も文句を言い続けていたわ」ヘイヴンは言葉を切り、言い添えた。「でも、今夜はそんなことにはならないはずだから」

「着いたらすぐに酒を飲み始めるといい」ハーディがわたしにアドバイスした。

トラヴィス邸は堂々としたヨーロッパ風の石造りの建物だった。開放された鉄製の門を抜けると駐車場があり、高級車がずらりと並んでいる。リモコンで開閉する巨大なガラス戸のついたガレージの中には、ベントレー、メルセデス、シェルビー・コブラが一台ずつと、少なくともあと七台は車が入っていて、神様用の大きな自動販売機のようだった。白いジャケットを着た駐車係たちが、愛する子供をベッドに寝かしつける親のように優しい動作で、ぴかぴかの車をきちんと区分けされた駐車スペースに誘導している。

わたしはぼうっとなりながら、ヘイヴンとハーディについて歩道を歩き、うごめくきらびやかな人の群れに入っていった。生演奏の音楽が鳴り響いている。にぎやかなホーンセクションをバックに聞こえてくるのは、最近スピルバーグ映画にも出演して賞賛を浴びている、有名なビッグバンド歌手の歌声だ。まだ二〇代のその男性歌手は「ステッピン・アウト・ウィズ・マイ・ベイビー」を、スキャット風の早口で柔らかく歌っていた。

まるで、どこか別世界に迷い込んだかに思える。例えば、映画のセットのような。華やかな光景ではあるが、現実にこのような生活を送り、これほどの贅沢を当たり前だと思っている人々がいるというのは、何だか妙な気がした。

「これまでもパーティには行ったことがあるけど……」わたしは言いかけ、野暮なことのような気がして口をつぐんだ。

ハーディが青い目に笑みを浮かべ、わたしを見下ろした。「わかるよ」それは本心から出た言葉に思えた。この光景はヘイヴンにはごくありふれたものでも、ハーディが育ったヒューストン東部のトレーラーパークとはかけ離れているのだ。

大柄でいかにもアメリカ人らしいハーディと、小柄で華奢なヘイヴンは、カップルとしては面白い組み合わせだった。けれど、これだけ体格が違っても、二人は驚くほどお似合いに見えた。まったくの他人でも、二人の間で火花をあげる化学反応にはいやでも気づかされるだろう。二人が相手の知性に心酔していること、お互いの意識に刺激を与えているのは明らかだった。それでいて、繊細な気づかいも感じられる。特に、ヘイヴンの注意が別のところにあるとき、ハーディがちらりと彼女を見る視線に。まるで、ヘイヴンをどこかに連れ去って、自分だけのものにしたがっているかのようだ。あれほど親密な関係にありながら、窮屈に感じたり、息がつまったりしないでいられる二人を、わたしは羨ましく思った。

「まずは父の件を片づけてしまいましょう」ヘイヴンは言い、先に立って屋敷に向かった。

ミニ丈のドレスがとてもよく似合っている。素材はしわ加工の施されたブロンズ色のオーガンザで、スカートにはタックとギャザーがたっぷり取ってあり、相当ほっそりした女性でないと似合わないデザインだ。

「ジャックはもう来てると思う?」わたしはたずねた。

「いいえ、パーティには絶対に早めに来ない人だから」

「わたしが来ることはジャックに言ったの?」

ヘイヴンは首を横に振った。「話す暇がなくて。ジャックは昼間ほとんど連絡のつかないところにいたの」

今朝、ジャックは連絡をくれたが、ちょうどわたしはシャワーを浴びていたので、留守番電話が応答した。留守電には、ヒューストンの北のウッドランズに行くから、昼間はこっちにいない、というそっけないメッセージが残されていた。わたしがかけ直したときには、ジャックのほうもすでに留守電になっていた。昨日は向こうがこっちの電話を無視したのだから、少々仕返ししても構わないだろうと考え、メッセージは残さなかった。

パーティ会場の中心部を通り抜けるには時間がかかった。そこにいる誰もがヘイヴンとハーディのどちらかと知り合いのようだった。シャンパンの入った凍らせたグラスを盆にのせ、ウェイターが近づいてきた。わたしは一つもらって飲み、上質でさっぱりした味と、炭酸の快い刺激を楽しんだ。わたしが本物のフリーダ・カーロの絵のそばに立ってあたりの様子を眺めている間、ヘイヴンはヒューストン蘭協会にしつこく勧誘してくる女性をあしらっていた。

客の年齢層は幅広かったが、女性は誰もが完璧なメイクとありえないほど高いヒールで身を固め、男性も手入れの行き届いたしゃれた身なりをしていた。わたしは一張羅を着てきてよかったと胸をなで下ろした。流れるような水色のニット地で、胸の部分がV字に合わさり、ぴたりと体に張りついている。シンプルな定番のドレスだが、体を肉感的に見せてくれ、膝丈のスカートから伸びた脚がきれいに映える。足元は銀のハイヒールのサンダルで、来る前は少し派手すぎる気がしていたのだが、ほかの女性たちの服装を見たとたんその心配は吹き飛んだ。ヒューストンで〝セミカジュアル〟と言えば、宝石をたっぷりまとい、派手に飾り立てることを意味するようで、シャツを着て靴を履いていればいいオースティンとは大違いだった。

わたしはスモーキーグレーのアイシャドーを塗り、マスカラを重ねづけして、普段よりアイメイクを濃くしていた。唇は淡いピンクのグロスでつやつやしている。髪はボブの毛先をきれいな外はねにしているので、顔を動かすたびに頬で毛先が揺れるのが感じられる。チークは入れる必要がなかったようだ。頬は興奮に熱を帯び、自然な赤に染まっていた。

今夜、何かが起こる予感があった。とても良いことか、とても悪いことが。

「外にいたよ」ハーディがヘイヴンに報告し、わたしに一緒に来るよう手招きした。

「ジャック？」わたしはぼんやりと返した。

「ううん、父よ」ヘイヴンはにっこりし、おどけた表情を作った。「いらっしゃい、トラヴィス家の面々を紹介するわ」

わたしたちは屋敷の奥の人混みを縫って、造園された広い芝生に出た。木には白の電飾が絡められ、混雑したダンスフロアの上にかかる天蓋にちかちかと光を投げかけている。客は椅子に座る者もいれば、料理が並ぶビュッフェテーブルに群がる者もいる。専用のテーブルにのったバースデーケーキを見て、わたしは畏怖の念に打たれた。一メートル強の高さのチョコレートケーキに、ガムペーストのリボンがかけられ、糖衣の蝶がちりばめられている。

「すごいですね」ちょうど人だかりからこちらを向いた年配の男性に、わたしは話しかけた。

「まさにわたしが思い描くバースデーケーキそのものです。あそこから誰かが飛び出たりするんでしょうかね？」

「そうでないことを願いますよ」男性はしゃがれ声で言った。「大量に刺さっているろうそくのせいで、火だるまになってしまうかもしれない」

わたしは笑った。「そうですね。それに、大量にかかっている粉砂糖のせいで、消火活動も難航しそうです」男性のほうに向き、手を差し出す。「オースティンのエラ・ヴァーナーと申します。トラヴィス家のご友人の方でしょうか？　あらやだ、そうに決まってますよね。敵が招待されるはずがありませんから」

　男性はにっこりして握手に応じた。真っ白な歯がのぞいたが、年配の人がそういう色の歯をしていると、わたしはいつも少し驚いてしまう。「あえて敵を招待するのがトラヴィス家ですよ」ハンサムな年配男性で、背はわたしと同じくらいだろう。鋼色の髪は短く切られ、日光にさらされてからからに乾いた革のような肌をしている。そして、まるでカリスマ性を日焼け止めか何かのように全身に塗り込んでいるように見えた。

視線が合うと、わたしの目は彼の目の色に、ほろ苦いベネズエラ産チョコレートのようなこげ茶に釘づけになった。なじみのあるその目を見つめていると、この人の正体がはっきりわかった。「お誕生日おめでとうございます、ミスター・トラヴィス」わたしは照れ笑いを浮かべて言った。

「ありがとう、ミス・ヴァーナー」

「エラとお呼びになってください。パーティの押しかけ客としては、ファーストネームで呼んでいただきたいものですわ」

　チャーチル・トラヴィスは笑顔を崩さずに言った。「エラ、あなたは押しかけ客にしてはずいぶんおきれいだ。わたしのそばにいてくだされば、追い出されることはないと約束しますよ」

女たらしの古狸。わたしはにんまりした。「ありがとうございます、ミスター・トラヴィス」

「チャーチルでいいよ」

ヘイヴンが近づいてきて、爪先立って父親にキスをした。「パパ、お誕生日おめでとう。今ヴィヴィアンに、すばらしいパーティねって言ってたところよ。エラに目をつけたみたいね。でも、パパのものにはならないわ。ジャックのだから」

そのやり取りに、新たな声が割り込んできた。「ジャックにこれ以上女はいらないよ。ぼくに譲ってほしいね」

わたしは真後ろにいた声の主を振り返った。ジャックを若く、ひょろりとさせたような青年を見て、わたしは驚いた。年はまだ二〇代前半のようだ。

「ジョー・トラヴィスです」彼は言い、わたしの手をしっかり握った。父親より頭一つ分背が高い。兄のジャックのような百戦錬磨の男の魅力はまだ備わっていないが、愛嬌たっぷりで、振り返って見てしまうような華やかさがあり、自分でもそれをわかっているようだ。

「エラ、この子は信用しちゃだめよ」厳しい声でヘイヴンが言った。「ジョーは写真家なの。家族の恥ずかしいスナップ写真……わたしの下着姿とかを撮って、ネガをちらつかせてわたしたちを買収するところからキャリアをスタートさせたのよ」

最後のくだりを聞きつけて、ハーディが会話に入ってきた。「そのネガはまだ残ってるか?」ジョーに問いかけ、ヘイヴンにひじで小突かれている。

ジョーはわたしの手を握ったまま、熱のこもったまなざしを向けてきた。「今夜は一人なんだ。恋人がぼくを置いて、フレンチ・アルプスのホテルへ仕事に行ってしまったから」

「ジョー、それは裏切り行為よ」ヘイヴンが言った。「自分の兄の彼女を口説こうなんて、考えるだけ無駄」

「ジャックの彼女じゃないわ」わたしは慌てて言った。

ジョーは勝ち誇ったようにヘイヴンを見た。「ぼくが狙っても大丈夫みたいだよ」

白熱する言い争いをさえぎるように、ハーディが革の二本用葉巻ケースをチャーチルに渡した。「お誕生日おめでとうございます」

「ありがとう、ハーディ」チャーチルはケースを開け、葉巻を一本取り出して匂いを嗅ぎ、満足げな声を出した。

「お屋敷の中に一箱置いておきました」ハーディが言った。

「コイーバか？」チャーチルはたずね、最高級の香水でも嗅ぐように、葉巻の匂いを吸い込んだ。

ハーディはそれには答えず、青い目に何かを企むような光を浮かべてチャーチルを見た。

「巻き葉はホンジュラスのものですけどね。中身までは知りません」

輸入禁止のキューバの葉巻に違いないと思い、わたしは内心にやりとした。

チャーチルは落ち着いた仕草で葉巻ケースを上着の内ポケットに入れた。「ハーディ、あとでポーチで一緒にやろう」

「わかりました」

ジョーの肩の向こうに目をやると、開いたフレンチドアのそばに誰かが立っているのが見え、わたしの胸は締めつけられた。そこにいたのはジャックで、アスリートのように引き締まった体に、黒のニットシャツと黒のズボンをまとっている。セクシーでしなやかで、ハイテク強盗でも企てているかのようだ。ゆったりと立ち、片手を何気なくポケットに突っ込んでいるが、その張りつめた黒いたたずまいは、あたりの活気に満ちた光景からは断絶して見えた。つややかな雑誌の写真の一部をびりりと破り取ったかのようだ。

ジャックは口元をこわばらせた陰気な顔で、隣に立っている女性と話をしていた。二人の姿を見ていると、何だか気分が悪くなってきた。女性はめったに見ないほどの美人で、バターミルク色の長い髪に、映画女優のような彫りの深い顔立ちをしていて、露出度の高い黒のドレスに包まれた体は驚くほど細い。二人はお似合いに見えた。

ジョーがわたしの視線を追った。「ジャックだ」

「連れがいるわね」かろうじて声を発する。

「いや、違うよ。あれはアシュリー・エヴァーソンだ。結婚している。ただ、ジャックを見かけたら必ずバラクーダみたいに突進してくるけど」

「もしかして、ジャックをふったっていう人？」わたしは小声でたずねた。

ジョーはわたしに顔を寄せた。「そう」やはり小声で言う。「旦那のピーターとはうまくいってない。離婚することになってる。二人がジャックにした仕打ちを考えれば、当然の報いだね」

「ジャックは……」

「それはない」ジョーは即座に言った。「ジャックはアシュリーを受け入れるつもりはない。あなたに競争相手はいないよ」

競争するつもりはないと言おうとした瞬間、ジャックが顔を上げ、わたしに気づいた。息が止まりそうになる。彼の真夜中のような色の目が丸くなった。その視線はゆっくりと銀のサンダルに下り、再び上がっていった。彼は背筋を伸ばし、ポケットから手を出して、わたしのほうに歩いてきた。

アシュリー・エヴァーソンが不安げに彼の腕を取って何か言い、ジャックは足を止めて返事をした。

「エラ」ヘイヴンの声に、わたしは振り返った。

一団に新たな人物が加わっていた。背が高い黒髪の男性で、間違いなくトラヴィス家の一員だ。長兄のゲイジだろう。父親の特徴は受け継いでいるが、二人の弟にはさほど似ていない。カウボーイ的な雰囲気がまったくないのだ。顔立ちは上品かつ控えめで、整いすぎているとも思えるほど。目の色はコーヒーブラウンではなく、珍しいほど薄いグレーで、黒い円形の容器に入ったドライアイスのように見える。彼が笑うと、わたしは刑の執行を猶予してもらえた囚人のような気分になった。

「ゲイジ・トラヴィスです」ゲイジは自己紹介し、ちょうどそばにやってきた女性に腕を回した。「こちらは妻のリバティ」

リバティはつるりとした卵形の顔に穏やかな笑みを浮かべた美しい女性で、きらめくバタースコッチ色の肌をしていた。わたしの手を握るために身を乗り出すと、黒っぽい髪が肩のあたりでゆらゆらと揺れた。「エラ、お会いできて嬉しいわ」彼女は言った。「ジャックとおつき合いしているそうね」

わたしはジャックの恋人と名乗るつもりはまったくなかった。「正式につき合っているわけではないの」もぞもぞしながら言う。「もちろん、ジャックはすてきな方だけど、その……まだ知り合ってから一カ月も経ってないから、つき合っているとはとても言えないというか、ただ——」

「つき合ってるよ」背後でジャックが静かに、だがはっきりと言うのが聞こえた。

わたしはジャックを振り返った。心臓が激しく音をたてている。

力強い腕が背中に回された。ジャックは顔を傾け、わたしの頬に軽くキスをした。礼儀を逸したところのない、ただの友達同士のあいさつだ。ところが、そのあとジャックはさらに顔を下げ、わたしの首筋に短く、熱いキスをした。言葉で言い表せないほど親密なそのキスは、二人が親しいという事実を宣言しているかのようだった。

家族が揃って見ている前で、ジャックがそのような行動に出たことに驚愕し、わたしの顔は真っ青から真っ赤へと、ダイナーのウィンドウのネオンサインのごとく色を変えた。ぎょっとしていると、ヘイヴンとリバティがすばやく意味深長な視線を交わすのが見えた。

ジャックはわたしに腕を回したまま、手を伸ばして父親と握手をした。「誕生日おめでとう、父さん。プレゼントを持ってきましたよ。屋敷に置いてあります」

トラヴィス家の長はわたしたち二人を興味深そうに見てから言った。「わたしがプレゼントに何が欲しいか教えてやろうか？　おまえが落ち着いて嫁をもらい、孫を作ってくれることだ」

ぶしつけな物言いだったが、ジャックはいつものことだと言わんばかりに冷静に迎え撃った。「孫ならもういるでしょう」穏やかに指摘する。

「死ぬ前にもっと欲しいんだ」

ジャックは皮肉めいた表情になった。「死ぬ予定があるんですか？」

「要するに、わたしも若返りはしないということだ。次世代のトラヴィス家にもわたしの影響力が欲しいなら、おまえも忙しくしたほうがいい」

「ちょっと、父さん」ジョーが言った。「ジャックがその方面でこれ以上忙しくなったら、食券販売機を担いで回らなきゃならなくなる――」

「ジョー」ゲイジの一言で、末弟は黙った。

チャーチルはいかにも満足げな目でわたしを見た。「エラ、きみがこいつの覚悟を固めてくれるといいんだが」

「わたしは結婚には向かないタイプですから」わたしは言った。

チャーチルはそんなことを言う女性は初めてだとばかりに、眉を上げた。「どうしてだ？」

「まずは、仕事を大事にしているからです」

「それは残念」ジャックは言った。「トラヴィス家の人間と結婚する第一条件は、自分の夢をあきらめることだから」

わたしは笑った。ジャックは表情をやわらげてわたしを見下ろし、額にはらりと落ちた金髪をかき上げてくれた。「踊らないか?」小声で言う。「それとも、ここでもっと尋問されたいか?」答えを待たず、わたしを連れていこうとした。

「わたしは尋問などしていない」チャーチルが文句を言った。「おしゃべりをしていただけだ」

ジャックは立ち止まり、皮肉をこめた目で父親を見た。「父さん、おしゃべりっていうのは、二人以上の人間が話をすることを指すんですよ」わたしを引っぱっていきながら言う。

「ごめんな」

「お父さんのこと? ううん、謝ることなんてないわ。すてきな方じゃない」わたしは不安げにジャックの険しい横顔に目をやった。こんなジャックを見るのは初めてだ。いつもは細かいことを気にしない不遜さがあり、物事を深く考えるのは損だという雰囲気を漂わせている。けれど、今は違った。心底腹を立てている。明らかに何かを気にしていた。

ダンスフロアに着いた。ジャックは慣れた手つきで、ごく自然にわたしを腕に抱いた。バンドは「ソング・フォー・ユー」を、全員が同じブルース調の長い夢を見ているかのように演奏している。手のひらに感じられるジャックの肩は硬く、堂々とわたしをリードする腕は迷いがなかった。ジャックのダンスは本格的で、動きはスムーズだが、これ見よがしなところはまったくない。彼のお母さんに、遠い昔のダンスレッスンが見事に実を結びましたよ、と伝えたくなる。

わたしは肩の力を抜き、ジャックのリードに合わせることに集中した。視線は彼のシャツの開いた襟元に固定しておく。V字の根元から、胸毛がわずかにのぞいていた。

「デーンはきみのところに泊まったんだな」ジャックはそっけなく言った。

わたしはこの率直な先制攻撃にほっとし、これを機にこの問題を片づけることにした。

「ええ、確かにわたしの部屋で寝ていったわ。ただ、ほとんど睡眠はとれてないけど。だって……ちょっと！」

ジャックがいきなり足を止めたので、わたしは彼にまともにぶつかった。ジャックの顔を見上げると、わたしの言葉をどう解釈したかがわかった。「理由はルークよ」慌てて言う。「ルークが泣いたの。だから、わたしがソファで、デーンが寝室で寝たのよ。ジャック、ちょっと手が痛いんだけど」

ジャックはすぐに手の力をゆるめ、呼吸を整えようとした。一分ほどダンスに戻ったあと、彼はようやくこうたずねた。「セックスはしたのか？」

「いいえ」

ジャックはかすかにうなずいたが、その顔はまるで窯で焼かれたかのように、かちかちにこわばっていた。

「デーンなんてもうたくさんだ」やがて、きっぱりとした口調でジャックは言った。

わたしは冗談めかして言った。「それは、もうデーンとは会うなってこと？　それとも、あなたがあの人を殺すつもりだってこと？」

「前者が受け入れられなければ、後者を実行に移すかもしれない、という意味だ」

わたしは内心笑みをもらした。そして、新しい種類の力が、誘惑の力が湧き起こるのを感じた。これまでに会ったことがないほど強く、世知に長けていて、先が読めず、男性ホルモンに満ちた男性に対して。まるで、レーシングカーに試乗しているかのようだ。スピードを出すことを大の苦手としていた人間にとって、それは怖くもあり、爽快でもあった。

「ジャック・トラヴィス、やけに威勢がいいのね。わたしを家に連れて帰って、その言葉を行動で示してみたら？」

ジャックはすばやくわたしの顔を見た。言ったほうも言われたほうも、その言葉に仰天していた。

だが、ジャックの目に浮かぶ色を見る限り、わたしの手にあまるほどの行動が示されるのは間違いなかった。

16

音楽は溶けたガラスのような、ゆっくりとした「ムーンダンス」に変わった。ジャックがわたしをそっと引き寄せたので、こめかみに彼の吐息がかかり、太ももがかすかに触れ合った。ダンスが始まると、わたしは必死に、少しぐらつきながらジャックについていった。安定した地面というより、船のデッキに立っているような感覚がある。だが、ジャックはわたしを頼もしく支え、わずかに体が揺れただけでもバランスを取ってくれた。わたしは深呼吸し、ぴりっとした豊かな彼の香りを吸い込んだ。まるで肌が息づいたかのように、全身の毛穴からいっせいに細かな汗が噴き出してくる。

曲が終わった。拍手が起こり、今度は軽快な曲がにぎやかに始まる。冷たい水をばしゃりと顔にかけられ、たたき起こされたかのようだ。わたしは目をしばたたきながら、ジャックとともに混雑する人ごみを通り抜けていった。ジャックの知り合いに会うたびに、立ち止まっては言葉を交わす。彼はそこらじゅう知り合いだらけのようだった。わたしよりずっと上手に、感じのいい社交用の顔を使いこなしている。けれど、速く進もうとわたしを連れて人ごみの間隙を縫って進むジャックの腕には、獰猛な緊張感がみなぎっていた。

バースデーケーキのろうそくが灯され、バンドが破調ながら元気いっぱいの「ハッピー・バースデー・トゥー・ユー」を披露すると、招待客もあとに続いて歌い始めた。ガナッシュとジャムとホイップクリームのつまったケーキのスライスが客に配られる。こってりした柔らかな生地が喉につまる気がして、わたしは一口しか食べられなかった。シャンパンを二、三口飲んで流し込むと、砂糖とアルコールで気分が浮き立った。ジャックに手を引かれ、わたしはすいすい進んでいった。

チャーチルと恋人のヴィヴィアンの前で足を止めて別れのあいさつをし、会場の隅で恋人がフランスに行った話をして若い女性の同情を引いているらしきジョーに目を留めたあと、部屋の反対側にいるヘイヴンとハーディ、ゲイジとリバティに手を振る。

「早めに帰る理由を言っておいたほうがいいと思うんだけど」わたしはジャックに言った。「赤ちゃんのことが気になるからとか――」

「理由ならみんなわかってるよ」

メイン通り一八〇〇番地に帰る途中、どちらもほとんど口を利かなかった。二人の間の感情があまりに生々しかったからだ。わたしはまだ、一緒にいて気が楽だと思えるほどジャックのことを知らない。わたしたちの関係はこれから切り開いていく必要があった。

ただ、わたしもデーンとのやり取りについては説明し、ジャックも熱心に聞いてくれた。彼はデーンの考え方も理解はしてくれたものの、腹の底では全然納得がいかないようだった。

「デーンはきみのために戦うべきだった。ぼくをぶちのめしに来るべきだったんだ」

「そんなことをして何になるの？」わたしはたずねた。「結局はわたしが決めることでしょう？」

「ああ、決めるのはきみだ。それでもやっぱり、デーンはぼくにつかみかかってくるべきだったんだ。ヴァイキングみたいに自分の女を奪っていった男に」

「あなたはわたしを奪ったわけじゃないわ」わたしは文句をつけた。

ジャックは横目で意味ありげな視線を送ってきた。「今はまだ、な」

その言葉に、心臓が乱れたリズムを刻み始めた。

わたしは初めてジャックの部屋に入った。わたしの部屋より数階上にあるその場所は、大きな窓からヒューストンの景色が一望でき、街の光がベルベットに散らされたダイヤモンドのようにきらめいている。

「ベビーシッターには何時に戻ると言ってきたんだ？」部屋を見て回るわたしに、ジャックは問いかけた。彼の住まいはしゃれているがシンプルで、濃い色の革張りの家具が置かれ、メッセージ性のあるグラフィックアートが数点掛けられている。アール・デコ調の装飾が施され、布類にはチョコレート色とクリーム色と青色が使われていた。

「一一時ごろと言ってあるわ」わたしは渦巻き模様の入った青い大恐慌《ディプレッション》グラス（大恐慌時代に大量生産された型押し模様入りのガラス）のボウルの縁を触った。その指は目に見えて震えている。「すてきなお部屋ね」

ジャックはわたしの背後に近づいてくると、手のひらで肩に触れ、上腕をなで下ろしていった。その手は温かくて、ひんやりした肌に快い鳥肌が立った。片手が握られる。ジャックは冷えきったわたしの指にきつく指を絡め、むき出しになった首の曲線に唇を寄せた。唇が肌を這うと、この先の官能が予感された。

ジャックは首筋にキスを続けながら最も敏感な場所を探し、やがて探り当てると、わたしは反射的に体を預けた。

「ジャック……デーンがうちに泊まったこと、もう怒ってないわよね？」

ジャックの手はわたしの体の前面をさまよって、曲線も平面も探り尽くし、どんなかすかな反応にも動きを止めた。緊張と喜びに体が反り返っていく。ジャックはきっとわたしの感じやすい部分からあらゆる脈と震えを探り出し、情報を収集しているのだろうと、ぼんやりした頭の片隅で思った。

「それどころじゃないよ、エラ……そのことを考えるたびに、鉄梃《かなてこ》を真っ二つに折りたくなるくらいだ」

「でも、何もなかったのよ」わたしは言い返した。

「もし何かあったのなら、今ごろやつの居所を突き止めて、殴り飛ばしているよ」

いかにも男らしく威勢のいいその言葉が、どこまではったりで、どこまで本気なのかはわからなかった。わたしは冷静な皮肉めいた口調を保とうとしたが、襟元にジャックの指が忍び込んできた状態では、それは至難の業だった。「わたしに当たるつもりじゃないわよね？」

「いや、当たるよ」わたしがブラをつけていないことに気づき、ジャックは息を荒らげた。

「今夜、きみは罰を受けるんだ」いやらしいほどゆっくりと、手がひんやりした丸い胸のふくらみをなで回していく。わたしはジャックにもたれ、銀色のヒールを履いた足元をぐらつかせた。指につままれた胸の先がつんと立つと、彼はそれを優しくこすり、親指の下で硬いつぼみにしていった。

ジャックはわたしの体を自分のほうに向き直らせた。「きれいだ」ささやくように言い、体に張りつくニットドレスをなで下ろしていく。その表情は真剣で、まつげを半分伏せているため、シャープな頬にぎざぎざの影が落ちている。次の言葉はかすかな、ほとんど聞こえないような声で発せられた。「ぼくのものだ」

わたしはぼうっとしたまま、黒っぽい目を見つめながら、ゆっくりと首を横に振った。

「いや、ぼくのものだ」ジャックは言い、唇を重ねた。わたしは反射的にキスに応え、彼のシャツの前をつかんだ。ジャックはわたしの髪に手を差し入れ、頭の曲線をなで回しながらも、唇に集中し、より密着する角度と親密な味を求めてきたので、やがてわたしの全身は熱を放ち始めた。

ジャックはわたしの手を取り、寝室に連れていった。三つ並んだ照明のスイッチの一つを押すと、どこからともなく放たれた光がぼんやりと部屋を包んだ。あまりに神経が高ぶっていたわたしは、周囲の様子がほとんど目に入らず、ただ大きなベッドに琥珀色のキルトが掛けられ、白の麻のシーツがどこまでも広がっていることだけ意識していた。

咳払いし、こんなのはたいしたことではないとばかりに、できるだけ何気ない口調で言う。

「安っぽいムード音楽でもかけてくれればいいのに」

ジャックは首を横に振った。「普段はアカペラでやってるから」

「一人でってこと？」

「いや、一四歳以来、一人ではしていない」

わたしは息を切らして笑ったが、ジャックの手が伸びてきて、ドレスの前を合わせている小さなスナップボタンがそっと引っぱられると、はっと息をのんだ。布地が左右に分かれ、丸い胸のふくらみと白の絹のパンティがあらわになる。

「なんて美しいんだ」ジャックはささやいた。「きみが服を着るなんて罪だよ」ドレスを肩から外し、床に落とす。わたしは頭のてっぺんから足の先まで真っ赤に染め、ハイヒールとパンティ姿でその場に立ちつくした。

焦るあまりぎこちない手つきでジャックの黒いシャツを引っぱると、彼はわたしが脱がしやすいよう動いてくれた。ジャックの胸は強靱で、くっきりと線が刻まれていて、大きな筋肉の間を小さな筋肉が埋めている。わたしはおずおずと、ざらざらした黒い胸毛に触れ、指を絡めた。気が変になりそうなほど快い感触。ジャックに引き寄せられるまま身を預けると、両腕が体に回され、わたしも彼の背中に手を這わせた。胸にちくちく当たる胸毛の感触と、長く甘美なキスとで、全身が快感に満たされる。

わたしが体をぴたりと押しつけ、せっぱつまったように彼の高ぶったものに腰を添わせるのを感じたのか、ジャックは声を殺して笑いながらわたしの体を押し戻した。「まだだ」

「あなたが欲しいの」わたしは真っ赤になり、体を震わせながら言った。そんな言葉を男性に言ったのは初めてだった。頭の中では、駐車場でジャックに言われた言葉が響いていた。〝……ぼくと何かを始めたら、デーンとは行ったことのない場所に連れていかれるとわかっているからだ〟確かにそうだ。まったくそのとおりだった。わたしはジャックと、肉体以外の面でも近づこうとしている。自分が冒そうとしているリスクの大きさに、心底ぞっとした。動揺を感じ取ったのか、ジャックはわたしを太ももの間に引き寄せ、胸に抱いた。そのまま何も言わず、気長に、なだめるようにわたしを抱いている。

「何だか……」しばらくして、わたしは何とか言葉を発した。「危険なことが待っていそうな気がするんだけど」

「それはたぶん、現実になる」ジャックはわたしのパンティの横に指をかけ、引き下ろした。

「でも、数分後にはそんなことはどうでもよくなっているよ」

わたしはめまいを覚えながら、黙ってパンティを脱がされ、ジャックに導かれるままベッドの端に腰を下ろした。銀色の靴の片方に手を伸ばそうとする。

「だめだ」ジャックは言い、わたしの前に座り込んだ。真剣な顔つきになり、両手でわたしの太ももを押し広げる。

わたしは脚を閉じようとした。「明るいし」恥じらって言う。だが、ジャックは手で太ももを押さえつけ、体をよじって抗議するわたしに身を寄せ、唇をそこにつけ、じっくりと探り始めた。数秒後には、わたしはその場に凍りついたまま、あえぎ声をあげていた。なめらかな舌が動くたび、快感が押し寄せ、体が震える。愛撫は延々と続き、わたしは湧き起こる欲望に耐えきれず、ジャックの頭を強くつかんで引き寄せた。彼はわたしの手首を取って、体の両脇に下ろさせ、そこに押しつけた。

ジャックにがっちり押さえられ、脚を大きく開いたまま、わたしは低いあえぎ声混じりに息を切らした。彼の唇が吸いつき、舌がなめ、柔らかなところに潜り込んでくるうちに、衝撃は徐々に高まり、筋肉がひとりでにひくひくと収縮し始めた。

身悶えするわたしを一人残し、ジャックは顔を離した。わたしはぐったりしながらも次の展開が待ちきれず、脈が激しく暴れ回るのを感じていた。太ももの間でジャックが立ち上がると、わたしは彼のズボンの前を開けようと手を伸ばした。まるでミトンをはめているかのように、手がうまく動かない。

ジャックは完全に高ぶっていて、硬く、浅黒かった。わたしは興味津々に手を触れ、脈打つそれをつかみ、充血した頭部を見て息をのんだ。ジャックが動きを止め、かすかにうめくのが聞こえる。わたしが慎重に手で触り、温かな口に含んでできる限り味わおうとする間、ジャックは耐えていた。けれど、一分も経たないうちに、やんわりとわたしを押しのけてつぶやいた。「やめてくれ……耐えられない。もうすぐだ。もうすぐ……待ってくれ、エラ……」

ジャックは服を脱ぎ、ベッドに上がってきて、マットレスの中央にわたしを連れていった。やたら時間をかけてわたしの靴を脱がせ、細いストラップをゆるめてかかとを抜く。それから、再びわたしの上に覆いかぶさり、胸に口をつけて、片方の太ももをしっかりとわたしの太ももの間に入れた。わたしは手を伸ばし、筋肉がうごめく彼の背中に手のひらを当てた。ジャックの唇がこちらの唇を探り当てると、わたしはぐったりと仰向けになったまま、なすすべもなくあえいだ。ジャックはしっかりわたしを抱いて横向きに倒れ、体中をまさぐった。

絡み合った二人の体は、広いベッドの上でゆっくりと転がった。まるで官能的な戦いのように、体をすり合わせてなめらかに動きながら、わたしはジャックを中に誘おうとし、彼は抵抗した。ジャックはじらすようにその時を先送りにし、うずくそこをなぶるので、ついにわたしはかすれ声で彼に懇願した。今すぐして、わたしは準備万端よ、早く、早く……。

ジャックはわたしを仰向けにし、脚を大きく開いた。わたしは期待にうめきながら従い、腰を浮かせた。

ジャックがわたしの中に突き立て、ずっしりと太いものが潜り込んでくると、全世界が動きを止めた気がした。わたしは彼の肩をつかみ、皮膚に爪を食い込ませた。ジャックは緊張にこわばるわたしの中に深く押し入りながら、優しくするよ、力を抜いて、力を抜いて……とささやいた。奥まで達すると動きは止まり、わたしは徐々に内側の力が抜けていくのを感じた。

ジャックの顔はわたしの顔の真上にあり、その目は地獄の業火のように暗く輝いていた。彼はわたしの額から髪をかき上げた。「ぼくに慣れてくれないと」ささやき声で言う。わたしは恍惚となったまま、うなずいた。

唇が重ねられる。ジャックは濡れて締めつける中を少しずつ、大柄な男性ならではの優しさで動いた。わたしの息づかいや鼓動の一つ一つを感じ取って、一番いい角度と動きを探り、やがて答えが見つかると、わたしは思わず悲鳴をもらした。

ジャックは満足げに、喉を鳴らさんばかりに言った。「エラ、こういうのが好きなのか?」

「そう、そうなの」わたしはジャックの背中をつかみ、彼の重みに腰を添わせた。ジャックのものは硬くずっしりとしていて、制御された動きで突き通すばかりなので、やがてわたしは彼の下で身をよじり、もっと速く、もっと強く、と訴えた。ジャックの荒い息の隙間から、静かな笑い声がもれた。彼はわたしを押さえつけて自分のペースを貫き、永遠とも思える時間が過ぎたあと、わたしは体がゆったりと快感に満たされていくのを感じた。頭をのけぞらせると、ジャックの腕が首の後ろに回り込んできて、唇が喉元を這った。

ジャックは疲れを知らないリズムで何度も突き立て、なめらかで甘く、なまめかしい摩擦を生み出した。わたしは悩ましい官能の頂点に上りつめ、そこで粉々に砕け始めると、駆け抜ける衝撃に膝でジャックの腰を締めつけた。彼は収縮が完全に鎮まるのを待ってから、最後に数回突いて、自らを解き放った。

その後、わたしはジャックの腕の中で静かに震えながら、太ももの間に熱くなめらかな彼自身を感じていた。顔はジャックの胸に埋めている。体は満足感にずっしりと重く、甘く熟れた果物のように柔らかくなっていた。

「眠るといい」ジャックは言い、わたしのむき出しの肩に上掛けを引き上げてくれた。

「無理よ」わたしはぼそぼそ言った。「帰らないと。ベビーシッターが……」

ジャックはわたしの髪にキスをした。ベルベットの生地でなでるような声で言う。「少しだけ。ぼくが起こしてあげるから」

わたしはジャックに身を寄せ、その言葉に甘えて眠った。

しばらくして、わたしは目をしばたたき、身動きした。何かが変わったような、夢見心地の感覚がある。不安定な、何かを失ったような気分だが、それが妙に心地よい。

ジャックは片ひじをついて体を起こし、驚くほど真剣な表情でこちらを見つめていた。ほほ笑むわたしの唇の端を、一本の指でなぞる。「エラ、さっきのはこれまでぼくが経験した中で最高だった。ぶっちぎりの一位だ」

ジャックに眉尻をなぞられて、わたしは目を閉じた。健全なセックスとめくるめくセックスの違いは、デーンからは向けられたことのない種類の関心から生まれるのだ。ジャックはわたしに没頭し、わたしの反応にひたすら集中していた。今も、体同士の触れ合いそのものが言語となりうるかのように、わたしを触っている。愛撫する指が喉元に這い下りた。「きみの肌はすごく柔らかい」ささやくように言う。「髪は絹のようだ。大好きだ、きみの感じ方も……きみの動き方も……」親指がゆっくりとあごの線をなぞる。「エラ、ぼくを信頼してほしい。ぼくはきみの隅々まで自分のものにしたい。いつかはぼくにすべてをさらけ出してほしいんだ」

わたしはジャックの手の中で首をよじり、横向きのまま手のひらにキスをした。ジャックが何を言いたいのか、何を望んでいるのかは理解できたが、それは無理だと伝える方法がわからなかった。愛の営みで、わたしが完全に我を失うことは決してない。わたしという人間の中心部分は硬い殻に守られていて、誰もそこに触れることはできないのだ。「電気をつけたままセックスをしたわ。それでじゅうぶんじゃない？」

ジャックは笑ってわたしにキスをした。

すっかり満ち足りていたにもかかわらず、唇が触れ合っただけで、わたしはふつふつと煮え立ち始めた。ジャックの肩に手のひらを当て、硬く上等な筋肉の起伏と曲線をなで下ろしていく。「今夜、パーティでアシュリーと一緒にいるところを見たわ」わたしは言った。「すごい美人ね」

ジャックは唇をゆがめたが、それは笑みではなかった。「本人を深く知れば、その美しさも色あせるよ」

「何を話してたの？」

「アシュリーは誰かれ構わずピーターとのことを愚痴っているんだ」

「旦那さんね？　パーティには来てたの？」

「ああ。二人とも全力でお互いを避けようとしていたけど」

「もしかして、アシュリーは結婚してからも浮気をしていたのかしら」わたしはつぶやいた。

「だとしても不思議はない」ジャックはそっけなく言った。

「悲しいことね。でも、それはわたしの結婚観を裏づける話でもあるわ。一人の人を永遠に愛すると約束することはできないのよ。変わらないものなんて何もないんだから」

「何も、ということはない」ジャックは体を離して枕にもたれ、わたしは彼の肩のくぼみに頭をもたせかけて手足を伸ばした。

「彼女はあなたのことを愛していたと思う？」わたしはたずねた。「その、心から愛していたと？」

ジャックはぎこちなくため息をついた。「彼女の側に愛があったかどうかはわからない」言葉を切ってから言う。「もしあったのなら、ぼくが壊してしまったんだろう」

「壊した？」これは注意深く探らねばならない領域だと感じた。痛みや後悔の残骸が今も散らばっている。「どういうこと？」

「アシュリーがぼくを捨ててピーターのもとに行ったときに言われた……」ジャックは言葉につまり、息を震わせた。

わたしはジャックの体に這い上がり、胸毛の生えた硬い胸に覆いかぶさった。「ジャック、信頼というのはお互いの問題なのよ」くしゃくしゃに乱れた彼の髪に手をやり、優しくすく。「だから教えて」

ジャックは顔をそむけた。その横顔は険しく、発行したての硬貨の肖像画のように整っている。「ぼくは求めすぎる。要求が多すぎる。さもしいって」

「まあ」ジャックのようにプライドの高い男性には一番言ってはいけない言葉だ。「それは事実なの？」単刀直入にたずねる。「それとも、アシュリーが自分の浮気の責任をあなたになすりつけようとしたの？　あなたのせいでわたしはこんなことをしたのよ、っていう言い訳の仕方は嫌いだわ」

張りつめていたジャックの体から力が抜けた。「アシュリーが何事に対しても責任を負いたがらないのは確かだ。でも実際、ぼくがうんざりさせてしまったんだと思う。中途半端なことが嫌いなんだ。それは恋愛においても変わらない」一呼吸置いてから続ける。「独占欲が強いところがあってね」

ジャックは新事実を告白しているつもりのようだった。わたしは唇を噛んで笑いをこらえた。「知ってる。でも幸い、わたしならどこに線を引くべきか、きちんとあなたに伝えることができるわ」

「知ってるよ」

わたしたちは顔を見合わせ、お互いににっこりした。

「それで」わたしは言った。「アシュリーに裏切られてからというもの、手当たりしだい女性に声をかけて、釣り逃した魚が大きいことを彼女に見せつけようとしたというわけね」

「いや、それはアシュリーの一件とは関係ない。セックスが好きなだけさ」ジャックはわたしのヒップに手をすべり下ろした。

「冗談でしょ」笑いながら転がってジャックから逃れ、ベッドを跳び下りる。「シャワーを浴びたいわ」

ジャックはすぐについてきた。

バスルームの電気をつけた瞬間、わたしはその場に立ちつくした。汚れ一つない明るい空間に、現代的なキャビネットと、しゃれた石のボウルがついた洗面台が据えつけられている。だが、言葉を失うほど驚いたのはシャワー室だった。ガラスと粘板岩と御影石でできた個室に、ダイヤルとノブと温度調節器が何列にも並んでいる。「どうしてバスルームに洗車場があるの？」

ジャックはわたしの脇を通り過ぎ、ガラスのドアを開けて中に入った。ノブを回してデジタル画面に表示された温度を調節すると、想像しうる限りあらゆる場所からシャワーが噴き出し、湯気が白い吹きだまりを作った。天井の三カ所からも、湯が雨のようにまっすぐ落ちてくる。

「入っておいで」湯が盛大に降り注ぐ音の間から、ジャックの声が聞こえてきた。

わたしはガラスのドアの前に行き、中をのぞき込んだ。ブロンズ色の引き締まったジャックの体に大量の湯が当たってきらめくさまは壮観だった。腹は太鼓の膜のようにぴんと張りつめ、背中には美しくつややかな筋肉が並んでいる。

「こんなことは言いたくないんだけど」からかうように言う。「もっと運動したほうがいいわ。あなたぐらいの年齢の男性は自分を甘やかしてはいけないのよ」

ジャックはにやりとし、自分のほうに来るよう手招きした。競うように噴出する湯の洪水に足を踏み入れたわたしは、あらゆる方向から押し寄せる熱に圧倒された。「溺れちゃうわ」口から湯を飛ばしながら言うと、ジャックは頭上のシャワーが直接当たる場所からわたしを引っぱり出した。「どれだけ水の無駄づかいをしてることか」

「エラ、ぼくがこのシャワーに一緒に入る女性はきみが初めてじゃない――」

「まあ、ショック」ジャックにもたれ、背中に石鹼をつけられながら言う。

「けど、水の無駄づかいを心配した女性は、間違いなくきみが初めてだ」

「使用量はどのくらい？」

「一分当たり三八リットル。多少の誤差はあるだろうけど」

「まあ、何てこと。急いで。ここに長居はできないわ。生態系全体のバランスを崩すことになってしまう」

「エラ、ここはヒューストンだ。誰も生態系のことは気にしていない」ジャックは文句を言うわたしを無視して体を洗い、髪をシャンプーしてくれた。それはあまりに気持ちがよく、わたしはようやく口をつぐんでじっとし、もくもくと立ち込める湯気の中、力強く器用な手に身を任せた。次に、わたしもジャックの体を洗った。泡立った胸毛にうっとりと指を絡め、男らしい質感のすばらしい体をなぞる。

それは、どこか非現実的な時間だった。控えめな照明に照らされ、全身の皮膚を湯にさらされながら、慎みなど入り込む余地のないむき出しの官能に包まれていく。ジャックはわたしにキスをし、濡れた唇で吸いつきつつ、手を太ももの間にすべり込ませ、長い指で優しくなぶった。わたしはあえぎながら、彼の肩に頰を押しつけた。

「初めてきみを見た瞬間から」ジャックは濡れそぼったわたしの髪に向かってささやいた。「きみのすべてがあまりにもかわいくて、自分を抑えるのがやっとだったよ」

「かわいい？」

「セクシーという意味でね」

「わたしはあなたのこと、いやなやつっていう意味でセクシーだと思ったわ。「あなた――」

ジャックの指が中に潜り込んできたので、視界がぼやけ、言葉につまった。「全然わたしのタイプじゃないから」

頭の上でジャックがほほ笑むのが感じられた。「本当か？　今はどう見てもぼくみたいなタイプに夢中じゃないか」彼はわたしの片膝を持ち上げ、糸杉材のシャワー用スツールに足を置いた。わたしは欲望にぐったりとして、ジャックにしがみついた。体がぴったり押しつけられ、情欲が二人の間を行き交う。ジャックは慎重に、熱心にわたしを開いていくと、自分自身をあてがい、つるりと奥まで入り込んだ。ヒップをつかみ、指を食い込ませる。しばらくの間、わたしたちはそのままでいた。わたしの体はぴくりとも動かず、ただ満たされ、支配されていた。


わたしは目をしばたたきながら、ジャックの濡れた浅黒い顔を見つめた。焦って満足感を求める気持ちはなく、ただこの瞬間をゆっくり味わっているのがわかる。ジャックがわたしの体をしっかり支え、緩慢な、うねるようなリズムで動くと、わたしのそこは彼のまわりで脈打った。自分が宇宙のただ一カ所の定点になった気がする。

ジャックが突き立てるたび、わたしは体を震わせて肩にしがみつき、彼はわたしをさらに引き寄せた。しだいに高まりゆく快感に、骨まで溶けてしまいそうだ。舌が首と耳を這い、熱い霧をなめ取っていく。わたしは身悶えし、ジャックの手の中でつるつるとしなやかに体をすべらせた。

ところが、何の前触れもなくそのリズムがとぎれた。ジャックの体は離れ、わたしは体を震わせ、当惑したまま取り残された。「だめよ」そう言って、彼にしがみつく。「待って、わたしはまだ……ジャック……」

ジャックは次々とノブをひねり、シャワーを止めていった。

「最後までいってないわ」戻ってきたジャックに、わたしはみじめな声で言った。

ジャックはふてぶてしくも笑った。両手でわたしの肩をつかんで、シャワー室の外に連れていく。「ぼくもだよ」

「じゃあ、どうしてやめたの?」心の中で、泣き言を言っている自分に言い訳をしていた。この状況では、どんな女でも泣き言を言うはずだと。

ジャックはふわふわした白いタオルを取り、手際よくわたしの体を拭いていった。「立ってセックスをすると、きみは危ないから。脚の筋肉に力が入らなくなってしまう」

「でも、立てていたわ!」

「かろうじてな」ジャックはわたしの髪をタオルでこすり、別のタオルを取って自分の体を拭き始めた。「エラ、わかってくれ……きみは水平になったほうが実力が出せるんだよ」タオルを脇に放り、わたしを寝室に引っぱっていく。一分と経たないうちに、わたしは軽々とベッドの上に放り出されていた。

マットの上で弾んだわたしは、驚いて金切り声をあげた。「何をするつもり？」

「急いで終わらせるつもりだ。一時まであと二〇分しかない」

わたしは顔をしかめ、濡れた髪を顔からかき上げた。「もっと時間があるときでいいわよ」

ところが、気づくとわたしは、九〇キロ近くはありそうな、高ぶった陽気な男性に覆いかぶさられていた。

「この状態では、ぼくはきみの部屋には行けない」ジャックは言った。

「それは残念」わたしはぴしゃりと言った。「じゃあ、ここで待ってるか、アカペラですといいわ」

「エラ」ジャックは誘うような声を出した。「シャワーの中で始めたことをここで終わらせよう」

「あそこで終わらせてくれればよかったのよ」

「きみが倒れて大けがをしたら困る。緊急救命室に運ばれたら、余韻が台なしだ」

わたしが笑うと、ジャックは柔らかく張りのある胸のふくらみに頰をつけた。硬くなった先端に熱い息がかかる。ジャックはゆっくりと唇を開き、薔薇色の部分を口に含んで、舌で円を描いた。わたしは彼の首に腕を回し、濡れた豊かな髪にキスをした。ジャックは乳首から口を離し、今度は指でつまんでそっとひねり上げながら、反対側の胸に口をつけ、わたしは腰を浮かせて彼の重みに押しつけた。まもなく、わたしの体は湯気が立ち上らんばかりになった。ジャックは豪華なビュッフェを前にしたかのように、わたしの体をくまなく探った。

いたるところに吸いつき、なめ、キスをし、見落としがないか確かめるように、体を持ち上げてはひっくり返した。わたしがうつ伏せになり、琥珀色のキルトを両手で握りしめていると、ジャックはわたしの腰をつかみ、高く持ち上げた。

「こうやってしてもいい？」ささやき声が聞こえる。

「ええ」わたしはあえいだ。「ええ、もちろん」

刺激的なジャックの重みが背後にかけられ、こわばった脚がそっと開かれる。彼が濡れたところに難なくすべり込んでくると、そのずっしりした感触に、うめき声がもれた。手が下から潜り込んできて、わたしが触ってほしいまさにその部分に向かった。

ジャックの体と手の甘美な板ばさみとなったまま、わたしは誘うようにヒップを突き出し、彼はめいっぱい奥まで貫いた。唇を背中につけ、背骨のてっぺんにキスをする。わたしが再び腰を突き出すのを待ってから、ジャックは刺し貫いた。わたしにリズムをゆだね、それに合わせて自分も動くつもりなのだ。わたしは背をそらしてあえぎながら、ジャックを受け入れ、駆り立てていき、彼はわたしに深く押し入る傍ら、指でそこを優しくもてあそび、刺激を加えた。押し寄せる快感は一つになり、もはや別々の部分から来ているとは思えなくなった。わたしは頭の近くに置かれている筋肉隆々の手首と、太ももの間にある手首をつかんで押さえ、そのまま頂点を迎えた。絶頂感は激しく、耐えきれないほどで、終わったかと思うたびに、またなまめかしい衝撃が走った。やがて、ジャックが身を震わせ、わたしの中に熱いものをどくどくと放出するのが感じられた。

しばらくして息が整うと、ジャックは悪態をついた。わたしは顔を上掛けに押し当て、震える笑い声を押し殺した。彼の気持ちがよくわかったからだ。ごくありふれた行為がまったく新しいものになり、わたしたち二人ともがそれを受け入れた、そういう感覚があった。

不格好に服を身につけたわたしたちは下の部屋に下り、ジャックはベビーシッターに超過料金を払った。彼女はわたしたちの身なりが乱れていることには気づかないふりをしてくれた。ルークが眠り込んでいるのを確認すると、わたしはジャックに、ここに泊まってもいいわよ、ただしルークに起こされると思うけど、と言った。

「構わないよ」ジャックは答え、靴を脱ぎ散らかした。「どっちにしても、ぐっすり眠るつもりはないから」ジーンズとTシャツを脱ぎ、ベッドに入って、わたしがパジャマに着替える様子を見つめる。「それは着なくていいよ」

真鍮の頭板にもたれ、頭の後ろでゆったりと手を組んでいるジャックを見て、わたしは笑みをこぼした。たくましく、日に焼けたジャックの男らしさは、フリルのついたアンティークの生地とレースに囲まれると、ひどく場違いだった。

「裸で寝るのは好きじゃないの」わたしは言った。

「どうして？　そのほうが似合うのに」

「備えておきたいのよ」

「何に対して？」

「緊急事態が起こるかもしれないでしょう。火事とか、いろいろ……」

「おいおい、エラ」ジャックは笑い声をあげた。「こういうふうに考えてみてくれ。裸で眠るほうが環境にいいって」

「ちょっと、やめてよ」

「いいじゃないか。地球に優しい睡眠をとろう」

わたしはジャックの言い分には耳を貸さず、Tシャツとペンギン柄のボクサーショーツでベッドに入った。ナイトテーブルに手を伸ばし、ランプを消す。

しばらく沈黙が流れたあと、みだらなささやき声が聞こえた。「かわいいペンギンだ」

わたしがジャックに背中をすり寄せると、膝の裏に彼の膝が押し当てられた。「あなたが普段つき合う女性は、ベッドに入るときにボクサーショーツははかないんでしょうね」

「ああ」ジャックの手がヒップに置かれた。「何か身につけるとしたら、透け透けのネグリジェのようなものだ」

「着る意味がわからないわね」わたしはあくびをし、ジャックのぬくもりに体を預けた。

「でも、あなたが着てほしいって言うなら、いつか着てあげるわ」

「どうだろう」ジャックは考え込むように言った。ヒップをぐるりとなで回す。「どうやら、ぼくはこのペンギンに惚れてしまったみたいだ」

ああ、とわたしは思った。あなたとの会話を愛してる。だが、口には出さなかった。男性に〝愛してる〟という言葉を使ったことは一度もなかったからだ。

17

わたしは不安な気持ちで一人目覚め、起き上がって目をこすった。不安だったのは、ブラインドの隙間から明るい光が差し込んでいたからだ。赤ん坊の泣き声は一度も聞いていない。ルークがこんなに長く眠ったことはなかった。

わたしは電気に打たれたようにベッドから跳び出し、居間に駆け込んだが、絶壁の端まで行って震えるアニメのキャラクターのようにぴたりと足を止めた。

テーブルに飲みかけのコーヒーが置かれている。ジャックはジーンズとTシャツ姿でソファに座り、ルークを胸に抱いていた。二人でニュースを見ている。

「ルークに合わせて起きてくれたのね」わたしはぼんやりと言った。

「きみを寝かせてあげようと思って」ジャックは黒っぽい目でわたしの全身を眺めた。「昨日の晩はぼくが疲れさせてしまったから」

わたしは二人の上に覆いかぶさった。キスをすると、ルークは歯茎を見せて笑った。

ルークが夜中に一度目を覚ましたとき、ジャックは自分も起きると言ってくれた。わたしがおむつを替えている間に、彼は哺乳瓶を温め、ルークがミルクを飲み終えるまでそばについていてくれた。

　ベッドに戻ると、ジャックは巧みに身を寄せてきて、わたしを愛撫した。唇を開いてわたしの全身を這い回り、舌でなめ、突いて、長時間にわたって緻密な責め苦を与えた。体を持ち上げ、いろいろな向きにして、わたしが想像もしていなかった体位で交わった。ジャックの愛の営みは精力的で、創造性に富んでいて、わたしの主張でようやく行為は終わった。疲れきり、満ち足りたわたしはその後、身じろぎもせず眠りこけた。

「こんなに遅くまで眠らせてもらったのは久しぶり」真剣な口調でジャックに言う。「わたしにとっては何よりもありがたいことよ」自分のコーヒーを注ぎに行った。「慢性的な睡眠不足だったの。昨日の晩は言葉にできないくらい最高だったわ」

「睡眠とセックス、どっちがだ？」

　わたしはにっこりした。「セックスよ、もちろん……でも、僅差ね」

「お母さんに子守をしてもらうわけにはいかないのか？」

　わたしはコーヒーに入れたクリームをかき混ぜた。「母の機嫌が良くて、誰かと会う約束がない日なら、頼めばやってくれるでしょうね。でも、そういう頼み事をすると、うんざりするほどの感謝を求められるの。一生かかっても返しきれない借りを作ったみたいに。それに……母にはルークを安心して預けられないわ」

　ジャックはソファに戻ってくるわたしをじっと見ていた。「ルークを傷つけるかもしれないってことか？」

「ううん、身体的にっていう意味じゃないの。わたしもタラも殴られたりはしなかった。ただ、母はドラマのヒロイン気取りで、声を荒らげることが多いの。そのせいで、わたしは今も誰かに大声を出されることが苦手なくらい。だから、それをルークの前でしてほしくないの。あと、基本的にわたしは母と二人きりにはなりたくないから、ルークを同じ目に遭わせたくないし」コーヒーテーブルにマグカップを置き、ルークに手を伸ばした。「いい子ね」もぞもぞ動く温かな体を自分の胸に引き寄せる。ジャックを見てたずねた。「あなたは大きな声を出すことはある？」

「アメフトの試合を見ているときくらいだ。いや、違うか……建設業者に向かって叫ぶこともあるな」ジャックは身を乗り出し、わたしのこめかみにキスをした。髪に手を差し入れ、軽く頭をつかむ。「今日の予定は？」

「特にないわ」

「ぼくと一緒に過ごさないか？」

わたしは即座にうなずいた。

「きみとルークをコンロー湖に連れていきたい」ジャックは言った。「ボートがあるんだ。前もってマリーナに連絡しておけば、ランチボックスも用意しておいてくれる」

「ルークをボートに乗せて大丈夫なの？」わたしは不安げにたずねた。

「ああ、船室にいれば安全だ。デッキに出るときはライフジャケットを着せればいいし」

「この子のサイズのライフジャケットなんてあるの？」

「マリーナで借りよう」

コンロー湖は都心から六五キロほど北上したところにあり、ヒューストン市民の非公式の遊び場といったところだ。湖は全長約三三キロ、上空から見るとさそりに似た形をしていて、湖岸の三分の一はサム・ヒューストン国立森林公園と接している。残りの沿岸部には高級住宅地が広がり、二〇以上ものゴルフコースがある。わたしは実際にコンローに行ったことはないが、水彩画のように美しい夕陽が見られること、贅沢なリゾート施設や高級レストランが立ち並んでいること、世界有数のバス釣りポイントであることは知っていた。

「ボートも釣りも経験がないわ」北に向かう車の中で、ジャックに言った。「できるだけ努力はするけど、わたしが浮力的に問題があることは忘れないでね」

ジャックはにやりとして、SUVの前部座席の間にあるカップホルダーに携帯電話を置いた。黒の縁なしのパイロット風サングラスをかけ、サーフパンツをはき、洗いたての白のポロシャツを着た彼は、セクシーな生命力を発散している。「進水はボート係が手伝ってくれる。きみはただ、楽しめばいいんだ」

「それならできるわ」今まで感じたことのない迫りくる高揚感に、わたしは胸を躍らせていた。車のシートでじっとしているのも難しいくらいで、夏休み前の最後の日、あと五分で教室を出られる子供のように、体がひとりでに動き出しそうだった。生まれて初めて、どこよりも行きたい場所に、誰よりも一緒にいたい人といられる気がした。わたしは後部座席を振り返り、後ろ向きに取りつけられたルークのチャイルドシートに目をやった。

「ルークの様子を確かめないと」わたしは言い、シートベルトをゆるめようと手を伸ばした。

「大丈夫だよ」ジャックは言い、わたしの手を押さえた。「エラ、後ろに身を乗り出すのはやめろ。シートベルトをして座っていたほうが安全だ」

「ルークの姿が見えないと落ち着かないの」

「いつになったら前を向かせられるんだ？」

「早くとも一歳になってから」幸せな気分が少し陰った。「そのときはもう一緒にはいられないわね」

「最近、タラから連絡は？」

わたしは首を横に振った。「明日電話してみる。あの子の近況も知りたいし、ルークの様子も伝えたいし」考え込むように言葉を切る。「実を言うと、タラがルークにあまり興味を示さないことに驚いてるの。元気にしてるかどうかは知りたがるんだけど、細かいこと……ちゃんとミルクを飲んでるかとか、眠ってるかとか、どのくらい首が据わってきたかとか、そういうことは気にならないみたいなのよ」

「ルークを産む前は、赤ん坊には興味はあったのか？」

「まさか。わたしたち二人とも苦手だったわ。ほかの人に自分の赤ちゃんの話をされると、どうしようもなく退屈だった。でも、自分の子となると話は別よ」

「タラは結びつきを感じる前に、ルークと離れてしまったからかもしれないな」

「そうかもね。でも、わたしはルークの世話を始めて二日目にはもう――」言葉を切り、顔を赤らめる。

ジャックはさっとわたしを見たが、目は暗いレンズの向こうに隠れている。その声はとても優しかった。「ルークのことを愛し始めていた？」

「ええ」

ジャックは親指でそっとわたしの手の甲に円を描いた。「どうしてそんなに気まずそうな顔をするんだ？」

「気まずいわけじゃないわ。ただ……そういうことを簡単に口にできるほうじゃなくて」

「コラムにはいつもそういうことを書いてるじゃないか」

「ええ、でもあれは自分の感情とは関係がないから」

「罠にかかったような気がするのか？」

「ううん、罠だとは思わない。でも、物事のじゃまになるわ」

ジャックがほほ笑んだのがわかった。「愛が何のじゃまになるっていうんだ？」

「例えば、わたしがデーンと別れたときのことよ。わたしたちが愛してると言い合う仲になっていたら、もっと面倒でややこしいことになっていたでしょうね。でも、そうじゃなかったから、割とすんなり離れられたの」

「きみはいずれルークと離れなきゃいけない。愛してると言わないほうがいいかもしれないね」

「ルークは赤ちゃんよ」わたしはむっとして言った。「誰かが愛してると言ってあげないと。

この世に生まれてきたのに、誰にも愛してるって言われないなんていやでしょう？」

「ぼくは両親に一度も言われたことがないよ。言葉にすると愛がすり減ると思ってるんだ」

「でも、あなたの考えは違うのね？」

「ああ。実際にその感情が存在するなら、認めればいい。言葉にすることで、あるいはしないことで、何かが変わったりはしないよ」

　空気が揺らいで見えるほど暑い日だった。マリーナは混雑していて、古びた灰色の桟橋が何百もの足に踏まれてきしんでいる。若い男性は上半身裸にショートパンツ、若い女性はひもと小さな布きれでできた水着に身を包み、大人の男性は〝黙って釣ってろ《シャット・アップ・アンド・フィッシュ》〟や〝おれのバスにキスをしな《キス・マイ・バス》〟というキャッチフレーズの入ったTシャツを着ていた。年配の男性はポリエステルのショートパンツに、胸の両側に縦に刺繍の入ったキューバ風のシャツ、年配の女性はキュロットにトロピカルカラーのシャツを着て、大きなつばのついた帽子をかぶっている。逆毛を立てて髪をふくらませ、スプレーで固めている女性は、頭にサンバイザーをつけ、その上からもっこりと髪をかぶせていた。

　あたりには水と藻の匂いが漂い、そこにビールとディーゼル油、釣餌、日焼け止めのココナッツの匂いが混じっている。飼い主が見当たらない犬が一匹、マリーナと桟橋の間をせわしなく走り回っていた。

　マリーナに入ると、赤と白の服を着たボート係が飛んできて、温かくわたしたちを迎えてくれた。係員はジャックに、ボートは燃料の補充も清掃もバッテリーの充電も終わっていて、食べ物と飲み物も積み込んであり、今すぐにでも出発できると告げた。「赤ん坊のライフジャケットはどうなった？」そうジャックがたずねると、在庫があったのでそれも積んでおいたと答えが返ってきた。

ジャックのボートの船尾梁には、〈最後の一振り《ラスト・フリング》〉という船名が染め抜かれていた。ボートはわたしの想像より二倍は大きく、全長一〇メートルはあるしゃれた白い船で、そのままショールームに展示されていてもおかしくなかった。ジャックはわたしが船尾梁のドアを入るのに手を貸し、船内をざっと案内してくれた。個室とバスルームが二つずつ、こんろとオーブンと冷蔵庫と流しのついた調理室、つやつやした木工細工と高価な織物と薄型テレビが揃った主食堂があった。

「すごい」わたしはぼうっとなりながら言った。「屋根つきの船室があると聞いたときは、椅子が二脚にビニールの窓がついた程度の部屋だと思ったわ。これじゃボートというよりクルーザーね」

「一般には〝ポケットクルーザー〟と言われてる。便利な多目的ボートだ」

「おかしな言い方ね。ポケットマネーやポケットティッシュならわかるけど、クルーザーをポケットに入れることはできないわ」

「ぼくのポケットの中身についてはあとで話し合うとして、まずはルークにライフジャケットを着せてみよう」

〈ラスト・フリング〉はゆっくりした速度で、静かに、揺れもなく、暗く青い水面を力強く進んでいった。わたしは二つある操舵装置の一つがついた最上船橋で、船長席の隣にあるクッションつきの幅広のベンチシートに腰かけていた。ルークは浮き用の丸っこい大きな襟のついた、青いナイロンのライフジャケットにくるまれている。見た目よりも着心地がいいのか、初めてのボートで耳にする音や感じるものに気を取られているのか、驚くほどおとなしい。わたしはルークを膝の上に抱き、両脚をベンチに伸ばした。

ジャックは湖をぐるりと回りながら、住宅や小さな島、鯰《なまず》を狩る白頭鷲を指さし、わたしは梨の味がするよく冷えた白ワインを飲んだ。晴れた日にボートに乗ることでしか得られない心地よさに圧倒される。空気は湿っていて肺に快く、生ぬるい風がたえず吹き抜けていった。

やがてボートは、まだ湖岸が開発されておらず、生い茂る松とヒマラヤ杉の日陰になった入り江に停泊した。わたしは巨大なピクニックバスケットを開けた。そこには、クリーム蜂蜜の瓶と、ぱりぱりの白いバゲット、円盤状の真っ白な山羊のチーズがいくつかと、火山灰が細い線状に入ったハンボルト・フォグ（カリフォルニア州ハンボルト郡で作られる山羊のチーズ）の楔形のスライス、サラダの容器、本格的なサンドウィッチ、車のホイールキャップほどの大きさがありそうなクッキーが入っていた。わたしたちは時間をかけて食事をし、ワインを一瓶空け、ルークにミルクを飲ませておむつを替えた。

「お昼寝の時間ね」わたしは言い、眠そうなルークを抱き上げた。エアコンの利いた船室に入り、一階にある個室の一つに連れていく。二段ベッドの真ん中にそっとルークを寝かせた。ルークはわたしのほうを向いてまばたきをしたが、その動きは徐々に遅くなっていき、やがて眠りが訪れた。「いい夢を見るのよ、ルーク」わたしはささやき、頭にキスをした。

立ち上がって背筋を伸ばし、ジャックのほうを向くと、彼は戸口のそばで待っていた。肩を壁につけ、両手をポケットに入れて立っている。

「おいで」ジャックは言った。暗がりで聞くその声に、肌に快い震えが走る。

ジャックはわたしをもう一つの個室に連れていった。涼しくて薄暗く、磨かれた木材と新鮮な空気と、少しだけディーゼル油の匂いがした。

「お昼寝していい？」わたしはたずね、靴を脱いでベッドに這い上がった。

「好きにしていいよ」

わたしたちは横向きに寝そべって向かい合った。肌から熱が発散され、汗が乾いていくにつれて、塩の匂いが残る。ジャックはわたしをじっと見つめた。わたしの横顔に手をやり、中指の先で眉尻と頬骨の軽い起伏をなぞる。没頭しきったその様子は、壊れやすく希少な遺物を発見した探検家のようだ。わたしは悪魔のように執拗なその手を、昨夜自分に触れたあの親密な手つきを思い出し、薄闇の中で顔を赤らめた。「あなたが欲しい」ささやくように言う。

ジャックがゆっくり服を脱がし始めると、全身の感覚が研ぎ澄まされていった。つんと立った乳首が口に含まれ、舌がなだめるように円を描く。腰のくびれに手が伸びてきて、背筋の感じやすいくぼみが愛撫されると、全身に閃光が走るのがわかった。

ジャックも服を脱ぎ、なめらかな、信じられないほど力強い体をあらわにした。彼は何度もあられもない体勢をとらせ、そのたびにわたしはむき出しに、無防備になっていった。口と手で全身を探られているうちに、息に荒いあえぎ声が混じる。ジャックは両手首をマットレスに押しつけ、わたしを見下ろした。わたしはうめきながら腰を浮かせ、つかまれた腕を突っ張らせてじっと待った。

低いところにずっしりと入り込んでくるものを感じ、わたしはあえいだ。ジャックの体が覆いかぶさると、やがて中も外もこすられる感覚にとらわれた。曲線を描く白い肌に硬い肉体が、冷えた部分に熱が重なる。一突きされるごとに、肌に衝撃が伝わり、体に火がついた。ジャックは息を切らしながら動きを止めて、絶頂の手前で踏みとどまり、行為を長引かせようとした。手首から手を離し、じれったくなるほどていねいに両手の指をわたしの指に絡めていく。

わたしは続けてほしくて腰を突き出したが、ジャックは鋭く息を吸い込み、そのまま持ちこたえようとした。だが、わたしが何度も突き上げて先をうながすと、ついに彼も自制を失い、深くしっかりと突き始めた。すすり泣きのようなわたしの声を、味わうかのごとく口で受け止める。わたしは腕を上げることができない代わりに、脚をジャックの背中に巻きつけた。ジャックは歯を食いしばって何度も自らをうずめ、快感を駆り立てていった。ついにわたしがそこを長々と、なめらかに痙攣させると、ジャックも頂点に達し、わたしの喉元で喜びのうなり声を発した。

終わったあと、二人は一緒に横たわっていた。手足は絡み合い、わたしの頭はジャックの肩にのっている。デーンではない男性と一緒に寝るのは、何とも不思議な感じだった。何よりも不思議なのが、それがごく自然に思えることだ。デーンが言っていたことが思い出される。自分は世間一般の男女関係を持つつもりはないが、わたしがジャックとそういう関係を築きたいならそうすればいい、というあの言葉だ。

「ジャック」わたしは眠たげに言った。

「何だ?」ジャックの手がゆっくりとわたしの髪をすいた。

「わたしたちは世間一般の男女関係を持とうとしてるのかしら?」

「きみとデーンとの関係とは違って、ということか? ああ、そう言って差し支えないと思う」

「つまり……それは二人の間に独占契約を結ぶようなもの?」

ジャックはためらっていたが、しばらくして言った。「ぼくはそれを望んでいる。きみはどうなんだ?」

「こんなに早く関係が進んでいくのは不安な気がするわ」

「直感はどう言ってる?」

「最近、直感さんとはあまり話をしていないの」

ジャックはにっこりした。「ぼくの直感はたいていの場合、正しいことを言ってくれる。

今は、これはいいことだと言ってるよ」わたしの背骨をなぞり、指先で鳥肌を立てていく。「きみとぼくの間だけで始めてみよう。ほかの人や、無関係なものは巻き込まない。どんな感じになるかやってみるんだ。どうだい？」

「わかったわ」わたしはあくびをした。「でも最初に言っておくけど、わたしはあなたと真剣につき合うつもりはないから。この関係に未来はないわよ」

「眠って」ジャックはささやき、上掛けを引き上げてわたしの肩をすっぽり覆った。

わたしはこれ以上目を開けていられなかった。「ええ、でも今のは聞こえ――」

「聞こえたよ」ジャックの腕の中で、わたしは眠りに落ちた。


メイン通り一八〇〇番地に戻り、留守番電話に残されていたメッセージを聞いたとたん、くつろいだ気分はあとかたもなく吹き飛んだ。タラが三度電話をよこしていて、一回ごとにいらだちを増した口調で、何時になってもいいから連絡をくれるようにと言っていたのだ。

「わたしたちがマーク・ゴットラーと会った件だわ」わたしはむっつりと言った。ジャックはキャリアを下ろし、ルークを肩に抱き上げていた。「あの取り決めのことよ。間違いない。あの人がタラに何か言うんじゃないかとは思っていたの」

「ゴットラーと会ったことはタラに言ったのか？」

「ううん、そのことでタラを混乱させたくなかったから。今は落ち着きを取り戻さなきゃいけない時で……傷つきやすい状態だから……。もしタラを動揺させるようなことを言ったのなら、ゴットラーを殺してやるわ」

「すぐにタラに電話して事情を聞くんだ」ジャックは冷静に言い、ルークをおむつ替え用テーブルに連れていこうとした。

「おむつが汚れてるの？　わたしがやるわ」

「エラ、妹さんに電話するんだ。大丈夫、鹿の解体ができるんだから、おむつを替えるくらいわけないさ」

わたしはジャックに感謝の視線を送ってから、タラに電話をかけた。

二度目の呼び出し音でタラは出た。「もしもし？」

「タラ、わたしよ。今、留守電を聞いたの。調子はどう？」

タラの声はガラスを割る音のようだった。「マークが電話してきて、お姉ちゃんの企みを知るまでは絶好調だったわよ」

わたしは深呼吸した。「マークがそのことであなたに迷惑をかけたなら申し訳ないわ」

「そもそも自分がそんなことをしたのを申し訳ないと思ってほしいわ！　お姉ちゃんだって間違ったことをしてるのはわかってるはずだし、わたしに何か言ってくれてもよかったじゃない。どうなってるの？　しかも、ジャック・トラヴィスを引きずり込むなんて、どういうつもり？」

「ジャックとは仲良くなったの。応援としてついてきてくれたのよ」

「ジャックの時間、それにお姉ちゃんの時間も無駄になって残念ね。そんなことをしても何の意味もないんだから。わたしは契約にはいっさいサインしないわ。お姉ちゃんの助けは、しかもそういう種類の助けは必要ない。どれだけわたしに恥をかかせたかわかってる？　どんなにまずいことをしたかわかってるの？　これ以上お姉ちゃんが余計な口出しをして、首を突っ込んできたら、わたしの人生は台なしよ」

わたしは黙って呼吸を整えようとした。タラが怒ったときの口調は母に似すぎている。「何も台なしになんかならないわ」ようやくわたしは声を発した。「わたしはあなたに頼まれたとおり、ルークの世話をしているだけ。それと、あなたに権利のある援助を得られるよう努力してるだけよ」

「マークは援助するって約束してくれてるの。弁護士を立てる必要なんかないのよ！」

わたしはタラのばか正直さに仰天した。「自分の奥さんを裏切るような男の約束をどれだけ信用できるっていうの？」

タラが憤慨して息を荒らげるのがわかった。「お姉ちゃんには関係ないでしょ。これはわたしの人生なの。もう二度とマークとは話をしないで。お姉ちゃんは状況をまったくわかってないんだから」

「あなたよりはずっとよくわかってるわ」わたしは冷ややかに言った。「聞いて、タラ……あなたには保護が必要なの。保障のある援助が必要なの。マークからわたしたちの交渉の中身は聞いた？」

「いいえ。聞きたくもない。わたしにはマークとの約束があるし、それでじゅうぶんなの。

お姉ちゃんがどんな契約書を見せてきても、わたしは破り捨てるわ」

「話し合いの内容を少しでも説明させてもらえない?」

「断るわ。お姉ちゃんの話には興味がない。生まれて初めて、ようやく自分が欲しいものが手に入るっていうのに、お姉ちゃんは文句をつけて、おせっかいを焼いて、すべてを台なしにしようとしてる。お母さんと同じよ」

わたしはひるんだ。「わたしはお母さんとは違うわ」

「違わない! お母さんと同じで嫉妬してるのよ。わたしのほうがきれいだし、赤ちゃんもできたし、お金持ちの恋人もいるから」

その瞬間、人は本気で怒ると、目の前が真っ赤になることを知った。「タラ、大人になりなさい」たたきつけるように言う。

ガチャン。

沈黙。

わたしは手の中で通話の切れた電話を見つめた。打ちひしがれ、がっくりとうなだれる。

「ジャック」

「どうした?」

「今、わたし、メンタルヘルスクリニックにいる妹に〝大人になりなさい〟って言っちゃったわ」

ジャックは清潔なおむつを身につけたルークを抱いて、わたしのほうにやってきた。穏やかな、笑い混じりの声で言う。「聞こえたよ」

わたしはぼんやりとジャックを見上げた。「マーク・ゴットラーの番号はわかる？　電話しないと」

「ぼくの携帯電話に入ってる。使ってくれて構わないけど」ジャックはつかのま、探るようにわたしを見た。「この件はぼくに任せてもらえないかな？　きみの代わりに電話してもいい？」

わたしはその申し出について考え、自分でもゴットラーと渡り合う自信はあったが、この種のことはまさにジャックの得意分野だと思い直した。それに、今は助けを得られるのがありがたかった。そこで、うなずいた。

ジャックはルークをわたしに渡し、財布と鍵と携帯電話が放り出されたテーブルに向かった。二分後には、ゴットラーを電話口に呼び出していた。

「こんにちは、マーク。お元気ですか？　良かった。ええ、その件は問題ないんですが、ちょっと困ったことがありまして、この際はっきりさせておきたいと思いましてね。エラがさっきまでタラと電話していて……例の話し合いのこと、取り決めのことです……ええ。エラはかなり不満のようでした。実を言うと、ぼくも不満なんですよ。機密事項であることを条件に入れるべきでした。でも、まさかあなたが口外するとは思わなくて」ジャックは言葉を切り、耳をすました。「マーク、あなたの意図はわかっていますよ」その声は静かだったが、辛辣だった。「おかげで、姉妹は同じ浴槽に入れられた二匹の猫みたいにいきり立っています。タラが何を望もうと、今はこの種の判断を下せる状態にはありません。彼女が契約書にサインをするかどうか、するならいつになるのか、その点は心配ご無用です。あなたはこちらの弁護士から書類を受け取りしだい、スタッフに目を通させて、サインして送り返していただければいいんです」しばらく耳を傾ける。「エラにこの役を頼まれたから、それが理由です。あなたが普段この手のことをどう処理なさっているかは知りませんが……ええ、そういう意味ですよ……。要するに、ぼくがこんなことをするのは、タラとルークの権利を守るためです。われわれが話し合い、合意したものを、二人に与えてやりたいからです。ヒューストンでトラヴィス家の人間を敵に回すのがどういうことかはおわかりですよね。いえいえ、もちろん脅しなんかじゃありません。ぼくはあなたのことを友人だと思っていますし、あなたも人の道に外れることをするはずがない。ですから、今後二カ月間のこの件の進め方を明確にしておきましょう。タラには二度とこの話をしないと約束してください。契約を結ぶに当たって、何かこちら側に不利になることをなさるおつもりでしたら、あなたのほうはそれ以上に面倒な立場に陥ることになります。お互いに避けたい事態ですよね。次にこの件についてお話しになりたいことがあれば、ぼくかエラにご連絡ください。クリニックを退院できる程度に回復するまで、タラは蚊帳の外に置いておきましょう。ですね。おっしゃるとおりです」ジャックは三〇秒ほど満足げな顔で耳を傾けたあと、いとまのあいさつをし、携帯電話をぱちんと閉じた。

わたしを見て、反応を期待するかのように眉を上げる。

「ありがとう、ジャック」胸の中で張りつめていたものがほぐれるのを感じながら、わたしは静かに言った。「ちゃんと話を聞いてくれてるようだった？」

「ちゃんと聞いてくれてたよ」ジャックはソファに腰を下ろしたわたしに近づいてきて、しゃがんで顔をのぞき込んだ。「大丈夫だ。これ以上、一分たりとも心配する必要はない」

「わかったわ」わたしは手を伸ばし、黒っぽい彼の髪をなでた。妙に気恥ずかしい気持ちでたずねる。「今晩も泊まってくれる？　それとも――」

「泊まる」

わたしは皮肉めいた笑みを浮かべた。「考える時間はいらないの？」

「じゃあ」ジャックは考え込むように目を細めたあと、すかさず言った。「泊まるよ」

18

それから一カ月間、わたしたちはほぼ毎晩一緒に眠り、週末もずっと一緒に過ごしたが、それでもわたしはジャックに会い足りない気がした。

子供のころにもなかったほど無邪気に笑ったり遊んだり、自分が自分ではないような気がする瞬間もたくさんあった。幹線道路沿いの安酒場に行ったとき、ジャックはわたしをビールやテキーラでべとつく木張りのダンスフロアに連れ出し、ツーステップを教えてくれた。

屋内の蝶園に行ったときは、色とりどりの羽が紙吹雪のようにわたしたちのまわりを舞った。「きみのことを花だと思ってるんだ」一匹の蝶がわたしの肩に止まったのを見て、ジャックは耳元でささやいた。

ジャックはルークとわたしを美術品と花の市場に連れていき、手作りの石鹸のつまった大きなバスケットと、とろけそうなほど熟れたフレデリックスバーグ産の桃のバケツを二つ買ってくれた。その一つを帰りにジャックの実家に持っていき、一時間ほど滞在して、チャーチルに連れられて裏庭に最近作られた練習用グリーンを見に行った。

わたしがゴルフをしたことがないと知ると、チャーチルはその場でパットの手ほどきを始めた。下手なことを今から趣味にするつもりはないとわたしが言うと、世の中には下手でも楽しめるものが二つあって、ゴルフはその一つだと彼は言った。もう一つは何かとたずねようとすると、ジャックはうなりながら首を横に振り、わたしをその場から連れ出した。だが、またエラを連れてくるようにというチャーチルの言葉にはうなずいていた。

ジャックとともにかしこまった場所に行くこともあった。ヒューストン交響楽団のチャリティイベントや、画廊のオープニング式典、一九二〇年代の教会を改装した光のたっぷり入るレストランでの食事などだ。ほかの女性がジャックに接するときの浮ついた思わせぶりな態度に、わたしは興味を引かれ、またいらだちも感じた。ジャックは礼儀正しくも冷ややかに応じていたが、それが逆に相手を駆り立てるようだった。そしてわたしは、独占欲が強いのはジャックだけでないことを思い知った。

週末の午後、ルークの世話をベビーシッターに任せ、ジャックの部屋で過ごす時間も最高だった。わたしたちは何時間も一緒に寝そべり、おしゃべりをしたりセックスをしたり、時にはその両方を同時にした。ジャックは独創性と技巧に長けていて、わたしを新たな官能の高みに導いては、慎重に現実に引き戻した。日に日に、自分でもうまく説明できない方向に、自分が変わっていくのがわかった。ジャックと近づきすぎていることはわかっていたが、それを止める方法は思いつかなかった。

気づくとわたしはジャックに自分の過去のこと、これまでデーンにしか打ち明けたことのない、口にすると目に涙があふれ、声がひび割れるような記憶について、洗いざらい話していた。ジャックはわかったふうなことも気の利いたことも言おうとせず、黙ってわたしを抱きしめ、体のぬくもりで落ち着かせてくれた。それはわたしが何よりも必要としていたことだった。けれど、ジャックと一緒にいるとしょっちゅう、相反する二つの欲望に引き裂かれそうになった。強烈に彼に惹かれながらも、どんなに薄くとも自分のまわりの壁を崩すわけにはいかないと思うのだ。だが、ジャックは憎らしいほどに察しが良く、わたしに何かを無理強いすることはなかった。その代わり、優しく、力強く、たえずわたしを誘惑し続けた。セックスと、愛嬌と、鋼のような粘り強さで。

ある日の午後、水浴びでもしてゆっくりしようということで、ジャックはわたしとルークをタングルウッド地区にあるゲイジとリバティの家に連れていってくれた。ジャックはゲイジの手伝いで、しばらくガレージで海水用小型ボート作りをすることになりそうだとのことだった。それはもともと、生まれたときからリバティが育てている一一歳の妹、キャリントンが始めたことだった。ゲイジがその小型ボート作りを手伝っているのだが、完成のためにはあと一人人手が必要だというのだ。

タングルウッド地区はガレリアの商圏内に位置している。住宅の建坪は全体的にリバーオークスよりは小さめで、メインの大通り沿いにオーク並木と広い歩道が続き、ベンチが並んでいる。ゲイジとリバティは、今では珍しい五〇年代の〝だだっ広い農家《ランブリング・ランチ》〟がぼろぼろになって残る土地を買い、石灰岩と化粧しっくいと黒の粘板岩の屋根が特徴的なヨーロピアン・

られたかのように見えた。

スタイルの家を新たに建てていた。玄関は二階建ての円形広間になっていて、錬鉄の手すりのついた階段が曲線状に延び、二階の円形バルコニーにも鉄細工が施されている。全体的に落ち着いた雰囲気があり、適度に使い込まれた快い質感が出されていて、何世紀も前に建てられたかのように見えた。

リバティは玄関でわたしたちを迎えてくれた。髪をポニーテールにし、ほっそりしているが曲線的な体に品のいい黒い水着をつけ、切りっぱなしのデニムのショートパンツをはいている。ビーチサンダルには、スパンコールがちりばめられた造花がついていた。リバティには〝健全なエロティックさ〟としか言いようのない独特の雰囲気が、知的でありながらセクシーな感じの良さがあった。

「すてきなサンダルね」わたしは言った。

リバティは古くからの家族ぐるみのつき合いの友人のように、わたしをハグした。「妹のキャリントンがサマーキャンプで作ってくれたの。あとで紹介するわ」爪先立ってジャックの頬にキスをする。「あら、誰だったかしら? 最近見ない顔ね」

ジャックはリバティに向かってほほ笑みながら、ルークを肩に抱き上げた。「忙しくて」

「そう、良かった。忙しくしていれば面倒を起こさずにすむもの」リバティはジャックからルークを抱き上げた。「忘れがちだけど、みんな最初はこんなに小さいのよね。エラ、かわいい赤ちゃんね」

「ありがとう」わたしは誇らしさでいっぱいになった。まるで、ルークがタラではなく自分の子供であるかのように。

広間に新たに二人の人物が入ってきた。背が高い黒髪の男性はリバティの夫ゲイジ、そして金髪の少女はキャリントンだろう。リバティにはまったく似ておらず、両親のどちらかが違うことが察せられた。

「ジャック！」キャリントンは叫び、おさげ髪を振り乱しながら、華奢な脚で突進してきた。

「大好きなジャックおじさま」

「ボート作りの手伝いをしてやるって言ってるのに」キャリントンにタックルを食らわされ、ジャックは恨めしそうに言った。

「楽しいわよ！　ゲイジは指をはさんだときに悪い言葉を言ったし、あたしにコードレスのドリルを使わせてくれるし、あたしは金槌で舟べりに釘を――」

「コードレスのドリルですって？」リバティはきき返し、心配と非難の入り混じった目でゲイジを見た。

「上手に使えてたよ」ゲイジはにっこりし、手を差し出してわたしと握手をした。「やあ、エラ。相変わらず男の趣味が悪いね」

「エラ、ゲイジに何を吹き込まれても信じるんじゃないぞ」ジャックが言った。「ぼくは今も昔も天使なんだから」

ゲイジは鼻で笑った。

リバティはゲイジの手を見ようとしていた。「どの指をけがしたの？」

「たいしたことないよ」ゲイジが親指を見せると、リバティは顔をしかめ、傷跡になり始めている爪の一部をまじまじと見た。うつむいた妻の頭に目をやったとたん、ゲイジの表情が変わったのを見て、わたしははっとした。目が優しい色を帯びている。

ゲイジの手をつかんだまま、リバティは妹を見た。「キャリントン、こちらはミス・ヴァーナーよ」

キャリントンはわたしの手を握って笑いかけ、二本抜けた前歯を見せた。磁器のような肌に空色の目をしている。今まで仮面でもつけていたかのように、鼻梁と額にうっすらピンクの痕がついていた。

「エラと呼んでね」わたしはリバティをちらりと見てからつけ加えた。「とりあえず、保護めがねはつけていたみたいよ」

「どうしてわかったの？」キャリントンは感心半分、驚き半分にたずねた。だが、わたしが答えるより先にルークに気づいた。「わあ、すっごくかわいい！　抱っこしていい？　あたし、赤ちゃんを抱くのは得意なの。いつもマシューのお世話を手伝ってるから」

「あとで、落ち着いてからにしたらどうかな」ジャックが言った。「とりあえず、やることをやってしまおう。ボートを見せてくれ」

「わかった。ガレージに来て！」キャリントンはジャックの手を取り、勢いよく引っぱった。

ジャックは一瞬躊躇し、わたしを見た。「リバティとプールに行っててもらってもいいかな？」

「もちろん、ぜひともそうしたいわ」

リバティは家の中を抜け、裏口に案内してくれた。ルークは彼女が抱っこしてあやし、わたしはマザーズバッグを持ってあとをついていった。

「マシューはどこ?」わたしはたずねた。

「今日は早めにお昼寝してるの。起きたらベビーシッターが連れてきてくれるわ」

わたしたちはフランスの田舎の邸宅にあるような台所を通り抜けた。両開きのフレンチドアを出ると、フェンスに囲まれた裏庭が広がっていた。緑の芝生と花壇、グリルのついたパーティ用のテラスがしつらえられている。二〇〇〇平米ほどの庭の中心を占めているのは石とタイルでできたプールで、浅い池と深い池がつながったような形になっていた。

浅いほうのプールの端は白い砂浜になっていて、中央には本物の椰子の木が植えられている。「ハワイの砂よ」わたしが興味を示しているのに気づき、リバティは笑いながら言った。「砂を選んでいるところを見せたかったわ。造園業者に二〇種類は見本を持ってきてもらったかしら。その中でどれが一番砂の城が作りやすいか、ゲイジとキャリントンが試したの」

「ハワイからわざわざ運ばせたってこと?」

「ええ。トラック一台分。プールの業者は、週に一度はわたしたちを殺したくなったでしょうね。でも、ゲイジは自分専用の小さなビーチがあったらキャリントンが喜ぶだろうって。あの人、キャリントンのためなら何でもするのよ。はい、ルークはあなたに返して、わたしは噴霧器のスイッチを入れるわ」

「噴霧器？」

リバティがバーベキュー場の近くにあるスイッチを押すと、テラスに埋め込まれたノズルから冷却用の細かい霧が吹き出し、プールの周辺にまき散らされた。

わたしは畏怖の念すら覚えた。「すごいわ。悪く取らないでほしいんだけど、あなたの生活って現実離れしてるわね」

「わかってる」リバティは顔をしかめた。「わたしもこんな環境で育ったわけじゃないから」

わたしたちはプールサイドに置かれた緑のクッションつきのパティオチェアに座った。リバティが頭上のパラソルを調整して、わたしに抱かれたルークが日陰に入るようにしてくれる。

「ゲイジとはどこで知り合ったの？」わたしはたずねた。ジャックにはチャーチルがリバティを家族に紹介したとは聞いていたが、詳しいことは知らなかった。

「わたしが働いていた美容院にチャーチルが髪を切りに来ていて、そこで仲良くなったの。わたしはしばらくチャーチルのマニキュアを担当していたわ」リバティはわたしの反応をうかがうように、いたずらっぽい目を向けてきた。この情報だけだと、たいていの人があらぬ想像をふくらませるに違いない。

わたしは率直にたずねることにした。「二人の間に男女の雰囲気はあったの？」

リバティはほほ笑み、首を横に振った。「チャーチルのことはすぐに大好きになったけど、恋愛感情とはまったく違っていたわ」

「じゃあ、父親的な存在だったのね」

「ええ、わたしは子供のころに父を亡くしているの。ずっと何かが足りないような気がしていたんだと思う。知り合ってから二年くらい経ったころ、チャーチルがわたしを個人秘書として雇ってくれて、それで家族のみんなとも知り合うことになったの」リバティは笑い声をあげた。「ほかの人とはうまくやっていけたんだけど、ゲイジだけは例外だった。偉そうな、いやなやつだと思ったわ」一瞬、間があった。「でも、すごくセクシーだった」

わたしはにやりとした。「トラヴィス家の男性は何か偉大なDNAを持っているとしか言いようがないわね」

「トラヴィス家は……普通じゃないわ」リバティは言い、ビーチサンダルを脱ぎ捨てて、日に焼けたつやつやの脚を伸ばした。「みんなすごく意志が強い。真剣。ジャックは少なくとも傍目からは、一番気楽そうに見えるわ。家族の潤滑油というか、全体のバランスをうまく取ってくれる。でも、譲らないところは譲らない。自分のやり方を通そうとするし、必要ならチャーチルと衝突することもいとわない」一息ついてから続ける。「あなたももう知ってると思うけど、チャーチルは父親としては一筋縄ではいかない人よ」

「子供に対する期待値が高いのよね」

「ええ、それに子供の生き方や選択に強いこだわりがあって、自分の意に反する行動をとられると腹を立てたり、失望したりする。でも、自分の考えをしっかり主張すれば、それは尊重してくれるわ。ものすごく思いやりが深いし、理解力に優れてる。知れば知るほど好きになれる人よ」

わたしは両脚を伸ばして、磨かれていない足の爪を見た。「リバティイ、わたしがチャーチルやトラヴィス家の皆さんのことを好きになれるよう、気づかってくれなくていいのよ。もう好きになってるから。ただ、わたしとジャックの関係が形になることはない。長くは続かないの」

リバティィは緑色の目を丸くした。「エラ……ジャックの過去の評判を気にしてるんじゃないでしょうね。ヒューストンで派手に遊んでいたという話はわたしも聞いてるわ。でも、それは若気の至りというやつで、あの人もようやく落ち着く気になったんだと思うの」

「そういうわけじゃ――」わたしは言いかけたが、リバティィはそれをさえぎって熱心に続けた。

「ジャックみたいに愛情深くて誠実な人、そう出会えるものじゃないわ。ジャックのほうも、お金やトラヴィスという名前とは関係なく、ありのままの自分を求めてくれる女性を見つけるのは難しかったと思う。しかも、自分と渡り合えるくらい強くて賢い女じゃないとだめな人だから。受け身の女性だとうまくいかないでしょうね」

「アシュリー・エヴァーソンは？」わたしはたずねずにはいられなかった。「どういう女性なの？」

リバティィは鼻にしわを寄せた。「わたしは大嫌い。同性の友達がいないタイプよ。男のほうが好きだって自分でも言ってる。女友達ができない女って、どういう性格だったかしら？」

「競争意識が強い。あるいは、不安定」

「アシュリーの場合、たぶんその両方だわ」

「どうしてジャックをふったんだと思う？」

「当時のことをわたしは直接知らないけど、ゲイジが言うには、アシュリーはどんな男性だろうと長く一緒にいられないのが問題だって。いったん男性が自分のものになると、飽きてしまって、他に移りたくなるの。ゲイジの考えでは、アシュリーは最初からピーターと添い遂げるつもりはなかった。妊娠していなければ、すぐにでも離婚していただろうって」

「そもそも、どうしてジャックがそんな人のことを好きになったのかわからないわ」わたしは不満げに言った。

「アシュリーは男受けがいいのよ。アメフトの統計データにも詳しいし、狩りや釣りもするし、悪態をついたり下品なジョークを言ったりもする。何よりも、シャネルのモデルみたいな外見をしてるもの。男にはモテるわ」リバティは唇をゆがめた。「それに、ベッドでもいいに決まってる」

「わたしも大嫌いになってきた」

リバティはくすくす笑った。「アシュリーなんてあなたの敵じゃないわよ」

「わたしはジャックを勝ち取ろうとは思ってないわ。ジャックもわたしが結婚するつもりがないことはわかってるし」そう言うと、リバティは目を丸くした。「ジャックがどうっていう問題じゃないのよ」わたしは続けた。「わたしがこんなふうになったのには、いろいろ理由があって」おずおずとリバティに笑いかける。「言い訳がましく聞こえていたらごめんなさい。でも、結婚してる人に絶対に結婚はしたくないなんて言うのは、雄牛の前で赤旗を振るようなものだから」

　リバティは怒るわけでも、その問題を議論しようとするでもなく、考え込むようにうなずいた。「それは大変でしょうね。流れに逆らって泳ぐのは難しいことだから」

　わたしの感情をすんなり受け入れてくれたことで、わたしはリバティのことがますます好きになった。「それが前つき合っていたデーンのいいところだったの。結婚する気のない人で。本当に居心地のいい関係だったわ」

「どうしてデーンと別れたの？　赤ちゃんのせい？」

「それだけじゃないわ」わたしはルークを遊ばせようと、マザーズバッグから音楽が鳴るおもちゃの尺取り虫を取り出した。「今考えると、わたしとデーンの結びつきはそれほど強いものじゃなかったんだと思う。長い間つき合ってきた割にはね。でも、ジャックと出会ったときは、何かが――」そこで口をつぐんだ。どんなに言葉を尽くしても、自分がジャック・トラヴィスのとりこになった理由を説明することはできないのだ。ルークを見下ろし、ふわふわした黒い髪をなでる。「ねえ、どうしてわたしたち、ジャックと一緒にいるの？」その質問に、ルークはわたしと同じくらい不思議そうな顔でこちらを見上げた。

　リバティは柔らかな笑い声をあげた。「わかるわ。わたしもゲイジが大嫌いだったけど、彼がそこにいるだけで室温が一〇〇度も上がるような気がしたもの」

「そうね。男女の惹かれ合う気持ちって、そこが面白いのよね。でも、わたしはこの関係が永遠に続くとは思ってないの」

「どうして？」リバティは心から不思議そうにたずねた。

だって、遅かれ早かれ、愛する人はわたしのもとを離れていくから。その答えは、口に出してしては言えなかった。わたしの中では完全に納得のいく理屈でも、人に言えば変な顔をされることはわかっている。わたしが何よりも欲しているもの、ジャックとの強烈な結びつきこそ、わたしが何よりも恐れているものだと、いったいどうやって説明すればいい？もちろん、それは筋の通った恐怖ではない。だが、純粋に本能的な恐怖だからこそ、はねつけることができないのだ。

わたしは肩をすくめ、ほほ笑む形に口角を上げた。「わたしはジャックにとって、一時的なブームのようなものだと思うわ」

「ジャックが家族と会うときに女性を連れてくるのは、あなたが初めてよ」リバティは低い声で言った。「エラ、ジャックはすぐにでも真剣なつき合いを始めたいんだわ」

わたしは頭の中に湧き起こる考えと戦いながら、ルークを抱いて揺すっていた。リバティのベビーシッターが健康そうな、顔立ちの整った赤ん坊を抱いて出てくると、ほっとした。赤ん坊は水着と、ロブスターのキャラクターがプリントされたTシャツを着ている。

「マシュー……」リバティは弾かれたように立ち上がり、赤ん坊を受け取ってキスの雨を降らせた。「お昼寝は気持ちよかった？　ママと遊びたい？　お友達が来てくれたのよ。赤ちゃんも一緒に……あなたも会いたいでしょう？」赤ん坊はにこっとかわいらしい笑みを浮かべ、たどたどしく言葉を発しながら、丸々とした腕をリバティの首に巻きつけた。

わたしとルークをぞんざいに観察した結果、マシューは初対面の赤ん坊よりも砂で遊ぶほうがずっと面白いと判断したようだった。リバティはショートパンツを脱いで水着姿になり、マシューを水際に連れていった。二人で座り込み、バケツに砂を入れ始める。「エラ、あなたも足を水につけにいらっしゃいよ」リバティは大きな声で呼んだ。「気持ちいいわよ」

わたしは柄物のホルタートップと揃いのバミューダパンツという格好だったが、水着も持ってきていた。水着をマザーズバッグから取り出しながら言う。「ちょっと着替えに行ってきていいかしら？」

「もちろん。あ、この人はうちで子守をしてくれてるティアよ……水着に着替える間、ルークはティアに預けておいて」

「お願いしていい？」わたしがたずねると、ティアはにっこりしてこちらに歩いてきた。

「はい、大丈夫です」大きな声で言う。

「ありがとう」

「台所を出たところに客用のバスルームがあるわ」リバティが言った。「もっと広いところがよければ、二階の寝室のどれかを使ってくれてもいいし」

「わかったわ」わたしは家の中に入り、台所の涼しさを堪能したあと、小さなバスルームを発見した。壁は素朴な色合いのストライプ模様で、石のボウルのついた洗面台と、黒縁の鏡が据えつけてある。わたしはレトロなワンピース型のピンクの水着に着替えた。服を抱えてはだしで台所を歩いていると、話し声が聞こえた。一つはジャックの低い声だ。声に混じって金槌やのこぎりの音が聞こえ、時折電動ドリルの甲高い音が加わった。

音のする方向に歩いていくと、半開きになったドアから広々としたガレージが見えた。業務用の扇風機が生ぬるい空気をかき回している。開いた正面のドアから差し込む日光があちこちに反射し、ガレージ内は光に満ちていた。わたしはドアをもう少し開け、ジャックとゲイジとキャリントンが、クッションつきの木挽き台に立てかけた木製ボートに取り組む様子をこっそり眺めた。

ジャックとゲイジは暑さのあまりシャツを脱いでいた。ジーンズ一枚になったトラヴィス兄弟の日焼けしたつややかな筋肉と引き締まった長身を見るためなら、大金をはたく女性は少なくないはずだと皮肉混じりに考える。汗で光るジャックの背中を見ているうちに、背骨の両側のあの硬い筋肉を必死につかんでいた最近の自分を思い出し、快い刺激が体を駆け抜けた。

キャリントンは最後の三枚の木板に接着剤をたっぷり伸ばすことに専念していた。あれを貼り合わせて船首に取りつけ、舷縁にするのだろう。ゲイジがキャリントンのそばにしゃがみ込み、接着剤がつかないようおさげの片方を押さえながら指示を与えているのを見て、わたしは思わずほほ笑んだ。

「……それで、休み時間も」木工用ボンドの大きな容器を両手で絞りながら、キャリントンは言った。「ケイレブは誰にもバスケットボールを使わせなかったの。だから、ケイティと一緒に先生に言いつけに行って――」

「よくやった」ゲイジは言った。「ほら、もっと端っこにボンドをつけて。つけすぎるのは全然構わないんだから」

「これくらい？」

「いい感じだ」

「そうしたら」キャリントンは続けた。「先生はほかの人にもボールを使わせてあげなさいって言って、ケイレブに〝分かち合いと協力〟っていう題で作文を書かせたの」

「それで本人は反省したのか？」ジャックがたずねた。

「ううん」キャリントンはうんざりした口調で答えた。「相変わらず、最低最悪の男子だわ」

「男っていうのはそんなものだ」ジャックは言った。

「ケイレブに、ジャックおじさまに釣りに連れてってもらう話をしたの」キャリントンはぷりぷりしながら言った。「あいつ、何て言ったと思う？」

「女は釣りが下手だって？」ジャックは予想した。

「どうしてわかったの？」キャリントンは驚いたようにたずねた。

「ぼくも昔は最低最悪の男子で、そのころのぼくならそう言っただろうなと思ったからだ。でも、それは大間違いだった。女性は釣りがとっても上手だ」

「本当に？」

「もちろん……ちょっと待って」ジャックとゲイジは貼り合わせた木板を持ち上げ、ボートの端に取りつけた。

「キャリントン」ゲイジが言った。「あそこの、留め金が入ったバケツを持ってきて」舷縁に沿って注意深く留め金を取りつけていき、必要に応じて木板の位置を調整する。

「ジャックおじさま、さっき何を言おうとしたの？」キャリントンは垂れ落ちる接着剤を拭うためのペーパータオルを渡しながら、ジャックに話の続きをうながした。

「この家族の中で、釣りのことに詳しいのは誰だってきこうとしたんだよ」

「ジャックおじさま」

「そうだ。じゃあ、女性のことに詳しいのは？」

「ジョーおじさま」キャリントンはくすくす笑いながら言った。

「ジョーだと？」ジャックは怒ったふりをしてきき返した。

「ジャックを喜ばせてやれ、キャリントン」ゲイジが言った。「でないと、一日経っても作業が終わらないぞ」

「女性のことに詳しいのはジャックおじさまよ」キャリントンはすぐさまジャックに言った。

「そのとおり。そのぼくが断言するけど、世界的な釣り名人には女性も大勢いる」

「どうして？」

「女性のほうが根気があって、簡単にあきらめないからだ。一カ所で徹底的に釣る傾向がある。それに、女性は魚が隠れられる大きな石や水草があるポイントを見つけるのがうまい。ぼくたち男はそういうポイントを見落としてしまうが、女性は上手に見つけ出すんだ」

ジャックが話している間に、キャリントンは戸口にいるわたしに気づき、にっこり笑いかけてきた。「ミス・エラも釣りに連れていくの?」日本式ののこぎりを手に、斜めに突き出した舷縁の端を切り落としているジャックに、彼女はたずねた。

「本人が行きたいって言えばね」ジャックは答えた。

「ミス・エラはジャックおじさまを釣ろうとしてるの?」キャリントンは茶化すような口調でたずねた。

「ぼくはもう釣られてるよ」キャリントンのくすくす笑う声に、ジャックはのこぎりを引く手を止め、彼女の視線をたどって戸口に立つわたしに気づいた。その顔がゆっくりとほころび、ピンクの水着とむき出しの脚を認めると、まなざしは陰り、熱を帯びた。「ちょっとごめん、ミス・エラと話をしてくる」

「いいの、来ないで」わたしは抗議した。「ただ、ボートを見てみたかっただけだから。キャリントン、きれいなボートね。何色に塗るの?」

「あなたの水着みたいなピンク」キャリントンは嬉しそうに言った。

ジャックはこちらにやってきた。わたしは数歩後ずさりした。

「エラ、永久にジャックを連れ去ってしまわないでくれよ」ゲイジが言った。「まだ反対側の舷縁も取りつけなきゃいけないから」

「そもそもジャックを連れ去るつもりはないし、わたし……ジャック、作業に戻って」ところが、ジャックは一直線にこちらに歩いてきたので、わたしは笑いながら台所に逃げた。「近寄らないで、汗まみれじゃない！」だが数秒も経つと、体の両脇でジャックの手が御影石の面取りされた縁をつかみ、わたしはカウンターに追いつめられた。「汗まみれのぼくが好きなんだろう？」ジャックは言い、デニムに包まれた脚でわたしの脚をはさんだ。

わたしは彼の濡れた胸に当たらないよう、後ろにのけぞった。「もしわたしがあなたを釣り上げたのなら」くすくす笑いが止まらない。「水に戻すわ」

「水に戻すのは小物だけだよ。大物は持って帰るんだ。ほら、キスして」

わたしはつかのま笑いを止め、その言葉に従った。唇の上で動くジャックの唇は温かく、慎重な軽いキスはそれゆえにエロティックだった。

ボート製作班は舷縁を接着剤と釘で留め終えると、プールで涼み、全員が夕方までのんびりしたり泳いだりして過ごした。昼食には、生野菜にグリルドチキンと赤ぶどうとくるみを和えたサラダが大きなボウルで供され、皆はきんきんに冷えた白のブルゴーニュワインを冷えたグラスに注ぎ合った。子供たちはベビーシッターが涼しい家の中に連れて戻り、わたしとゲイジとリバティとジャックは、巨大なパラソルで陰になったテーブルで食事をした。

「特別に乾杯したいことがある」ゲイジが言い、グラスを持ち上げた。残りの三人は手を止め、期待のこもった目でゲイジを見た。「ヘイヴンとハーディに。今ごろはケイツ夫妻になっているはずの二人に」わたしたちが驚いて目を見張ると、ゲイジはにっこりした。

「結婚したの？」リバティがたずねる。

「週末はメキシコでゆっくりするとは言っていたけど」ジャックは喜んでいいのか、怒っていいのかわからないような顔で言った。「結婚のことは一言も言ってなかった」

「プラヤ・デル・カルメンで二人きりで結婚式を挙げたんだ」

リバティは笑い声をあげていた。「わたしたち抜きで結婚するなんてどういうつもり？結婚式でプライバシーを重視するなんて信じられない」とがめるような目でゲイジを見る。

「しかも、あなたもわたしに何も言わないなんて。いつから知ってたの？」そう言いながらも、彼女の顔は嬉しそうに輝いていた。

「昨日だ」ゲイジは言った。「二人とも大げさなことはしたくないって。でも、こっちに戻ってきたら盛大なパーティを開きたいと言うから、それはいい考えだってヘイヴンに言っておいた」

「ぼくもそれがいいと思う」ジャックは言い、その場にいないカップルのためにグラスを上げた。「ヘイヴンがしてきた苦労を思えば、結婚式くらい好きにさせてやればいいよ」ワインを一口飲む。「父さんは知ってるのか？」

「まだだ」ゲイジは暗い声で言った。「ぼくが言うことになりそうだが……いい顔はしないだろうな」

「ハーディのことは気に入っていらっしゃるんじゃないの？」わたしは心配してたずねた。

「ああ、二人の結婚は認めている」ゲイジは言った。「ただ、親父は家族の行事は盛大な見世物にしなければ気がすまないんだよ。それを自分で仕切りたいんだ」

それを聞いたとたん、ヘイヴンとハーディが結婚式をこぢんまりとすませた理由が納得でき、わたしはうなずいた。二人とも親しみやすく社交的だが、私生活は守ろうとするところがある。お互いへの感情があまりに深いために、見世物にはできないのだろう。

わたしたちは新婚夫婦に乾杯し、しばらくはプラヤ・デル・カルメンの話をした。ビーチと釣りの名所として知られているが、カンクンほど観光地化はされていない場所のようだ。

「エラ、メキシコに行ったことはある？」リバティがたずねた。

「ないの。ずっと行きたいとは思ってるんだけど」

「そのうち週末を利用して行きましょうよ。この四人で、子供たちも連れて」リバティはゲイジに言った。「家族連れ向きの場所のはずよ」

「いいね。うちの飛行機を使えばいい」ゲイジが気軽な調子で言った。「エラ、パスポートは持ってるか？」

「いいえ」わたしは目を丸くした。「トラヴィス家には自家用飛行機もあるの？」

「ジェットが二機」ジャックが言った。わたしの表情を見て、口元をほころばせる。空いているほうのわたしの手を取り、軽くもてあそんだ。わたしもそろそろ、トラヴィス家の途方もない経済観念を思い出させられたときの軽いショックに慣れるべきだろう。「ゲイジ」ジャックはわたしを見つめたまま、兄に話しかけた。「飛行機の話題のせいでエラが怯えてしまったみたいだ。ぼくは普通の男だって言ってやってくれないかな？」

「ジャックはトラヴィス家の男たちの中では一番普通よ」リバティが緑色の目をきらめかせながらわたしに言った。

その範囲のあまりの狭さに、わたしは思わず笑い声をあげた。

リバティはにっこりした。わたしの気持ちをわかってくれているのだ。大丈夫、とその視線は言っているように見えた。心配しなくていいから、と。リバティは再びグラスを上げた。

「実は、わたしからも発表があるの……ゲイジはもう知ってるけど」わたしとジャックに期待するような目を向ける。「当ててみて」

「子供ができたのか？」ジャックがたずねた。

リバティは首を横に振り、にっこりした。「自分で美容院を開くことにしたの。前から考えてたんだけど……二人目を作る前に始めたいと思って。小さな会員制の店にするつもり。スタッフも二、三人雇うだけにして」

「すてきだわ」わたしは力強く言い、リバティのグラスにかちりとグラスを合わせた。

「おめでとう、リバティ」ジャックもグラスを持った手を伸ばし、乾杯した。「名前はどうするんだ？」

「まだ決めてないの。キャリントンは〝チョキチョキハウス〟か〝天国への髪段〟にしろって言うんだけど……もっと高級そうな名前がいいって言っておいたわ」

「〝ジュリアス・はさみ《シザーズ》〟にしましょうよ」わたしは提案した。

「〝髪とともに去りぬ〟」ジャックも便乗した。

リバティは耳をふさいだ。「一週間も経たないうちに倒産しちゃうわ」

ジャックはからかうように、眉を三日月形に上げた。「一番の問題は、どうやって父さんにさらなる孫を与えてやるかってことだ。それもトラヴィス家の嫁の仕事だろう？　リバティ、きみは貴重な出産適齢期を無駄にすることになるよ」

「黙れ」ゲイジがジャックに言った。「マシューが大きくなって、ようやくぼくらもぐっすり眠れるようになったんだ。同じ思いをするのはもっと先でいい」

「テーブルのこっち側からは同情は得られないぞ」ジャックは言った。「エラだって同じ思いをしてるんだからな。眠れない夜に、おむつ替え……しかも、自分の子供ですらない」

「自分の子供みたいに思ってるわ」思わずそう言うと、ジャックの手が守るようにぎゅっとわたしの手を握るのを感じた。

沈黙が流れ、噴霧器が静かに水を噴き出す音と、水が落ちる音だけが響いた。

「エラ、ルークとはあとどのくらい一緒にいられるの？」リバティがたずねた。

「一カ月くらいよ」わたしは空いているほうの手を伸ばし、ワイングラスを取って中身を飲み干した。いつものわたしなら、明るい作り笑いを浮かべて話題をそらすところだ。けれど、親身になって話を聞いてくれる人たちが目の前に、隣にはジャックがいる今、つい口から本心がこぼれた。「ルークと離れるのは寂しいでしょうね。すごくつらいと思う。最近では、ルークはわたしと一緒にいたころのことは忘れてしまうんだなあって考えてしまうの。生まれて最初の三カ月。わたしがしてあげたことなんか何も覚えていない……わたしはルークにとって、街を行き交う見知らぬ人と同じになってしまうの」

「ルークがタラのもとに戻ったあとは、会わないつもりなのか？」ゲイジがたずねた。

「わからない。でも、しょっちゅうは会えないと思う」

「ルークも深いところでは覚えててくれるよ」ジャックが優しく言った。

彼の揺るぎない濃い色の目を見つめていると、心が落ち着くのを感じた。

19

ルークはわたしの部屋の床に置かれたベビージムの中に寝転んでいた。床敷きキルトの上で二本のアーチが交差し、カラカラ鳴るビーズや、くるくる回る鳥や蝶、かさかさ音をたてる葉っぱがついていて、陽気な電子音楽が流れるようになっている。ルークはこのジムがお気に入りで、わたしはそんなルークを眺めるのが大好きだった。二カ月になったルークは笑い声をあげ、ほほ笑み、声を発し、頭と胸を上げることができるようになっていた。

ジャックはルークの隣に寝そべり、時折けだるげに手を伸ばしては、おもちゃを動かしたり、ボタンを押して音楽を切り替えたりしていた。「ぼくもこんなのが欲しいな。缶ビールと、コイーバと、きみが土曜の晩にはいていたきわどい黒のパンティがついてるんだ」

わたしは台所で食器を片づける手を止めた。「ちゃんと見てくれてたとは意外だわ。あんなに急いで脱がせてたのに」

「こっちは食事をしながら、胸元が開いたドレス姿のきみを二時間も見せられていたんだ。また駐車場で飛びかからなかっただけましだと思ってくれ」

わたしは笑みを噛み殺し、背の高い棚にガラスのピッチャーをしまおうと爪先立った。

「まあ、もうちょっと前戯をしてくれてもいいんじゃないかと思うけど。車のキーをじゃらっと投げ出したあと、キスを二回半しただけ――」背後にジャックの気配を感じ、わたしは跳び上がった。あまりにすばやく静かな動きだったので、台所に入ってきたことさえ気づかなかったのだ。手の中でピッチャーが揺れたが、ジャックの手が伸びてきて、しっかりと棚に戻してくれた。

耳元に唇が寄せられる。「優しくしただろう？」

「ええ」ジャックの腕が体に回され、わたしはかすれた声で笑った。「手抜きされたと言ってるわけじゃないのよ。ただ、あまりにも時間をかけずに……」首筋に歯を立てられ、舌が這うのを感じ、言葉はため息に変わった。ジャックの舌がゆっくりと円を描くと、焼けつくような記憶がよみがえってくる。めがねが鼻に落ちてきたので、わたしはフレームを元の位置に押し上げた。ジャックの片腕が胸の下に差し入れられ、空いたほうの手がショートパンツのウエストに潜り込んでくる。

「前戯をしてほしいのか？」後ろから腰を押しつけられると、二人分の衣服を通しても硬くなったそこがくっきりと感じられた。

わたしはまつげを伏せ、カウンターの端をつかんだ。ジャックの手がわたしの体の上を這い回る。「ルークが」息を切らしながら、わたしは言った。

「ルークは気にしないさ。ベビージムで体を鍛えているところだから」

わたしは笑いながらジャックの手を押しのけた。「片づけを終わらせたいわ」

ジャックはわたしの腰を自分のほうに引き寄せ、戯れを続けようとした。

ところが、そのとき鋭い電話の音が割り込んできた。わたしは受話器に手を伸ばし、しっという音を発した。「静かにして」ジャックに言ってから電話に出る。「もしもし？」

「エラ、わたしよ」いとこのリザだったが、その声はか細く、おどおどしていた。「知らせておきたいことがあって。本当にごめんなさい」

わたしは身をこわばらせ、ジャックは手の動きを止めた。「知らせておきたいことって？」

「あなたのお母さんがそっちに向かってるの。あと一五分か三〇分で着くわ。道がすいていたら、もっと早いかも」

「まさか、そんなはずないわ」わたしは青ざめて言った。「来てなんて言ってないもの。わたしがここに住んでいることも知らないし」

「わたしが教えたの」リザは後ろめたそうに言った。

「どうして？　そんなことをする理由がどこにあるっていうの？」

「どうしようもなかったのよ。おばさんはさっき怒り狂って電話をかけてきたの。タラと電話で話したみたいで、タラがあなたとジャック・トラヴィスの間に何かあるかもしれないって言ったらしいの。二人とも状況を知りたがってるわ」

「二人に説明する義務なんてないわ」わたしは顔を真っ赤にして吐き捨てた。「リザ、もううんざりなの。タラは面倒ばかり起こすし、お母さんはわたしのセックスライフの半分でも自分の孫に関心を持ってくれたらと思うわ！」余計なことを言ってしまったと気づき、手で口を覆ったときには手遅れだった。

「あなた、ジャック・トラヴィスとセックスしてるの？」

「そんなはずないでしょう」ジャックの唇がそっと首筋に触れるのを感じ、わたしは身震いした。受話器を胸に押しつけ、体をひねって彼の顔を見る。「帰ってちょうだい」せっぱつまった口調で言う。

わたしは耳に受話器を戻した。「……そこにいるの？」リザがたずねていた。

「違うわ、宅配業者が来たの。サインが必要だって言うから」

「ここにお願いします」ジャックが小声で言い、空いているほうのわたしの手を引いて自分の体を触らせた。

「あっちに行って」わたしは言い、彼の胸を強く突いた。ジャックは微動だにせず、わたしのめがねを外して、汚れたレンズを自分のTシャツの裾で拭いた。

「真剣につき合ってるの？」リザがたずねた。

「いいえ。うわべだけの、無意味な、体だけの関係で、この先どうこうっていうのもまったくないわ」ジャックが仕返しにわたしに覆いかぶさり、耳たぶを嚙んできたので、わたしはひるんだ。

「いいわね！　エラ、ジャックに誰か友達を紹介してもらえるようセッティングしてくれない？　最近ごぶさたで――」

「リザ、そろそろ切らないと。部屋を片づけて、どうするか考え……ああ、もう、また電話するわ」わたしは電話を切り、ジャックからめがねを奪い返した。

寝室に駆け込むと、ジャックもついてきた。「何をしてるんだ?」

わたしは乱れたベッドからシーツと上掛けを引きはがした。「もうすぐ母が来るのよ。このままじゃ、ここでお祭り騒ぎをしたみたいじゃない」言葉を切り、ジャックをにらみつける。「帰って。本気で言ってるのよ。あなたを母に会わせるわけにはいかないわ」わたしは枕をベッドに放った。急いで居間に戻り、散らかったものを大きなかごに入れて、クローゼットに押し込む。

ドアの脇でインターフォンが鳴った。コンシェルジュのデイヴィッドだった。「ミス・ヴァーナー……お客様がいらっしゃっています。お名前は――」

「わかってるわ」わたしは言い、がっくりとうなだれた。「通して」ジャックを振り返ると、ルークを胸に抱いてあやしていた。「どうすれば出ていってくれるの?」

ジャックはにっこりした。「何をしても無駄だ」

二分ほどすると、ドアが力強くノックされるのが聞こえた。

わたしはドアを開けた。母はフルメイクを施し、ハイヒールを履いて、実際の半分の年齢に見える体つきを強調する赤のぴったりしたワンピースを着ていた。デパートの香水売り場のような匂いを発散しながら入ってきて、わたしをハグして唇でキスの音をたててから、一歩下がって値踏みするような目つきでこちらを見る。

「招待されるのが待ちきれなくなってしまったの」母は言った。「だから、勇気を出して乗り込んでみようと思ったわけ。これ以上わたしと孫を引き離しておくなんて許さないわよ」

「おばあちゃんになることにしたの？」わたしはたずねた。

母は相変わらずわたしをじろじろ見ていた。「エラ、太ったわね」

「一、二キロ痩せたわよ」

「それは良かったわ。もう少し落とせば、健康的なサイズに戻れるわ」

「Mサイズは健康的よ、お母さん」

母は優しくたしなめるような目を向けた。「あなたがそんなに気にしてるのなら、もうサイズのことには触れないわ」ジャックが近づいてくると、その目がわざとらしく見開かれた。

「まあ、こちらはどなた？　エラ、お友達を紹介してくれない？」

「ジャック・トラヴィスよ」わたしはぼそりと言った。「こっちはわたしの母――」

「キャンディ・ヴァーナーです」母はわたしの言葉をさえぎり、間にはさんだルークを押しつぶすようにジャックをハグした。「ジャック、握手はご無用よ……わたし、エラのお友達はみんな大好きになるから」ジャックにウィンクをする。「向こうもわたしを大好きになるのよ」彼の腕からルークを無理やり抱き取った。「わたしの大事なお孫ちゃん……まったく、エラはどうしてこんなに長い間あなたに会わせてくれなかったのかしらね、かわいいお砂糖ちゃん」

「いつでも子守をしてくれていいわよって言ったじゃない」わたしはぶつぶつ言った。

母はその言葉を無視し、ずかずかと部屋に入っていった。「感じのいいお部屋ね。タラがスパで休暇を取っている間に、あなたたち二人がルークの面倒を見てくれてるなんて、すごくすてきだと思うわ」

わたしは母のあとを追った。「タラは心理的、感情的な障害を抱えた人のためのクリニックに入院してるのよ」

母は窓際に行き、眺望に目をやった。「言い方は何でもいいの。最近はそういう場所が流行っているのよね。ハリウッドスターもしょっちゅう行ってるわ。プレッシャーから少しばかり逃避するために、何か問題をでっち上げて、数週間ゆっくり気ままに過ごすのよ」

「でっち上げた問題なんかじゃないわ」わたしは言った。「タラは――」

「あの子はストレスが溜まってる、ただそれだけよ。この前テレビで見たんだけど、コルチゾールというストレスホルモンがあって、コーヒーをよく飲む人は普通の人よりもコルチゾールが分泌されやすいんですって。いつも言ってるでしょ、あなたもタラもコーヒーの飲みすぎだって」

「タラの問題は……わたしの問題も、カフェラテの飲みすぎのせいじゃないと思うわ」わたしはむっつりと言った。

「要するに、ストレスの原因は自分にあるってこと。自分で乗り越えなきゃいけないの。わたしみたいにね。父方が精神的にもろい家系だからって、あなたも絶対にそうだってわけじゃないのよ」母はぺちゃくちゃとしゃべりながら部屋中を歩き回り、あらゆるものに保険会社の調査員のような鋭い視線を向けた。わたしは早くルークを返してほしいと思いながら、そわそわと母を見ていた。「エラ、こんなところに住んでるなら、知らせてくれればよかったのに」母はジャックに感謝のまなざしを向けた。「ジャック、娘の力になってくださってありがとう。ただ、エラは想像力が豊かすぎるところがあるの。この子が言ったことを鵜呑みになさってなければいいんだけど。子供のころから口から出まかせを……。エラについて本当のことを知りたいなら、わたしの話を聞いてくださいね。わたしたちをディナーに連れていっていただければ、もっとお互い仲良くなれるんじゃないかしら？　今夜なら空いてるわよ」

「いいですね」ジャックは気楽な調子で言った。「いつか行きましょう。あいにく、今夜はエラと予定があるので」

母はルークをわたしに渡した。「エラ、あなたが抱いていて。これ、新しいワンピなの。よだれをつけられたら困るわ」ひらりとソファに腰かけ、日焼けした長い脚を組む。「ジャック、本当なら、ほかの人の予定をじゃまするなんてわたしの性に合わないんだけど。でも、あなたもエラときちんとおつき合いしたいのであれば、わたしにもご家族を紹介していただけると安心だわ。まずはお父様とお会いしたいわね」

「もう遅いわよ」わたしは言った。「お父様には恋人がいらっしゃるもの」

「ちょっと、エラ、そういう意味じゃ……」母は軽い調子で笑い、ジャックに同情するような、共謀するような目を向けた。〝まったく、お互いこの子には手を焼きますね〟とでも言わんばかりだ。そこから、母の口調は不気味なほど甘ったるくなった。「昔からこの子は、わたしが男性に人気があることが気に入らないの。家に連れてきた彼氏はみんな、わたしに色目を使うものだから」

「家に連れてきたのは一人だけよ」わたしは言った。「それでうんざりしたから」

母はわたしを冷ややかに一瞥してから、巾着袋をいっぱいに広げたような口で笑い声をあげた。「この子の言うことはあてにしないで。わたしの話を聞いてくだされぱいいのよ」

母のそばにいると、現実は遊園地のびっくりハウスの鏡に映したようにゆがんで見える。精神を病むのはスターバックスに行きすぎるせいで、Mサイズを着る人は医療処置が必要なほどの肥満体で、わたしとつき合う男性は全員キャンディ・ヴァーナーの二流の代替品で我慢しているのだと。そして、わたしの言動はすべて、母が好む解釈に沿うよう都合良く書き換えられた。

それからの四五分間は、まさに〝キャンディ・ヴァーナー・ショー〟で、途中にコマーシャルすら入らなかった。母はジャックに、本当なら自分もルークの世話をしたいところだけど、忙しくて時間がないし、自分はすでに務めを果たしている、これほどの年月を娘たちのために捧げてきたのに、二人とも感謝をするどころか、母親に嫉妬する始末だと語った。また、エラは人にアドバイスを与える仕事をしているつもりでいるが、自分が言っていることの意味すらわかっていない、もっと人生経験を積まなければ、人間のことも世の中のこともわかりはしないのだとも言った。エラが人生について知っていることといえば、自分から授かった知識だけなのだと。

さらに母は、自分は魅力あるオリジナルのブランド品で、娘はできそこないのコピー商品だとまで言った。母はあからさまにジャックに言い寄ろうとしていた。ジャックは礼儀正しく丁重な態度を崩さず、時折わたしの石のような表情に目をやった。母がジャックの知り合いの裕福な人々の名前を出し、自分も知り合いであるかのようにふるまい始めると、わたしは恥ずかしさのあまり感情を遮断した。そこからは抗議や訂正をはさむのはやめ、ルークのことだけに集中し、おむつの状態を確かめたり、ベビージムに連れていって一緒に遊んだりした。耳だけが熱く、それ以外の部分は氷のように冷たかった。

ある時点で、母が時計仕掛けのようにかちりと、話題をはしたないほど個人的なものに切り替えたのがわかった。最近、ヒューストンの会員制のスパでレーザー脱毛コースを始めたと言い出したのだ。「そのとき言われたんだけど」少女のようにくすくす笑いながら、母はジャックに言っていた。「わたしのアソコはテキサス一かわいいって――」

「お母さん」わたしはぴしゃりと言った。

母は目にいたずらな光を浮かべ、笑いながらわたしのほうを見た。「だって、本当なんだもの！　わたしはただ、ほかの人に言われたことをそのまま――」

「キャンディ」ジャックがよく通る声で言った。「楽しいお話でしたが、ぼくとエラはそろそろ出かける準備をしなきゃいけませんので。お会いできて良かったです。コンシェルジュのところまでお送りして、そこからはコンシェルジュがお見送りするということでよろしいですか？」

「あなたたちが出かけている間、わたしがここでルークの子守をするわ」母は言い張った。

「ありがとうございます。でも、ルークは連れていきますから」

「わたし、全然孫と一緒に過ごせてないじゃない」母はわたしに向かって顔をしかめた。

「お母さん、また電話するから」わたしはようやくそれだけ言った。

ジャックは玄関に向かい、ドアを開けた。ドアを押さえたまま廊下に出る。その声は温かくも断固としていた。「キャンディ、ここで待っていますので、バッグをお持ちください」

その場に立ちつくしたわたしを、母はハグしに来た。香水くさい母の香りと温かな体に包まれると、子供みたいに泣きたくなった。どうしてわたしはいつになっても、母には無理だとわかっている方法で愛されることを願っているのだろう？　どうして母にとって、わたしとタラは破綻した結婚生活がもたらした不運にすぎないのだろう？

自分の母親が母親になれない人間でも、その代わりになるものがあることはわかっていた。愛情はほかの人からも得ることができる。思いも寄らない場所で手に入ることもある。それでも、この古傷が癒えることは決してないのだ。わたしも、そしてタラも、この傷を永遠に抱え続けることになる。難しいのはそこだ……傷を自分の一部として受け入れ、自分の人生を生きること。

「じゃあね、お母さん」わたしは声をつまらせて言った。

「望むものをすべて与えてはだめよ」母は低い声で言った。

「ルークに？」ぽかんとしてたずねる。

「違うわ。ジャックによ。そのほうが長くつなぎ止めていられるから。それに、あんまり賢ぶらないこと。少しは化粧もしたほうがいいわ。めがねもやめなさい。おばさんのメイドみたいに見えるから。プレゼントはもうもらった？　宝石は小さいのじゃなく、大きいのが欲しいと言うのよ。そのほうが彼にとって、いい投資になるわ」

顔に冷ややかな笑みを浮かべ、わたしは母から体を離した。「じゃあ、またね、お母さん」

母はハンドバッグを拾い上げ、廊下に出ていった。

ジャックはドア枠の付近に視線をさまよわせてから、ちらりとわたしを見た。「すぐに戻るよ」

ジャックが帰ってきたときには、わたしは食品庫からテキーラを出してショットをあおっていた。頭のてっぺんから爪の先まで冷えきった体に、アルコールで火をつけたかった。けれど、効果はなかった。自分が霜取りが必要な冷凍庫になったように感じられる。

ルークがわたしの腕の中でむずかり、不満げな声をあげて身をよじった。

ジャックが来てわたしのあごに触れ、自分のほうを向かせて探るように見た。

「わたしの言うとおり、ここから出ていかなかったことを後悔してるんじゃない？」陰気な声でたずねる。

「いや。きみが育った環境を見てみたかったから」

「わたしとタラにセラピーが必要な理由がわかったでしょうね」

「まったく、ぼくがセラピーを受けたいくらいだ。たった一時間一緒にいただけだというのに」

「あの人は自分が注目されるためなら、どんなに恥ずかしいことでも言うのよ」恐ろしい考えが浮かび、わたしはジャックに鋭い目を向けた。「エレベーターの中でちょっかいを出されなかった？」

「いや」だが、ジャックの言い方はさりげなさすぎる気がした。

「やっぱり、何かされたのね」

「何もなかったよ」

「ああ、最悪」わたしはつぶやいた。「怒りが込み上げて仕方がないわ」

騒いでいたルークは、ジャックがわたしから抱き上げたとたん、おとなしくなった。

「普通の怒りじゃないの」わたしは続けた。「骨の髄まで疲れきって、冷えきって、何も感じられなくなるくらい。自分の心臓の音だって聞こえない。タラに電話してぶちまけたいわ。あの子ならわかってくれると思う」

「電話したらどうだ？」

「やめておくわ。母をわたしにけしかけたのはタラだもの。タラにも腹が立ってるのよ」

ジャックはしばらくわたしを見ていた。「ぼくの部屋に行こう」

「どうして？」

「ぼくがきみを温めてあげる」

わたしは即座に首を横に振った。「一人になりたいわ」

「いや、だめだ。おいで」

「デーンはわたしが一人になりたいって言ったら、いつでも一人にしてくれたわ」落ち込んでいてひどい気分だったので、ジャックが何をしようと気に障るだけだった。「ジャック、抱いてもらうのも、なぐさめてもらうのも、セックスもおしゃべりも必要ない。今はいい気分にさせてもらわなくていいの。だから、あなたが――」

「マザーズバッグを持っておいで」ルークを抱いたまま、ジャックは玄関に行ってドアを開け、わたしが来るのを辛抱強く待った。

部屋に着くと、ジャックはまっすぐわたしを寝室に連れていった。ランプをつけてバスルームに行くと、やがて湯と蒸気の音が聞こえ始めた。「シャワーはいいわ」わたしは言った。

「先に入って待っててくれ」

「でも、わたし――」

「いいから」

わたしはため息をついた。「ルークはどうするの?」

「ぼくが寝かしつけるよ。ほら」

わたしはめがねを外して服を脱ぎ、シャワー室に入った。中は薄暗い明かりがつき、ユーカリの香りがする熱い霧が充満していた。ジャックはふわふわの白いタオルを、作りつけの長いタイル貼りのベンチに置いていてくれた。わたしはベンチに座り、深く息を吸い込んだ。一、二分経つころには、リラックスし始めていた。良い香りの蒸気に包まれて毛穴が開き、筋肉がほぐれ、肺が湿った空気で満たされていく。テキーラが神経に回り始め、全身がため息をつき始めたかのようで、心臓も再び動きだした気がした。

「ああ、気持ちいい」わたしは声に出して言い、タオルに顔をうずめた。柔らかくほとばしる蒸気以外に、音は聞こえない。肌の表面に赤みが差していくのが感じられた。わたしはベンチに寝そべって温かな霧になだめられ、時間の感覚を失っていった。何分経ったかわからないが、気づくとジャックが隣に座っていた。引き締まったすべすべした尻が、わたしの腰のそばにある。

「ルークは？」わたしはもごもご言った。

「よく眠ってるよ」

「あの――」

「しいっ」ジャックの両手が背中に置かれ、濡れた肌をするするとすべった。まずは肩をもみ、こわばった筋肉から痛みを取り除いていく。その力は徐々に強まった。親指が円を描くように、筋肉と関節を着実にほぐしていくと、うねるような快感が生まれ、わたしは思わず喉からうめき声をもらした。

「ああ、すごくいい……ジャック……あなたってこんなこともできるのね」

「しいっ」ジャックは背中に取りかかった。ざっと下までなで下ろしたあと、深く、細かくもんでこわばりを取り除き、凝った筋肉をほぐしていく。力強く巧みなその手に身を任せると、ふわりと体の感覚がなくなったあと、ずっしりと重くなった。ジャックはわたしのヒップと太もも、ふくらはぎをもんだあと、体をひっくり返して、足を自分の膝にのせた。土踏まずに親指が押し当てられるのを感じると、喜びの声がもれた。

「つんけんしてごめんなさい」わたしは何とか言葉を発した。

「あの状況では仕方がないよ」

「最悪の母だわ」

「そうだな」ジャックはわたしの足の指を一本ずつ振り動かした。蒸気混じりの声でそっと言う。「ところで、お母さんのアドバイスは無意味だよ」

「聞こえてたの？　ああ、もう」

「ぼくが望むものはすべて与えてほしい。ぼくをべたべたに甘やかしてくれ。それに、今さらばかなふりをしても遅いし、すっぴんのきみはものすごくかわいい」

わたしは目を閉じたままほほ笑んだ。「めがねは？」

「最高にぐっとくる」

「あなたは何でもぐっとくるのね」わたしはけだるく言った。

「何でもってことはない」ジャックの声は笑いでくぐもった。

「何でもよ。四時間以上勃起が続くと危ないっていう、薬のコマーシャルみたい。お医者さんに診てもらったほうがいいわ」

「医者はあんまり好きじゃないんだ」ジャックは体を這い上ってきて、わたしの太ももを開いた。愛撫の指が這うのを感じ、わたしはあえいだ。「エラ、こんなふうにマッサージされたことはあるか？」彼はささやいた。「ないのか？　じっとしてて……気持ちいいはずだよ、約束する……」

雄弁なジャックの手に、わたしの体はそり返り、押し殺した喜びの声がタイル貼りの壁に反響した。

20

メイン通り一八〇〇番地に母が現れた次の日、わたしは自分の周りにめぐらせていた壁をすべて取り払われたような、落ち着かない、無防備な気分になっていた。表面的には普段どおりだった。子供時代の経験から、何があっても、たとえ核攻撃を受けようとも、いつもどおりの生活を送る術は身についている。だが、今回の母の訪問によって、ただ母に会ったという事実だけで、どこか調子が狂ってしまっていた。

ジャックは昼間、狩猟中の事故で入院している友達の見舞いに行っていた。「いのししだ」どんな獲物を狙っていたのかという質問に、彼は答えた。「いのしし狩りには事故がつきものなんだ」

「どうして？」

「狩りはいのししが活動する夜間にしなきゃいけない。真っ暗な森を大勢の人間が走り回り、いのししを撃つことになる」

「まあ、すてき」

その友人は一二口径でいのししを撃ち、仕留めたものと思って深い茂みに近づいたところ、いのししに襲いかかられ、ホルスターからピストルを抜いたが間に合わなかったのだという。

「股間のあたりに嚙みつかれたんだ」ジャックは顔をしかめて言った。

「すごい。いのししは撃たれるとそれだけ腹を立てるってことね」わたしは言った。

ジャックはふざけてわたしの尻をぴしゃりと打った。「少しは同情してくれよ。股間の負傷は笑い事ではすまされないよ」

「わたしは一〇〇パーセントいのししに同情するわ。あなたもいのしし狩りにはあまり行かないでね。危険な趣味のせいでわたしのセックスライフが台なしにされるのはいやだもの」

「ぼくはいのしし狩りはやらない。夜に獲物を仕留めるなら、ベッドの中のほうがいいね」

ジャックが出ていくと、わたしはしばらくコラムに取り組んだ。

親愛なるミス・インディペンデント
わたしは五年前、愛していない男性と結婚しました。もう三〇歳で、潮時だと思ったからです。友達は全員結婚していて、一人だけ独身でいることにもうんざりでした。結婚した男性はいい人です。優しくて、魅力的で、わたしを愛してくれています。でも、わたしたちの関係に、魔法や情熱のようなものは存在しません。わたしは妥協した……彼を見るたびにその事実を突きつけられる気がするのです。自分はクローゼットに閉じ込められ、彼はその外側に、鍵を持たずにいるような感覚です。子供はいないので、今離婚しても、わたしたち二人以外に傷つく人は誰もいないと思います。でも、どういうわけか躊躇してしまいます。やり直すには年を取りすぎていると思うからかもしれません。自分が罪悪感を覚えるであろうことを恐れているのかもしれません。彼がわたしを心から愛してくれていることはわかっているので、そんな仕打ちをするのは気の毒だと思うのです。

わたしはどうすればいいのでしょう？　わかっているのはただ、自分は妥協し、それを後悔しているということだけです。

〝乱れる心〟より

〝乱れる心〟さんへ

人間という生き物は皆、複雑な欲求と欲望を抱えています。恋愛関係で一つだけ確かなのは、人は変わるということ。ある朝目覚めて鏡を見ると、そこには知らない誰かが映っているのです。欲しかったものが手に入れば、次は別のものが欲しくなります。自分という人間をわかっているつもりでいても、そんな自分に裏切られることもあるのです。

〝乱れる心〟さん、目の前にはいくつもの選択肢があるでしょうが、一つはっきりしていることがあります。愛というのは、簡単に捨てられるものではないということです。あなたがこの男性に惹かれたのは、タイミングや時機的な偶然とは別に、何か理由があるからです。離婚を決意する前に……彼にチャンスをあげてください。満たされていない欲求やかなえたい夢について、彼に正直に話してください。彼に、本当のあなたを知る手がかりを与えるのです。彼の手を借りてその扉を開き、長い年月をかけて、本当の意味でお互いを見いだすのです。

彼があなたの感情面での欲求を満たすことができないと、どうしてわかるのですか？　彼もあなたと同じように、魔法や情熱を望んでいないと断言できますか？　あなたは彼のすべてを知っていると自信を持って言えますか？

結果的に失敗したとしても、その努力から得られるものはあるはずです。〝乱れる心〟さん、勇気と忍耐を駆使するのです。できることは何でもやってみましょう……自分を愛してくれる男性と一緒にいるために戦うのです。もし別の人と結婚していたらどうなっていたか、という疑問はとりあえず脇に置いておいて、今この瞬間に自分の手に入るもの、自分が持っているもののことだけを考えてください。いずれは新たな疑問が湧き起こること、その答えが旦那さんであることをお祈りしています。

ミス・インディペンデント

わたしは画面を見つめ、このアドバイスでいいのだろうかと考えた。気づくとわたしは〝乱れる心〟さんとその夫のことを本気で心配していた。冷静な第三者、というのもの立場が揺らぎつつある気がする。

「くだらない」わたしは小声で言い、そもそもどうして自分は他人の生き方にアドバイスする仕事を選んだのだろうと思った。

ベビーベッドの中でルークが目を覚まし、小さく鼻をすすってあくびをする音が聞こえた。

わたしはパソコンはそのままにして、ベビーベッドをのぞき込んだ。ルークはにっこりと笑いかけてきた。目が覚めたことに興奮し、わたしの顔が見られたのを喜んでいるようだ。髪が鳥のとさかのように突っ立っている。

わたしはルークを抱き上げ、自分の体にぴったり押しつけて抱きしめた。ルークを抱き、顔にかかる息を感じていると、思いがけず喜びの波が押し寄せてきた。

夕方の五時になっても、ジャックからは連絡がなかった。彼は自分が電話すると言ったときは、すぐにとはいかなくても必ず電話をしてくる人なので、わたしは少し心配になっていた。夜は彼の部屋に行って、昔ながらの日曜のごちそうを作ることになっている。ジャックには、買ってきてほしい食料品のリストを渡していた。

携帯電話にかけると、ジャックはすぐに出たが、普段とは違うそっけない声だった。「もしもし？」

「ジャック、電話をくれるって言ってたのに」

「ごめん。ちょっと今、手が離せなくて」様子が変だった。ぶっきらぼうなのと腹を立てているのと困っているのが同時に感じられる。ジャックがわたしにこんな口調で話すのは初めてだ。何かがおかしい。

「わたしにできることはある？」穏やかにたずねた。

「ないと思う」

「じゃあ……じゃあ、今夜の予定は延期する？　それとも――」

「いや」

「わかったわ。いつ行けばいい？」

「少し時間をくれ」

「わかった」ためらってから言う。「オーブンを一九〇度に温めておいて」

「了解」

電話を切ると、わたしは考え込むような顔でルークを見た。「いったい何があったっていうのかしらね？　家族の問題だと思う？　仕事のこと？　どうしてわたしたちはここで待たなきゃいけないの？」

ルークは思いにふけるような顔で、自分のこぶしに噛みついた。

「テレビでソックパペットを見ましょう」わたしは言い、ルークをソファに連れていった。けれど、クラシック音楽に合わせて踊るパペットを二分ほど見た時点で、座っていられないほどそわそわしてきた。ジャックのことが心配だった。もし困難な状況に陥っているのなら、そばについていたい。「我慢できないわ」ルークに言った。「上に行って様子を確かめてきましょう」

マザーズバッグを肩に掛け、ルークを抱いて外に出て、エレベーターに向かう。ジャックの部屋のドアの前まで来ると、チャイムを鳴らした。

ドアはすぐに開いた。数秒間、ジャックはわたしの前に立ちはだかった。その体には緊張がみなぎり、この場にいたくないという気持ちが伝わってくる。こんなにも取り乱したジャックを見たのは初めてだった。彼の肩越しに、誰かが部屋の中で動く気配があった。

「ジャック」わたしはささやいた。「大丈夫なの？」

ジャックは目をしばたたき、唇をなめて何か言おうとしたが、すぐに口をつぐんだ。

「誰かいるの？」ジャックの向こうを見ようと、わたしはきょろきょろした。

ジャックは目に投げやりな光を浮かべ、こくこくとうなずいた。彼を押しのけて中に入ると、アシュリー・エヴァーソンの姿が見えた。

彼女の容姿は美しくも乱れていた。目のまわりには濃く引いたアイライナーがはみ出し、頬は涙で光り、細い指にはティッシュのかたまりが握られている。色素の薄い、本来なら棒のようにまっすぐな髪も、今は念入りにブラシをかける必要がありそうだ。幼い少女のような痛ましい表情と、しゃれた身なりとのギャップの大きさに驚かされる。白のミニスカートに、上向きの胸にきれいに張りつく黒のトップス、ぴったりしたミニ丈のジャケットに、ストラップのついた一〇センチヒールのサンダル。このまま撮影すれば、乱れたメイクを含め、捨てられたセクシーな女を表現した写真として香水の広告に使えそうだ。

ジャックがアシュリーをここに呼んだとか、今も彼女を求めているとか、そんな考えは一瞬たりとも浮かばなかった。だが、この状況はジャック一人に任せたほうがいいのか、わたしが援護射撃をしたほうがいいのかはわからなかった。

ジャックのほうを向き、すばやく顔をしかめてみせる。「ごめんなさい。出直したほうがいい？」

「いや」ジャックはわたしを中に引き入れ、ルークを人質に取るかのように抱き上げた。

「この人、誰？」アシュリーはたずねた。塑像用の粘土で作ったような完璧な顔の中で、目がまばたきもせず、大きく見開かれている。

「こんにちは」歩み寄りながら、わたしは言った。「アシュリーよね？　わたしはエラ・ヴァーナーといいます。わたしもチャーチルのお誕生日会に行ったんだけど、紹介はされてなくて」

アシュリーは差し出された手を無視し、わたしのTシャツとジーンズに目をやって、当惑をあらわにした顔でジャックに話しかけた。「パーティから一緒に帰ったのって、この人？」

「ええ」わたしは言った。「ジャックとおつき合いしてるわ」

アシュリーはわたしに背を向け、ジャックに向かって言った。「話がしたいの。説明したいことがあるし……」彼女の声は徐々に小さくなり、驚きに押しつぶされたかのように抑揚が消えた。冷ややかなジャックの顔に表れた拒絶の意思に、口の両脇に険しく刻まれたしわに気づいたのだ。体がかすかにぴくりと動いたところを見ると、このようなジャックの表情を目にしたのは初めてなのだろう。

ジャックの冷淡な態度を目の当たりにして、アシュリーはさっと体をひるがえし、ようやくわたしに話しかけた。「差し支えなければ、ジャックと話がしたいんだけど。二人きりで。わたしたち、長いつき合いなの。いろいろあるのよ。今、二人で話し合ってるところだから」

アシュリーの背後で、ジャックは首を横に振り、わたしにここにいろと命じるように無言でソファを指さした。

状況はもはや茶番の域に差しかかっていた。わたしは頬の内側をそっと噛み、アシュリーに考えをめぐらせた。わたしが見た感じでは、アシュリー・エヴァーソンは人生を無謀なスピードで突っ走り、自分が当て逃げしてきたものの損害をいっさい顧みなかったのだろう。今になってそのつけをまとめて払うはめになったわけだが、あまりに打ちひしがれた彼女の様子に、多少の同情は禁じえなかった。とはいえ、ジャックにちょっかいを出すのを許すつもりはない。一度彼を深く傷つけたのだから、二度と同じことをさせるわけにはいかないのだ。

それに……ジャックはわたしのものだ。

「エラに帰ってもらうつもりはないよ、アシュリー」ジャックは言った。「帰るのはきみだ」

わたしは注意深くアシュリーに話しかけた。「話し合ってるって、あなたとピーターのこと？」

アシュリーは目を見開き、眼球のまわりの白目がぐるりとむき出しになった。「誰に聞いたの？」責めるような目でジャックをにらみつけたが、彼はルークのおむつのテープを直すのに没頭しているようだった。

「詳しく知ってるわけじゃないの」わたしは言った。「ただ、旦那さんとうまくいっていないということだけ。暴力をふるわれてるわけじゃないのよね？」

「ええ」アシュリーは冷淡な声で答えた。「関係が冷えてきたというだけよ」

「残念ね」わたしは心から言った。「カウンセリングには行った？」

「そんなの、気がおかしくなった人が行くものよ」軽蔑したような答えが返ってきた。

わたしはかすかに笑った。「まともな人が行ってもいいのよ。むしろ、まともであればあるほど、効果は大きいわ。それに、問題の原因を探る手助けもしてくれる。結婚のあるべき姿について、お互いの意見をすり合わせなきゃいけないのかもしれない。あなたとピーターのコミュニケーションの取り方に問題があるのかもしれない。もし結婚生活を続けたいなら、そういう点に目を向けて――」

「続けたくはないわ」アシュリーがわたしに愛想を尽かし、ライバル視する価値はないと判断したのは明らかだった。「関係を修復しようとは思わない。ピーターの妻という立場にはうんざりなの。わたしが欲しいのは――」突然言葉を切り、ジャックに獰猛な、せっぱつまったような熱い視線を向ける。

アシュリーの目に何が映っているのかはよくわかった……自分の問題をすべて解決してくれる男性だ。ハンサムで、成功していて、魅力的な男性。新たなスタートが切れる相手。ジャックと復縁できれば、結婚してから味わってきたすべての不幸が帳消しになると思っているのだ。

「子供がいるじゃない」わたしは言った。「子供のために、自分が作った家庭を守ろうとは思わないの？」

「あなたは結婚したことがあるの？」アシュリーは問いただした。

「ないわ」わたしは認めた。

「じゃあ、結婚のことなんて何一つわからないじゃない」

「そのとおりよ」わたしは冷静に言った。「わたしにわかるのは、ジャックとよりを戻したところで、問題は何も解決しないってこと。ジャックとの関係は過去のこと。この人は新たな人生を始めているの。失礼を承知で言わせてもらうと、ジャックはあなたのことを一人の人間としては気にかけているけど、それ以上の気持ちはまったくない。だから、今あなたがジャックのために、あなた自身のために、関係者全員のためにとれる最善の策は、家に帰って、結婚生活のために自分に何ができるか、ピーターと話し合うことよ」言葉を切り、ジャックのほうを見る。「わたしの言ってること、合ってるかしら？」

ジャックはほっとした顔でうなずいた。

アシュリーは憤慨したような声を吐き出した。ジャックをぎろりとにらみつける。「前は、わたしを忘れることなんてできないって言ってくれたじゃない」

ジャックはルークをゆったりと肩にのせたまま、体を起こした。感情の読み取れない目をしている。「アシュリー、ぼくは変わったんだ」

「わたしは変わってない！」アシュリーはたたきつけるように言った。

ジャックの答えはとても穏やかだった。「それは残念だよ」

アシュリーはしゃにむにハンドバッグをつかみ、ドアに向かった。わたしは顔をしかめ、彼女のあとを追った。これほど取り乱した状態で出ていかせていいものかと思ったのだ。「アシュリー――」わたしは言い、彼女の細い腕をつかもうと手を伸ばした。

アシュリーはわたしの手を振り払った。

怒ってはいるが平静は失っていないようだ。顔はこわばり、額はきつく縫い合わせすぎたようにしわが寄っている。わたしの背後に近づいてきたジャックに、アシュリーは射るような視線を向けた。「今わたしを追い出すなら、二度とチャンスはないわよ。ジャック、本当にそれでいいのかしら？」

「いいよ」ジャックはドアを開けてやった。

アシュリーは怒りに顔を赤く染めた。「ジャックとつき合うのがどういうことだかわかってるの？」軽蔑したような口調でわたしに言う。「ものすごくマイレージが貯まるわよ。あなたを乗せて猛スピードで走ったあと、道端に放り捨てるけどね」すばやくジャックに視線を切り替えた。「あなたは全然変わってないわ。この人みたいな女性を連れて歩いたら、まわりには大人になったように見られるかもしれないけど、実際には昔と変わらず自分勝手で軽薄な最低男なんだから」言葉を切って息継ぎをし、ジャックをねめつける。「わたしのほうがこの人よりずっときれいよ」憤慨のあまり息をつまらせたあと、彼女は出ていった。

ジャックがドアを閉めると、わたしは振り向いてドアに寄りかかった。ジャックはルークを抱いたままわたしを見つめた。見知らぬ場所に放り出されたことに気づいて、自分の足場を見定めようとしているような、当惑した表情を浮かべている。「ありがとう」

わたしはおずおずとほほ笑みかけた。「どういたしまして」

ジャックは困ったように頭を振った。「あんなふうにきみたち二人が一緒にいるのを見ると……」

「過去と現在が重なってるみたい？」

ジャックはうなずいてため息をつき、口角をゆがめて苦悩の表情を浮かべた。空いている手で髪をかき上げて言う。「アシュリーを見れば、どういう男が彼女を求めるのかはわかるだろう。ぼくはかつてまさにそのような男だった。そのことが我慢ならないんだ」

「戦利品を欲しがる男？」わたしはたずねた。「きれいで、一緒に楽しめる女性が好きな男……そう悪い趣味じゃないと思うけど」

「彼女がどんなに頑張ってもきみにはかなわないよ。それに、きみのほうがずっときれいだ」

わたしは笑った。「アシュリーを追い出してあげたからって、お世辞はいいわよ」

ジャックは近づいてきて、ルークを間にはさみ、わたしのうなじに手をすべり込ませた。敏感な首筋の上で、彼の指は力強く、かすかにひんやりと感じられた。その感触は我慢できないくらい心地よく、わたしは身震いした。「怒ってない？」ジャックは用心深くたずねた。

「どうしてわたしが怒るの？」

「ぼくがこれまでに知り合った女性はみんな、ここに来てアシュリーがいるのを見ると、怒り狂っていたから」

「あなたが彼女に帰ってもらいたがっていたのはよくわかったもの」わたしは苦笑いを浮かべた。「それからジャック、念のため言っておくけど……あなたが昔どんなだったかは知らないけど、今はまったく自分勝手でも軽薄でもないわ。それはわたしが保証する」

ジャックの顔が近づき、熱い息が唇をくすぐった。彼はわたしに強く、甘く、長いキスをした。「エラ、捨てないでくれ。ぼくにはきみが必要なんだ」

突然、彼の抱擁に違和感を覚えた。「ルークがつぶされちゃうわ」わたしは笑い混じりに言い、体をよじって抜け出したが、ルークは二人の間でおとなしく、満足そうにしていた。

21

これは人生におけるつかのまの一時期にすぎないのだというほろ苦い思いを抱きながら、わたしはその後の二週間を堪能した。ジャックとルークが地軸となり、世界はその二人を中心に回っていた。いずれは二人とも失ってしまうことはわかっている。だが、その意識はできるだけ遠くに押しやり、ほとんど魔法のようなこの灼熱の夏の日々を楽しむことにしたのだ。

それは慌ただしく騒がしい幸福だった。わたしは仕事とルークの世話をこなしながら、友達と連絡を取り合い、空いた時間はすべてジャックと過ごしていた。こんなにも短い期間で誰かを深く知ることができるなど、想像もしていなかった。わたしはジャックの表情を、好きな言葉を、集中すると引き締まる口元を、笑う直前に目尻に寄るしわを知った。感情に自制を利かせられることを、自分よりも弱い立場にいると見なした人たちに優しいことを、心や視野の狭い人には厳しい態度をとることを。

ジャックには友人が多く、そのうち二人とは親友と呼べる間柄だったが、最も信頼しているのは兄弟、特にジョーだった。ジャックが人に何よりも求めるのは、自分の言ったことを守ること。彼にとっては、約束は生死にかかわる問題で、人間の器を測る何よりの物差しだった。

わたしにはストレートに愛情を表現し、スキンシップを図り、強い欲望を体で示してきた。ふざけたり、からかったり、朝のまぶしい光の下では彼の顔を見られなくなるような行為にわたしを導いたりした。だが、一度か二度、セックスから遊び心がいっさい消えたことがあった。二人の呼吸と動きが一つになり、わたしは何かの瀬戸際に、強烈な忘我の境地に連れていかれた。その力強さに仰天したわたしは、自ら後ずさりして勢いを崩した。その先に待ち受けているものが怖かったのだ。


「あなたも子供を産む時が来たってことよ」ある午後、ステイシーに電話でそう言われた。

「体内時計がそうしなさいって言ってるの」

わたしはステイシーに、ルークがその小ささと無邪気さで、いかにわたしの防壁を打ち崩したかを説明しているところだった。生まれて初めて子供に精神的な結びつきを感じ、それが想像を絶するほど強かったことを。

ひどい苦境に陥ってしまったことを。

わたしは一生ルークを自分の手元に置いておきたかった。ルークの成長段階の一つ一つに立ち会いたかった。けれど、もうすぐ本当の母親が迎えに来て、わたしは脇に追いやられてしまう。

タラとルークはわたしに、強烈なワンツーパンチを食らわせたのだ。

「ルークを手放すのはものすごくつらいはずよ」ステイシーは続けた。「その覚悟はしておかないと」

「わかってる。でも、こういうことに対して、どう覚悟すればいいのかわからないの。もちろん、わたしはこの子と約三カ月間一緒にいるだけなんだって、自分に言い聞かせはしたわ。そこまで長い時間を注ぎ込んだわけじゃないんだからって。でも、期間の短さとは釣り合いが取れないくらい、ルークに夢中なのよ」

「エラ、エラ……赤ん坊のことで釣り合いが取れることなんてないのよ」

わたしは受話器を固く握りしめた。「わたし、どうすればいい?」

「今後のことを考えるのよ。ルークがいなくなったらすぐオースティンに戻ってくるの。ジャック・トラヴィスに無駄な時間を費やすのはやめて」

「わたしは楽しんでるわ。どうしてそれが無駄な時間なの?」

「先がない関係だから。確かにジャックはいい男のようだし、わたしも独身なら同じことをしたでしょうね。でもエラ、現実を見るの。あの手の男は長期戦には向かないことはわかってるでしょう?」

「それはわたしも同じよ。だからこそ、うまくいってるの」

「エラ、こっちに戻ってきなさい。心配なの。あなたは自分に嘘をついていると思うわ」

「何のことで?」

「いろんなことでよ」

だが、わたしは内心、むしろ逆ではないかと思った。いろんなことで自分に嘘をつくのをやめたおかげで、自己欺瞞にはまり込んでいたころよりも人生は快適に、シンプルになったのではないかと。

妹とは週に一度電話をしていた。ひどく気づまりな長い会話も二度ほどした。セラピストと話をした直後はどうしても、精神分析にかかわる話題がちりばめられてしまうのだ。「来週、ヒューストンに行くわ」ついに、タラは言った。「金曜よ。クリニックを退院することになったの。ジャスロー先生が言うには、順調なスタートは切れたけど、もっと良くなりたいならどこかでセラピーを続けたほうがいいって」

「本当に良かったわ」全身に寒気を感じながら、わたしは何とか声を発した。「タラ、良くなってくれて嬉しい」言葉を切ってからたずねる。「ルークはすぐに連れていくの？　すぐじゃなくても、わたしならいつでも――」

「ええ、連れていくわ」

〝本当に？〟わたしは問いただしたかった。〝ルークのことはほとんど質問してこないし、あまり興味があるように思えないんだけど〟と。だが、それは意地悪な気がした。タラにとって、ルークの存在は大きすぎるのかもしれない……焦がれる気持ちが強すぎて、簡単に口に出せないのかもしれないのだ。

わたしはルークが眠っているベビーベッドのそばに歩いていった。手を伸ばし、モビールについた蜂蜜の壺を触る。その指は震えていた。「空港まで迎えに行きましょうか?」

「ううん、わたし……それは何とかしてもらうから」

マーク・ゴットラーにね、とわたしは思った。「ねえ、うるさいことは言いたくないんだけど……例の取り決めのこと……契約書はわたしの部屋にあるわ。こっちにいる間に一度目だけでも通してもらいたいんだけど」

「目を通すのは構わないわ。でも、サインはしない。その必要はないから」

わたしは唇を噛み、反論したい気持ちを抑えた。一歩ずつ進めばいい、と自分に言い聞かせる。

タラが帰ってくることについて、わたしはジャックと言い争った。というのも、ジャックは自分もその場にいたいと言い、わたしは一人にしてほしいと言ったからだ。これほどまでにつらく個人的なことにジャックを立ち入らせたくなかった。ルークを手放すことで自分がどれほど傷つくかはよくわかっていたので、弱っている自分をジャックに見られたくなかったのだ。

しかも、その金曜はジョーの誕生日で、ジャックは弟と泊まりがけでガルベストンに釣りをしに行くことになっていた。

「ジョーのために旅行に行ってあげて」わたしはジャックに言った。

「日をずらせばいい」

「ジョーと約束したじゃない」わたしはその言葉がジャックに与える効果を知り尽くしたうえで言った。「あなたが弟さんとの約束を、それも本人の誕生日に破ろうとしてるなんて信じられない」

「ジョーはわかってくれる。こっちのほうが大事だから」

「わたしは大丈夫よ。それに、妹と二人きりになりたいの。あなたがいたら、タラと話ができないわ」

「まったく、タラは来週まで帰ってこないはずだったじゃないか。いったいどうして退院が早まったんだ？」

「知らないわよ。自分のメンタルヘルス問題をあなたの釣り旅行に合わせてくれないなんて、タラったら本当に非常識な子ね」

「旅行には行かない」

わたしはいらいらとジャックの部屋を歩き回った。「ジャック、わたしはあなたに旅行に行ってほしいの。この件に関しては、あなたがいないほうが気をしっかり保てる。一人でやり遂げたいのよ。ルークをタラに渡したあとは、大きなグラスでワインを飲んで、お風呂に入って早めに寝るわ。もし本気で誰かにそばにいてほしくなったら、ヘイヴンに会いに行く。あなただって次の日には帰ってくるんだから、そのときに検死解剖でも何でもしましょうよ」

「試合後の反省会と言ったほうがいいな」ジャックはわたしをじっと見つめた。「エラ。歩き回るのはやめてこっちにおいで」

わたしは一〇秒間立ち止まったあと、ジャックのほうに向かった。彼はわたしに腕を回し、抵抗する体を少しずつ自分の体に押しつけていった。肩、背中、ウエスト、ヒップ。

「何も問題ないふりをするのはやめろ」ジャックはわたしの耳元で言った。

「それ以外にどうすればいいのかわからないのよ。何も問題ないふりをずっと続けていれば、そのうち本当に何も問題はなくなるの」

ジャックはしばらく黙ってわたしを抱いていた。体の上で手を動かし続け、わたしを引き寄せては自分に押しつけ、なじませていく。まるで、芸術家が粘土で成型しているかのようだ。わたしは深呼吸し、体を愛撫して優しくつかんでくる手に身を任せた。腰がジャックの腰に押しつけられると、彼がいかに高ぶっているかがわかり、神経がびくりと跳ねた。

ジャックは慎重にわたしの服を脱がせたあと、自分も脱ぎ、わたしが何か言おうとすると、顔を両手ではさみ、唇を開いて燃えるようなキスをした。わたしを床に下ろし、キスを続けながら腰をまたぐ。わたしは体を浮かせ、ジャックに近づこうと、その硬い体の心地よさを味わおうとあがいた。二人はゆっくり転がり、まずはわたしが上に、次にジャックが上になると、彼はわたしの腰をつかみ、するりと中に入った。深く深く、濡れて熱い場所にすっぽりと包まれるまで。体をしっかりと固定され、押しつけられた彼のもので自分のそこが開いていく感触に、わたしは満足のうめき声をもらした。

ジャックがソファのクッションを取ってわたしのヒップの下に押し込み、腰をくねらせながら突き、容赦なく貫くうちに、わたしは激しいあえぎ声とともに絶頂に達した。それでも彼は突き続け、行為をできるだけ長引かせた末、解放の時を迎えた。ジャックは長い間わたしの中に留まり、力強い指を髪に絡めて、自分の唇からわたしの唇が離れないようにした。それはまるで、何かを証明し、何かを見せつけようとしているように見えた。わたしの心と頭が受け入れることを拒否している何かを。

金曜の朝、ジャックはまだ暗いうちに出ていった。ベッドでわたしの隣に座り、眠っている体を引き上げて抱きしめる。むにゃむにゃ言いながら目を覚ましたわたしの頭に片手を添え、長い指でぐっと支えた。深みのあるバリトンが耳に柔らかく響く。「きみはやるべきことをやればいい。ぼくはじゃましないよ。でも、帰ってきたら、ぼくを締め出さないでほしい。いいね？　どこかに連れていくよ……ゆっくり旅行を楽しもう……そこで話をしてくれ。ぼくの腕の中で思いきり泣けば、気分も良くなるだろう。そうやって一緒に乗り越えるんだ」ジャックはわたしの頬にキスをし、髪をなでつけてから、背中をマットレスに下ろした。

わたしは黙って目を閉じていた。ジャックはわたしの横顔から体へと優しく指先を這わせたあと、鎖骨に上掛けを引き上げ、部屋を出ていった。

ジャックが求めているのはわたしが差し出せる以上のものなのだと、理解してもらう方法がわからなかった。わたしのような傷つき方をしてきた人間にとって、恐怖と生存本能はいつだって愛情を上回る。わたしは制限つきの方法でしか人を愛することができない。ルークは例外だが、これは奇跡だから数のうちに入らないのだ。

そのルークを、わたしは失おうとしている。

これまで、何度も同じ教訓を得てきた。理屈の裏づけを必要としない、強力な内なる真理だ。誰かを愛するたびにその人を失い、自分が削り取られていくのだと。

明日からの自分は、いったいどのくらい残っているのだろう？

ルークに上下揃いの水兵服を着せ、小さな白いスニーカーを履かせながら、わたしは考えた。この子はタラの目にどう映るのだろう。生まれたばかりと三カ月経った今とではどれほど変わっているのだろう。ルークは今や手でものをつかむことも、自分の上からぶら下がっているものをたたくこともできる。わたしを見るとほほ笑みかけ、鏡に映った自分を見てにっこりする。わたしが話しかけると、返事をするように喉を鳴らしたり音をたてたりして、まるで二人で最高に楽しい会話をしているかのようだ。わたしが抱き上げて足を床につけると、立とうとするように足に力を入れた。

ルークは無限の発見と能力の入り口に立っている。そのうち、初めての言葉、初めてのお座り、初めてのあんよ、といった重大な瞬間が次々に訪れるのだ。わたしはそのどれにも立ち会えない。わたしのルークは、もはや心の中にしか存在しないのだ。

くしゃみがきちんと出きらないときのように、涙が鼻の奥を刺すのを感じた。けれど、涙という仕組み自体が、わたしの中で停止してしまったようだ。泣きたいのに泣けないというのは、最悪の気分だった。会いに行けばいいでしょう、とさとすように自分に言い聞かせる。ルークの人生に参加する方法が何かあるはず。毎回誰よりも好みのプレゼントをくれる、気の利いたおばさんになればいいじゃないの、と。

だが、それは今と同じではない。

「ルーク」ルークの靴のマジックテープを留めながら、わたしはかすれた声で呼びかけた。「今日、ママが来るの。やっとママに会えるのよ」

ルークはわたしを見上げて笑った。身をかがめて、花びらのように柔らかな頰に唇を寄せると、小さな指がわたしの髪をつかむのを感じた。その手をそっと外し、抱き上げてソファに連れていく。膝の上にのせて、ルークのお気に入りの厚紙装丁の本を読み始める。ある晩、動物園中の動物を檻から逃がしてやったゴリラの話だ。

物語の中盤で、インターホンが鳴るのが聞こえた。「ミス・ヴァーナー、お客様です」

「通して」

わたしは不安と敗北感にさいなまれた。心のどこか深いところでは、怒りもくすぶっている。大きな怒りでない。小さな火種ではあったが、自分の将来に対してわずかに残っていた楽観を燃やし尽くす程度には勢いがあった。タラにこんな頼み事をされなければ、これほどの痛みを知ることはなかった。こんな経験はもう二度としたくない。

ドアがノックされた。三度、控えめな音が響く。

わたしはルークを抱いて応対に向かった。

タラが立っていた。わたしの記憶にあるよりも美しく、やや険を増したものの、美貌は少しも損なわれていない。ほっそりした体に、ハンマードシルクの白のトップスとぴったりした黒のパンツをまとい、銀の飾り鋲のついた黒のフラットシューズを履いている。プラチナブロンドの髪は自然なウェーブを描いて肩にかかり、大きな輪のイヤリングが耳から垂れていた。手首には一五カラットはありそうなテニスブレスレットがきらめいている。

タラは黙って感激の表情を浮かべながら部屋に入ってきたが、ルークをわたしから抱き上げようとはせず、長い腕をわたしたち二人に回した。タラがこれほど背が高かったことを、今さらながら思い出した。一〇代のころ、タラがわたしの背を追い抜かし、どうしてあなたが先に成長期を迎えるのよ、と文句を言ったことがあった。そのときタラは、二人分の成長期がまとめて来たのよ、と言ってわたしをからかった。タラと抱き合っていると、膨大な数の思い出がよみがえってきた。わたしがどんなに妹を愛しているかということも。

タラは一歩下がってわたしを見てから、ルークに視線を落とした。「お姉ちゃん、この子すごくかわいいわね」感激したように言う。「それに、ずいぶん大きくなったわ」

「でしょう？」わたしはルークの顔をタラのほうに向けた。「ルーク、ママきれいねえ……ほら、抱っこして」

わたしたちは慎重に赤ん坊を受け渡した。タラがルークを抱き取ったあとも、わたしの肩にはルークの柔らかな重みが残っていた。タラは濡れた目をきらめかせ、わたしを見た。頬の高いところが真っ赤に染まっているのが、メイク越しにもわかる。「ありがとう、お姉ちゃん」妹はささやき声で言った。

わたしは自分が泣いていないことにどこかで驚いていた。自分と今起こっていることとの間に、短くも決定的な距離があるような気がする。それがありがたかった。「座りましょう」タラはわたしのあとをついてきた。「メイン通り一八〇〇番地に住んで、ジャック・トラヴィスみたいな金持ちの男に貢がせてるなんて……お姉ちゃん、うまくやったわね」

「ジャックがお金を持っているからという理由でつき合い始めたわけじゃないわ」わたしは抗議した。

タラは笑った。「お姉ちゃんがそう言うなら信じるわ。でも、このマンションはジャックからもらったんでしょう?」

「借りてるだけよ。でも、あなたが帰ってきて、ルークの面倒を見る必要がなくなった以上、ここは出ていくわ。どこに住むかはまだ決めてないけど」

「このまま住めばいいじゃない」

わたしは首を横に振った。「それでは納得がいかないの。でも、そのことは自分で何とかするわ。そんなことより、あなたはどこに住むつもり? ルークと二人でこれからどうするの?」

タラは警戒するような顔つきになった。「ここからそう遠くないところに、感じのいい家があるの」

「マークが用意してくれたの?」

「まあね」

しばらく会話は続き、わたしはタラの状況を具体的に聞き出そうとした。今後の見通し、現在の状況、生計を立てる手段。タラは答えようとしなかった。のらりくらりと逃げるその態度に、わたしははらわたが煮えくりかえる思いだった。

張りつめた雰囲気を感じ取ったのか、慣れない腕に抱かれていることに疲れたのか、ルークは身をよじり、むずかり始めた。「どうしろっていうの?」タラはたずねた。「お願い、抱いてて」

わたしはルークを受け取り、肩に抱き上げた。ルークは静かになり、息を吐いた。

「タラ」わたしは慎重に切り出した。「マーク・ゴットラーと例の契約を結んだことが、おせっかいだったならごめんなさい。でも、それはあなたを守るためなの。あなたとルークがある種の保障を得られるようにするため。安心して暮らすためなの」

タラは驚くほど冷静にわたしを見つめた。「安心ならちゃんとできているわ。あの人はわたしたちの面倒を見ると約束してくれたし、わたしはその言葉を信じてるから」

「どうして?」たずねずにはいられなかった。「どうして自分の奥さんを裏切るような男の言葉を、そんなに固く信じることができるの?」

「お姉ちゃんにはわからないのよ。あの人のことを知らないから」

「マークにはわたしも会ったけど、冷酷で、他人を操ろうとする最低男だと思ったわ」

その言葉に、タラはいきり立った。「お姉ちゃんはいつだって自分は賢いと思ってるのね？　何でも知ってるのね？　じゃあ、これはどう？　マーク・ゴットラーはルークの父親じゃない。あの人は本当の父親の隠れ蓑になってくれてるだけよ」

「じゃあ、誰なの？」わたしはルークの後頭部を片手で支えながら、いらいらとたずねた。

「ノアよ」

わたしは言葉を失い、タラを見つめた。目を見れば、妹が本当のことを言っているのがわかった。

「ノア・カーディフ？」かすれ声でたずねる。

タラはうなずいた。「ノアはわたしを愛してくれてる。何万人という人に愛されていて、どんな女性でも手に入るのに、わたしを選んでくれたの。それとも、ノアみたいな人がわたしを愛するなんてありえないと思う？」

「いいえ、わたし……」ルークは眠りに落ちた。わたしはその小さな背中をさすった。ルカ《ルーク》……ノア・カーディフが一番好きな使徒。

「奥さんは？」咳払いをしてから続けた。「あなたのことは知ってるの？　ルークのことは？」

「まだよ。ノアは時機が来たら話すって言ってるわ」

「それっていつ？」わたしはささやくように訊いた。

「ノアの子供がもう少し大きくなったら、いつか。今のノアは背負っているものが多すぎる。すごく忙しいの。でも、それはあの人が何とかしてくれるわ。わたしと一緒になりたがって

って言ってるの？」

るから」

「ノアが離婚して世間体を失うリスクを冒すと思う？　ルークとはどのくらいの頻度で会う

「ルークはすぐには大きくならないわ。ある程度成長するまで父親はいらないし、そのころにはわたしとノアは結婚してるから」わたしの顔を見て、タラは眉をひそめた。「そんな目で見ないで。あの人はわたしを愛してくれてる。わたしの面倒を見るって約束してくれてるの。わたしも、ルークも安心よ」

「安心した気にはなれても、現実は違うわ。あなたには交渉材料が何もない。ノアはいつだってあなたを捨てられるし、そうなればあなたは路頭に迷うことになるのよ」

「じゃあ、お姉ちゃんはジャック・トラヴィスともっと条件のいい取引をしてるの？　どんな交渉材料があるっていうの？　自分は捨てられないってどうして言えるの？　少なくとも、わたしにはノアの子供がいるわ」

「わたしは経済的にジャックを頼ってるわけじゃないもの」わたしは静かに言った。

「そうね、お姉ちゃんは誰にも頼らないもんね。誰も信用しないし、何も信じない。でも、わたしは違うの。一人になりたくない……男の人にいてほしいし、それはちっともおかしいことじゃないわ。それに、ノアほどすばらしい男性には出会ったことがない。優しくて、頭が良くて、いつもお祈りをしてる。間違いなくジャック・トラヴィスよりお金持ちだし、人脈もあるわ。政治家に、実業家に……とにかく誰とでも知り合いなの。すごい人なのよ」

「ノアはその約束を書面にしてくれるかしら？」わたしはたずねた。「わたしたちの関係はそんなのじゃないの。契約を結べば、その関係が安っぽくて醜いものになってしまう。わたしが信じていないと知ったら、ノアは傷つくだろうし。ノアもマークも、あの契約はお姉ちゃんが押しつけたもので、わたしの意思じゃないことは知ってるんだから」わたしの表情を読み取り、タラはいらだちに震える唇を抑えようとした。下まぶたの細い縁に涙がたまってくる。「お姉ちゃん、わたしの幸せを喜んでくれないの？」

わたしはゆっくりと首を横に振った。「こんな形では無理よ」

タラは指先で目の下の涙を勢いよく拭った。「お姉ちゃんはお母さんと同じで、人が自分の思いどおりにならないと気がすまないのよ。自分でわかってる？」立ち上がり、ルークに手を伸ばす。「ルークを返して。もう帰るわ。運転手が車で待ってるから」

わたしは眠っているルークを渡し、マザーズバッグを手に取って、中に厚紙装丁の本を押し込んだ。「ベビーカーを車のところまで押していくのを手伝う――」

「けっこうよ。子供部屋に新品のベビー用品が揃ってるから」

「怒ったまま帰らないで」胸に冷たく乾いた痛みが広がり、わたしは急に息ができなくなった。

「怒ってはないわ。ただ……」タラは言いよどんだ。「お姉ちゃんとお母さんはわたしにとって毒になるの。お姉ちゃんに責任がないことはわかってる。でも二人に会うと、子供時代の地獄を思い出さずにはいられないのよ。わたしは人生を前向きなもので埋め尽くしたい。

これからは、わたしとノアとルークだけで生きていきたいの」

わたしはあまりのショックに言葉を失った。「待って。お願い」ベビーキャリアの上にかがみ込み、眠っているルークの頭にぎこちなく唇を押し当てる。「バイバイ、ルーク」ささやくように言う。

そして、離れたところから、妹がルークを連れ去るのを見守った。タラがルークをエレベーターの前に連れていくと、扉が開き、閉まって、二人は姿を消した。

わたしはのろのろと歩いて部屋に戻った。これからどうすればいいのか、何も考えられなかった。無意識に台所に行き、飲むつもりのない紅茶をいれ始める。

「終わった」声に出して言った。「終わったわ」

ルークが目を覚ましたとき、そこにわたしはいない。なぜ姿が見えないのかといぶかることだろう。わたしの声もルークの記憶から徐々に消えていく。

わたしの子。わたしの赤ちゃん。

うっかり熱湯で指を火傷したが、ほとんど痛みは感じなかった。心のどこかでは、自分がひどい乖離《かいり》状態にあることを心配していた。ジャックに会いたい……ジャックならわたしを閉じ込めている氷の層を打ち破る方法を知っているはず……。そう思うと同時に、ジャックと一緒にいるところを想像すると、恐怖にさいなまれた。

わたしはパジャマに着替え、夕方までテレビを見て過ごしたが、目からも耳からも何も入ってこなかった。電話が鳴っても、留守電が応答するまで放置した。着信表示を見なくても、ジャックであることはわかっていた。ジャックと、あるいはほかの誰とも、今は話ができるとは思えない。わたしは着信音の音量をゼロに絞った。

日常生活をこなさなければならないと思い、粉末でチキンスープを作り、ゆっくり飲んだあと、ワインを飲んだ。電話は何度もかかってきたが、そのたびに留守電が応答して、やがて半ダースものメッセージが残された。

そろそろベッドに入ろうかと思い始めたとき、ドアがノックされた。へイヴンだった。兄にそっくりなこげ茶色の目いっぱいに心配の色を浮かべている。彼女は部屋に入ろうとはせず、両手をジーンズのポケットに入れ、どこまでも粘り強い目でわたしを見た。「こんばんは」優しい声で言う。「ルークはもう行っちゃった?」

「ええ。行ったわ」さばさばした口調で答えようとしたが、最後の一音が喉に引っかかった。

「ジャックから電話があったと思うんだけど」

わたしは口元に薄くすまなさそうな笑みを浮かべた。「わかってる。でも話をする気分になれなくて。わたしがこんなに暗いと、釣り旅行がぶち壊しになりそうだし」

「ぶち壊しになんてならないわ……ジャックはただ、あなたが大丈夫かどうか確かめたかっただけよ。さっきわたしに電話してきて、ここに様子を見に行ってほしいって言われたの」

「ごめんなさい。その必要はなかったのに」わたしは何とか笑みを浮かべた。「出窓から外に身を乗り出してたとか、そんなことは全然ないのよ。ただ、すごく疲れてしまって」

「ええ、わかるわ」へイヴンはためらってから続けた。「しばらくいたほうがいい? 深夜番組でも一緒に見る？」

わたしは首を横に振った。「眠りたいの。あの……ありがとう、でも、大丈夫」

「わかったわ」ヘイヴンのまなざしは温かくもあり、探るようでもあった。わたしは夜行性の動物が日光を避けるように、その目から逃れた。「エラ。わたしは子供もいないし、あなたがどんな思いをしているのか正確に知ることはできない……でも、何かを失う気持ちならわかる。その悲しみも。それに、話を聞くのは得意よ。明日、話してくれない？」

「本当に、何も話すことはないのよ」ルークのことは二度と口にするつもりはなかった。わたしの人生の中で、それはすでに終わってしまった章なのだ。

ヘイヴンは手を伸ばし、わたしの肩に軽く触れた。「ジャックは明日の五時ごろに戻ってくるって。もうちょっと早いかも」

「そのころにはもうここにはいないかもしれないわ」わたしはぼんやりとそう言う自分の声を聞いた。「オースティンに帰るから」

ヘイヴンははっとしたようにわたしを見た。「一時的にってこと？」

「わからない。ずっとかもしれない。今考えてるところ……以前の生活に戻りたいの」オースティンでデーンといたころは平和だった。何かを過剰に感じることも、過剰に与えられることも、過剰に欲しがることもなかった。約束もなかった。

「そんなことできると思う？」ヘイヴンはそっとたずねた。

「わからない。でも、それ以外にどうしようもないかもしれない。ここにいると、何もかもが間違ってる気がするのよ」

「今すぐ決断を下すことはないわ」ヘイヴンは説き伏せるように言った。「時間を置いてみて。時間が経てば、やるべきことが見えてくるから」

22

わたしは朝起きると、居間に向かった。その途中、足の下で何かがキーと抗議の声をあげた。身をかがめ、ルークのうさぎのぬいぐるみを拾い上げる。うさぎをぎゅっと抱きしめ、ソファに座って泣いた。だが、それはわたしが必要としていた、思いきりのいい良質な泣き方ではなく、苦悶に満ちたじめじめとした泣き方だった。わたしはシャワーを浴びに行き、降り注ぐ湯の中に長い間立っていた。

そして、思った。タラがどんなに遠くに行こうと、タラとルークがどこにいようと、何をしていようと、わたしが二人を愛していることに変わりはない。誰もその思いをわたしから取り上げることはできないのだと。

タラとわたしはともに生き抜いた同志ではあるが、すさみきった子供時代から受けた影響は真逆だ。タラは一人になることを恐れ、わたしは一人になれないことを恐れている。時が経てば、そのどちらもが間違っていることが証明され、幸福の真髄は永遠にわたしたちの手には入らないのかもしれない。一つだけ確かなのは、自分のまわりに張りめぐらせた境界線だけが、これまで身を守ってくれたということだ。

わたしは服を着て、髪をポニーテールにし、服をたたんでベッドの上にきちんと積み上げ始めた。

電話は鳴らなかった。ジャックは連絡を取るのをあきらめたのだと思うと、当惑し、不安になった。ルークのことや自分の気持ちについては話したくなかったが、ジャックの様子は知りたかった。テレビでローカルニュースが始まり、天気予報がメキシコ湾で発生している嵐の状況を伝えた。暴風域の先を進まない限り、トラヴィス兄弟の帰りはひどい悪路になるだろう。最初の予報の三〇分後、今度は弱い熱帯低気圧が風速七二キロの暴風になったという情報が流れた。

わたしは心配になって受話器を取り、ジャックにかけたが、出たのは留守番電話だった。

「もしもし」メッセージをうながすピーという音が鳴ると、わたしは言った。「昨日の夜は電話に出なくてごめんなさい。疲れていて、その……まあ、とにかく、天気予報を見て、あなたのことが心配になったの。電話ください」

ところが、ジャックから電話はかかってこなかった。昨晩わたしが電話に出なかったのを怒っているのか、それともボートを無事に港につけるのに忙しいだけだろうか？

午後の早い時間に電話が鳴ると、わたしは着信表示も確かめず、急いで受話器を取った。

「ジャック？」

「エラ、ヘイヴンよ。一応きくんだけど……もしかして、ジャックはあなたのところにフロートプランを置いていってない？」

「いいえ。それが何なのかさえ知らないわ。どんなものなの？」

「何の変哲もない、二枚の紙よ。基本的にはボートの説明で、あとは行き先や、コース沿いの油井掘削設備の番号や、帰りの時刻が書かれているの」

「ジャックに電話してきくわけにはいかないの？」

「ジャックもジョーも携帯に出ないのよ」

「やっぱり。わたしも少し前に天気予報を見てジャックにかけたんだけど、出なかったわ。手が離せないのかなと思ったんだけど」わたしはためらってから言った。「心配するような状況なの？」

「そういうわけじゃないんだけど、ただ……二人の正確な予定が知りたいと思って」

「ジャックの部屋に行ってフロートプランを探してくるわ」

「それはいいの、わたしがもう行ってきたから。ハーディが、二人が出港したマリーナに電話して港長と話してみるって。ジャックたちから何か聞いてるだろうから」

「そう。何かわかったら教えてもらえる？」

「もちろん」

ヘイヴンが電話を切ると、わたしは顔をしかめ、手の中の受話器を見つめて立ちつくした。首の後ろがちくちくしてきたので、手を伸ばしてかく。再びジャックの携帯電話にかけてみたが、すぐに留守番電話が出た。「またかけてみたんだけど」こわばった声で言う。「今どうしてるのか、連絡ください」

それから数分間天気予報を見たあと、わたしはハンドバッグをつかんで部屋を出た。いつもルークのために持ち歩いていた身の回り品を持たずに外に出るのは、おかしな感じだった。ヘイヴンとハーディの部屋に行くと、ヘイヴンが中に入れてくれた。

「すごく心配になってきて」わたしは言った。「誰か、ジャックかジョーと連絡は取れたの？」

ヘイヴンは首を横に振った。「今、ハーディが港長と電話してて、向こうでフロートプランを探してくれてるところよ。ゲイジにもさっきわたしが電話したんだけど、今ごろはもう岸に戻ってると思ってたって。でも、マリーナの人が言うには、船架は空っぽらしいの」

「釣りの時間が長引いてるとか？」

「この天候ではありえないわ。それに、ジャックは今日は早めに帰るってはっきり言ってたもの。昨日のことがあったあとでは、あなたを長い間一人にしておきたくないからって」

「帰ってきたら殺さなきゃいけないから、無事でいてもらわなきゃ困るわ」わたしが言うと、ヘイヴンは無理に笑った。

「それなら、列に並んでくれないと」

電話を切ったハーディがテレビのリモコンを取り、新たに始まった天気予報の音量を上げた。「やあ、エラ」テレビを見たまま、ぼんやりと言う。いつもならゆったりと愛想のいい表情を浮かべている顔はくもり、険しく厳しいしわが刻まれている。ソファに浅く腰かけるその長身には、戦いに備えるかのような緊張感がみなぎっていた。

「港長は何て?」ヘイヴンがたずねた。

ハーディの口調は冷静で、力強かった。「超短波無線《VHF》で二人に呼びかけてみるって。チャンネル9……遭難用のチャンネルなんだが、そこには何も入ってこないし、救難信号《メーデー》も出ていない」

「だから大丈夫ってこと?」わたしはたずねた。

ハーディはかすかにほほ笑んでわたしを見たが、眉間にはV字形のしわが刻まれていた。

「便りのないのは良い便り、だよ」

わたしは船のことは何も知らなかった。どういう質問をすればいいのかもわからない。それでも、ジャックとジョーと連絡がつかない理由について、必死に頭をめぐらせた。「ボートの電源が全部落ちてしまったとか、そういうことはないの? しかも、たまたま携帯の電波が入らない場所にいるとか」

ハーディはうなずいた。「ボートでは、偶然にせよ何にせよ、複数のトラブルが重なることはある」

「ジャックもジョーも経験は豊富よ」ヘイヴンが言った。「安全手順も知り尽くしているし、無茶なことをするような性格でもない。だから、絶対に大丈夫」わたしだけでなく、自分にも言い聞かせるような言い方だった。

「もしこの嵐につかまってしまったら?」わたしはやっとの思いでたずねた。

「そこまでひどい嵐じゃないわ」ヘイヴンは言った。「もしつかまってしまっても、必要な対処をして乗り切るわよ」携帯電話を探し、手に取る。「ゲイジに電話して、父のところに誰か行けるかきいてみるわ」

それから三〇分間、ヘイヴンとハーディは携帯電話で情報を集めていた。リバティはチャーチルと一緒に経過を見守るためにリバーオークスに、ゲイジは沿岸警備隊の事務所があるガリナ・パークに向かっている。フリーポートから警備艇が二艘、失踪した船の捜索に出たという。

しばらくの間、それ以上の進展はなかった。

次の三〇分間は、天気予報チャンネルを見て過ごした。ヘイヴンがサンドウィッチを作ったが、誰も食べなかった。その状況はどこか非現実的で、時が経つにつれて緊張感は急速に高まっていった。

「煙草が吸えたらいいのに」ヘイヴンは神経質に笑い、いらだちに任せて部屋中を歩き回った。「こういうときは、チェーンスモーカーになりたいって思うわ」

「おい、やめてくれよ」ハーディはぼそりと言い、ヘイヴンの手首をつかんだ。「きみにはじゅうぶん悪習があるじゃないか」太ももの間に引き寄せてソファにもたれると、ヘイヴンもハーディに身をすり寄せた。

「あなたもその一つね」くぐもった声で言う。「あなたはわたしの最悪の習慣だわ」

「そのとおりだ」ハーディはヘイヴンの黒い巻き毛を指でとかし、頭にキスをした。「しかも、この悪習は克服することができない」

電話が鳴り、ヘイヴンとわたしは跳び上がった。ハーディはヘイヴンを片手で抱いたまま電話を取った。「ケイツです。ゲイジか、どうなった？　まだ見つかってないのか？」突然ハーディが動きを止めて黙り込んだので、わたしは全身の毛が逆立つのを感じた。彼が耳を傾ける。心臓が激しく打ち始め、意識が朦朧とし、吐き気がしてきた。「わかった」ハーディは静かに言った。「もっとヘリが必要か？　もしそうなら、おれができるだけかき集めて……ああ。でも、それは裏庭に落ちた二枚の一セント硬貨を探すようなものだ。わかってる。じゃあ、とりあえずこのままで行こう」彼は携帯電話を閉じた。

「どうなったの？」小さな手で夫の肩をつかみ、ヘイヴンがたずねた。

ハーディは一瞬ヘイヴンから視線をそらした。あごが硬く張りつめ、頬の筋肉がぴくりと引きつったのがわかる。「破片が散乱している箇所が見つかったそうだ」しばらくして、ようやくそう言った。「ボートの残骸は沈んでいた」

わたしは頭が真っ白になった。ハーディを見つめ、この人は本当にわたしが今聞いたと思ったとおりの言葉を発したのだろうかと考える。

「じゃあ、二人の捜索救助が始まるってこと？」ヘイヴンが真っ青な顔で言った。

ハーディはうなずいた。「沿岸警備隊がタッパーウルフを二機出す……あの大きなオレンジ色のヘリだ」

「破片が散乱してるって」わたしは込み上げる吐き気をこらえながら、ぼんやりと言った。「その……何かが爆発したってこと？」

ハーディはうなずいた。「掘削設備の一つから、遠くで煙が上がったという報告があった
そうだ」
三人とも、何とかこの状況をのみ込もうとあがいた。
わたしは口に手を当て、指の隙間から息をした。今、ジャックはどこにいるのだろう？
けがをしているのだろうか？　溺れているのだろうか？
だめだ、そんなことを考えてはいけない。
だが一瞬、自分まで溺れているような気分になった。冷たく暗い水が頭の上に押し寄せ、
体が引きずり込まれて、息をすることも、見ることも聞くこともできない。
「ハーディ」胸の内は千々に乱れているにもかかわらず、まともに言葉を発することができ
た自分に驚いた。「ボートがそんなふうに爆発するのは、何が原因なの？」
冷静すぎるとも思える声で、ハーディは言った。「ガス漏れ、エンジンのオーバーヒート、
燃料タンク付近での可燃性ガスの蓄積、バッテリーの爆発……。掘削現場で働いていたころ、
全長三〇メートル以上ある釣り船が、水中の燃料パイプの上を通過したときに爆発したのを
見たこともある」彼は妻を見下ろした。ヘイヴンは顔を真っ赤にし、泣きださないよう口を
への字に結んでいた。「遺体が見つかったわけじゃない」ハーディはそっと言い、ヘイヴン
をそばに引き寄せた。「最悪の事態は考えないようにしよう。海面に浮かんで、救助を待っ
ているかもしれないんだから」
「海は荒れているわ」ヘイヴンはハーディのシャツに顔を押しつけて言った。

「確かに潮の流れは速い」ハーディは認めた。「ゲイジの話だと、救助活動を取り仕切っている指揮官は、コンピュータによるシュミレーション結果から二人が漂流している地点を割り出そうとしているそうだ」

「二人とも助かる可能性はどのくらいあるの?」わたしは震える声でたずねた。「もし爆発からは逃れられたとしても、ライフジャケットは着ているのかしら?」

その質問に、凍りつくような沈黙が流れた。「着ていない可能性が高い」しばらくして、ハーディが言った。「もちろん、着ている可能性だってあるが」

わたしはうなずき、胸をざわめかせながら、近くの椅子にどさりと腰を下ろした。

〝時間を置いてみて〟わたしがオースティンに帰る考えを打ち明けたとき、ヘイヴンは言った。〝時間が経てば、やるべきことが見えてくるから〟と。

だが、その時間がなくなってしまった。

もう二度と戻ってこないかもしれない。

あと五分でもジャックと一緒にいられたら……。残りの人生の何年分と引き換えにしても構わないから、自分にとってジャックがどんなに大切な存在かを伝えたい。わたしがどんなにジャックを求めているか。どんなに彼を愛しているか。

心をとろけさせるあの笑顔が、真夜中色の目が、眠っているときの美しくもいかめしい顔が思い出される。もう二度とジャックには会えない、彼の唇が自分の唇に触れるあの甘い感触を味わえないのだと思うと、耐えがたいほどの痛みに襲われた。

二人で一緒にいながら何も言わずのんびりしていた時間が、自分の心が課した制約のせいで口に出せなかった言葉が、どれだけあったことだろう。ジャックに本心を打ち明けるチャンスはいくらでもあったのに、わたしはそのすべてをふいにしたのだ。

わたしはジャックを愛している。でも、彼がそれを知ることはもうないかもしれない。ようやく気がついた。何よりも恐ろしいのは誰かを失うことではなく、その誰かを愛せなくなることだったのだ。自分の身を守ることを優先した結果、今こうして後悔にさいなまれている。しかも、この思いを抱えたまま残りの人生を生きていかなければならないのだ。

「ここで待っているのは耐えられない」ヘイヴンが吐き出すように言った。「どこに行けばいいかしら？　沿岸警備隊の事務所？」

「きみが行きたいと言うなら、連れていくよ。でも、そこに行ったところで、おれたちにできることは何もない。じゃまになるだけだ。何かあればゲイジがすぐに連絡をくれるはずだし」言葉を切ってから続ける。「お父さんとリバティのところに行って一緒に待つか？」

ヘイヴンは勢いよくうなずいた。「どうせ待ちくたびれて気が変になるなら、みんなと一緒のほうがいいわ」

ハーディのシルバーのセダンでリバーオークスに向かっていると、彼の携帯電話が鳴った。ハーディは中央のコンソールに置かれた携帯に手を伸ばしたが、その前にヘイヴンがすばやく手に取った。「わたしが出るわ。あなたは運転中だし」携帯を耳に当てる。「もしもし、ゲイジ？　どうしたの？　何かわかった？」数秒間耳を傾けたあと、彼女は目を丸くした。

「ああ、何てこと。信じられない……どっち？　わからない？　もう。誰か……ええ、わかった、そっちに行くわ」ハーディに向き直る。「ガーナー病院に行って」息を切らしながら言う。「二人とも救助されて、そのまま救急ヘリで病院に運ばれるそうよ。一人はたいしたことないらしいんだけど、もう一人は――」その声はひび割れ、言葉がとぎれた。ヘイヴンの目に涙がたまっていく。「もう一人は重傷だって」ようやく言葉を発する。

「どっちが？」自分がそうたずねる声が聞こえた。ハーディは渋滞の中を縫って進み、その乱暴な運転に、そこらじゅうの車が怒ってクラクションを鳴らした。

「それはゲイジにもわからないの。今はそこまでの情報しか入ってないみたい。リバティに電話して、父をガーナー病院に連れていくよう言っておくって」

テキサス医療センター内にあるその病院は、フランクリン・ルーズベルト政権で二期にわたって副大統領を務めたテキサス出身のジョン・ナンス・ガーナーから名前がとられている。ベッド数六〇〇のガーナー病院は航空医療の最高峰として知られ、ヘリポートの利用頻度はこの規模の病院としては二番目に高い。また、ヒューストンに三カ所しかないレベル一の外傷センターの一つを備えた病院でもあった。

「スカイブリッジの駐車場に行けばいいか？」医療センターの巨大な敷地内に散らばる建物の間を車で進みながら、ハーディはたずねた。窓ガラスが連なるメモリアル・ハーマン病院の三〇階建てのタワーを通り過ぎていく。センター内にはほかにもオフィスや病院の建物がいくつも並んでいた。

「ううん、正面玄関に行けば駐車係がいるわ」ヘイヴンは言い、シートベルトの留め具を外した。

「ちょっと待て、車はまだ停まっていない」ハーディは後ろを振り返り、わたしもすでにシートベルトを外しているのに気づいた。「二人とも、おれがブレーキをかけるまで、車から飛び出すのは待ってくれるかな？」悲しげな声で言う。

車が駐車係の手にゆだねられるとすぐに、わたしたちは病院の玄関を入った。ヘイヴンとわたしは小走りになり、大股で歩くハーディについていく。受付で名前を言うと、二階のショック外傷センターに行くよう言われた。そこでわかったのは、ヘリは無事にヘリポートに着き、患者は二人とも外傷蘇生チームの手に渡されたということだけだった。わたしたちはベージュの内装の待合室に案内された。室内には魚の入った水槽が置かれ、テーブルの上にぼろぼろの雑誌が積み重なっている。

待合室は不自然なほど静かで、小さな薄型テレビからニュースチャンネルの単調な音声が聞こえてくるだけだ。わたしはぼんやりとテレビを見つめたが、言葉は耳に入ってこなかった。この場所より外側の出来事など、何の意味もなかった。

ヘイヴンはじっと座っていられないようだった。檻に入れられた虎のように、待合室の中をうろうろと歩き回っている。やがて、ハーディが自分の隣に座るよううながした。彼が肩をさすり、静かに何事かささやきかけると、ヘイヴンは落ち着いて数回深呼吸をしたあと、服の袖でこっそり目を拭った。

ゲイジがやってきたのとほぼ同時に、リバティとチャーチルも到着した。三人とも憔悴し、心ここにあらずの状態で、わたしたち三人とまったく同じだった。

わたしは家族だけの集まりの闖入者になった気がして、ヘイヴンとのハグをすませたチャーチルのもとに行った。「ミスター・トラヴィス」ためらいがちに言う。「わたしなんかがおじゃましまして、お気に障らなければいいのですが」

チャーチルはこれまでにわたしが会ったときよりも老け込み、弱々しくなったように見えた。一人、あるいは二人の息子を失うかもしれない事態に直面しているのだ。わたしに言えることは何もなかった。

驚いたことに、チャーチルはわたしの体に腕を回した。「エラ、きみには当然ここにいてもらう」いつものしゃがれ声で言う。「ジャックが会いたがってるはずだから」チャーチルからは、革とひげ剃り用石鹸とかすかな葉巻の匂い……心落ち着く父親の匂いがした。彼はわたしの背中をしっかりたたいたあと、腕を離した。

しばらくの間、ゲイジとハーディが静かな声で話をし、ボートに何があったのか、どんな問題が発生したのか、ジョーとジャックの身に何が起こったのか可能性を検討し、希望を捨てずにいられる理由を数えた。たった一つ、わたしたち全員が最も懸念している事態、兄弟の一人あるいは二人が致命傷を負った可能性については触れなかった。

わたしとヘイヴンは廊下に出て、脚をストレッチし、ヘイヴンは自動販売機でコーヒーを買った。「ねえ、エラ」待合室に戻る途中、ヘイヴンはためらいがちに言った。「もし二人が一命を取り留めても、そのあとが大変かもしれない。手足の切断とか、脳の損傷とか……ああ、想像もつかないけど。あなたがそれに耐えきれなくなったとしても、誰にも責められる筋合いはないから」

「そのことなら考えたわ」わたしはきっぱりした口調で言った。「ジャックがどんな状態になっても、わたしはそばにいたい。ジャックのお世話をする。何があろうと一緒にいるわ。生きてさえいてくれれば、それでいいの」

ヘイヴンを悲しませるつもりはなかったので、彼女が声を押し殺して泣き始めたのを見て、わたしは驚いた。

「ヘイヴン」後悔の念に襲われる。「ごめんなさい、わたし――」

「違うの」落ち着きを取り戻すと、ヘイヴンはわたしの手を取ってぎゅっと握った。「ジャックの力になってくれる女性が見つかったことが嬉しいのよ。表面的な理由だけでジャックを好きになる人はたくさんいたけど、でも――」言葉を切り、ポケットからティッシュを取り出して鼻をかむ。「ありのままのジャックを愛してくれる人はいなかった。ジャックは自分でもそのことをわかっていて、それ以上の何かを求めていたのよ」

「わたし――」わたしは言いかけたが、開いたドアの向こうで待合室に動きがあり、ヘイヴンはそちらに目を向けた。奥のドアが開き、医者が入ってきたのだ。

「ああ、どうしよう」ヘイヴンはつぶやき、コーヒーカップを落とさんばかりの勢いで待合室に急いだ。

わたしは胃がずっしりと重くなった。体に力が入らず、ドア枠に片手の指を食い込ませて、トラヴィス一家が医者のまわりに集まる様子を眺める。表情から読み取れることはないかと、一同の顔をじっと見た。もし兄弟のどちらかが亡くなったのなら、医者はまずそのことを伝えるはずだ。だが、彼は静かに話し始め、一家は感情をあふれさせることなく、ただ不安げに青ざめていた。

「エラ」

その声はあまりに静かで、激しく脈打つ耳ではほとんど聞き取れないくらいだった。

わたしは廊下を振り返った。

一人の男性がこちらに向かって歩いていた。引き締まった体を、ぶかぶかの手術着のズボンとゆったりしたTシャツに包んでいる。片方の腕には銀灰色の火傷用の保護シートが巻かれている。その肩の感じ、その歩き方を、わたしはよく知っていた。

ジャックだ。

目の前がぼやけ、心臓が痛いほどに打ち始めた。あまりに急激に、あまりに強く込み上げる感情を閉じ込める負担に耐えかね、体が震えだす。

「あなたなの？」声がつまった。

「そう。そうだよ。ああ、エラ……」

わたしは呼吸ができず、その場に崩れ落ちそうだった。両ひじを手でつかんだが、ジャックが近づいてくると、涙がとめどなくあふれた。動けなかった。自分は幻覚を見ているのではないかという恐ろしい思いにとらわれる。自分が今一番見たい光景を勝手に作り上げてしまっただけで、手を伸ばすとそこには虚空しかないのかもしれないと。

けれど、ジャックはそこにいた。形ある、現実のジャックが、硬く力強い腕をわたしの体に回してきた。彼と触れ合った瞬間、体に電流が走った。それ以上近づくことができず、わたしはへなへなとジャックにもたれかかった。胸に顔を寄せてむせび泣くわたしに、彼はささやくように言った。「エラ……大好きなエラ……大丈夫だよ。泣かないで。どうか……」

だが、ジャックに触れ、彼のそばにいられる安心感に、わたしはばらばらにほどけてしまった。手遅れじゃなかった。そう思うと、とてつもない幸福感に襲われた。ジャックは生きていた。無事で。もう二度と、何もかもを当たり前だとは思わない。わたしはTシャツの裾から手を入れ、温かなジャックの背中に触れた。指先に別の包帯の端が当たる。ジャックはきつく抱きしめてくれた。わたしが自分を閉じ込める重みを、体を包む彼の感触を必要としていることをわかっているかのように。わたしたちは体と体で、無言のメッセージを伝え合った。

〝もう離さない〟

〝ぼくはここにいるよ〟

全身の震えが止まらない。歯がかちかち鳴り、話すのも難しかった。「わたし……あなたはもう帰ってこないかもしれないと思ってた」

いつもは柔らかいジャックの唇はひび割れて、頬にがさがさと感じられ、あごはひげでちくちくしている。「ぼくはいつだってきみのもとに帰ってくるよ」その声はしゃがれていた。

わたしは彼の首に顔をうずめ、ジャックの匂いを吸い込んだ。火傷の消毒薬の刺激臭とこびりついた海水の匂いに、いつもの香りはかき消されている。「どこをけがしたの？」わたしは鼻をひくつかせながら彼の背中を手でまさぐり、包帯の範囲を探った。

ジャックの指が、さらさらしたわたしの髪に絡められた。「火傷とすり傷が少しあるだけだ。心配するほどのことじゃない」頬がぴくりと動き、彼がほほ笑んだのがわかった。「きみの大好きな部分は全部無事だから」

しばらくの間、二人とも黙っていた。わたしはジャックも震えていることに気づいた。

「ジャック、愛してる」そう言うと、改めて涙があふれ出した。彼にそう言えたことが、とてつもなく嬉しかった。「もう手遅れだと思ったの……わたしが臆病だったせいで、あなたはこの気持ちを知ることはないんだと思って、だから――」

「知ってたよ」ジャックの声は震えていた。体を引き、充血した目をきらめかせてわたしを見つめる。

「そうなの？」わたしは鼻をすすった。

ジャックはうなずいた。「ぼくがきみのことをこんなにも愛せるのは、きみもぼくのことを思ってくれているからだと気づいたんだ」彼は荒々しくキスをした。唇の触れ合いはあまりに激しく、心地よい域を超えていた。

わたしはざらざらしたジャックのあごを指でつかみ、顔を離してじっと見た。その顔はやつれ、すり傷を負い、日に焼けていた。どれほどの脱水状態に陥っているかは、想像もつかないほどだ。わたしは震える指を待合室のほうに向けた。「ご家族はあそこにいるわ。どうしてあなたは廊下に出てきたの？」当惑しながら視線を落とすと、彼の足元ははだしだった。

「お医者さんは……お医者さんはこんなふうに歩き回ってもいいって？」

ジャックは首を横に振った。「そこの角を曲がったところの部屋に入れられて、あと二つ検査をするから待っていろと言われたんだ。ぼくは大丈夫だって誰かがきみに伝えてくれたのかときくと、みんなよくわからないって。だから、自分できみを探しに来た」

「まだ検査が残ってるのに、それを放り出してきたの？」

「きみに会わなきゃいけなかったから」ジャックの声は静かだったが、揺るぎなかった。

わたしはジャックの体の上でそわそわと手を動かした。「戻りましょう……内出血があるかもしれないし――」

ジャックは動かなかった。「大丈夫だよ。ＣＴは撮ったけど、問題なかった。ＭＲＩは念のために撮るだけだって」

「ジョーは？」

ジャックの顔がくもった。急に幼く、不安げな表情になる。「教えてくれないんだ。ジョーは危ない状態だった。息をするのもやっとで。エンジンが爆発したとき、舵輪の前にいたんだ……かなりひどいことになっているかもしれない」

「ここは最高峰の医者と最高峰の設備が整った、世界でも有数の病院よ」わたしは言い、片手をそっとジャックの頬に当てた。「ジョーのことも治してくれるわ。やるべきことは全部やってくれる。でも……火傷はひどかったの？」

ジャックは首を横に振った。「ぼくが火傷をしたのも、ジョーを探しに行くときに燃えている破片を押しのけたからっていうだけだから」

「ああ、ジャック……」わたしはジャックが体験したことを、細部まで詳しく聞きたかった。できる限りの方法で彼をなぐさめたかった。だが、その時間はあとでも取れる。「待合室でお医者さんがご家族と話をしているわ。それを聞きに行きましょう」脅すような目でジャックを見る。「そのあとで、ちゃんとＭＲＩを受けるのよ。みんな今ごろあなたを探してるかもしれないわ」

「待たせておけばいい」ジャックはわたしの肩に腕を回した。「ぼくを車椅子で連れ回していた赤毛の看護師に会わせたいよ。あんなに横柄な女は見たことがない」

わたしたちは待合室に行った。「皆さん」わたしは震える声で言った。「こんな人を見つけちゃいました」

たちまちジャックは家族に囲まれた。一番にやってきたのはヘイヴンだった。わたしは後ろに下がったが、まだ息は切れ、胸はどきどきしていた。

ジャックは茶化すようなことは何も言わず、ヘイヴンとリバティと抱き合った。次に、振り返ってチャーチルと抱き合ったが、父親の革のような頬に涙が伝っているのを見たとたん、目をうるませた。

「大丈夫か?」チャーチルはしゃがれた声でたずねた。

「大丈夫ですよ、父さん」

「良かった」そう言うと、チャーチルは手のひらでそっと息子の顔に触れた。

ジャックはあごを震わせ、乱暴に咳払いをした。ハーディに向き直るとほっとしたように、ハグと背中のたたき合いの中間のような、男同士のあいさつを交わした。

最後にゲイジがジャックの両肩をつかみ、まじまじと観察した。「よれよれじゃないか」感想を述べる。

「うるさい」ジャックは言い、二人は荒々しく抱き合って、黒っぽい頭を寄り添わせた。ジャックは兄の背中を力強くたたいたが、ゲイジのほうは弟の体を気づかって軽めだった。

ジャックはかすかによろめき、どさりと椅子に腰かけた。

「脱水症状に陥ってるのよ」わたしは言い、隅にある給水器に近寄って紙コップに水を汲んだ。

「どうして点滴を受けていないんだ?」ジャックに近づいてきながら、チャーチルがたずねた。

ジャックはチャーチルに腕を見せたが、そこには今も点滴の針が刺さり、テープが貼られていた。「一四ゲージの針を使っているもんだから、血管に太い釘が刺さっているみたいなんだ。だから、もっと細いのに替えてくれって頼んでおいた」

「意気地のないやつだ」ゲイジが愛情のこもった声で言い、塩でぱりぱりになったジャックの髪のてっぺんをくしゃくしゃにした。

「ジョーはどうなんだ？」わたしから水を受け取ったジャックは、それを二、三口で飲み干してたずねた。

一同は視線を交わしたが、そこには不穏な空気が漂っていた。慎重な口ぶりでゲイジが答える。「医者の話だと、ジョーは脳震盪を起こしていて、肺に軽い爆傷を負っているそうだ。肺が元通りに動くようになるには、一年くらいかかるかもしれないって。だが、それだけではすまない可能性もある。ジョーは呼吸困難に陥って、深刻な低酸素症になっている。今は高流量の酸素補給を行っているそうだ。しばらくはICUで慎重な処置が続くだろうと。それから、耳は片方は大丈夫だが、片方が聞こえていないらしい。いずれ専門医に、聴覚障害が恒久的なものかどうか診てもらう必要がある」

「それは構わないさ」ジャックは言った。「ジョーはもともと人の話を聞かないから」

ゲイジは一瞬笑ったが、すぐに真顔に戻ってジャックを見つめた。「今は手術を受けている。内出血があるらしい」

「どこだ？」

「主に腹だと」

ジャックはごくりとつばをのんだ。「悪いのか？」

「わからない」

「くそっ」ジャックは両手で顔をこすった。「それを恐れていたんだ」

「また閉じ込められてしまう前に」リバティが言った。「ジャック、何が起こったか教えてもらえる？」

ジャックは手招きし、温かな脇腹にわたしの体を引き寄せてから話し始めた。朝は天気が良かったんだ、と彼は言った。釣りの成果もまずまずだったので、早めにマリーナに戻ることにした。ところがその途中、茶色い海草が一エーカーもの範囲にはびこる箇所に出くわした。そこには独自の生態系ができあがっていて、藻やフジツボ、小魚が、蓄積した流木や鮫の卵殻の中に生息していた。

海草がはびこる周辺、あるいはその下は良い釣り場になっていると踏んだ二人は、ボートのエンジンを切り、海草に近づいていった。数分後、ジャックの釣り針にシイラがかかったが、魚はアクロバティックな動きで逃げようとしたため、釣り竿は真っ二つに折れそうになり、リールはキーキー鳴りながら大量の釣り糸を繰り出した。水面に跳ね上がった姿を見ると、それは体長一・五メートルはある巨大魚で、ジャックは釣り糸を持っていかれないようボートの中を動き回り、釣り糸が出すぎないうちにボートを魚に寄せてくれと、ジョーに声をかけた。そして、ジャックがリールを巻き始め、ジョーがエンジンをスタートさせた瞬間、爆発が起こった。

そこまで話すとジャックは黙り込み、次に起こったことを懸命に思い出そうとするかのように、目をぱちぱちさせた。

ハーディがぼそりと言った。「可燃性のガスが湧出していたんだろうな」

ジャックはゆっくりとうなずいた。「そこに船底の送風機がショートして火がついたんだろうか？　電気装置には何が起こってもおかしくないから……とにかく、爆発のことは何も覚えていないんだ。気づくとぼくは水中に投げ出され、そこらじゅうに破片が散乱していて、ボートは火だるまになっていた。ぼくはジョーを探し始めた」ジャックは落ち着きを失い、言葉はぶつ切れになった。「ジョーは浮かんでいるクーラーボックスにつかまっていた。ゲイジがぼくにくれたオレンジ色のやつだ……ぼくはあいつの様子を確かめた。片脚が吹き飛ばされたりしていないかと心配だったけど……ありがたいことに無事だった。でも、頭をひどく打っていて、苦しそうにしていた。ぼくはジョーの体を抱いて、大丈夫だからと言って、ボートから安全な距離が取れる地点まで連れていこうとした」

「そのとき、嵐がやってきたんだな」チャーチルが口をはさんだ。

ジャックはうなずいた。「風が吹き始め、水面が荒れてきたが、ぼくらはまだボートから遠ざかっている最中だった。そのまま泳ぎ続けたかったが、それでは体力がもたない。そこで、ジョーとクーラーボックスをしっかりつかまえて、どれだけ時間がかかろうと誰かが見つけてくれるまであきらめないと心に決めた」

「ジョーに意識はあったの？」わたしはたずねた。

「ああ、でもほとんど話はしなかった。波が高すぎたし、ジョーは息をするのも苦しそうだったから」ジャックは悲しげな笑みをひねり出した。「あいつ、口を開いたかと思ったら、

『あのシイラには逃げられたみたいだな?』って」そこで言葉を切ると、一同は笑った。「それから、鮫の心配をしたほうがいいんじゃないかと言うから、それはないだろうとぼくは答えた。まだ海老のシーズンだし、ほとんどの鮫は海に投げ返される海老を狙って沖に行ってるだろうからって」硬直したような沈黙が長々と流れた。やがて、ジャックは唾をごくりとのみ込んで続けた。「しばらく待っているうちに、ジョーの容態が悪くなってきたのがわかった。持ちこたえる自信がないって言うんだ。だからぼくは……」それ以上続けることができず、ジャックはうなだれた。

「あとで話して」わたしはささやいて彼の背中に手を置き、ヘイヴンがティッシュの束を渡した。直後に語るには、あまりに重い出来事だった。

「ありがとう」一分ほどして、ジャックはぶっきらぼうに言い、鼻をかんでため息をついた。

「ここにいたのね」とがめるような甲高い声が戸口から聞こえ、わたしたちはいっせいに顔を上げた。がっしりした体格に、血色のいい顔をした赤毛の看護師が、空っぽの車椅子を待合室に押して入ってきた。「ミスター・トラヴィス、どうして逃げ出したりしたんです? 探してたんですよ」

「休憩してたんだ」ジャックはおどおどと言った。

看護師は顔をしかめた。「これでしばらく休憩はなしよ。点滴の針を替えて、MRIを撮ったあと、余分の検査もしましょうかね。わたしを死ぬほど震え上がらせた罰として。こんなふうにいなくなるなんて――」

「大賛成です」わたしは言い、ジャックを立ち上がらせた。「連れていってください。ちゃんと見張っておいてくださいね」

ジャックは肩越しにわたしをにらんだあと、のろのろと車椅子に向かった。

看護師は信じられないという顔で、彼の手術着のズボンとTシャツを見つめた。「その服、どこで手に入れたの?」厳しい口調でたずねる。

「内緒」ジャックは小声で言った。

「ミスター・トラヴィス、検査が全部終わるまで、検査衣を着ていなきゃだめなのよ」

「あなたが見たいだけでしょう」ジャックは言い返した。「ぼくが尻を丸出しにして病院中を歩き回るのを」

「わたしはお尻なんて見慣れてるんですから、何とも思いませんよ」

「それはどうかな」ジャックは考え込むように言いながら、車椅子に腰を下ろした。「ぼくはかなりいい尻をしてるからね」

看護師はジャックが乗った車椅子の向きを変え、ドアから出ていったが、その間中二人は言い合いを続けていた。

23

ジャックは検査が終わったあと、六時間の経過観察を命じられた。それが終われば家に帰れると、例の看護師は約束してくれた。彼はシャワーを浴び、ＶＩＰルームの一つである個人用スイートで待機することになった。部屋には栗色の壁紙が貼られ、装飾が施された金縁の鏡と、テレビが収まったヴィクトリア朝風の戸棚が据えつけられていた。

「まるで売春宿ね」わたしは言った。

点滴のチューブがベッドの柵に引っかかりそうになり、ジャックはいらいらと手を振り払った。点滴はシャワーを浴びる前に看護師が外してくれたのだが、終わるとジャックの抗議を無視して再び取りつけられた。「この針を抜いてほしい。ジョーの様子も知りたい。頭も痛いし、腕も痛いんだ」

「看護師さんたちが言ってたみたいに、鎮痛剤を飲んだら？」わたしは穏やかに提案した。

「いつジョーの知らせが入ってくるかわからないんだから、眠るわけにはいかない」ジャックは頻繁にテレビのチャンネルを替えた。「寝ていたら起こしてくれ」

「わかったわ」わたしは言い、ジャックの隣に立った。手を伸ばして洗いたての湿った髪をなで、爪で軽く頭皮をこする。

ジャックはため息をつき、目をしばたたいた。「気持ちいい」

わたしは彼の髪に指を絡め、大きな猫にするかのように、優しく頭をかき続けた。二分もしないうちに、ジャックは眠り込んでいた。

それから四時間、彼はぴくりとも動かず、時折わたしが唇に軟膏を塗っても、点滴の袋の交換やモニターの数字の確認のために看護師がやってきても気づかなかった。その間中、わたしは座ったままジャックを見つめ、これは夢ではないかと心のどこかで思っていた。知り合って間もない男性を、どうしてこれほどまでに愛せるのだろう？　まるで、心のエンジンが全開になったかのようだ。

ジャックが目を覚ましたときには、ジョーの手術はすでに終わり、容態は安定しているという知らせが入っていた。ジョーの年齢と健康状態を考えれば、合併症を起こすことなく回復する可能性が高い、と医者は言っていた。

安心したせいか、ジャックはいつになく黙り込んだまま、退院手続きを終えた。山のような書類に記入し、火傷の治療の説明と処方箋のつまったフォルダーを受け取る。ゲイジが持ってきてくれたジーンズとシャツに着替えると、ハーディがメイン通り一八〇〇番地にわたしたちを送ってくれた。ハーディはわたしたちを降ろしたあと、ＩＣＵのジョーにしばらく付き添いたいというヘイヴンのそばにいるため、ガーナー病院に戻った。

部屋に上がる間も、ジャックは口を利かなかった。いくら病院で休んだとはいえ、まだ疲れているのは確かだった。時刻は午前〇時半で、ビルは静まり返り、エレベーターのチンという音が静寂を貫いた。

ジャックの部屋に入ると、わたしはドアを閉めた。ジャックはまるで初めて見る場所のように、あたりをぼんやりと見回した。気を楽にしてあげなければと思い、わたしは彼の背後からウエストに腕を回した。「わたしにできることはある？」そっとたずねる。ジャックの息づかいは、思ったよりも荒かった。体は張りつめ、あらゆる筋肉がこわばっている。

ジャックは振り返り、わたしの目を見つめた。つねに自信たっぷりの彼が、こんなにも途方に暮れ、不安そうにしているのを見るのは初めてだった。何とか楽にしてあげたくて、わたしは爪先立ち、彼の唇に唇を寄せた。キスは最初的を外したが、すぐにジャックは片手でわたしのうなじをつかみ、もう片方の手を腰の下に回して、わたしを自分の体に押しつけた。彼の唇は熱く、せっぱつまっていて、塩と欲望の味がした。

ジャックは急にキスをやめ、わたしの手を取って暗い寝室に引っぱっていった。息を切らしながら、それまで見たこともない荒々しさで、わたしの服をはぎ取っていく。

「ジャック」わたしは心配になって言った。「もうちょっとあとのほうが――」

「今だ」ジャックの声はこわばっていた。「今すぐきみが欲しい」自分のシャツを引き裂いたが、火傷の保護シートに引っかかってびくりとする。

「わかった。わかったから」彼が傷を悪化させることが心配だった。「ジャック、ゆっくりね。お願いだから――」

なか進まない。

「無理だ」ジャックはうなり、わたしのジーンズに手をかけたが、手つきが乱暴すぎてなかなか進まない。

「自分で脱ぐわ」そうささやいたが、ジャックはわたしの手を払いのけ、ベッドに引きずっていった。疲労と感情の高ぶりにむしばまれ、いつもの自制心は消え失せていた。ジーンズとパンティがはぎ取られ、床に放り出される。ジャックは膝でわたしの太ももを押し広げると、その間に体をかがめた。わたしは自分から腰を浮かせ、ジャックを歓迎した。二人とも、目的は一つだった。

ジャックは力強く突き立て、深く入り込み、喉の奥で野蛮な声をたてた。震える両手をわたしの髪に差し入れ、激しく唇を奪う。そのリズムは金槌を打ち込むような、凶暴とも言える力に満ちていて、その本能任せの一突き一突きを、わたしは穏やかに受け入れた。両手でジャックの頭をつかみ、耳を自分の口元に引き寄せ、わたしはこんなにもあなたを愛しているのだと、何よりも愛しているのだとささやく。ジャックは身をこわばらせ、あえぐようにわたしの名前を呼びながら、暴力的なまでの解放に体を震わせた。

夜明け前、体を這い回る温かな手をうっすらと感じ、わたしは目を覚ました。体をもてあそぶように指先が動いている。二人とも横向きになった状態で、ジャックが背後からわたしを抱き、両膝をわたしの膝の裏につけていた。さっきの獰猛さとはうって変わって、その触り方はどこまでも軽く、快感をさりげなく引き出していく。硬い胸が背中に当たり、柔らかな胸毛が肩甲骨をこすって、わたしは鳥肌が立つのを感じた。唇がうなじに触れ、熱く薄い皮膚に歯が立てられると、背筋を震えが駆け下りた。

「リラックスして」ジャックはささやき、両手でわたしをなだめながら首筋にキスをし、舌を這わせた。だが、その手が胸と腹、そして太ももの間を愛撫し、長い指が体の芯にすべり込んでくると、わたしはじっとしていられなくなった。うめき声をあげて、やみくもに彼の手首を探り当ててつかみ、さりげなくも巧みな筋肉と骨の動きを感じる。首の上で彼の唇がゆがむのがわかった。

ジャックは手をどけ、力強い腕をわたしの片方の太もものつけねにかけて、脚を開かせた。自分も体勢を整え、横から深く、難なく中に入りながらささやく。愛してるよ、力を抜いて、エラ、ぼくのものになるんだ……。とても慎重に、夢のようにゆっくりしたペースを保ち、わたしがじれったがると、ますます時間をかけた。二人とも上昇を始め、心臓が一つ、脈が一つ打つごとに、一つ呼吸をするたびに、少しずつ上っていった。

やがてジャックはゆっくりと引き抜き、わたしを仰向けにした。太ももを大きく広げ、組み敷いて動けない状態にする。再び彼が入ってくると、言葉にならない声が喉元にせり上がってきた。ジャックは官能に満ちた優しさでわたしの唇を奪いながらも、二人の体の切実なリズムはやむことがなく、なめらかなうねりがさらなる快感を生み出していった。

視線はがっちりと絡み合い、わたしは彼の目の暗闇に溺れ、自分のまわりにも中にもジャックを感じた。ジャックは動きを速め、侵入も深さを増した。わたしの体の内なる鼓動に従い、激しくもなだめるように突いて快感を深め、わたしがこれまで感じたことがないほど高く、力強い絶頂へと導いていく。頂点に達したわたしは叫び声をあげ、手足をジャックに絡めた。彼は吐息混じりにわたしの名前を呼んだあと、勢いよく生まれた官能の引き波の中を、ゆったりとした豊かな引き潮の中を、わたしとともに転げ回った。

その後しばらく、ジャックはわたしの震える体を抱き、なだめるようにさすっていた。

「こんなセックスがあるなんて想像できた？」わたしはささやいた。

「ああ」ジャックはわたしの髪をなで、額にキスをした。「でも相手がきみの場合だけだ」

わたしたちは眠り、やがて暑く晴れた朝が閉じた窓の向こうに押し寄せ、日光が寝室に降り注いだ。意識の片隅で、ジャックがベッドを出てシャワーを浴び、台所でコーヒーをいれ、病院に電話をして静かにジョーの容態を確かめているのが感じられる。

「ジョーはどうだって？」寝室に戻ってきたジャックに、わたしは眠気混じりの声でたずねた。彼は格子縞のフランネルのローブを着て、コーヒーのマグカップを持っている。まだ疲れは残っているようだが、あんな目に遭った男性とは思えないほどの色気を漂わせていた。

「容態は安定している」ジャックの声はしゃがれていて、苦難の名残がうかがえた。「回復に向かっているそうだ。ばかみたいにタフだって」

「まあ、トラヴィス家の人だものね」わたしはしたり顔で言った。ベッドから這い出て化粧だんすに向かい、Tシャツを取り出したが、着てみると丈が太ももまであった。

ジャックのほうを振り返ると、彼はすぐそばに立っていた。わたしの髪を耳の後ろに押しやり、顔を見つめる。こんなにも優しく思いやりに満ちた目でわたしを見てくれる人は、これまでいなかった。「ルークのことを話してくれ」彼は穏やかな声で言った。

ベルベットのような濃い色の目をのぞき込み、わたしはこの人になら何でも話せると思った。話を聞いてくれるし、理解してくれると。「その前にわたしもコーヒーが欲しいわ」そう言うと、わたしは台所に向かった。

ジャックはコーヒーメーカーの横に、カップとソーサーを一組置いてくれていた。縦に折られたノートの切れ端が空っぽのカップに立っている。わたしは何だろうと思い、その紙を開いて読んだ。

親愛なるミス・インディペンデント

ぼくは気づいたんだ。きみはこれまで出会った中でただ一人、狩りよりも、釣りよりも、フットボールよりも、電動工具よりも愛せる女性だ。

きみは何とも思わなかったかもしれないけど、ぼくがベビーベッドを組み立てた晩に言った「結婚してくれ」という言葉、あれは本気だった。もちろん、あのときのきみが受け入れてくれるはずがないことはわかっていたけど。

ああ、でも今のきみなら受け入れてくれると思いたい。

エラ、ぼくと結婚してくれ。きみがどこにいようと、何をしていようと、ぼくは一生、毎日、きみを愛し続けるから。

ジャックより

この手紙を読んでも、わたしは何の不安も感じなかった。ただ、不思議な気がしただけだ。これほどの幸せが、自分の手の届くところにあっていいのかと。

ほかにもまだ何かカップに入っていることに気づき、つまみ上げてみると、それはダイヤモンドの指輪だった。丸い石がきらきらと光っている。光に透かしてみて、息が止まりそうになった。指にはめてみると、ぴったりおさまった。わたしは紙を裏返し、飾り文字で返事を走り書きした。

コーヒーを注ぎ、クリームと甘味料を加えて、紙を持って寝室に戻った。

ジャックはベッドの端に腰かけ、わずかに首をかしげてわたしを見つめていた。煮え立つようなまなざしが頭のてっぺんから爪先にまで注がれ、手に光るダイヤモンドの輝きにしばらく留まる。彼の胸が上下し、息づかいが速くなるのがわかった。

わたしはコーヒーを飲み、ジャックに近づいて手紙を渡した。

ジャックへ

わたしもあなたを愛しています。

幸せな結婚生活を長続きさせる秘訣もわかった気がします。その人なしでは生きていけない、そういう人を選べばいい。

わたしにとって、それはあなたです。
だから、あなたが世間一般の男女関係を築きたいと言うなら……。
こちらこそ、よろしくお願いします。
エラ

ジャックは止めていた息を吐き出した。わたしが目の前に立つと、両手をヒップに回してきた。「神様、ありがとう」そうつぶやき、わたしを太ももの間に引き寄せる。「きみは議論をふっかけてくるんじゃないかと思ってた」

コーヒーをこぼさないよう注意しながら、わたしは身を乗り出して、ジャックの唇に唇を重ね、舌を触れ合わせた。「ジャック・トラヴィス、わたしがあなたにノーと言ったことがある？」

ジャックはまつげを伏せ、わたしの濡れた下唇を見た。糖蜜のようにとろりとした発音で言う。「とりあえず、今はその言葉を言ってほしくないのは確かだ」コーヒーカップを取り上げ、笑いながら抗議するわたしを無視し、二、三口で飲み干してカップを脇によけた。

ジャックに延々とキスされるうち、わたしの腕は彼の首に絡みつき、膝は崩れ落ちそうになった。

「エラ」優しく鼻をすりつけてキスを終わらせ、ジャックは言った。「まさか撤回したりしないだろうね？」

「するはずないでしょう」わたしは自分が正しいことをしたという感覚と、穏やかな確信に満ちていたが、同時に蝶が舞う万華鏡のようにふわふわしていた。「どうしてそう思うの？」

「きみは、結婚はあくまでほかの人がするものだっていう考えだったから」

「あなたと出会って初めて、自分も結婚していいんだって思えるようになったの。でも、よく考えてみれば、存在を信じられるのは愛のほうだわ。やっぱり、結婚は紙切れ一枚のことにすぎないと思う」

ジャックはにっこりした。「それはこれから確かめよう」そう言うと、わたしをベッドに押し倒した。

あとになってわたしは、結婚が紙切れ一枚のことにすぎないというのは、結婚したことのない人が言うせりふだと気づいた。使い古されたこの文句には、大事な何かが抜け落ちている……言葉の力だ。それは、本来なら誰よりもわたしが理解しているべきだった。

どういうわけか、その紙切れ一枚で交わした約束によって、わたしはかつてないほどの自由を手に入れた。議論するのも、笑うのも、リスクを冒すのも、信頼するのも……お互いにいっさい不安がなくなったのだ。それは、すでに存在する結びつきに対する確証のようなものだった。また、一緒に住む空間の境界を超えて広がる絆でもあった。結婚証明書がなくても二人が一緒にいることはできるだろう。だが、それが象徴する永続性をわたしは信じた。

それは、人生を築く礎となりうる紙切れなのだ。

最初、母はわたしがトラヴィス家の男性をつかまえたことに不信感を示していたが、やがて聖書にあるエジプトの疫病のような勢いで押しかけてきて、娘が新たに得た人脈のおこぼれにあずかろうとした。だが、ジャックが威嚇と愛嬌を駆使し、巧みに母をいなしてくれた。母が顔を出したり電話してきたりすることは減り、連絡してきたときも不思議におとなしく、ぶしつけなことも言わなかった。

「お母さんたらどうしちゃったのかしら」わたしは困惑してジャックにたずねた。「わたしの体重のことも髪型のことも何も言わないし、自分のセックスライフやエステの生々しい話もしてこないのよ」

「半年間きみを怒らせずにいてくれたら、新しい車をプレゼントすると約束したんだ」ジャックは言った。「きみがお義母さんとの電話を切ったあと、顔をしかめていたり、不機嫌になっていたりしたら、約束は無効になるって」

「ジャック・トラヴィス!」わたしは面白がりながらも憤慨した。「母がまともな人間を演じきれたご褒美に、半年ごとに高価なものを買い与えるつもりなの?」

「どうせ半年ももたないんじゃないかな」ジャックは言った。

ジャックの側の家族は皆、個性豊かで、愛情深く、議論好きで、魅力的だった。彼らは本物の家族であり、わたしを温かく迎え入れてくれ、そんな彼らをわたしは愛した。チャーチルは愚かな人間には容赦しないが、基本的には優しく寛大な人物で、わたしはすぐに彼が大好きになった。わたしたちはさまざまなテーマについて議論し、政治的な内容のメールを送り合ってお互いを怒らせ、冗談を言って笑わせた。家族のディナーの席では、チャーチルはわたしを隣に座らせたがった。

ジョーはガーナー病院に二週間入院したあと、リバーオークスの邸宅に戻って回復を待つことになった。チャーチルは大喜びだったが、逆にジョーはいらだっていた。

プライバシーが欲しいというのが彼の言い分だった。自分の見舞いに来た客が、まずは父親のもとに行くのが気に入らないというのだ。だが、魅力的な若い女性が次々と家にやってくることをチャーチルがいやがるはずもなく、彼はジョーに、それなら早く良くなればいいだろうと言い返した。その結果、ジョーは模範患者となり、できるだけ早く健康を回復して、うるさい親の元から逃れようと努力した。

プロポーズから二カ月後、わたしたちは結婚し、わたしの友人全員と、ジャックは独身を貫くと思っていた彼の友人の大部分にショックを与えた。中には、死に瀕した体験が、人生観を変えたのではないかと言う者もいた。「ぼくの人生観は問題なかったんだ」ジャックはとぼけた顔で皆に言った。「改心が必要だったのは、エラのほうだ」

結婚式前夜、タラが遠方客のための食事会にやってきた。ピンクのスーツで美しく装い、髪をアップにして、耳にはダイヤモンドのスタッドピアスをきらめかせている。同伴者はいなかった。わたしはタラに、今どうしているのか、きちんとした扱いを受けているのか、ノアとの取り決めに満足しているのかとたずねたかった。だが、タラがルークを連れてきていることに気づいた瞬間、ノア・カーディフとの関係については頭から吹き飛んでしまった。

ルークはまさに青い目をした美しい智天使で、手を伸ばしてものをつかみ、笑い、声を発し、そのかわいらしさは言葉では言い表せないほどだった。わたしが夢中で腕を差し出すと、タラはルークを渡してくれた。柔らかな重みが胸にかかる感触、匂いとぬくもり、何もかもを見ようとする好奇心旺盛な丸い目——そのすべてに、自分の中にルークにしか埋められない穴があることを思い知らされた。

離ればなれになっていた二カ月間、わたしは時が経てばルークを失った悲しみは癒え、記憶から薄れて過去のことになるのだと自分をなぐさめていた。だが、ルークを抱き寄せて柔らかな黒髪をなで、ルークのほうもわたしを覚えていたかのようににっこりするのを見て、あのころと何も変わっていないことに気づいた。愛情は過去のものになどならないのだ。

わたしは食事会の間ずっとルークを膝にのせ、一度は抱いたまま席を立って歩き回り、一度は自分がやるからというタラの抗議を振り切って、おむつを替えに二階に上がった。「やらせてほしいの」真珠のネックレスをつかんで口に入れようとするルークを見て笑いながら、タラに言った。「わたしは全然構わないし、ルークとは一秒でも長く一緒にいたいから」

「気をつけてね」タラはマザーズバッグを渡しながら注意した。「この子、寝返りが打てるようになってるから。ベッドから転がり落ちてしまうかも」

「そうなの？」わたしはうっとりとルークにたずねた。「寝返りが打てるようになったの？　わたしにも見せてちょうだいね、かわいいルークちゃん」

ルークは承知したように喉を鳴らし、真珠にかじりついた。

おむつを替え終わると、わたしは食事の席に戻ろうと、ルークを抱いて階段に向かった。そのとき、ジャックとタラが階段を上ってくるのに気づき、足を止めた。二人は何やら熱心に話し込んでいる。ジャックはわたしを見て軽くほほ笑んだが、その目には険しく強い光が浮かんでいて、何かわたしに言いたいことがありそうだった。一方、タラのほうは用心深い顔つきをしている。

この二人に、いったい何を話し合うことがあるというのだろう？

「あら」わたしは笑顔を作って言った。「わたしがおむつ替えの方法を忘れたと思った？」

「いやいや」ジャックは軽い口調で答えた。「あれだけの数のおむつを替えていれば、そう簡単に腕は鈍らないだろう」わたしに近づき、頰に温かなキスをする。「エラ、しばらくぼくがルークを抱いていてもいいかな？　近況報告し合わなきゃいけないからね」

ルークを手放すのは気が進まなかった。「もうちょっとあとじゃだめ？」

ジャックはわたしの真上から、目をじっと見つめた。「タラと話をしてくれ」小声で言う。「そして、イエスと答えるんだ」

「何に対して？」

だが、ジャックは答えなかった。わたしからルークを取り上げて自分の肩に抱き上げ、おむつに包まれたお尻をぽんとたたく。ルークはジャックの力強い手つきに満足し、気持ちよさそうに身を預けた。

「長くはかからないわ」不安げに、恥じらいさえ見せながら、タラは言った。「少なくとも、わたしはそう思うけど。どこか静かな場所で話せない？」

わたしは短い階段を上ったところにある休憩所にタラを連れていき、柔らかな革張りのソファに腰かけた。「お母さんのこと？」心配になってたずねる。

「まさか」タラは目をぐるりと上に向けた。「お母さんは問題ないわ。もちろん、ノアとのことは教えてない。金持ちの恋人ができたとだけ言ってあるの。おかげで、わたしがひそかにヒューストン・アストロズの選手とつき合ってるって言いふらしてるわ」

「ノアとはどうなの？」その名を口に出していいのかわからず、わたしはためらいがちに言った。

「最高よ」タラはためらわず答えた。「こんなにも幸せだったことってない。あの人、本当にわたしに良くしてくれるの」

「それは良かったわ」

「家もあるし」タラは続けた。「宝石も、車も……それに、わたしのことを愛してるって、しょっちゅう言ってくれるの。あの人がわたしとの約束を守ってくれればいいなと思う……本人もそうしたいと思ってるはずよ。でも、もし約束が果たされなくても、今が人生最高の時であることに変わりはない。何物にも代えがたい時間だと思ってるわ。ただ……最近考えてることがあって……」

「ノアと別れるつもりなの？」わたしは希望を込めてたずねた。

タラはつややかな唇に苦笑いを浮かべた。「違うわよ。これからはもっと長い時間ノアと一緒にいることになるわ。ツアーが始まるから……全国各地の大きなスタジアムで集会を開くし、カナダやイギリスも回るの。奥さんは子供と一緒にこっちに残る。わたしは随行員の一人としてついていくの。だから、毎晩彼と過ごせるのよ」

わたしは一瞬、言葉を失った。「あなたはそれでいいの？」

タラはうなずいた。「広い世界を見て、新しいことを学びたいの。こんなチャンス、今まで一度もなかったもの。それに、ノアのそばにいて、できる限り力になりたいのよ」

「タラ、あなた本当に――」

「お姉ちゃんの許可はいらないわ。お姉ちゃんの意見もきいてない。わたしは自分で決断を下すつもりだし、そうする権利がある。あのお母さんの下で育ったわたしたちにとって、自分のことを自分で決めるのがどんなに大事かはわかってるでしょう？」

それは何よりも説得力のある言葉で、わたしは黙り込むしかなかった。確かに、タラには自分のことを決める権利がある。たとえ、それが間違いであろうとも。「じゃあ、これでしばらくお別れってこと？」かすれた声でたずねる。

タラはほほ笑んで首を横に振った。「まだよ。準備に二、三カ月かかるし。それで、話っていうのは……」その顔から笑みが消えた。「ああ。こう思ったほうがいいんだろうなってことじゃなくて、自分が本当に思っていることを話すのは難しいわ。わたしはルークの世話をしてきて、長い時間一緒に過ごしてきたけど、やっぱり最初と変わらないの。自分の子のような気がしない。これからもそうだと思う。お姉ちゃん、わたし、子供はいらないの。母親になりたくない……自分の子供時代を再現したくないの」

「でも、同じにはならないわよ」わたしは励ますように言い、指が長くほっそりしたタラの手を取った。「ルークはあのころの生活とは何の関係もないんだから」

「それは、お姉ちゃんがそう思うだけでしょう」タラは穏やかに言った。「わたしの考えは違うの」

「ノアは何て言ってるの？」

タラはつないだ手に視線を落とした。「ルークを必要とはしていないわ。子供ならもういるもの。子供がいれば、わたしたちが一緒に過ごすのも難しくなるし」

「ルークはこれから大きくなるわ。あなたの気持ちも変わるかも」

「ううん、それはない。自分のことはよくわかってる」タラはわたしを、ほろ苦いまなざしでじっと見つめた。「女は子供を産みさえすれば母親になれるわけじゃないの。わたしもお姉ちゃんもそれはよくわかってるじゃない？」

わたしは目と鼻がつんとするのを感じた。喉元に込み上げてきたものをぐっとこらえる。

「そうね」ささやき声で言う。

「だから、お願いがあるの。ルークを引き取ってもらえない？　お姉ちゃんなら引き受けてくれるんじゃないかって、ジャックは言ってた。もしお姉ちゃんさえ良ければ、それがルークにとっては一番いいことだから」

世界が動きを止めた気がした。宙に浮いたような一瞬、わたしは驚きと恐ろしいほどの切望にとらわれ、自分は何か聞き間違いをしたのではないかと思った。あんなにもかけがえのない存在を、タラが差し出してくれるはずがない。「わたしが良くても」声がくぐもり、何とか冷静な口調を保とうとした。「あなたもいずれはルークを取り戻したくなるかもしれないでしょう?」

「そんなひどいこと、お姉ちゃんにもルークにもしたくないわ。ルークがお姉ちゃんにとってどれほど大きな存在かはわかってる。ルークを見るときの顔に書いてあるもの。養子縁組の手続きはするつもりよ。必要な書類は全部揃えるわ。わたしは何でもサインするし、ノアも話を公にしなくてすむならサインするから。もしお姉ちゃんさえ良ければ、ルークをお願いしたいの」

わたしはうなずき、泣きださないよう手で口を押さえた。「そうする」激しい息づかいの合間に言う。「そうさせてもらうわ。もちろん」

「泣かないで、メイクが落ちちゃう」タラは言い、わたしの目の下に溜まった涙を指で拭った。

わたしは手を伸ばし、タラをやみくもに抱きしめた。メイクのことも、髪型のことも、服装のこともどうでもよかった。「ありがとう」声をつまらせて言う。

「いつルークを連れてくればいい? 新婚旅行から帰って少し経ったくらい?」

「今すぐがいい」そう言うと、もはや涙をこらえきれず、わっと泣きだした。

タラは驚いて笑いだした。「結婚式前夜よ?」

わたしは力強くうなずいた。

「これ以上最悪のタイミングってないと思うわ」タラは言った。「まあ、わたしは構わないけど、あとはジャックしだいね」マザーズバッグに手を突っ込んで、清潔なよだれ拭きを取り出し、わたしに渡す。

涙を拭いている途中に、誰かが近づいてくるのがわかった。顔を上げると、ジャックがルークを連れて戻ってくるところだった。彼はわたしの表情を、見慣れたお気に入りの景色を眺めるかのように、隅々まで確かめた。そして、すべてを読み取った。唇の端に笑みを浮かべ、ルークの小さな耳に何やらささやきかける。

「お姉ちゃんは、今すぐルークを引き取りたいって」タラがジャックに言った。「結婚式が終わるまで待つってわたしは言ったんだけど」

ジャックが近づいてきて、広げたわたしの腕にルークを預けた。長い指をわたしのあごの下にすべり込ませ、顔を上に向かせて、頰に残る涙の筋を親指で優しく拭う。わたしを見下ろし、彼は笑った。

「エラは時間を無駄にしたくないんだと思うよ」つぶやくように言う。「だよな、エラ?」

「そうよ」わたしはささやき声で言った。自分を取り巻く世界は熱く煮え立つシロップをかけたようにきらめき、ジャックの声と乱れた自分の鼓動が混じり合って音楽を奏で始めた。

エピローグ

コロラドでのカンファレンスから帰ってきたわたしを、ジャックが空港に迎えに来た。カンファレンスではワークショップに参加し、雑誌編集者にアイデアを持ちかけ、『幸せになり、幸せでい続けるための六つの戦略』という仮題をつけた原稿を売った。成果は上々だったが、今はとにかく家に帰りたかった。

結婚して一年が経つが、この四日間は、ジャックとわたしが離れていた最長記録だった。わたしはしょっちゅうジャックに電話し、現地で会った人々のことや、新たに知ったこと、今後書きたい記事やコラムについて話した。ジャックのほうは、ハーディとヘイヴンとの食事の様子や、キャリントンが歯列矯正器をつけ始めたこと、ジョーの検査結果が良好だったことを教えてくれた。また、その日のルークの様子を毎晩詳しく話してくれ、わたしは一言も聞きもらすまいと耳を傾けた。

手荷物受取所で自分を待つ夫の姿を目にして、わたしは息が止まりそうになった。美形で、罪深いほどにセクシーで、そこにいるだけで女性の視線を引き寄せてしまう男性。なのに、わたし以外には目もくれないのだ。わたしが近づいてくるのに気づくと、ジャックは三歩大股に歩くだけでそばに来て、温かな唇でわたしの唇を押しつぶした。彼の体は硬く、安心できた。カンファレンスに行ったことに悔いはないが、ジャックと離れている間は、こんなにも満ち足りた気分になったことはなかった。

「ルークは元気？」わたしは口を開くなりそう言い、ジャックはアップルソースをスプーンでルークに食べさせたこと、ルークがそれを手でつかんで自分の髪になすりつけたことを、面白おかしく聞かせてくれた。

荷物を受け取ると、ジャックの運転でメイン通り一八〇〇番地に帰った。離れている間も毎日話していたにもかかわらず、話は尽きなかった。その間ずっと、わたしはジャックの腕に手をかけていたが、上腕がふくれ上がっているような気がした。普段よりトレーニングに精を出したのかとたずねると、欲求不満を解消するにはそれしかなかったのだと彼は答えた。きみにはその埋め合わせをしてもらうから、しばらく忙しくなるよと言う彼に、望むところよとわたしは答えた。

エレベーターに乗っている間中、わたしは爪先立ってジャックにキスをし、彼はわたしが息ができなくなるまでキスを返した。

「エラ」上気したわたしの顔を両手で包んで、ジャックはささやいた。「きみがいない四日間は、四カ月にも感じられたよ。きみに出会うまでの長い間いったいどうやって生きてきたんだろうと、そればかり考えてた」

「間に合わせの人とデートしてたのよ」わたしは教えてあげた。

ジャックはにやりとして、再びわたしにキスをした。「自分がこんなにもすばらしいものを知らないことに気づいてなかったんだ」

ジャックがスーツケースを持ち、わたしは期待に胸を高鳴らせながら、我が家に続く廊下を急いだ。チャイムを鳴らし、ベビーシッターがドアを開けてくれたとき、ちょうどジャックが背後から追いついた。

「おかえりなさい、ミセス・トラヴィス」ベビーシッターは歓迎の声をあげた。

「ただいま。帰ってこられて嬉しいわ。ルークはどこ?」

「子供部屋です。今、汽車で遊んでたんですよ。奥様の留守中もいい子にしていました」

わたしはハンドバッグをドアの脇に落とし、スーツのジャケットをソファに放り投げて、子供部屋の戸口に向かった。部屋は薄い青と緑に塗られ、壁の一面には車とトラックと陽気な顔がいくつも描かれていて、敷物には道路と線路の柄がついている。

わたしの息子は一人で座り、木製の蒸気機関車を手に持って、車輪を指で回そうとしていた。

「ルーク」驚かせたくなくて、わたしは小声で言った。「ママが帰ってきたわよ。ただいま。ああ、会いたかったわ」

ルークはぱっちりした青い目でわたしを見ると、機関車を落とし、小さな手を宙でぶらりとさせた。やがて顔いっぱいに笑みが広がり、一本だけ生えた真珠のような歯がのぞく。ルークはわたしに向かって両腕を上げた。

「ママ」

その言葉に、ぞくりとした喜びが込み上げる。わたしはルークのもとに向かった。

訳者あとがき

お待たせいたしました。『夢を見ること』、『幸せの宿る場所』に続く、リサ・クレイパスのコンテンポラリーロマンス第三弾、そして前二作の続編となる『もう強がりはいらない(原題 Smooth Talking Stranger)』の邦訳が出版される運びとなりました。

本シリーズはテキサスを舞台に、大富豪チャーチル・トラヴィスを家長とするトラヴィス家の人々のロマンスを描いた物語です。第一弾『夢を見ること』は長男ゲイジ、第二弾『幸せの宿る場所』は末娘ヘイヴンがメインキャラクターとなっていましたが、本作『もう強がりはいらない』は、前作で苦境に陥った妹のヘイヴンを助けた次男ジャックがヒーローとして登場します。ヒロインは〝ミス自立《インディペンデント》〟の異名を持つ人生相談のコラムニスト、エラ・ヴァーナーで、妹の赤ん坊を通じてジャックと知り合うことになります。前二作同様、物語はヒロインの一人称で語られます。

堅実で慎重な性格のエラに対し、妹のタラは奔放で異性関係も派手です。そんなタラが未婚のまま産んだ赤ん坊を母親のもとに置いて行方をくらませたため、赤ん坊は一家の問題処理係であるエラにゆだねられます。やがて赤ん坊の父親として、ヒューストンでも有名なプレイボーイ、ジャック・トラヴィスの名が浮上しますが、本人はその可能性を否定します。行きがかり上、当面はエラが赤ん坊の世話をすることになるのですが、エラにも生活があります。そのうえ、同棲している恋人デーンは赤ん坊を引き取ることに難色を示し、エラは追いつめられてしまいます……。

ジャックとエラが住んでいるのは同じテキサス州とはいえ、ヒューストンとオースティンというまったく毛色の違う街です。テキサス自体は共和党支持で知られる保守色の強い州ですが、州都であるオースティンだけは例外的に、リベラルな住民が多い都市と言われています。物語中でも、ジャックがエラを「いかにもオースティン市民」と言ったり、エラがヘイヴンに「ヒューストン男ってどうしてああなの？」とたずねたりと、居住地の気風の違いに言及する場面がいくつか出てきます。

この二都市の違いはそのまま、ジャックとエラの価値観の違いを象徴するものでもあります。ジャックは狩りや釣り、アメフト観戦などの趣味を持ち、女性には食事代を払わせず、いずれは結婚して家庭を持つことを望む、昔ながらの男性といった雰囲気です。一方、エラは〝ビーガン〟と呼ばれる厳格な菜食主義者で、環境問題に対する意識も高く、フェミニストで、結婚という制度には縛られないという立場です。ただ、エラは育ってきた環境のせいで人と深く関わることを避けている部分があり、菜食主義などは恋人デーンの影響が強いため、厳密にはすべてが彼女自身の考えというわけではありません。それでも、二人が互いに相容れない価値観を持っているのは事実で、そのうえ経済観念や生育環境にも大きな隔たりがあるとなれば、歩み寄るのは容易なことではありません。あらゆる点で真逆と言ってもいい二人が、どのようにして関係を深め、愛を育んでいくのでしょうか？

『夢を見ること』にはトレーラーパークでの低所得者層の暮らしが、『幸せの宿る場所』ではドメスティックバイオレンスが描かれていたように、本シリーズは現代アメリカの社会問題を反映した内容になっているのも特徴です。『もう強がりはいらない』では、ヒロインであるエラはいわゆる〝毒になる親〟に育てられたため、他人と親密な関係を築くことができないという問題を抱えています。そんなエラがジャックとの恋愛を通じて、心に巣くう傷をいかに乗り越えていくのか――ヒロインの心理を深く掘り下げて描く本作は前二作と同じく、ロマンスの枠を超えた読み応えのある作品になっています。

また、今回はトラヴィス家の面々はもちろんのこと、『夢を見ること』のヒロインだったリバティ、同作及び『幸せの宿る場所』のヒーローだったハーディなど、前二作の登場人物も脇役として多数登場します。本作は独立した小説としても読めますが、『夢を見ること』と『幸せの宿る場所』の後日談の役目も果たしていますので、前二作を読まれた方はいっそう楽しめることでしょう。

二〇一一年二月

ライムブックス

もう強《つよ》がりはいらない

著　者　リサ・クレイパス
訳　者　琴葉《ことは》かいら

2011年3月10日　初版第一刷発行

発行人　成瀬雅人
発行所　株式会社原書房
〒160-0022東京都新宿区新宿1-25-13
電話・代表03-3354-0685　http://www.harashobo.co.jp
振替・00150-6-151594
ブックデザイン　川島進（スタジオ・ギブ）
印刷所　中央精版印刷株式会社

落丁・乱丁本はお取り替えいたします。
定価は、カバーに表示してあります。
 ISBN978-4-562-04404-7　Printed in Japan